गीताश्री

लेखक-पत्रकार गीताश्री का जन्म 31 दिसम्बर, 1965 को मुज़फ़्फ़रपुर, बिहार में हुआ। अब तक सात कहानी-संग्रह, चार उपन्यास और स्त्री-विमर्श पर चार शोध-पुस्तकें प्रकाशित। कई चर्चित पुस्तकों का सम्पादन-संयोजन। वर्ष 2008-09 में पत्रकारिता का सर्वोच्च पुरस्कार 'रामनाथ गोयनका बेस्ट हिन्दी जर्नलिस्ट ऑफ़ द इयर' समेत अनेक प्रतिष्ठित पुरस्कार प्राप्त। 1991 से 2017 तक सक्रिय पत्रकारिता के बाद फ़िलहाल स्वतंत्र पत्रकारिता और लेखन।

सम्पर्क : geetashri31@gmail.com

क़ैद बाहर

स्त्रियों की क़ैद छूटती ख़्वाहिशों का सच

गीताश्री

राजकमल पेपरबैक्स

राजकमल पेपरबैक्स में
पहला संस्करण : 2023

राजकमल पेपरबैक्स : उत्कृष्ट साहित्य के जनसुलभ संस्करण

राजकमल प्रकाशन प्रा. लि.
1-बी, नेताजी सुभाष मार्ग, दरियागंज
नई दिल्ली-110 002
द्वारा प्रकाशित

शाखाएँ : अशोक राजपथ, साइंस कॉलेज के सामने, पटना-800 006
पहली मंज़िल, दरबारी बिल्डिंग, महात्मा गांधी मार्ग, प्रयागराज-211 001
वेबसाइट : www.rajkamalprakashan.com
ई-मेल : info@rajkamalprakashan.com

बी.के. ऑफसेट
नवीन शाहदरा, दिल्ली-110 032
द्वारा मुद्रित

मूल्य : ₹299

QAID BAHAR
Novel by Geetashree

ISBN : 978-93-95737-70-8

मारिया फ़र्नांडिस नामक उस लहर को
जिसे ज़िन्दगी ने हमेशा क़ैद बाहर रखा

एक शहर उसके भूगोल से लापता हो गया है। उसकी खोज नहीं करना चाहती। वह अपने साथ सारी ख़्वाहिशें ले गया। लापता चीज़ें अपने साथ बहुत कुछ ले जाती हैं। वक़्त की निर्ममता ने मिटा दिया उसका वजूद। अपने होने के कुछ रक्तिम निशान छोड़ गया। कोई यक़ीन करे न करे, वह गवाह है कि शहर की शिराओं में डिलाइला बहती थी मांडवी नदी की तरह। स्त्री होकर दूसरी स्त्री माया को मोहती थी। उसकी सिलवटों में थीं बला की हैरानियाँ।

डिलाइला!

हाँ, डिलाइला फ़र्नांडिस नाम था उसका...सँवलाई नदी-सा चेहरा, जिस पर रात भर बिजलियाँ चमकती थीं...'सुरांगिनी...सुरांगिनी' गाती हुई वह जा चुकी है बहुत दूर...उसके साथ ही वह शहर ग़ायब हो गया और साथ ले गया माया की सारी बेचैनियाँ, छटपटाहटें, मुलाक़ात की मिन्नतें...अब वह किसी नक़्शे में नहीं दिखेगा उसे! पुरातत्त्ववेत्ता बताएँगे कि कभी यहाँ एक शहर हुआ करता था जो एक स्त्री की शिराओं में बहता था, संगीत बनकर। डांस फ़्लोर पर थिरकते हुए शहर अपना रूप बदल लेता था, अक्सर। उस शहर को कभी नींद नहीं आती थी। उसका पति विशाल खांडेकर उसे गोवा की नाइट-क्वीन कहता था, जबकि ख़ुद वह छैला बनकर अपने को बाज़ार में बेचता फिरता था। उसके निशाने पर होती थीं शहर की अमीरज़ादियाँ, हताश और तन्हा स्त्रियाँ। उनकी ठंडी रातों को सेंकने वाला ताप लेकर बौराया फिरता था। उसकी इस बात पर माया का क्रोध भड़क उठता था। वह गवाह है उस स्त्री की, जो पहली नज़र में उसकी दोस्त बन गई थी, उसका जीवन छल और धूर्त प्रेमियों से भरा था। विशाल भी उन्हीं ठगों में से एक निकला, जिसके कारण उसने अपना धर्म तक छोड़ दिया था। ये स्त्रियाँ भी न प्रेम को ही सबसे बड़ा धर्म मानकर सब कुछ न्योछावर कर देती हैं, और धर्म...यह क्या बला है? एक स्त्री के किसी काम का नहीं। जितनी जल्दी पीछा छूटे, उतना बेहतर। दो

धर्मों के जाल में फँसी वह स्त्री सारी उम्र छटपटाती रही। प्रेम के लिए अपना धर्म छोड़ा, हिन्दू बनी, मन्दिरों में घूमती थी। जब बहुत हताश होती थी तो शहर के सबसे पुराने चर्च में जाकर घंटों बैठ जाया करती थी। क्या मिला इन प्रार्थनाओं से? सब अनसुनी रह गईं! मोमबत्ती और अगरबत्तियाँ जलाती रही, ख़ुद को कभी हिन्दू और कभी क्रिश्चियन बताती रही। मिला क्या...? दर्द का दरिया, जिसमें उसकी सारी ख़ुशियाँ, पूरा वजूद डूब गया था!

अच्छा हुआ, उसे दर्द, छल से रिहाई मिल गई। फ़ोन पर जब प्रसाद कीर्तनी ने यह ख़बर दी तो माया का रोम-रोम जल उठा था। आँखों से आँसू की जगह लहरें उठी थीं। माया उसके तमाम प्रेमियों को लहरों में समेटकर गहरे हिन्द महासागर में डुबो आना चाहती थी।

शशांक का जब फ़ोन आया, तब तक माया की लहरें ज्वार-भाटा बन चुकी थीं।

"तुम्हें गोवा जाना चाहिए..."

शशांक को कहना चाहती है माया, 'कोई आ रहा है मेरे पास। एक और डिलाइला...अपने तमाम दुःखों को समेटे, वो आ रही है, आख़िरकार। उसे बचाना है...।'

आवाज़ अवरुद्ध हो गई थी।

शशांक चुपचाप उसके मौन को पढ़ता रहा। उसे अन्दाज़ा नहीं हो सका कि माया के भीतर लहरें आकाश छू रही हैं। कितनी देर माया अपने पर नियंत्रण रखती? शशांक ने जैसे ही उसकी तरफ़ हाथ बढ़ाया—वह बिखर गई। वह हिचकियाँ लेकर रो रही थी। शशांक कुछ देर उसे देखता रहा और अचानक हाथ बढ़ाकर उसे अपनी बाँहों में कस लिया। उसकी बाँहों में एक हिचक थी, जाने माया कैसे रिएक्ट करे? उनके बीच एक प्रेमिल दोस्ती थी। वे एक-दूसरे के सुख-दुःख के साथी थे, सुख-दुःख के कारण नहीं बने थे। वे दोनों दो ध्रुव थे, जो दो छोर पर खड़े होकर एक-दूसरे को निहार रहे थे, किसी उम्मीद में। कुछ घटित होने की प्रतीक्षा में। कुछ घट ही तो नहीं रहा था। दोनों के दिल टूटे थे, दोनों दिल से हारे थे। दोनों के पास क़रीब न आने के हज़ार कारण थे, एक कारण क़रीब आने का भी था। दोनों उस कारण तक पहुँचने से, उसे पहचानने से डरते थे।

शशांक ने पहली बार उसे बाँहों में भरा था और वह पहली बार इस तरह विलाप कर रही थी, "मैं उसे बचा सकती थी, बचा न सकी। कितनी लाचार थी मैं? क्या मैं उसके लिए कुछ नहीं कर सकती थी? कर सकती थी...नहीं कर पाई...उससे

वादा करके भी नहीं...मैंने उसे मर जाने दिया...मैं गुनहगार हूँ...।"

"तुम ख़ुद को दोष मत दो, मायू...भाग्य अपने हाथ में नहीं होता। शान्त हो जाओ। उसके बारे में मुझसे कुछ साझा करना चाहो तो मैं सुनना चाहता हूँ...

"कौन थी डिलाइला, तुमने कभी इसकी चर्चा नहीं की। मैं कुछ कर सकता हूँ...?"

वह माया के कानों में हौले-हौले फुसफुसा रहा था। आँखें उसकी भी तरल हो उठी थीं। लगता है, माया को गहरी चोट लगी है। इस वक़्त उसके साथ होना चाहिए। उसको अपनी बाँहों में भरे-भरे वह सोफ़े तक ले गया और उसे बिठाया। माया निढाल होकर सोफ़े पर लुढ़क गई। शशांक ने पानी का गिलास लेकर उसे जबरन दो घूँट पिलाया।

"मायू, तुम मुझसे बात कर सकती हो...बताओ न सब कुछ...। अभी नहीं, जब मन ठीक हो। जितना रोओगी, उसकी आत्मा को उतनी तकलीफ़ होगी।"

"वो मरी नहीं है, उसकी अननेचुरल डेथ हुई है, शशांक...उसे मारा गया है, सबने मिलकर मारा है उसे...मैं एक-एक हत्यारे को जानती हूँ...मैं उन्हें मार देना चाहती हूँ...वे ज़िन्दा रहने के लायक नहीं। कैसे बताऊँ, वो क्या लड़की थी...! उससे किसी को प्यार हो सकता था...स्त्री-पुरुष कोई भी...बस, उन्हें प्यार नहीं हुआ जो हत्यारे हैं उसके...।"

माया ने रोना बन्द कर दिया था। उसकी आँखों से चिनगारियाँ फूट रही थीं, जैसे सामने डिलाइला के हत्यारे मिल गए तो उन्हें कच्चा चबा जाएगी। शशांक उसका रौद्र रूप पहली बार देख रहा था। एक शान्त, सौम्य लड़की जो बहुत ही व्यावहारिक थी, बहुत मददगार और जिसे जीवन से बहुत कम चाहिए था, वह इस तरह फूट पड़ेगी, सोचा न था। शान्त स्वभाव वाले लोगों का ग़ुस्सा बहुत भयंकर होता है। वे अपने भीतर नफ़रत, बदले की भावना लम्बे समय तक पाले रखते हैं। उसने एक शान्त लड़की को रुद्रावतार लेते देखा।

"इसीलिए मुझे फिर प्रेम नहीं हुआ किसी से...रातों-रात पुरुष किसी स्त्री के प्रेम से कैसे ऊब जाते हैं, कैसे उसे फन्दा समझकर निकल जाते हैं...?"

"तुम प्रेम से मिलने वाली पीड़ा से डरती हो, छोड़ दिये ज़ाने के अपमान से डरती हो, इसीलिए प्रेम नहीं करती हो...सारे पुरुष एक जैसे नहीं होते, मायू...स्त्रियों ने भी छोड़ा है पुरुषों को...।"

शशांक की आवाज़ लरज़ गई थी।

माया के कानों में डिलाइला की खिलखिलाहट गूँज रही थी...प्रेम को लेकर

वह अति उदार थी। जितनी चोट खाती, उतने साहस से दुबारा प्रेम कर लेती थी। उसने ठहाका लगाते हुए कहा था, "प्रेमविहीन लोग समाज के लिए बड़े ख़तरनाक होते हैं, माई डियर...हमेशा प्रेम में रहो...।"

"तुममें बहुत हिम्मत है, डिलाइला...मैं तो एक अनुभव के बाद टूट चुकी हूँ...।"

"होएँगा डार्लिंग...होएँगा...तुम्हें फिर से प्रेम होएँगा...हम लव करने के लिए बने हैं...।"

इस तरह बातें करती हुई डिलाइला ऐसी लगती थी, मानो अपनी ज़िन्दगी से बहुत ख़ुश हो! जिसे किसी से कोई शिकायत ही नहीं। उसकी हँसी में सदा बसन्त का डेरा था। उसके आँसू भी स्वरोस्की क्रिस्टल के चमकीले कणों की तरह स्पार्क करते थे। उसके खुले घुँघराले बाल हमेशा हवा में हिलते रहते थे जिनसे नमकीन गन्ध आती थी।

"देखना, मायू...हम सिंगल जिएगा, बट सिंगल मरेंगा नहीं...उस वक़्त मैं प्रेम में रहेगा...कोई प्रेमी होएँगा...बड़ी ख़ूबसूरत मौत होती है न, जब कोई प्यार करने वाला तुम्हें जुदा न होने दे! वह रोकना चाहे, वह विदा सबसे सुन्दर होता है न मायू...मैं ऐसे ही गुडबॉय चाहती हूँ...।"

माया उसकी बातें सुनकर हँसती थी। यह लड़की कितने प्यार की चाहत से भरी हुई है? इतनी बार धोखा खाने के बाद भी प्रेम करने का साहस कहाँ से लाती है?

पता नहीं क्यों, माया को लगता था, एक दिन प्रेम ही इसकी जान लेगा।

अचानक कैसे मरी डिलाइला? पिछले महीने उसने अपना 38वाँ जन्मदिन मनाया था। फ़ोन पर चहक रही थी, "चालीसवें पर तुम्हें आना होगा...तब तक मैं चालीस प्रेमी की माला बना चुकी होऊँगी...हाहाहाहा...!"

ओह, कितनी खुली हँसी थी—समन्दर की तरह विराट और दरिया की तरह गहरी! वह लड़की थी या जादू, जो पहली मुलाक़ात में ही माया को बाँध ले गई थी अपने साथ? सब कुछ याद आ रहा है...।

शशांक के सवाल ने स्मृति-भंग किया।

"मुझे लगता है, तुम एक बार उसे देख लेती तो मन शान्त होता...चली ही जाओ...या उसके किसी मित्र को फ़ोन कर लो...।"

माया की तरफ़ उसका मोबाइल बढ़ाया। उसने प्रसाद कीर्तनी को ही फिर से फ़ोन लगाया। विस्तार से बात करना चाहती थी, अन्तिम समय का सब कुछ

जानना चाहती थी। क्या वैसे ही उसकी मृत्यु हुई, जैसी वह चाहती थी? कौन था उसके पास आख़िरी वक़्त में?

डिलाइला उस वक़्त दफ़नाई जा रही थी।

उधर से प्रसाद पूरा विवरण दे रहा था, इधर माया हिचक-हिचककर रोए जा रही थी। शशांक ने उसे रोने दिया। एक बार मन हुआ, फ़ोन ले ले हाथ से। इतना टूटते हुए उससे देखा नहीं जा रहा था। वह उसकी सबसे क़रीबी, प्यारी दोस्त थी जिससे सब कुछ साझा करता था। उसे टूटते हुए देखना बहुत दु:खदायी था। एकाध बार फ़ोन लेना चाहा तो माया ने फ़ोन सीने से लगाते हुए कहा, "पता है, वो आख़िरी वक़्त भी नाच रही थी। मडगाँव गई थी, अपनी शिष्याओं को नृत्य सिखाने। नृत्य करते-करते गिर पड़ी वो...। आख़िरी वक़्त भी नृत्य...!"

शशांक ने फ़ोन लेकर बाक़ी बातें सुननी चाहीं...माया ने स्पीकर ऑन कर दिया...।

प्रसाद की आवाज़ थी, "सब लोग उसे हॉस्पिटल लेकर गए, लेकिन उसे बचाया न जा सका। हालाँकि होश में थी, रिसपॉन्ड कर रही थी, वो बार-बार अपने बच्चों और श्रीकान्त के बारे में पूछ रही थी।"

"अन्तिम समय विशाल पहुँचा कि नहीं उसके पास...प्रसाद...?"

माया ने आँसू पोंछते हुए संयत स्वर में पूछा।

"अन्तिम समय श्रीकान्त आया था। डिलाइला ने उसकी हथेलियाँ थामीं, अपने बच्चों की तरफ़ देखा, मानो कह रही हो, तुम्हें ही इन्हें सँभालना होगा...बहुत बेचैन और आशंकित थीं उसकी आँखें...वह मरना नहीं चाहती थी, माया...हमारी डिलाइला जीना चाहती थी...वो क्या गई, गोवा की जान चल गई...।"

"उसका पति विशाल कहाँ था उस वक़्त...? उसे ख़बर नहीं हुई...?"

"आया था न, अपनी नई गर्लफ्रेंड के साथ, दूर खड़ा रहा। अभी भी बाहर ही खड़ा है उसके साथ। क़ब्र में मिट्टी डालने तक नहीं आया...वो सीधा डिलाइला के घर जाएगा और उस पर क़ब्ज़ा करेगा...बच्चों का पता नहीं क्या होगा...?"

प्रसाद किसी सच्चे मित्र की तरह भावुक हो उठा था। बहुत चिन्ता थी उसकी आवाज़ में।

"डिलाइला को श्रीकान्त पर विश्वास था...मुझे भी वह जेनुइन लगता है... पॉवरफुल भी है। विशाल से वही निपट सकता है...बच्चे भी श्रीकान्त के साथ हैं?"

"प्रसाद...!

"श्रीकान्त ने भी तो उसे धोखा दिया था...मुझे ज़्यादा नहीं, लेकिन कुछ-कुछ संकेत दिया था डिलाइला ने...मैं ज़्यादा पूछ नहीं पाई...श्रीकान्त दूसरी औरत के साथ इन्वॉल्व था न...डिलाइला के रहते...ये सब उसके साथ ऐसा क्यों करते थे?"

प्रसाद थोड़ी देर चुप रहा।

"इस पर फिर बात करेंगे, माया...अभी तुम मन को शान्त करो...देखो, गोवा आना मत छोड़ना...डिलाइला नहीं रही तो क्या? हम सब उसके दोस्त ज़िन्दा हैं न...? हम उसे बचा नहीं सके, लेकिन हम उसे मरने नहीं देंगे...वो हमारे बीच ज़िन्दा रहेगी...तुम जल्दी प्लान करो...।"

"प्रसाद...!" फिर रुकी हुई रुलाई फूटी...।

"उसके घर में विशाल को घुसने मत देना...और मैं आऊँगी...विशाल को क़ब्र में दफ़न करने...।"

उधर से प्रसाद ने फ़ोन काट दिया था।

माया कभी ग़ुस्से से, कभी उत्तेजना में, कभी दुःख से निढाल होकर सोफ़े पर लुढ़क गई। शशांक उसके सामने बैठा रहा। हौले से उसकी हथेलियाँ थामीं और सहलाने लगा। आँखें मुँदी हुई थीं और उनसे आँसू की पतली लकीर निकल रही थी। माया का गेहुँआ रंग तपकर कत्थई हो उठा था। हथेलियाँ ठंडी हो गई थीं, जिन्हें शशांक घिसकर गरमाने लगा था। उसे लग रहा था, उसे गले लगा ले। उससे लिपटकर उसे ख़ूब प्यार करे, लेकिन वह दोस्ती की तय रेखा को लाँघना नहीं चाहता था। शायद माया भी नहीं चाहेगी कि वह मौक़े का फ़ायदा उठाकर क़रीब आए। इनकी दोस्ती में थोड़ा-थोड़ा प्रेम और बहुत ज़्यादा केयर और आदर था।

माया की बन्द पलकों के अन्दर एक लड़की चमक रही थी...जिसके ऊपर मिट्टी डाली जा रही थी...मिट्टी भेदकर चमक बाहर निकल रही थी। क्या मिट्टी उसकी हँसी की चमक को ढक सकेगी? उसकी हँसी उस पर घास बनकर हरी-भरी कर देगी वसुन्धरा।

वह नींद में जा रही थी, साथ ही बड़बड़ा रही थी, "मैं तुम्हें बचा न सकी... मैं बचा सकती थी...मैं कुछ कर सकती थी...मुझे...देर हो गई।"

शशांक दोस्ती की प्रगाढ़ता का ऐसा रूप पहली बार देख रहा था। वह किसी दोस्त को लेकर कभी इतना भावुक नहीं हो सका था या किसी को खोया नहीं था, इसलिए खोने की पीड़ा का अहसास नहीं था। माया को इस तरह देखना उसे पीड़ा

से भर रहा था। वह जगे तो उससे बातें करके जी बहलाए या उसे कहीं बाहर ले जाए। शायद डिलाइला के बारे में बात करना चाहे...प्रियजन की मृत्यु के बाद लोग कई दिनों तक मृतक के बारे में बातें करते रहते हैं। कभी हँसते हैं, तो कभी रोते हैं। यही उनका मरहम होता है। माया से कुछ दिनों तक डिलाइला की ही बातें करना बेहतर होगा। यही मरहम हो उसके लिए।

शशांक रुक गया था माया के पास। वह डिलाइला से बिना मिले ही जुड़ गया था। उसकी मृत्यु उसे अब पीड़ा पहुँचाने लगी थी।

शशांक सुन और जान रहा था—

डिलाइला युवावस्था पार करती हुई एक तन्हा स्त्री थी जो अपना अकेलापन ढेर सारे कुत्तों-बिल्लियों से बाँटती थी या अपनी जैसी एकल स्त्रियों की संगति से। अपने जीवन के छटाँक भर दु:ख बताने के बाद एक शाम डिलाइला ने माया से पूछा था, "क्या तुम एक दिलचस्प स्त्री से मिलना चाहोगी? उसके क़िस्से सुनना पसन्द करोगी? शायद तुम्हारे काम आए। शायद तुम मुझे थोड़ा और समझ सको।"

उसका प्रस्ताव माया को दिलचस्प लगा।

डिलाइला धीरे-धीरे खुल रही थी और उस लड़की की बातें सुनकर माया की आँखें भी धीरे-धीरे खुल रही थीं। वह एक अलग और नई दुनिया उसके सामने खोल रही थी, जिसके बारे में कभी उसने सोचा न था। उस शाम माया को महसूस हुआ कि पूरा पंजिम रहस्यमयी औरतों से भरा पड़ा है। माया जैसी व्यावहारिक दुनिया में जीनेवाली लड़कियाँ इस विचित्र लोक में विचरते हुए गड़बड़ा जाती हैं।

पहले तो उसका मन हुआ, डिलाइला को हाथ जोड़कर कहे, "माफ़ कर दे...इससे अच्छा तू दोना पाउला ले जाकर अच्छी-अच्छी फिश खिला दे...हकूना मटाटा रशियन रेस्टोरेंट में गाना सुनवा दे, फ़्लोर पर थिरकवा दे...लेकिन ये क़िसिम क़िसिम की पुरातात्त्विक महत्त्व की औरतों से मिलवाना छोड़ दे।"

उस शाम वह लड़की अपने ब्वॉय फ्रेंड की दास्तान सुनाना चाह रही थी और डिलाइला उसे उकसा रही थी।

बड़े गर्व से भरकर वह लड़की ऐलान कर रही थी कि आई ऑलसो हैव ब्वॉय फ्रेंड...!

हर शहर में अकेली औरतों का एक झुंड होता है जो एक वृत्त बनाकर एक दूसरे के साथ जीती-मरती हैं। उनके लोक में किसी के ब्याय फ्रेंड की घोषणा

किसी धमाके से कम नहीं है। डिलाइला इस तरह की ख़बर को 'ब्रेकिंग-न्यूज' कहती थी। आज अभी-अभी ब्रेकिंग-न्यूज मिली कि इस वृत्त की एक स्त्री के पास कोई पुरुष मित्र भी है। यह ख़बर फैल जाएगी कल तक। लेकिन फ़िलहाल माया को इसकी पूरी कहानी सुनने के लिए रात ख़राब करनी होगी। डिलाइला को पता नहीं क्यों इतना मज़ा आता है!

उसके सामने जो साँवली युवती बैठी है, इसको देखकर उसे घोर अरुचि हुई। उसने तय किया कि बेड पर पड़े-पड़े इनकी बातें सुनते हुए सो जाना बेहतर रहेगा। तब क्या पता था कि नींद से बाहर एक रहस्यलोक उसका इन्तज़ार कर रहा है और जो उसकी नींद उड़ा देगा!

डिलाइला ने बात सँभाली, "अरे छोड़ो यार...यह नया क्या बवाल है... सुनाओ...!"

वह आईपैड में अपने ब्वाय फ्रेंड का फ़ोटो निकाल रही थी। डिलाइला को यह बात पहली बार पता चली। चौंकने की बारी उसकी भी थी। माया ने भी चुप्पी का ताला जड़ लिया था। बाद में उसे अहसास हुआ कि यह फ़ैसला अच्छा और समयानुकूल था।

"यह हैं, मेरे साथ खड़े, हैंडसम गाई...मेरा ब्वाय फ्रेंड...।"

न डिलाइला ने और न माया ने वह तस्वीर देखी। वह दिखाने के लिए बेचैन थी। दोनों की अरुचि देखकर वह थोड़ी मायूस हुई।

फिर ख़ुद ही कहना जारी रखा, "बहुत शर्मीले हैं, पब्लिक प्लेस में थोड़ा परहेज़...उनकी अपनी फ़ैमिली भी तो है। दो बच्चे, पत्नी..."

"मुझे तो कोई समस्या नहीं। यह देखो, डायमंड रिंग, मेरे ब्वाय फ्रेंड ने दी है। मैं हमेशा पहनी रहती हूँ।"

वह कहते हुए दमक रही थी। उम्र का फ़ासला कब का मिट चुका था! उसकी सूखी आँखें पनिया गई थीं। वह एक उन्मादी प्रेमिका में बदल चुकी थी जो अपने प्रेम के क़िस्से सुना-सुनाकर निहाल होना चाहती थी। लड़की जब भी प्रेम में होती है तो चुप नहीं रहना चाहती। वह चाहती है, किसी को सब कुछ शेयर करे, बताए कि उसका प्रेमी उसे कितना चाहता है! तब उसे किसी बदनामी का भय नहीं होता। वह मादकता बौराए वाली स्थिति में पहुँच जाती है।

"मैं पिछले पाँच साल से इनके साथ रिलेशनशिप में हूँ...हम बहुत प्यार करते हैं एक-दूसरे से। मेरे दुःख-सुख का भी ख़याल रखते हैं। अक्सर घर आते

हैं। जब भी फ्री होते हैं। मैं उनकी फ़ैमिली के बारे में ज़्यादा नहीं जानती। बस, उनसे मिली और फ़ॉलिंग लव विद हिम...। ही इज़ वेरी रिचमैन।

"बहुत सपोर्ट है मुझे। इमोशनली एंड फ़ाइनेंशियली, आई टोटली डिपेंड ऑन हिम।"

"हम छुट्टियाँ बिताने बाहर भी जाते हैं..."

वह लगातार बता रही थी। वह डिलाइला से ज़्यादा मुझे सब कुछ बताने पर आमादा थी। हमारी सारी बातचीत उनकी प्रेम-कहानी के आस-पास सिमट गई थी।

डिलाइला की आँखें फैली हुई थीं, जैसे उसने कोई अनहोनी बात सुन ली हो। मैं लड़की को सुनना चाहती थी। बेड पर आराम से लेट गई। उसने मेरी तरफ़ तकिया बढ़ाया। उसको एक अच्छा श्रोता मिल गया था।

"मैं अपने माता-पिता के अचानक डेथ के बाद बेहद अकेली थी। एक भाई, एक बहन की ज़िम्मेदारी मुझ पर थी। इतनी बड़ी दुनिया में मेरा कोई नहीं था। कोई दोस्त भी नहीं...अकेली रेस्तराँ में जाकर गाने गाती या चुपचाप बैठकर गाने सुनती। लोगों को देखती और आनन्द लेती।"

"वे कहाँ मिले आपको?"

डिलाइला के सवाल से वह मुस्कुराई। उसकी उँगलियाँ आईपैड के स्क्रीन पर लगातार थिरक रही थीं। शायद कुछ तलाश रही थीं।

"एक रेस्तराँ में...जहाँ वे भी अक्सर अपने दोस्तों के साथ आते थे।"

"क्या आपके रिश्तेदार नहीं हैं...यहाँ...?"

"हैं भी, नहीं भी...कहने को हैं...मगर वे मुझे अपना नहीं मानते...मैं रिजेक्टेड हूँ।"

"ऐसा क्यों...?"

"मैं इनकी ब्याहता नहीं हूँ न। मैं शादी करना चाहती हूँ, मगर उनकी पत्नी उन्हें तलाक़ नहीं देना चाहती। मैं तो नताशा डायस से रेहाना बनने को तैयार हूँ, मगर वो माने तब न। समाज की नज़र में मैं दूसरी औरत बनकर रह गई हूँ। आज वही मेरे भाई-बहन जिन्हें मैंने अपने प्रेमी के पैसों से मदद की, वे भी मुझे 'केप्ट' कहकर छोड़ गए।"

"मुझे पुरुषों की इसी आज़ादी या कहो, छूट से ईर्ष्या होती है बार्था, जिसमें वे जब चाहे रिश्ते से बाहर निकल आते हैं। कई रिश्ते बना लेते हैं, समानान्तर, और समाज, परिवार उन्हें जज नहीं करता। सब स्त्रियों को ही कठघरे में खड़ा करते हैं...मैं समझ सकती हूँ...क्यों, डिलाइला...?"

माया खीझी हुई थी। उसके भीतर कुछ बातें खौल रही थीं।

डिलाइला पता नहीं कब उठकर पानी लाने चली गई थी। माया को उसकी कहानी सुनी हुई-सी लग रही थी।

"मैं बहुत ऐश में रहती हूँ..."

डिलाइला थोड़ी गम्भीर दिख रही थी और उसकी रुचि जैसे बार्था की कहानी से ख़त्म-सी हो गई थी। वह कसमसा-सी रही थी, मानो वह बार्था की अचानक मौजूदगी से उकता गई हो। बार्था इस वक़्त ज़िन्दगी के पन्ने खोलने में व्यस्त थी। उसे किसी की प्रतिक्रिया की परवाह नहीं थी। न रात की फ़िक्र, न नींद की। उसकी आँखों में जैसे बीते पाँच वर्ष करवटें ले रहे थे।

डिलाइला ऊँघने लगी थी। उसका झबरू कुत्ता रह-रहकर 'कूँ-कूँ' कर रहा था। उसे अपनी उपेक्षा का अहसास हो रहा था। झबरू ने ज़ोर-से माथा झटका तो डिलाइला चैतन्य हुई।

"चल यार...बाक़ी बातें कल कर लेंगे...।"

"नहीं, अभी बात पूरी हुई कहाँ...? कल किसने देखा है डार्लिंग?...हाँ, अगर माया सोना चाहे तो कोई बात नहीं...।"

"अरे नहीं...डोंट वरी डिलाइला...कल मैनेज कर लेंगे...इतनी दिलचस्प रात से मैं क्यों वंचित रहूँ...? अभी-अभी तो मेरी कथा शुरू हुई है।"

डिलाइला ने लेटे-लेटे हाथ बढ़ाकर झबरू को सहलाया और माया की तरफ़ रहमवाली नज़र फिराई। उसे मेरी दिलचस्पी शायद फ़ालतू की लग रही थी या 'कहाँ फँस गई' टाइप कुछ-कुछ...। उन आँखों में भी कुछ था...बाहर आना चाहता था। शायद वह भी कुछ कहना चाहती हो...कभी-कभी हमारी आँखें ज़िन्दगी का इनबॉक्स बन जाती हैं, जिनमें से कई-कई ई-मेल झाँकते रहते हैं जो अनरीड, अनपढ़े रहते हैं, जिन्हें पढ़ने का कई बार टाइम नहीं मिलता हमें...। बार्था भी वैसा ही एक ई-मेल थी, पढ़े जाने को लेकर बेचैन। वह चाहती थी—पूरी दुनिया उसको पढ़ ले...क्यों सुनाना चाहती है सब कुछ? माया के भीतर कई सवाल उठ रहे थे।

बार्था ने अपने लम्बे बालों को धीरे-से समेटा।

"जानती हो, माया...उसने मुझे बहुत चाहा। मेरे परिवार को सँभाला। मैं गाने की शौक़ीन थी, पेंटिंग करती थी...हम साथ रहने लगे, और मैंने गाना और पेंटिंग, दोनों शुरू किया। दुनियाभर में मेरे सोलो शोज़ हुए...बाद में मैं आर्ट कलेक्टर बन

गई। आज मेरे पास देश के तमाम नामी कलाकारों की पेंटिंग्स हैं। आई हैव अ गुड रेअर कलेक्शन...।"

"अपने प्यार के क़िस्से तो सुनाओ...किसने किसको प्रपोज़ किया...?"

"अरे उसने...और किसने...?"

"अच्छा..."

"और क्या...मैं अपनी सीट पर बैठी हमेशा गुनगुनाती रहती थी...काग़ज़ों पर कुछ भी पेंट कर दिया करती थी...वो सब उसने देख लिया था। मेरे लम्बे बाल तब भी थे, माया...खुला रखती थी...उसे बहुत पसन्द थे। एक बार बाँध कर आ गई, तो टोक दिया। मुझमें बचपना था और उसमें ग़ज़ब का धैर्य और सूझ...पता नहीं, किसने किसको सम्पन्न किया...लेकिन मुझे नहीं पता कि कब उसके जीवन में दाख़िल हुई? यू नो...वी लव इच अदर मैडली...बहुत सारे रंग हैं इसमें...मेरी पेंटिंग्स जितने...मेरे जीवन का कैनवस बहुत बड़ा है।"

"हाँ...लग रहा है...इसे देखने के लिए एक रात काफ़ी नहीं है...।"

"अभी तुम कब तक हो गोवा में?"

"दो दिन और...लेकिन हर शाम कहीं-न-कहीं बुक है।"

"माया...तुम दिल्ली में रहती हो...सुना है, प्रभावशाली भी हो, मैगज़ीन निकालती हो...तुम्हारी तो जान-पहचान बहुत होगी न, बड़े-बड़े प्रकाशकों से? मेरी डील करा दो...मैं अपनी कहानी बेचना चाहती हूँ।"

माया को हँसी आ गई।

"कुछ समय तक मैंने वी.आई.पी. के साथ एस्कॉर्ट की तरह काम किया था। मेरे पास एक घराने का कच्चा-चिट्ठा है, जो सरकार की नीतियाँ तक प्रभावित करता है, उन्हें अपने हक़ में बदलवाया, जहाँ षड्यंत्रों की अनगिन दास्तानें हैं... जब खुलेंगी तब दुनिया चौंकेगी। मैं तो सबूत भी दूँगी।"

"किस बात के...?"

"जो ख़रीदेगा, उसे बताऊँगी...मैं अपनी यातना के कुछ साल यूँ ही गुमशुदा नहीं रहने दूँगी, माया...मैं जवान तो हुई ही नहीं कभी। ग़रीब होना कितना बड़ा पाप है? मेरे परिवार को पैसों की ज़रूरत थी, उसे एक जवान देह की, जिसे वह अपनी मग़रूर और बूढ़ी बीवी के सामने पेश कर सके...उसके सामने उस देह को भोग सके...ज़्यादा न पूछो...बस, सब उगलना है मुझे...।"

बार्था के होंठ थरथरा रहे थे। वह काँप रही थी हौले-हौले, हवा के हल्के झोंके

से काँपते पत्तों की तरह...। उसने अपने खुले बाल बाँध लिये थे।

उसकी आँखें हिंस्र हो रही थीं।

उसने अपने गालों पर लुढ़क आए आँसू को पोंछा, "आय एम सॉरी...मैं रोना नहीं चाहती। बहुत रोई हूँ।"

"अब तो प्रेमी है न तुम्हारे जीवन में, अब क्यों परेशान हो, बार्था...अब तो ख़ुश रहो...पाँच साल कम नहीं होते रिश्तों के!"

वह थोड़ी देर चुप रही...।

"वो मुझे जल्दी आज़ाद कर देगा...उसके इरादे ठीक नहीं हैं।"

"बार्था...लिसन...यह जो तुम्हारा नया प्रेमी है...यू नो, हू इज़ ही...तुम ठीक से उनके फ़ैमिली बैकग्राउंड के बारे में जानती हो?" डिलाइला ने बेचैनी से पूछा।

"नॉट मच...मुझे जानना भी नहीं है। मेरे लिए इतना काफ़ी था कि ही वाज़ जेनुइनली लव मी, सपोर्ट मी। हाँ, अब मुझे वक़्त कम देता है...बट ही इज़ वेरी-वेरी केयरिंग...।"

झबरू उधर से भौंकता हुआ आया और डिलाइला के पैरों के पास आकर 'कूँ-कूँ' करने लगा। मैं घबराई हुई उठी, कमरे की खिड़की के पास गई। परदा हटाया। हवा में समन्दर की नमी थी। नारियल के पेड़ ज़ोर-ज़ोर-से हिल रहे थे। एक नारियल टूटकर नीचे धप्प-से गिरा। डिलाइला ने अपनी दोनों बाजुओं में ताक़त जुटाई और खिड़की के दोनों भारी-भरकम पल्ले भड़ाम-से खोल दिये। दोनों की नींद पूरी तरह जा चुकी थी।

डिलाइला कुछ कह रही थी, "तुमने उसके प्रेमी की तस्वीर देखी, मायू? देखना था न...देखती तो इतनी देर कहानी नहीं सुनती...उसे मारकर भगा देती तुम।"

"क्या मतलब...?"

"वो गंजा, अधेड़ प्रेमी विशाल है...रिच मैन...लौह खान का मालिक...वही विशाल जो तुम्हें यहाँ लेकर आया था...मेरे बच्चों का बाप...उसे सारे सुख दे रहा है पाँच साल से और मैं और मेरे बच्चे ब्रेड एंड बटर के लिए संघर्ष कर रहे हैं...।"

"क्या...?"

"यह लड़की तुम्हें नहीं जानती...?"

"कैसे कह सकती हो तुम...? उसे देर रात तक यहाँ रोककर क़िस्से सुनने की क्या ज़रूरत थी...? दोस्त नहीं है तुम्हारी फिर...अपनी ही दुश्मन को..."

हैरानी और ग़ुस्से के मारे माया का बुरा हाल था।

"क्यों किया ऐसा...क्यों यहाँ लेकर आई?"

"मायू, वो मेरी दुश्मन नहीं। हम हमेशा स्त्रियों को ही दोष क्यों देते हैं कि उन्होंने पुरुषों की तपस्या भंग की, किसी का घर बरबाद किया। पुरुष कोई इन्नोसेंट क्रिएचर नहीं कि लड़कियाँ बेवक़ूफ़ बना लेती हैं, उनका फ़ायदा उठा लेती हैं। यह तो बच्ची थी न? विशाल तो दो बच्चों का बाप है। मेरे जैसी बीवी है उसकी... क्या कमी थी?"

माया को जाने क्यों लगा कि डिलाइला ख़ुद को तकलीफ़ देने में माहिर है। कोई और स्त्री ऐसा कतई नहीं करती। इतने धैर्य से अपनी बरबादी की कहानी सुनते हुए पहली बार देखा। जाने क्या उसके मन में चल रहा होगा...? माया ने उस दौरान ग़ौर ही नहीं किया। माया ख़ामोश हो गई। उससे कुछ कहते नहीं बन रहा था।

"मुझे इससे सिम्पैथी है, मायू...मैं तुम्हें उसकी कहानी सुनवाना चाहती थी... मुझे भी सुनना था...इसलिए प्लान करके उसे बुलाया था...एलीना मेरी दोस्त है, यह उसकी दोस्त है...उसके माध्यम से मैं इससे मिली और धीरे-धीरे दोस्ती बढ़ाई ताकि सच जान सकूँ...कि आख़िर वो कौन लड़की है जिसकी वजह से विशाल अपना घर-बार तबाह कर रहा है...मुझे समय लगा बार्था तक पहुँचने में...जानती हो, यह भी ठगी जा रही है। विशाल कहीं और जा चुका है...वो टिकेगा नहीं कहीं... उसकी फ़ितरत नहीं कहीं टिककर रहना। जानती हो, ब्लेम करेगा बार्था को और छोड़ देगा।"

डिलाइला माया के पास आई। उसने खिड़की के पल्लों की तरफ़ हाथ बढ़ाया, माया उससे लिपट गई।

"मैं विशाल को तलाक़ नहीं दूँगी और पुर्तगीज़ क़ानून के मुताबिक़ उसे पूरी सम्पत्ति भी नहीं मिलेगी। वो मुझे बेदख़ल नहीं कर सकता। इसीलिए तो वह अब भी मेरे आस-पास घूमता रहता है—शायद मैं मान जाऊँ...तलाक़ के लिए। नेवर... नेवर..."

डिलाइला रो रही थी...खिड़की के बाहर से हवा का तेज़ झोंका अन्दर आया... सारे परदे हिलने लगे। माया को भी रुलाई आ गई। उस एक रात यह दो स्त्रियों का गगनभेदी रुदन था।

शशांक ने देखा—माया विलाप कर रही थी।

"मैं हर लड़की को बचाऊँगी...उसे न बचा सकी तो क्या...? यही मेरा असली

प्रायश्चित्त होगा...किसी पुरुष पर भरोसा नहीं रहा...प्रेम, विवाह, इनके नाम पर धर्म परिवर्तन—सब बकवास हैं...ये क़ब्रें हैं...।"

शशांक ने अपराधी की तरह सिर झुका लिया। यह वक़्त बहस का नहीं, भरोसा बहाल करने का था। सबसे ख़तरनाक होता है, रिश्तों में भरोसे का टूटना और सबसे कठिन काम होता है, भरोसा बहाल करना।

स्त्रियों के नसीब में यातना के कितने साल बिताने के बाद रिहाई लिखी होती है। कोई जीते-जी रिहा होती है तो कोई मृत्यु के बाद। डिलाइला ज़िन्दगी के पार जाकर रिहा हो पाई। वह हिम्मती है। जीते-जी रिहा होकर आ रही है। सम्बन्धों की क़ैद में जीती हुई स्त्रियाँ रिहाई के बारे में कम, सामंजस्य बनाने के बारे में ज़्यादा सोचती है, इसीलिए उन्हें रिहा होने का ख़याल ही देर से आता है। जब ख़याल आता है तो एक उम्र झड़ चुकी होती है। कामना की शाखों पर फूल कम-कम खिलते हैं। उसके सूखे चेहरे को देखते हुए उसे यही ख़याल आ रहा था। वह लड़की को ग़ौर से देखने लगी। अभी-अभी वह उसके सामने आ खड़ी हुई है, टूटी-बिखरी हुई। बेहद दुबली-पतली, मानो सिकुड़ती चली जा रही हो। भूरे, लम्बे बाल, स्ट्रेट किए हुए, आगे-पीछे फैले हुए। काजलविहीन आँखें, होंठ हल्के स्याह थे। ड्रेस भी हल्के रंग की थी, ऊपर क्रॉप टॉप और ढीली-ढाली पैंट। कुल मिलाकर बेहद अनाकर्षक लग रही थी। जब उसने अपनी वीरान आँखों से देखा, तो माया दहल उठी। कितनी पीड़ा, कितनी यातना के निशान थे वहाँ? आँखों में ज़िन्दगी किताब की तरह पड़ी होती है, उसके पन्ने झिलमिलाते रहते हैं। उसे समझने की ज़रूरत है। माया ने उन आँखों में यातना के लम्बे साल पढ़ लिये। उसे देखते ही कंठ में कुछ गोला-सा अटका था। ख़ुद पर काबू पाया। इस ज़माने में हँसी और रुलाई, दोनों को समयानुसार मैनेज करना आना चाहिए, बहुत बड़ा हुनर है।

उसका मन कर रहा है, दोनों बाँहों में समेट ले उसको। डिलाइला को नहीं बचा सकी, इसे तो बचा लूँ। जो बचना चाहे, उसे बचाना आसान होता है। डिलाइला इच्छाशक्ति खो चुकी थी। लेकिन यह लड़की, दूसरी डिलाइला तो इच्छाओं से भरी हुई मेघमाला है, जबकि वह दोस्त भी नहीं, एक अजनबी परिचित भर है और उनके बीच उम्र का लम्बा फ़ासला है। लगभग पाँच-सात सालों का होगा, ऐसा उसका अनुमान है। माया ने उसकी उम्र ठीक-ठीक नहीं पूछी कभी। हमेशा फ़ेसबुक पर चैट हुई या मोबाइल पर मैसेज आया। व्हाटसएप शुरू हुआ तो उसमें भी चैट करते

थे दोनों। पहले वह बहुत बातें करती थी, धीरे-धीरे उसके पास शब्द कम होने लगे थे। शब्दों की जगह चित्रलिपियों ने ले ली थी। जीवन में दूसरी बार मिल रही थी।

"दीदी...मुझे फ़िलहाल आपके यहाँ थोड़ी-सी जगह चाहिए। जल्दी ही मैं अपना ठिकाना तलाश लूँगी।"

वह काँपती हुई माया के सीने से लग गई थी। गोवा से डिलाइला की मौत की ख़बर से उबर भी न पाई थी कि यह सब घटित हो गया था।

इतना भरोसा कैसे कर रही है उस पर? वह बीते कुछ सालों में भूल चुकी थी उसे। उसे लगा, सब कुछ ठीक हो गया होगा। दोनों का आपसी सम्पर्क भी कट गया था। वह माया के लिए नितान्त अजनबी थी। दोनों फ़ेसबुक पर ही जुड़े थे आपस में और इनका नाता जुड़ गया था। कुछ फ़ेसबुक सहेलियों ने उससे माया की बढ़ती हुई निकटता को लेकर उसके ख़िलाफ़ भड़काना शुरू कर दिया था। माया उतनी जजमेंटल नहीं है किसी के चरित्र को लेकर, लेकिन उसे उसके बारे में इतनी घृणित बातें बताई गईं कि एकबारगी उसका उदात्त दिल भी हिल गया। इधर-उधर की फ़ालतू बातें सुनकर विश्वास करने के बजाय माया ने सीधा उससे बात करने की सोची।

बात 2013 की है।

फ़ेसबुक मैसेंजर पर एक अजनबी लड़की का मैसेज चमक रहा था। वह माया का मोबाइल नम्बर और ई-मेल माँग रही थी। उसने सिर्फ़ ई-मेल दिया था और पूछा था कि क्यों चाहिए? वह माया से कुछ बात करना चाहती थी। उस दौर में फ़ेसबुक इतना पारदर्शी नहीं हुआ था। बहुत फ़ेक आई.डी. से लोग बातें करते थे, कमेंट भी। उसे नम्बर देते हुए हिचक हो रही थी। उसने कहा, कुछ पर्सनल बात करना चाहती है।

माया के लिए यह झटका लगने वाली बात थी कि फ़ेसबुक की कोई महिला-मित्र उससे पर्सनल बात साझा करना चाहती है। माया ने बातचीत शुरू करने से पहले ही अपनी शंका उसे बताई। साथ ही यह भी बता दिया कि कुछ स्त्रियाँ मुझे तुम्हारे ख़िलाफ़ भड़का रही हैं और दूरी बरतने को कह रही हैं। तुम्हारे चाल-चलन पर उँगली उठा रही हैं। मामला क्या है...क्यों इतनी बातें होती हैं तुम्हारे बारे में...?

थोड़ी देर चुप रही। फिर उसने कहा, "ई-मेल दीजिए।"

अगले ही दिन उसका ई-मेल मिला—

कैसी हैं दी?

कल सारी रात सोचा और सबेरे फ़्री होते ही आपको सब कुछ बता देना चाहा। आप ईमानदार हैं और मेरी अपनी हैं। क्या फ़र्क़ पड़ता है कि आपसे मैं कभी मिली नहीं! क्या फ़र्क़ पड़ता है कि आपकी कभी आवाज़ नहीं सुनी...अपने चन्द शब्दों को आपसे बाँटकर मैं आपकी हो गई और मेरी हो गईं। मैं जानती हूँ, मेरा सच कोई नहीं समझ सकेगा, लेकिन आप समझ सकेंगी। मैं मर्दों की बनी इस दुनिया में उनके कन्धों पर अपना सर रखकर रोना नहीं चाहती और न ही उनसे कुछ पाने की इच्छा रखती हूँ...क्योंकि जानती हूँ, मेरे सम्पर्क में आनेवाला कोई भी मर्द किसी-न-किसी दिन अपने किए की क़ीमत वसूलना चाहेगा...इसलिए मर्दों पर भरोसा कर पाना मुश्किल हो जाता है मेरे लिए। जब अपनी क़ीमत लगाकर ही कोई काम करना पड़ जाए तो बाज़ार में बैठ जाना एक बेहतर विकल्प है। अपने नाम का विज़िटिंग कार्ड छपवाऊँगी और उस पर घंटे के हिसाब से अपना रेट लिख दूँगी, लेकिन शरीर का सहारा लेकर आगे बढ़ना ही नहीं। कोई ऐसी जगह नहीं जहाँ नौकरी करने से पहले अपने कपड़ों, मुस्कान और चेहरे की तारीफ़ न सुननी पड़ी हो। लोगों को आँखें दिखती हैं, चेहरा दिखता है, मेरा स्लीवलेस कुर्ता दिखता है...लेकिन वो नहीं दिखता जिस काम के सिलसिले में मैं उनसे मिलना चाहती हूँ। वो मुझे एंकर भी बना देंगे और हीरोइन भी, लेकिन बदले में? बदले में मेरे शरीर को जी भरकर नोचेंगे। इसलिए अपना सच इन्हें बताने-जताने से अच्छा है कि उसके साथ बाँटा जाए, जो इन्हीं सब शैतानी मंसूबों से गुज़रती हुई आगे बढ़ी हो। मुझे आप हिम्मत देती हैं, बहुत हिम्मत। कल आपसे बात करके मैंने एक बार फिर उठने की कोशिश की है। आज आपको अपने बारे में सब कुछ बता देना चाहती हूँ...ताकि मेरा और आपका रिश्ता सच की एक लम्बी कहानी के साथ शुरू हो।

मेरे पिताजी एक बैंक में हिन्दी अधिकारी थे। बचपन से सपना था कि मैं भी बड़ी होकर हिन्दी की प्राध्यापक बनूँ। उसी हिसाब से ख़ुद को तैयार किया। घर में हम चार बहनें और एक भाई था। पैसे भरपूर होते नहीं थे, इसलिए अच्छा स्कूल यदि एक को ही मुहैया कराया जा सकता था तो वो भाई के हिस्से में चला गया। बहनों को

किसी से भी काम चलाना पड़ता था। यह भेद हर ज़रूरत में हुआ। चाहे ज़रूरत कपड़ों की हो, खिलौनों की हो या फिर भोजन की। बर्फ़ी यदि एक ही हो तो भाई के हिस्से में जानी है। बहनें तो दाल-रोटी से भी काम चला सकती हैं। ख़ैर, मुझे मैसेज नहीं हुआ इस बात का कभी क्योंकि इसे हम भाई और माँ-बाप के प्रति अपना प्यार और सम्मान समझकर भूल जाते थे। मैं कभी उनसे शिकायत नहीं करती थी और न ही कोई ज़िद। इन्हीं सबके बीच बड़ी होती गई। इंटर के बाद मैं दिल्ली आकर पढ़ाई जारी रखना चाहती थी। पिताजी ने जिस नम्बर की अपेक्षा की थी, उससे बेहतर करके उन्हें दिया। लेकिन हो न सका, क्योंकि पिताजी किसी एक का ही ख़र्च दे सकते थे। या तो दिल्ली में मेरा ख़र्च उठाते या फिर प्राइवेट स्कूल में पढ़ने वाले भाई की मोटी फ़ीस चुकाते।

यहाँ भी एक और समझौता करना पड़ा और मैंने मुरादाबाद के एक गर्ल्स कॉलेज में एडमिशन ले लिया, जिसकी सालाना फ़ीस 800 रुपये थी। अंग्रेज़ी, हिन्दी, हिस्ट्री, इन तीनों सब्जेक्ट्स में मैंने बी.ए. किया। बी.ए. के बाद जब मैंने एम.ए. की इच्छा फिर से ज़ाहिर की, तो मुझे घर से बाहर का रास्ता दिखाते हुए यह कहा गया कि मैं अब नौकरी करूँ और अपने आगे की पढ़ाई अपने दम पर करूँ।

हालाँकि एक छोटे-से स्कूल में 600 रुपये की नौकरी मैं बी.ए. सैकिंड ईयर में ही कर चुकी थी और कुछ-कुछ ट्यूशन लेती थी जिसके चलते मैंने अपने दोनों वर्षों की किताबें और फ़ीस जमा की थीं। ऐसा नहीं था कि पिताजी के पास इतना भी पैसा नहीं था कि वो मेरी अच्छी पढ़ाई करवा सकें, लेकिन शायद उन्होंने मेरे ऊपर अपनी मेहनत की कमाई ख़र्च करना ज़रूरी नहीं समझा क्योंकि मेरे सपनों और ज़रूरतों से ऊपर उनके लिए बहुत कुछ था। मेरे सपने उन्हें नक़ली और खोखले लगे, हमेशा। कविता कम्पीटिशन, डिबेट कम्पीटिशन या किसी भी तरह की प्रतियोगिता में जब मैं पहली या दूसरी आती थी, तो मेरे पिताजी मुझे यह कहकर कमरे से बाहर जाने को कहते थे कि ये तो हर दिन की बात है, कुछ नया करो तो बताना। ख़ैर, मैं उस तिरस्कार से शायद और मज़बूत हो रही थी। हाँ, बी.ए.

ख़त्म होने के बाद जब मुझे घर से बाहर का रास्ता दिखाया गया, तो मैं डर गई, क्योंकि मैं उनके साथ उनके शहर में रहकर कुछ नहीं कर सकती थी। मुझे कहा गया कि मैं कहीं से भी शुरुआत करूँ, लेकिन यहाँ से नहीं।

कुछ जोड़ी कपड़े और माँ के चोरी से दिए हुए तीन सौ रुपये लेकर मैं 2005 में दिल्ली आ गई। वहाँ कुछ समय फ्रीलांसिंग करने के बाद मेरी एक समाचार एजेंसी में महीने के भीतर नौकरी लग गई। वहाँ जिन दिक़्क़तों का सामना किया, वो एक अलग कहानी है। ख़ैर, इसी बीच मेरी ज़िन्दगी में एक बड़ी कम्पनी में काम करनेवाला, पैसे वाले घर का लड़का आया। बात सिर्फ़ दोस्ती तक ही थी, लेकिन घरवालों ने दबाव बनाया कि मैं उस लड़के से प्रेम करूँ और शादी करूँ। दूसरों के दबाव के चलते मुझे मुलाक़ात के छह महीनों के भीतर ही शादी कर लेनी पड़ी। मेरी उम्र बहुत कम थी।

मैं 20 साल की थी।

शादी के बाद वही हुआ जो हर लड़की का होता है। मुझे नौकरी नहीं करने दी गई। जब मैं अपनी नौकरी की बात करती, मेरे पति बड़ी चालाकी से शहर बदल देते—कभी चंडीगढ़, कभी गुड़गाँव, कभी मुम्बई, कभी कोलकाता ताकि मैं अपनी दुनिया में वापस न लौट सकूँ। और मुझ पर दो बच्चों की ज़िम्मेदारी सौंप दी गई। माँ-बाप का कभी सपोर्ट नहीं मिला। उन्होंने मेरे जीवन को मेरी क़िस्मत मान लिया। यहाँ ससुराल में मैं हर दिन कभी पिता की ग़रीबी का मज़ाक़ बनते अपनी नज़रों के सामने देखती, तो कभी अपने कपड़ों-गहनों पर दूसरों को हँसता हुआ पाती। इन्हीं सबके बीच जब-तब पति के लात-घूँसे, मार-गालियाँ सब खाती रही। मेरी सास मेरे सामने मेरे पति को मुझे मारने के लिए उकसाती, वो मुझे मारता और मेरी सास मेरे पति की पीछे खड़ी हो हँसती। बढ़ते-बढ़ते सब बहुत बढ़ गया। पति को प्यार तब आता मुझ पर जब उसे मेरी ज़रूरत होती, शारीरिक या मानसिक किसी भी तरह से। मेरा शरीर, मेरा मन क्या चाहता है, इसकी कभी किसी ने ज़रूरत महसूस नहीं की। मेरे पति को मेरी बेइज़्ज़ती किसी के भी सामने करने का अधिकार दहेज़ में मिला था। कभी अपने दोस्तों

के सामने, कभी मेरे परिवार के सामने, कभी अपने परिवार के सामने, कभी सोसाइटी के गार्ड या गाड़ी की पार्किंग में, हाथ कहीं भी मेरे ऊपर उठ सकता था, मुझे इस बात के लिए तैयार रहना पड़ता था। मैं अपने किसी पुराने दोस्त को 'जानू, डार्लिंग' बोल दूँ, तो मैं पिटूँ... पति का कोई दोस्त अपनी ग़लत नीयत के चलते मुझे 'आई लव यू' बोल दे, तब भी वेश्या कहकर मुझे ही पीटा गया।

पिछले साल अप्रैल तक ये सब चलता रहा...एक दिन अचानक ही थम गया। न जाने किस डर ने उसने हाथ रोक दिये, लेकिन जब हाथ रुक गया तो मुझे मानसिक तौर पर ख़त्म किया जाने लगा, जैसे मैं दूसरों की इच्छा से लिखूँ, दूसरों की इच्छा से हँसूँ, दूसरों की इच्छा से गाऊँ और दूसरों की इच्छा से रोऊँ—हर काम दूसरों की इच्छा से। कुछ समय तक वो भी करके देख लिया...लेकिन यह क्या हुआ...जब मैंने अपने पैर चौखट के अन्दर समेट लिए तो मेरे पैरों को बाँध दिया गया। जब मैं पैरों के बँधने के बाद भी नहीं बोली तो मेरे मुँह में कपड़ा ठूँस दिया गया। फ़ेसबुक ही एक ऐसी जगह है, जहाँ मैं कुछ कह पाती हूँ, लेकिन कहा जाता है कि मैं वहाँ सिर्फ़ प्रेम के बारे में लिखूँ। उनके लिए कविताएँ लिखकर पोस्ट करूँ जो मुझे हर दिन ख़त्म कर रहे हैं।

उसने मुझे हर रात नहीं मारा, लेकिन जितनी भी बार मारा, उसका हर थप्पड़, हर लात मेरे मन पर लगी है। मैं कई बार अपने आत्मसम्मान और आत्मविश्वास को मिट्टी में मिलते देखा है। अब, जब सब कुछ रुक गया है, तो मुझे पिछला बीता हुआ सब कुछ याद आता है। क्या मैंने यही सब देखने-सोचने के लिए पत्रकार बनने के सपने देखे थे? पत्रकार नहीं बनना चाहती क्योंकि जानती हूँ, पत्रकारिता का सच क्या है? जिस दिन इस चौखट से बाहर क़दम रखूँगी, किसी मर्द के भरोसे नहीं, क्योंकि मर्द अपने एहसानों की क़ीमत एक न एक दिन माँग ही लेता है। अपने जैसी औरतों के बीच रहकर काम करना चाहती हूँ। इसीलिए आपसे जुड़ना चाहती हूँ...क्योंकि जानती हूँ, आप महिला-पत्रिका के पहले पन्ने पर छपने वाली सिर्फ़ एक महिला-सम्पादक ही नहीं...आप वो सशक्त महिला हैं, जो मेरा मार्गदर्शन भी करेंगी और मुझे लड़ने की हिम्मत भी देंगी। आप मुझे अदृश्य तौर पर जीने की हिम्मत

देती हैं। आप मुझमें जीती हैं क्योंकि मैं जानती हूँ, इन सबका सामना शायद आपने भी किया होगा और हम दोनों जैसी तमाम लड़कियों ने...क्योंकि यह एक बड़ा सत्य है कि ये दुनिया लड़कियों के लिए उतनी आसान नहीं जितनी कि मर्दों के लिए।

मुझे आप जैसी बनना है...ताकि उन्हें जवाब दे सकूँ जिन्होंने मेरी हर प्रतियोगिता का सर्टिफ़िकेट को मेरे मुँह पर फेंक दिया। उसे जवाब देना है जो मेरे साथ चौबीस घंटे मेरे घर में रहता है और मुझ पर हँसता है। मुझे कहता है कि मैं कोई बरखा दत्त, अमृता प्रीतम नहीं। चार लोग तुम्हारा लिखा फ़ेसबुक पर लाइक क्या कर देते हैं और दो लोग कमेंट क्या कर देते हैं, तुम ख़ुद को बहुत बड़ी लेखिका समझने लगी हो। तुम्हारे जैसी सैकड़ों लड़कियाँ लिख रही हैं और लोग उस पर हँस रहे हैं। मेरे बिना तुम कुछ नहीं। इस घर से बाहर निकलकर देखो। ये दुनिया तुम्हें नोच-नोचकर खा जाएगी और हमारे बच्चे कहीं सड़क पर भीख माँग रहे होंगे। मुझे यह सब कहकर डराया जाता है ताकि मैं अपनी सोच पर लगाम लगा सकूँ और ज़िन्दगी भर अपने पति का सर दबाऊँ, उसके खाने-कपड़े से लेकर हर चीज़ का ख़याल रखूँ—उसके कपड़े धुले हैं कि नहीं? जुराबें, बनियान, अंडरवियर सही जगह पर हैं कि नहीं?

मैं अपने लिए कितना जीती हूँ, कुछ भी तो नहीं! फाँसी लगाकर मरने से अच्छा है कि एक बार जीने की कोशिश करके देखूँ। एकदम से कोई भी क़दम उठा लेना समझदारी नहीं। धीरे-धीरे शुरू करती हूँ। मुम्बई से मैं आपसे जुड़कर, जितना कर पाऊँ, कर लेती हूँ और इस साल के अन्त तक या मार्च 2015 तक दिल्ली आ जाऊँगी हमेशा-हमेशा के लिए। तब तक यहीं से। यदि बीच-बीच में दिल्ली आना ज़रूरी होगा, तो दो-तीन दिन के लिए आ जाया करूँगी। वैसे शायद मैं अगले महीने दो-तीन दिन के लिए दिल्ली आऊँ तब आपसे हर हाल में मिलूँगी। क्योंकि आपके हाथों को अपने हाथों में लेकर जो हिम्मत मुझे मिलेगी, वो इतनी दूर से नहीं।

कल जब आपसे बात की, तो बहुत अच्छा लगा। अच्छा किया, किसी और से कहने की बजाय आपसे बाँट लिया अपना दुःख।

क्योंकि यक़ीन के साथ कहती हूँ, आप मेरे दु:ख को महसूस करेंगी और मुझे ज़िन्दगी को सही तरह से जीने का रास्ता सुझाएँगी।

पता नहीं दी, कितना कुछ लिख गई, लेकिन क्या करूँ? दिल में इतना दर्द है कि जाने-अनजाने निकल ही जाता है। बाक़ी बहुत-से क़िस्से, बहुत-सी कहानियाँ हैं, मिलने पर बताऊँगी। आप अपना ख़याल रखिए और ख़ुश रहिए...

मेरा ढेर सारा प्यार मेरी दीदी के लिए...।

आपकी छोटी बहन,
मालविका
मुम्बई

2

"मालविका, एक बात पूछूँ...? चलो, पूछ ही लेती हूँ। तुमने जो ई-मेल लिखा था, उसके अनुसार तुम्हारी परिस्थितियाँ असहनीय थीं। तुम 2015 में ही दिल्ली शिफ़्ट होने वाली थी। यह 2019 है। यह फ़ैसला लेने में देर क्यों हुई?"

वह चुप रही। खाते-खाते प्लेट में चम्मच रोक लिया था उसने। चेहरे पर दर्द की कुछ लकीरें उभरीं और लोप हो गईं।

"मैं जानती हूँ कि इतने आसान नहीं होते जीवन के फ़ैसले। मैंने भी बहुत साहस जुटाया तब फ़ैसले ले पाई हूँ...बहुत कठिन होता है, बाबू...सच में...लोगों को लगता है कि तय क्यों नहीं करती, क्यों देर कर रही है...इसी तरह की बकवासें... चलो, छोड़ो...मैंने बहुत सोचा तुम्हारे बारे में...फिर तुम ज़ेहन से निकल गईं।"

माया उसे किसी असमंजस या गिल्ट से बाहर निकालना चाहती थी। अक्सर स्त्रियों को इस तरह की बातें सुनते, झेलते देखा है। कुछ तो सिर झुका लेती हैं और हमेशा के लिए अपना दु:ख साझा करना भूल जाती हैं। दु:ख उनकी त्वचा पर झुर्री बनकर लटक जाता है। आँखों के नीचे स्याह घेरों में बस जाता है।

"दी, फ़ैसला लेना कभी भी आसान नहीं होता, ख़ासकर फ़ैसला जब सिर्फ़ आपसे न जुड़ा हो बल्कि एक परिवार, एक समाज और हमारी समूची सभ्यता

से जुड़ा हो और इन सबके साथ यदि आप एक बच्चे की माँ हैं, तो इससे ज़्यादा मुश्किल शायद कुछ हो ही नहीं सकता कि एक माँ को अपने बच्चे के बिना हर रात सोना पड़े, यह जानते हुए कि उसकी रात में तो सिर्फ़ एक ही तकिया भीगता है, लेकिन उसके बच्चों की रातों में एक ही कमरे में हर रात कितने तकिये भीगते हैं और सूख जाते हैं अपने आप।"

माया ने चैन की साँस ली। शुक्र है, उसके लिए जीवन का फ़ैसला इसीलिए आसान रहा कि उसका कोई बच्चा न था। बच्चे होते तो फ़ैसला लेना इसके लिए भी इतना आसान न होता। ऐसा नहीं कि बच्चों वाली स्त्रियाँ अलग नहीं होतीं। सबका स्वभाव अलग होता है। माया की आँखों के सामने तैर गया एक दृश्य—पत्नी घर छोड़कर जा रही है, बच्चा आँचल खींचता हुआ विलाप कर रहा है। उस स्त्री की हालत कौन बयाँ कर सकता है? किसी में है इतनी ताक़त कि उस दु:ख को शब्दों में बाँध सके? उसके सामने वही स्त्री फिर बैठी थी, अपनी कहानी सुनाती हुई।

"मेरे लिए फ़ैसला लेने में देरी होने की सबसे बड़ी वजह मेरे बच्चों का उम्र में छोटा होना था और साथ ही लम्बे समय तक उसी माहौल में चीज़ों को ठीक करने की एक नाकाम-सी कोशिश भी। समाज और परिवार भी आड़े आता रहा कुछ-कुछ मौक़ों पर, लेकिन सबसे बड़ी वजह बच्चे ही थे। बच्चों की वजह से ही बहुत लम्बे समय तक अलग-अलग तरह से सम्बन्धों को ठीक करने की कोशिश की, ताकि बच्चों को किसी भी तरह के अलगाव का सामना न करना पड़े। हमेशा के लिए हर चीज़ से अलग हो जाने का फ़ैसला करने से पहले भी मैं दो बार कोशिश कर चुकी थी रिश्ते को ख़त्म करने और घर छोड़ने की।"

बात करते-करते वह रुक जाती थी, जैसे अपने भीतर से सारे दु:ख को काछ रही हो!

"समझ सकती हूँ, घर आसानी से नहीं छूटता। घर एक आदत भी है और स्त्री का स्वभाव भी। कई बार हम चाहकर, कोशिश करके भी नहीं छूट पाते..."

माया उसकी मनोदशा समझ रही थी। उसके दिमाग़ में कई चीज़ें घुमड़ रही थीं। उन तमाम स्त्रियों की रील चलने लगी थी, जिन्हें घर ने अपने नागपाश में फाँस रखा था। वे छटपटाती हुई दम तोड़ रही थीं जिन्हें वह मुक्त नहीं करा सकी थी। मालविका की हालत पर गहरे दु:ख के बावजूद उसे इस बात की तसल्ली मिल रही थी कि वह अन्य स्त्रियों की तरह फन्दे में फड़फड़ाकर दम तोड़ने से मुक्त हो गई थी।

मालविका अपनी रौ में बोले जा रही थी :

"दी, मैंने पहली कोशिश 2014 में की थी, जब हमारे बीच काफ़ी ख़राब स्थिति बन गई। मैं बिलकुल साथ नहीं रहना चाहती थी और किसी तरह बहाना बनाकर अपने दोनों बच्चों को लेकर माँ-पिताजी के घर चली गई, लेकिन मैं तब इंडिपेंडेंट नहीं थी। एक धनवान व्यक्ति की पत्नी तो थी, पर मेरे पास अपनी अर्निंग का कोई साधन नहीं था। माँ-पिताजी के पास जाकर, वहीं रहकर बच्चों को अपने साथ रखते हुए नौकरी करना चाहती थी। लेकिन घरवालों से कोई सपोर्ट नहीं मिला और शादी के बाद नौकरी छोड़ने के बाद इतना गैप हो गया था कि नौकरी मिलना आसान भी नहीं था। बच्चे साथ थे। मुझे पहली कोशिश में लगभग एक-दो महीने के बाद वापस मुम्बई लौटना पड़ा। हालाँकि इस वापसी में वह मुझे लेने आया बाक़ायदा और मैं बच्चों को लेकर उसके साथ वापस चली गई। मैं भी तो बच्ची ही थी और मजबूर भी और कहीं न कहीं रिश्ता भी बाक़ी था शायद।"

"अरे...तुमने मुझे मेल लिखा था। तुम मेरे पास आ जातीं, जैसे आज आई हो। मैं तो हमेशा से अकेली रही हूँ। तुम सबके लिए मेरे दरवाज़े हमेशा खुले रहे। तुम फ़ोन तो करतीं। मैं ही लेने आ जाती तुम्हें...सब कुछ अकेले झेला...ओह!"

"नहीं दी, आपसे दिल की बात कर तो ली थी, आपका कोई जवाब नहीं आया था, इसलिए संकोच ने घेर लिया था। फिर यह मेरी लड़ाई थी, अकेले लड़कर देखना चाहती थी। मन में एक आस थी कि शायद कुछ ठीक हो जाए। 2014 के बाद 2017 तक चीज़ें ठीक चलती रहीं, छोटे-मोटे झगड़े हो जाया करते थे, लेकिन हाथ नहीं उठाया इस बीच। फिर 2017 में हमारे बीच फिर से एक झगड़ा हुआ जिसमें मुझे चोटें भी आ गईं और उसके बाद मैंने फ़ैसला किया कि अब नहीं रहना साथ में। बेटे को लेकर कहीं और रहूँगी, अलग रहूँगी क्योंकि मैंने 2016 से नौकरी करनी भी शुरू कर दी थी तो मैं इंडिपेंडेंट थी, मगर इतनी नहीं कि मुम्बई जैसे शहर में बेटे को अकेले अपने साथ रखकर उन्हें वैसी ज़िन्दगी दे पाती जैसी कि उन्हें उनके पिता के घर में मिल रही थी। मैं बेटे को लेकर 10 दिन के लिए कम्पनी के गेस्ट-हाउस में रुकी। वहाँ रहते हुए मैं कोई व्यवस्था करने की कोशिश कर रही थी, लेकिन ऑफ़िस का दबाव था, गेस्ट-हाउस जल्दी ख़ाली कर दिया जाए। उस बीच दोस्तों से लेकर परिवार-ख़ानदान वालों ने पूरी कोशिश की कि मैं वापस लौट जाऊँ; मैं अपने बच्चे के साथ अच्छा नहीं कर रही। अपनी ज़िद के चलते उसे अभावों में रख रही हूँ। बेटा भी उस तरह से रहना पसन्द नहीं कर रहा

था। इस बीच मैंने पाया कि बेटे को किसी चीज़ में ख़ुशी नहीं मिल रही थी। वो हर वक़्त अपने पापा को याद करता और घर जाने की ज़िद करता, जिसके चलते मुझे दस दिन बाद, बेटे के साथ दूसरी बार भी वापस लौटना पड़ा। इस बार वो मुझे लेने नहीं आया क्योंकि उसके लिए मेरा जाना और जाकर वापस लौट आना सामान्य बात हो चुकी थी।

"इस बार वापस लौटने के बाद कुछ भी पहले जैसा नहीं था। सब कुछ बदल चुका था। हमने रिश्तों को ठीक करने की कोशिश की, लेकिन कई कोशिशों के बाद भी हमारे कमरे अलग हो गए थे—एक ही फ़्लैट में रहते हुए। बच्चों के लिए मुझे एक नक़ली माहौल बनाकर रखना पड़ता था। उन्हें यह एहसास दिलाना पड़ता था कि मैं उनके पिता के साथ वैसे ही जुड़ी हुई हूँ जैसे कि पहले हुआ करती थी। घर के भीतर हमेशा दिवाली जैसा माहौल बनाकर रखना मेरी मजबूरी हो गई। हम दोनों एक-दूसरे के साथ पहले जैसे नहीं थे। इस बीच उसने मुझे अपनी बातों से यह एहसास कई बार दिलाने की कोशिश की कि मैं अब कहीं नहीं जा सकती थी। मैं चाहे ख़ुशी से रहती या फिर बिना मन के, लेकिन उसे यह यक़ीन हो चुका था कि मैं उसके साथ हमेशा रहूँगी, वो चाहे जैसे भी रहे। उसका बर्ताव ख़राब हो चुका था। बातचीत में रिस्पेक्ट देना पूरी तरह से ख़तम हो चुका था, मेड तक के सामने इंसल्ट करना उसके लिए सामान्य बात थी। मैं ऐसे माहौल में घुटन महसूस करने लगी थी। मैं हर शाम रोती थी; क्यों रोती थी, मुझे भी नहीं पता था।"

माया उसके दर्द को समझ सकती थी। जिस आदर की बात वो कर रही थी, वो अधिकांश स्त्रियों के जीवन से ग़ायब है। स्त्रियों का क़द तो बढ़ गया है, घरों में अभी भी उनके प्रति नज़रिया नहीं बदला है। उसने महिलाओं के मुद्दों पर काम करते हुए अनेक स्त्रियों से संवाद किया है और सबके दु:ख लगभग एक जैसे पाए। स्त्री का हृदय फल्गू नदी की तरह होता है, ज़रा-सा कुरेदो तो पानी छलछलाकर निकल आता है। माया ने हमेशा अपने दोस्तों से कहा है कि उसके कन्धे असंख्य स्त्रियों के आँसुओं से गीले हैं। उसके लिए कोई कन्धा बना ही नहीं। आज फिर एक स्त्री अपना दु:ख खोल रही थी।

"यार मालविका, तुमने कितना झेला? मुझे गिल्ट हो रहा है कि मैंने तुम्हारी ख़बर क्यों न ली? हम सब अपनी-अपनी ज़िन्दगी में इतने मुब्तिला हैं कि होश नहीं। दूसरे का दर्द पता नहीं लगता। अपने ही दर्द में लिपटे कराहते रहते हैं, किसी

और की चीख़ सुनाई कहाँ देती है...? मुझे अब दु:ख हो रहा है...मैंने क्यों तुम्हारे ई-मेल पर ध्यान नहीं दिया, मेरा दु:ख तुमसे छोटा ही था?"

"आप अपने को दु:ख मत पहुँचाइए, दी...हम स्त्रियों की कहानी एक-सी निकलती है। दु:ख थोड़ा कम या ज़्यादा हो सकता है। आपने पूछा है, तो सारी बातें आपको विस्तार से बताकर मैं भी मुक्त होना चाहती हूँ।"

किसी को दर्द बता देना भी एक क़िस्म की मुक्ति है। मालविका ने बताना जारी रखा—

"2018 के शुरुआती महीनों से ही माहौल और ख़राब रहने लगा। हम एक-दूसरे के साथ पूरी तरह से साइलेंट हो चुके थे। बस, ज़रूरत भर बातचीत। बिना वजह ही लड़ाइयाँ होती थीं। जहाँ लड़ने की बात नहीं, वहाँ भी लड़ते थे। ऐसा बहुत कुछ था जो उसको पसन्द नहीं आता था, जैसे मेरा नौकरी करना। यह उसने कभी साफ़ शब्दों में ज़ाहिर नहीं किया, लेकिन अपनी बातों से इंडाइरेक्टली कई बार जताया कि उसे मेरा घर से बाहर जाना पसन्द नहीं, नौकरी करना पसन्द नहीं, इंडिपेंडेंट होना पसन्द नहीं। उन्हीं दिनों हमारे बीच फिर से एक बड़ा झगड़ा हुआ और मैंने अन्तत: उस घर को पूरी तरह से छोड़ने का फ़ैसला ले लिया। अब बच्चों के बिना जा रही थी। तकलीफ़ बहुत ज़्यादा थी, लेकिन बस छोटा-सा यह सुकून था कि वो मेरे बिना भी होंगे, शायद उस जीवन से बेहतर जीवन जी पाएँ जो मैं उन्हें इस घर से बाहर ले जाकर अपने साथ दूँगी! घर छोड़ने से पहले मैंने उसे इस बात के लिए कन्विंस करने की कोशिश की कि वो घर छोड़कर चला जाए और मैं बच्चों के साथ रहूँ। लेकिन उसने मना कर दिया और कहा कि तुम्हें जाना है तो जाओ। ये सब होने के बाद मैंने पन्द्रह दिन के भीतर घर छोड़ दिया। उसने रोकने की कोई कोशिश भी नहीं की और मैं हमेशा-हमेशा के लिए निकल गई। अभी चल रही हूँ, थक जाती हूँ। नहीं पता, कहाँ जा पाऊँगी, लेकिन चलना सीख गई हूँ।"

प्लेट में खाना वैसे ही धरा रह गया। वह अपनी यादों में खोई हुई थी।

"मालू, खाना खा लो...छोड़ो, ये बातें अब नहीं करेंगे...तुम बहुत उदास हो जाती हो। सारा माहौल ग़मगीन हो जाता है...।"

"दी, बहुत कुछ है अभी आपको बताने को...सब बताऊँगी, धीरे-धीरे। कहानी इतनी ही नहीं है। पिक्चर अभी बाक़ी है, दीदी।"

मालविका के फीके, सूखे चेहरे पर हल्की लाली तैर गई।

"अच्छा...कुछ महके हुए राज़ हैं...खोलो, खोलो!"

माया ने उसे गुदगुदाया। माहौल बहुत बोझिल हो चला था। उसे हल्का करना चाहती थी। मालविका उसकी बातें सुनकर खिलखिला पड़ी। माया को अच्छा लगा कि वह हँस रही थी। उसके खुले, लम्बे सिल्की बाल चेहरे पर झुक आए थे। कितनी सुन्दर रही होगी यह लड़की? सितम कैसा ढाया कि सूखती चली जा रही है। कैसे इसकी रंगत हरी-भरी करूँ? सबसे बड़ी चुनौती थी कि पहले इसकी सेहत सुधारी जाए।

"डिलाइला, तुम्हें न बचा सकी, इसे तो बचा लूँ।" बुदबुदाई माया।

डिलाइला का चेहरा आँखों के सामने घूम गया। आख़िरी बार जब उससे मिलकर लौटी थी तब वह भी इसकी तरह सूखकर काँटा हो गई थी। सामने खाना रख दो तो बड़े बेमन से काम समझकर निपटाती थी। जैसे खाने से अरुचि हो गई हो।

"क्या कहा, दी...?"

मालविका ने चकित होकर उससे पूछा।

माया ने बताना न चाहा कि कोई ताज़ा दर्द है जो टभक रहा है।

मालविका को उसने पनाह दे दी।

माया का घर एकल स्त्री का घर था, जहाँ एक सेविका थी, पूजा, जिसका नाम माया ने 'पूजा रिपोर्टर' रखा था। सुबह-शाम साथ चाय बनाते, पीते हुए पूरी सोसाइटी और वसुन्धरा इन्क्लेव के क़िस्से सुनाती थी। उसे इलाक़े की ग़ज़ब जानकारी थी, ख़ासतौर से स्त्रियों के बारे में उसके पास अनेक दिलचस्प जानकारियाँ रहती थीं।

पूजा कहती, "दीदी, आप औरतों पर लिखती हैं न, इसलिए मैं आपको सब बात बताती हूँ। देखो न! कितना दु:ख सहती हैं औरतें! लेकिन दीदी, ये सब सहना-वहना आपकी सोसाइटी में ही होता है, हमारी बस्ती में कोई औरत नहीं सहती। शराबी पति पीटता है तो वो थाने में धरना दे देती है। ज़्यादा परेशान करता है तो आदमी ही बदल लेती है। वो संगीता नहीं थी...तीन बाइस वाली मैडम के यहाँ काम करती थी। उसका पति ज़ालिम था, बस संगीता अपने प्रेमी के घर जाकर बैठ गई। पति लड़ने आया, तो दोनों ने मिलकर ठोक दिया। जब औरत राज़ी तो पुलिस भी क्या करेगी? प्रेमी संग मज़े में है।"

"और उसके बच्चे कहाँ गए...?"

"तीन ठो बेटे ही थे। दोनों बड़े वालों को पति के पास छोड़ आई, छोटे वाले को अपने संग ले आई...बाप है, तो सँभाले बच्चे। औरतें ही ढोती फिरेंगी क्या, दीदी...?"

पूजा रिपोर्टर का मुँह कभी बन्द होता ही नहीं था—चाहे टी.वी. पर कोई ख़बर आ रही हो या माया की बातें सुन ले। मालविका के आने से वह बेहद ख़ुश थी कि दिन-भर किसी का साथ तो मिला। माया ग्यारह बजे दफ़्तर के लिए निकलती थी और शाम को सात बजे तक वापस घर। नोएडा में ऑफ़िस होने की वजह से उसे आने-जाने में समय कम लगता था। मालविका के आने के बाद माया कुछ काम घर से ही निपटाने लगी थी। उसके साथ रहना चाहती थी। वह जितनी टूटी हुई थी कि डर लगता था, कहीं बिखर न जाए। वह माया से बहुत बातें साझा करना चाहती थी, मगर एकदम से नहीं। वह शायद उसे तौल रही थी या अपनी कसौटी पर कस रही थी। इतना ही भरोसा कर लिया था, यही हैरानी की बात है। भरोसा ही था कि उसने लम्बा ई-मेल लिखा और पहली बार में ही पूरी ज़िन्दगी खोलकर रख दी। दोनों जब भी साथ बैठते, माया उसकी ज़िन्दगी के क़िस्से सुनना चाहती। अभी तक उसने बेटे के बारे में कोई ज़्यादा बात न की थी। माया भी उसका दु:ख कुरेदना नहीं चाहती थी। वह जब भी कोई सवाल करती, मालविका दर्द में डूब जाती थी।

मालविका को पूजा से मन लगा रहता था। एक दिन सुबह-सुबह उसने पूजा को छेड़ा, "तेरे कितने बच्चे हैं, पूजा? तेरा पति कैसा है?...अपनी कहानी सुना।"

पूजा काम छोड़कर मोढ़ा ले आई, मालविका के पास बैठकर अपनी कहानी सुनाने लगी, "अरे दीदी, क्या बताऊँ, बड़ा सीधा है मेरा पति। वो जानता है कि मैं बहुत टेढ़ी हूँ, रोब सहने वालों में से नहीं हूँ। यादवों के ख़ानदान से हूँ। मैं किसी मजबूरी में घरों में काम करती हूँ। मेरे चाचा विधायक का चुनाव लड़ चुके हैं। मैं उनका चुनाव प्रबन्धन देख चुकी हूँ।" सोचो, मेरा दिमाग़ कितना तेज़ होगा...नहीं...?"

पूजा अपनी तारीफ़ करके ज़ोर-ज़ोर-से हँसने लगी। हँसते हुए उसका पूरा शरीर हिलने लगता था। उसकी हँसी कुछ कहती थी। ऐसा लगता था, वह दुनिया का मज़ाक़ उड़ा रही है। उसे सोसाइटी के सारे फ़्लैट के नम्बर उनकी मैडमों के नाम समेत याद थे।

माया पूछती, "कहाँ से लाती है इतनी जानकारी, रे...?"

"अरे दीदी, पूछो मत। यहाँ से छुट्टी पाकर जाती हूँ, तो हम सारी कामवालियाँ नीचे पार्किंग में बैठकी करती हैं...सब अपने घरों के क़िस्से सुनाती हैं...कहीं तो दु:ख-सुख सुनाएँगी न, दीदी...?"

"अब्बे...तू कहीं हमारे घरों की कहानियाँ तो नहीं सुनाती? देख ले, कहीं पता चला न, तेरा गला काट दूँगी, पूजा।"

माया ने उसे आँखें दिखाईं।

"आपके बारे में पूछती हैं दीदी, झूठ नहीं कहूँगी कि नहीं पूछती...लेकिन आपके बारे में मुझे कुछ पता ही नहीं, उन्हें क्या बताऊँगी? मैं तो आपकी बड़ाई करती हूँ, इतनी बड़ी पत्रकार हैं दीदी, हम औरतों के हक़ में लिखती हैं...।"

"कहीं मेरे बारे में तो नहीं कुछ बोली रे, पूजा...?"

मालविका ने हँसते हुए उसे टोका। उसको पूजा की बातें बहुत दिलचस्प लग रही थीं।

"सुन, पूजा,...अपने पति के बारे में और बता...कभी उसने तुझे गाली नहीं दी, मारा नहीं...झगड़े नहीं होते तेरे...सारा-सारा दिन ग़ायब रहती है, कुछ कहता नहीं...?"

"दीदी, मैंने बताया न, बहुत सीधा है। वो समझता है कि औरत काम नहीं करेगी तो घर कैसे चलेगा? हमारे बच्चे भी बहुत समझदार हैं। अपने आप सब काम कर लेते हैं। मैं घर से फ्री हूँ एकदम। पति ख़राब होता तो मैं कहाँ टिक पाती उसके पास!

"वो तो इतना अच्छा है, दीदी कि मैं घर देर से पहुँचूँ तो खाना भी बना देता है। मैं शाम को थक जाती हूँ, दीदी...वह समझता है।"

"अगर नहीं समझता तो...?"

"तो...जाए चूल्हे में...मेरी बला से! मैं मार खाने वाली लगती हूँ? मेरे चाचा उठाकर कहाँ ले जाएँगे, पता भी न चलेगा। मैं मेड का काम करती हूँ, चाचा नहीं जानते। उन्हें इतना पता है कि मैं मैडम की हेल्पर हूँ, बस। शुक्र मनाओ दीदी कि मेरा पति सब जानता है और मेरा साथ देता है..."

माया को दफ़्तर के लिए देर हो रही थी। उसने इस बातचीत को यहीं पर समाप्त किया और तैयार होने चली गई।

चलते-चलते उसने मालविका को कहा कि कहीं बाहर से घूम आए। दिल्ली में उसके कई परिचित लोग थे, जिनसे मिले-जुलेगी तो अच्छा लगेगा। घर में कब तक क़ैद रहेगी?

"मैं क़ैद कहाँ हूँ, दी...मेरा काम बस जल्दी शुरू होने ही वाला है। आपको जिस दिन छुट्टी होगी, हम नोएडा में फ़्लैट देखने चलेंगे।"

यह सुनकर माया तो दरवाज़े पर रुक गई।

"तुम जाने की बात क्यों कर रही हो? यहाँ अच्छा नहीं लग रहा है तुम्हें? यह मेरा घर है, मेरा अपना...तुम जब तक चाहो, यहाँ रह सकती हो। कोई यहाँ आता-जाता नहीं।"

"दी, अभी आप ऑफ़िस जाओ, शाम को बात करेंगे। बॉय!"

सारे रास्ते माया सोचती रही कि मालविका के आने से उसका सूना घर कितना गुलज़ार हो गया था? लोग एकल जीने का फ़ैसला तो कर लेते हैं, यह ख़याल बहुत रूमानी है जिसे लोग इसी रूमानियत में जीते भी हैं, लेकिन जब कोई आता है तब उसका आना एकान्त में ख़लल नहीं लगता। लगता है, जैसे सूनी शाख पर कोई चिड़िया चहचहा उठी हो! किसी सूने स्टेशन पर कोई ट्रेन रुकी हो और कोई सवारी उतरी हो! जैसे आवाज़ों से भरी कोई गगरी फूट गई हो!

मालविका अनगिनत आवाज़ों से भरी हुई लड़की थी। सुबह से शाम तक वह पूरे घर को रौनक़ से भर देती थी। किसी कोने में गाने बजा देना, कभी माया का गिटार उठाकर बजाने लगना, कभी पूजा से बक-बक करना, कभी यूट्यूब पर कोई रेसिपी सुनते हुए कुछ व्यंजन बनाना। माया का घर अचानक कोलाहल से भर गया था। पहले पूजा रिपोर्टर दिन-भर घर में अकेली टी.वी. देखकर ऊँघती रहती थी। माया के साथ-साथ उसका घर कुछ सालों से चुप पड़ा था। न घर उससे बात करता था, न वह अपने घर से। दोनों एक-दूसरे को बस घूरते रहते थे। दोनों को आदत पड़ गई थी ख़ामोशी की। उसके माँ-पापा भी आना नहीं चाहते थे। उन्हें पटना में ही मन लगता था। वहाँ उनकी अपनी महफ़िलें थीं, दोस्त-यार थे, जिन्हें पापा 'अपना समाज़' कहते थे। वैसे भी वे माया के एकल रहने के फ़ैसले से इतने दुखी थे कि उससे दूर रहना ही बेहतर समझते थे। उनके रहन-सहन, जीवन शैली, सोच में बहुत बड़ा फ़र्क़ था। इनकी बातचीत भी साप्ताहिक होती थी। माया साल में एक बार जाकर उन्हें देख आती। वहाँ पापा ने रिश्तदारों के बच्चों को पढ़ाने के लिए घर पर रखा था। वहाँ घर भरा-भरा लगता था। माया जल्दी लौट आती। उसे अपना अबोला, ख़ामोश घर खींचने लगता। उसे अपने फ़ैसले पर कोई ख़ेद नहीं था। उसके पास समय भी कम था इस पर सोचने के लिए। बहुत परे जा चुकी थी इन बातों से।

दिन-भर यही सब सोचती रही। काम में बहुत मन नहीं लगा। शाम को अँधेरा होने से पहले घर पहुँचना चाहती थी। मन था कि मालविका को लेकर कहीं बाहर कुछ खाने-पीने जाए।

घर पहुँची तो वहाँ नज़ारा ही बदला हुआ था। अपने ही घर को हँसते-बोलते देख रही थी। घर का चरित्र बदल गया था मानो घर उसे उलाहना दे रहा हो—हमने उदासियों में गुज़ारी है ज़िन्दगी...।

दरवाज़े से ही छोटे-छोटे दीये झिलमिला रहे थे—मोम के छोटे-छोटे दीये। पूरा घर हल्की रौशनी में डूबा हुआ था, हल्का संगीत बज रहा था। पूजा रिपोर्टर झूम-झूमकर टेबल सजा रही थी।

"यार मालविका, तुम तो मुझे शॉक दे रही हो...बात क्या है...? तुम्हारा जन्मदिन है क्या? बताया नहीं...?"

टेबल पर रेड और व्हाइट वाइन की दो बोतलें रखी थीं और तीन वाइन गिलास।

"यह तीसरा कौन है...?" माया ने आँखें मारते हुए पूछा।

"अपनी पूजा है, दी...हम तीनों आज पार्टी करेंगे...हमें किसी की ज़रूरत कहाँ है...? आप चेंज करके आओ...हम डांस भी करेंगे आज।"

"लेकिन ये सब क्यों...?"

"दी, मैंने पूरे हफ़्ते आपको बहुत रुलाया है, मैं भी तो उदास रही हूँ...आज हम रिलैक्स करेंगे। मैंने सब कुछ घर पर कुक किया है। पूजा ने बाहर की मदद की।"

"पूजा घर नहीं जाएगी? आज देर होगी इसे...?"

"अरे दीदी, हमने पति को बोल दिया है कि देर होगी, खाने-पीने का पिरोग्राम है हमारा, तुम लेने आ जाना...वो रात को आएगा मुझे लेने..."

"तू झूमती हुई उसके संग जाएगी...?"

"कभी-कभी वह भी आता है, दीदी। हम दोनों को आदत नहीं है, सभा-समाज में पीना पड़ जाता है, हम सँभाल लेते हैं एक-दूसरे को...आप चिन्ता मत करिए, दीदी।"

दोनों का उत्साह चरम पर था।

बदला हुआ घर माया को देखकर मुस्कुरा रहा था।

"तुम भी उसे मिस करते हो न? मैं भी।" किसी अदृश्य, अज्ञात चेहरे के बारे में दीवारों से पूछते हुए माया ने कमरे की दीवार को हौले-से सहलाया और फिर चूम लिया।

3

मालविका की उपस्थिति घर में रौनक़ भरने लगी थी। वह सदा हँसती-हँसाती रहती। इतना दुःख झेलने के बाद कोई स्त्री टूटकर बिखर जाती, लेकिन वह तो जाने किस मिट्टी की बनी थी? जब से यहाँ आई थी, और खिलने लगी थी। चेहरा ठीक होने लगा था। तीख़े-खिंचे हुए नैनों, भूरे-कत्थई होंठों और लम्बी-छरहरी

काया वाली मालविका की सारी वीरानगी सूखे पत्तों की तरह झड़ने लगी थी। माया को यह सब देखकर सुकून मिल रहा था। डिलाइला की मृत्यु के बाद उसने ख़ुद को स्वैच्छिक एकान्त के जिस घेरे में सीमित कर लिया था, वह अब टूट चुका था; उसकी उदासियाँ तिरोहित हो चुकी थीं।

हम अपना-अपना एकान्त चुन तो लेते हैं, लेकिन जब कोई मन लायक साथ मिलता है तो चाहते हैं, यह संगत बनी रहे।

पहले माया को लगता था कि अब किसी के साथ साझा नहीं कर पाएगी—न अपना जीवन, न घर। बिहार से कई बार माँ-पापा किसी रिश्तेदार को काम के लिए भेजते तो परेशान हो उठती थी। कोशिश रहती कि जल्दी जाए या कहीं गेस्ट-हाउस में टिका दे। एकान्त में ख़लल उसे पसन्द नहीं थी। एकल जीवन गहरी लत होती है, आसानी से नहीं जाती। मालविका पहली लड़की थी, जिसने उसके एकान्त में घुसकर उसमें बड़ा-सा सूराख़ कर दिया था और अब चाहने लगी थी कि मालविका यहीं रहे। माया उससे कहना चाहती थी, लेकिन अवसर की ताक में थी। फ़िलहाल तो ख़ुद को सँभालने में लगी थी। मुम्बई से ज़रूरी सामान और अपनी गाड़ी मँगवा ली थी। उसी ने बताया कि दो दिनों के भीतर, दोनों उसके पास आ जाएँगी।

माया ने उसे प्रस्ताव दिया कि अपना सामान यहीं मँगा ले।

"अरे नहीं दी, यहाँ कहाँ रखोगी आप? मैं ग्रेटर नोएडा में घर लेने की सोच रही हूँ। मैंने अपने एक मित्र को कहा है, वो मेरे लिए घर देख रहा है।"

"तुमने मुझे क्यों नहीं बताया, मैं यहीं अपने आस-पास देख देती? वैसे तुम यहाँ भी रह सकती हो।"

माया ने मन की बात कह दी उसे।

"दी, हमेशा तो आपके साथ नहीं रह सकती न? कभी-कभी मेरे बच्चे भी आएँगे यहाँ...सोचा है, छुट्टियों में लेकर आऊँगी उन्हें। फिर मेरे पास सामान बहुत है जो वहाँ मैंने अपनी अलग गृहस्थी के लिए जुटा रखा था। आप चिन्ता मत करो दी, सब हो जाएगा। हम मिलते रहेंगे...आपने इस शहर में एक बेघर लड़की को घर दिया, यह बहुत है मेरे लिए...लव यू है, दी!"

मालविका उसके गले में लटक गई।

"चलो दी, एक सेल्फ़ी लेते हैं। आपकी आँखें बहुत सुन्दर हैं, दी...कभी ग़ौर से देखा है...? अच्छा, यह बताओ, किसी ने कहा कि नहीं आपको...सच बताना!"

सेल्फ़ी क्लिक करते हुए उसने अपने लम्बे-पतले बाल आगे की ओर छितरा लिये थे। तस्वीर में बहुत आकर्षक लगती है, चेहरा भले ही सूखा हो। भूरी-कत्थई ग़मगीन आँखें धँसी हों। ग़म का साया चेहरे से हटा न हो। सेल्फ़ी में दोनों की मुस्कान क़ैद हो गई थी। उसकी बातें सुनकर माया को हँसी आ रही थी।

"दी, आपने अपना जीवन तो खोला ही नहीं कभी...पूछूँ...बताओगी? हमेशा मेरा दु:ख सुनती हो...दुखी हो जाती हो...आप उदास अच्छी नहीं लगतीं।"

"मैं भला उदास कहाँ से दिखती हूँ?

"मालू बाबू, मुझे तो अभी तुम्हारा दु:ख दुखी करता है...कितनी कम उम्र में तुमने कितना झेला है!"

"आप टाल रही हैं?"

"बिलकुल नहीं।"

"तो बताओ न?"

"बाद में, ज़्यादा कुछ सनसनीख़ेज़ नहीं है। सामान्य जीवन रहा है, बताएँगे। पहले तुम अपना फ़ैसला बताओ, आगे क्या? यहाँ से जा रही हो, फिर..."

"दी, मेरे एक दोस्त का स्टार्टअप है। उसे हिन्दी-अंग्रेज़ी, दोनों के लिए कोई कंटेंट एडिटर चाहिए। मुझे उसने जॉब दे दी है। ऑफ़िस गुड़गाँव में है, लेकिन नोएडा में भी शुरू करेगा। तब तक मैं वर्क फ्रॉम होम करूँगी..."

बहुत उत्साह से वह बता रही थी। चेहरे पर जीवन की परछाइयाँ लौट रही थीं। उम्मीद की रेखाएँ उभर रही थीं। आँखों में भविष्य के सपने झिलमिला रहे थे। चेहरे की रंगत बदल रही थी।

मालविका कुछ ही दिनों में नोएडा के एक अपार्टमेंट में शिफ़्ट हो गई। माया भी उन्हीं दिनों एक असाइनमेंट पर बाहर चली गई थी। उसके पीछे मालविका ने अपना फ़्लैट सेट किया। माया तीन-चार दिन बाद लौटी तो पाया कि मालविका अपने पीछे घर में गहरा सन्नाटा छोड़कर गई है। वहाँ वही पुराना एकान्त बहाल हो गया था। पूजा रिपोर्टर का भी मन उसके बिना नहीं लग रहा था। अकेले उसका दिन घर में कटता नहीं था। मालविका के साथ उसका मन लग गया था। पूजा को माया ने आख़िर दिन में छुट्टी देने का फ़ैसला किया। सुबह-शाम के लिए उसे बोलकर भेज दिया। धीरे-धीरे शाम को भी आने से मना कर दिया। माया की शामें बोझिल होने लगी थीं। मालविका एक शाम के लिए आई तो घर फिर से गूँजने लगा। घर भी माहौल देखकर बोलते हैं और ख़ामोश होते हैं।

"दी, आप आस-पास दोस्त बनाओ। बहुत बोरिंग ज़िन्दगी जी रहे हो आप... शाम को दोस्तों को बुलाओ, आप किसी के घर जाओ, पब चले जाओ।"

"आसपास के लोग महान हैं यहाँ...यहाँ डर लगता है। सबके घर दुकानों में तब्दील हो चुके हैं। सब विक्रेता और हम ख़रीदार नज़र आते हैं। कोई बूटिक चला रही है, कोई कुकिंग का काम, तो कोई गिफ़्ट पैक करने का काम। कौन-से काम हैं जो यहाँ के फ़्लैट्स में नहीं चल रहे? लोगों ने घरों में पी.जी. होस्टल तक खोल रखे हैं। यहाँ सब दुकानदार लोग हैं..."

माया हँसते हुए उसे अपने पड़ोसियों के बारे में बता रही थी।

"एक ग्रुप बना था यहाँ 'बलाएँ'। शुरू में सारी यंग लेडीज़ थीं। बाद में उनके पति भी जुड़े। जब तक पति नहीं जुड़े थे, सब ठीक चल रहा था। उनके जुड़ते ही माहौल अजीब हो गया। स्त्रियाँ भी पागल हो गईं। एक-दूसरे पर नज़र रखने लगीं। किसकी बीवी किसके पति के साथ सिगरेट फूँक रही, नाच रही, सटकर बैठी है...उफ़्फ़! सिंगल स्त्रियों पर विवाहित स्त्रियाँ ज़्यादा नज़र रखने लगी थीं। उनके पतियों की दिलचस्पी ने मुसीबत पैदा कर दी। वह ग्रुप नहीं, बला ही थी...बाद में तनाव शुरू। ऊपर से हर महीने का दबाव। अनिवार्य था, सबकी बारी आती, तो करना पड़ता था।

"फिर मुझे पता चला कि मेरे बारे में गॉसिप शुरू हो गई है। तरह-तरह की बातें सुनाई देने लगीं। मैंने तौबा कर लिया। मैं इतना नहीं झेल सकी। वैसे भी मेरा अपने पत्रकारों का अलग सर्कल है। मैंने सोचा था कि पास-पड़ोस से भी दोस्ती रखनी चाहिए, यह सोचकर जुड़ी, लेकिन यहाँ तनाव होने लगा।"

"आपको तो सब बुलाते होंगे, दी?"

"हाँ, सिंगल औरत सबको सूट करती है...जब चाहो, इसके घर धमक जाए, बुला लो, साथ चलने को कहो। यार, इतनी फ़ालतू नहीं, न ही इतनी फ़ुर्सत... नौकरी भी करनी होती है, उसके दस झंझट...ऊपर से ये बलाएँ ग्रुप...हो गईं ग़ालिब बलाएँ सब तमाम..."

"आपने इन पर स्टोरीज़ नहीं लिखीं...महिला पत्रिका के लिए तो यह बहुत दिलचस्प विषय होता?"

मालविका हँस रही थी। उसे इस क़िस्से में मज़ा आने लगा था, लेकिन माया का हृदय जानता था कि किस तरह इस मुसीबत से उसका पीछा छूटा था? गले पड़कर पार्टी लेना और देना, दोनों से उसे सख़्त एतराज़ रहा, लेकिन यह नया-नया धनाढ्य

होता हुआ समाज था, जिनके सारे बन्धन ढीले पड़ रहे थे। अत्यधिक कमाई से बौखला गए थे लोग। कपड़ों, विदेश यात्राओं और पार्टियों में इनके पैसे फूँके जा रहे थे। वैभव का ऐसा फूहड़ प्रदर्शन कभी नहीं देखा था। उसका दोस्त शशांक हँसता था माया पर कि कैसे उसकी जैसी संजीदा, अलग तरह की स्त्री इनकी महफ़िलों में तादात्म्य बिठा लेती है!

शशांक कहता, "तुम्हारा मेंटल लेवल तो नहीं मिलता होगा यार इनसे...फिर क्या करती हो तुम...? बेहतर है, तुम प्रेस-क्लब आ जाओ शाम को। यहाँ अपने लेवल के लोग तो हैं!"

उसे क्या बताती माया कि इस बदले हुए समाज के व्यवहारों को परखने के लिए इसमें प्रवेश करती है। ख़ास कर बदलती हुई स्त्रियाँ उसे बेहद चकित करती थीं। उनका उन्मुक्त व्यवहार उसके भीतर की संकोची कस्बाई स्त्री को भीतर से खोलता था। वह ख़ुद भी हुक्का-प्रेमी थी। उसके छल्ले उड़ाते हुए स्त्री की मुक्ति के बारे में सोचा करती थी। वह पार्टी में सबको ग़ौर से परखती थी। वैसे भी उसका सबसे प्रिय काम था—पर्सनालिटी एसेसमेंट। मानवीय स्वभाव पर फ़ीचर लिखते समय बहुत काम आता था। छह लोगों के ग्रुप में बारह तरह के लोग थे। सब अलग-अलग धरातल के लोग। अलग मानसिकता और व्यवहार। ग्रुप बिखर गया, लेकिन उससे सब अच्छे-से मिलते हैं। माया की बढ़ती हुई व्यस्तताएँ और यात्राएँ बहुत काम आईं।

मालविका उसका जीवन जानने को उत्सुक थी। माया अपना जीवन इतनी जल्दी उसके सामने खोलने को बिलकुल तैयार न थी। अतीत के पन्ने खोलना कम दुःखदायी नहीं होता है। माया इतनी पीड़ा उठाने के लिए कतई तैयार न थी। जिस अध्याय को वह बन्द कर चुकी थी, उसे क्या खोलना? अब तो ज़िन्दगी एक सीधी रेखा थी, एक रास्ता बना हुआ था जिस पर गाड़ी सपाट ढंग से दौड़ रही थी।

"फिर कभी, मालू...ज़िद मत कर...अभी तो पहले तुम्हारा जीवन सेटल हो जाए। पहले एक मामला सुलटे, फिर खोलेंगे अपनी कहानी।"

माया ने हँसकर उसकी ज़िद टाल दी।

उस शाम मालविका चहकती रही पूरे घर में। रात को रुकी नहीं। देर रात जाने से माया ने रोका तो उसने बताया कि उसका कोई फ्रेंड लेने आ रहा है।

"बहुत जल्दी शहर में लड़के दोस्त बना लिये, मालू?"

"दीदी, सब पुराने दोस्त हैं। मुम्बई से दिल्ली तक उनका ही साथ है। वे

न होते तो मैं शहर बदलने का साहस न कर पाती और आप न होतीं तो दिल्ली इतनी आसान न होती...मेरे भीतर की 'स्मॉल टाउन गर्ल' अब भी महानगरों से डरती है, दी।"

"हाँ, हम दूसरों से जज होने से भी डरते हैं। हमें जल्दी दाख़िल नहीं होने देते, ख़ारिज़ फटाफट कर देते हैं लोग...हमें दूसरों के अप्रूवल की आदत भी होती है। जब तक दूसरा हमें पास न करे, हम एक क़दम नहीं उठाते। हमारे भीतर आत्मविश्वास आते-आते एक उम्र निकल जाती है।"

"दी, सच है, इसीलिए मैंने अपनी संगति ज़रा अलग-से लोगों से की जो मुझे जज नहीं करते...बिन्दास दोस्त बनाए...आपके भी तो होंगे...?"

मालू ने सवाल पूछा तो माया ख़ामोश रह गई।

"बोलो न, मायू दी!"

मालू उसे इसी नाम से बुलाती थी। माया को 'मायू' कर दिया था, जैसे उसने मालविका को 'मालू।'

"हाँ, हैं न...दूर रहते हैं...हज़ारों मील दूर।"

"दिल्ली में कोई नहीं?"

"दिल्ली में बहुतेरे हैं, लेकिन मैं उनसे घर वाली दोस्ती नहीं रखती। एक बार घर देख लिया न, तो उनकी महफ़िलों का अड्डा मेरा यह ख़ाली घर हो जाएगा। मैं फिर सँभाल नहीं पाऊँगी। मेरे सारे आवारा दोस्त ऐसे ही ठिकानों की तलाश में रहते हैं...अभी फ़ोन करूँ तो खाना-पीना सब लेकर धमक जाएँगे, लेकिन ख़ुद को रोकना पड़ता है। मैंने अपने लिए ख़ुद सेल्फ़लाइन खींच ली है।"

"इतना ख़ुद को मत कसो, दीदीजान...आप जल्दी बूढ़ी हो जाओगी। आपकी उम्र ही क्या है...? मैं पैंतीस को होने वाली हूँ, आप मुझसे पाँच साल ही तो बड़ी हैं, चालीस कोई उम्र होती है क्या, सन्त बनने की?"

मालू अन्तिम वाक्य बोलते-बोलते आँख मारने लगी। माया उसे परिहास से देख रही थी। इस दुखी लड़की के भीतर कितना हास्य है, लास्य है!

माया ने उसे चपत लगाई।

"वो जो हज़ारों मील दूर हैं...उनके बारे में बताओ न, दी...क्या हुआ, कैसे दूर हो गए...?"

"तुम घर जाओ, रात हो गई, दोस्त आने वाला होगा। बाद में बात होगी।"

"उन्हें मिस करती हो न आप?"

"हाँ, बहुत...ये दीवारें भी, यह घर भी...मेरी सम्पूर्ण चेतना...ठीक है, जाओ।... मैं नीचे तक चलूँ छोड़ने?"

"नहीं दी...मैं चली जाऊँगी, आप लिफ़्ट तक चलो बस... ।"

"अपने दोस्त से नहीं मिलवाओगी...?"

माया उत्सुक हो रही थी। वह ख़ुश भी थी कि मालू को कोई ऐसा दोस्त मिला है जो देर रात साथ लेकर घर पहुँचाने आता है। उसे चिन्ता थोड़ी कम हुई।

मालविका चली गई। पूरा घर सन्नाटे में डूब गया। माया की ज़िन्दगी के पन्ने खुलने लगे। माया ने उन्हें रोकना चाहा। स्मृति की आँधी तेज़ होती है, कहाँ रुकती है? स्मृतियों की हवा तेज़ गति से चलती है, ज़िन्दगी की भारी-भरकम सन्दूक़ों में छुपाकर रखी गई किताबों के पन्ने उधियाने लगते हैं। समूचे घर में फैलने लगते हैं। वह भाग-भागकर पन्नों को पकड़ना चाहती है, वे पूरे घर में फैल रहे हैं, हवा में उनकी इबारतें छितरा रही हैं। इन पन्नों को कुछ सालों से उसने कभी पढ़ना नहीं चाहा, न किसी को पढ़ाना चाहा। पढ़ने की बहुतों ने कोशिश की, मगर इसने सन्दूक़ में बन्द कर दिया था। जब नये सिरे से जीवन जीना पड़े तो ऐसा करना पड़ता है। मालविका को भी आज नहीं पढ़ाया।

इबारतें फिर भी सवाल उछाल रही हैं...।

"साथ क्यों नहीं चलोगी...?"

"यहीं रहना क्यों ज़रूरी है? वहाँ कुछ कर लेना।"

"माँ-बाप, करियर इतना महत्त्वपूर्ण, मैं कुछ नहीं?"

"है न ज़रूरी...तुम सबसे ज़रूरी हो, मगर तुमसे ज़्यादा ज़रूरी और भी कुछ है...नीरू"

"क्या...क्यों...तुम यह ठीक नहीं कर रही हो?'

"बस करो...मुझे अब कुछ नहीं सुनना है।"

माया ने दोनों हाथों से अपने कान बन्द कर लिये। आँखें मूँदकर बिस्तर पर औंधे लेटकर सुबकने लगी। जाने कब आँख लगी? सुबह तक स्मृति के पन्ने वापस सन्दूक़ में जा चुके थे।

रात बड़ी ज़ालिम होती है, प्रेतों के लिए भी दरवाज़े खोल देती है और स्मृतियों के लिए भी।

स्म्मृतियों का दरवाज़ा एक बार खुल जाता है तो कई दिनों और रातों तक खुला रहता है। घर के बिखरे हुए सामान को पूजा समेट देती है, माया बिखरती है,

तो कौन समेटेगा? इनसान का बिखराव ख़ुद से समेटना कठिन काम है। माया ने समेटकर रखा तो था। मालू किसी आँधी की तरह आई और सन्दूक़ से ज़िन्दगी की किताब बाहर। फिर से समेटना होगा, उतनी ही पीड़ा से गुज़रकर। अपने सही-ग़लत फ़ैसलों पर माथा पटककर। इस बार जल्दी नहीं समेटना है, मालू का कोई भरोसा नहीं, फिर कब छेड़ दे बात? इस बार तो जल्दी में थी। अगली बार नहीं मानी तो...?

पन्नों को यूँ ही खुले रहने देते हैं...साथ लिये चलते हैं।

माया दो दिनों तक अन्यमनस्क-सी रही। एक दिन सुबह-सुबह गाड़ी उठाई और कनाट प्लेस के अपने प्रिय कैफ़े कॉफ़ी डे में लैपटॉप लेकर बैठ गई। उसकी कुछेक प्रिय जगहों में से एक है। सुबह-सुबह वहाँ बहुत शानदार शान्ति रहती है। उसके जैसे कुछ एकान्तप्रिय लोग बैठे मिल जाते हैं किसी कोने में। कॉफ़ी का दौर चलता रहता है, वह अपनी स्टोरी पूरी कर लेती है। कभी ई-मेल चेक किया, जवाब दिये। कई काम निपटा लेती है। बाहर सड़क पर आते-जाते लोगों को देखकर तसल्ली होती है कि दुनिया अभी वीरान नहीं हुई है। इसे दो घंटे बैठना था यहाँ। वह मगन थी कि तभी कोई उसके सामने, एकदम पास में आ खड़ा हुआ।

"हाय...आप माया हैं? आय एम सिन्दूरी—सिन्दूरी बनर्जी, फ्रॉम कोलकाता।"

"हाय...!"

माया उस अतीव सुन्दरी बाला को अपलक देखे जा रही थी। कौन है यह कोमलांगी—सुबह-सुबह उसके सामने परिचितों की तरह आ खड़ी हुई है?

"माया...राइट?"

"याह।"

"आप कौन?"

"आई नो यू, मैम...आप विमेन मैगज़ीन की एडिटर हैं, फ़ेसबुक पर बहुत एक्टिव हैं। आपका ब्लॉग भी पॉपुलर है। वो क्या नाम है...?"

"'नदिया बहती जाए'।"

"यस-यस...वही, नदिया बहती जाए, एक उदास शाम...राइट!"

"बैठिए।"

वह सचमुच सामने वाली चेयर पर बैठ गई।

"मैं आपको देखते ही पहचान गई थी। मुझे आपसे मिलने का बहुत मन था...मैंने मल्लू को बोला था, आपसे मिलवाए...मगर वो मिलवाती ही नहीं...यू नो मालविका...?"

"आप कैसे जानती हैं उसको...?"

"वो मेरी बेस्ट फ्रेंड है इन दिनों...पहले नहीं थी...पहले कुछ और थी...आई मीन...पहले कुछ और..."

वह खिलखिल करके हँस रही थी। माया ने इतनी सुन्दर बंगाली लड़की पहले नहीं देखी थी। उसे बंगाली पुरुष नहीं पसन्द आते थे। लड़कियाँ प्यारी लगती थीं। लेकिन यह सिन्दूरी तो सिन्दूरी शाम-सी मोहक और दिलकश थी। लम्बी-छरहरी लड़की, कैप्री और क्रॉप टॉप पहने हुए थी। काले और बादामी रंग की ड्रेस उस पर जम रही थी। लम्बे बाल खुले हुए थे। पैरों में मैचिंग स्नीकर्स। कुल मिलाकर एक स्टाइलिश लड़की की छवि बन रही थी।

माया सोच में पड़ गई कि मालू ने कभी इसका ज़िक्र नहीं किया। जाने क्यों? अभी तक अपना फ़्लैट भी नहीं दिखाया और न ही अपने उस ख़ास दोस्त से मिलवाया। आज फ़ोन करके ख़बर लेती हूँ।

सिन्दूरी बोले जा रही थी।

"मालू से आपकी बहुत बातें होती हैं, वह बहुत जुड़ी हुई है आपसे, आपकी बहुत तारीफ़ करती है...आपको पता है, मुझे भी वह बहुत पसन्द है...हम तीनों मिलते हैं न कभी...लेट्स प्लान, मैम।

"आप वीमेन के पक्ष में बहुत बातें करती हैं, आर्टिकल्स लिखती हैं, मैं आपको अपनी कहानी सुनाना चाहती हूँ। मिलेंगी न? मेरी कहानी सब पढ़ें, ताकि फिर कोई लड़की...!"

माया उससे मिलने का वादा लेकर निकल गई। उसे लगा कि यहाँ जितनी देर रहेगी, वह बातें करती रहेगी। उसका काम नहीं हो पाएगा। बाहर निकलते हुए उसने शीशे में देखा, सिन्दूरी के साथ एक आकर्षक लड़की बैठी थी जो कुकीज़ खा रही थी।

माया ने पार्किंग में ड्राइविंग सीट पर बैठे-बैठे मालविका को फ़ोन लगाया। उधर से अलसायी हुई आवाज़ आई। उसने समय देखा—11.30 हो रहे थे।

"तुम अब तक सो रही हो...?"

"अरे दी, नहीं...हाँ...वो न, कल रात देर तक काम करती रही न...नया-नया काम है...तो...करती हूँ आपको फ़ोन, जरा फ्रेश हो जाऊँ..."

यह कहकर मालविका ने फ़ोन काट दिया।

माया ने मैसेज किया, 'घर का पता भेजो, मैं आती हूँ लंच करने तुम्हारे पास।'

आधे घंटे तक कोई जवाब नहीं आया। माया नोएडा अपने ऑफ़िस पहुँचने वाली थी।

नोएडा के सेक्टर बासठ में माया का दफ़्तर था और मालू ने घर लिया था सेक्टर 135 में। उसके यहाँ जाने के लिए माया नोएडा के अन्दर की सड़क नहीं लेती थी, बल्कि एन.एच. 24 पकड़ती थी, जिससे नोएडा मोड़ पहुँचकर अन्दर जाना आसान था। मालविका का जवाब नहीं आया, तो माया ने हाइवे से उतरकर अन्दर वाला रास्ता लिया और मालविका के घर का रास्ता पकड़ लिया।

ड्राइव करते हुए मन-ही-मन ठान रही थी कि अब बुलाएगी तो नहीं जाऊँगी, फ़ोन करेगी तो अच्छे से ख़बर लूँगी।

कभी-कभी चुप्पी भी संवाद होती है।

माया सोच रही थी—मालू लंच की बात सुनकर डर गई होगी, लेकिन क्यों...? स्पष्ट बोल सकती थी।...हो सकता है, उस समय कुछ बता पाने की स्थिति में नहीं हो...क्या कई बार हम ख़ुद ऐसी स्थिति में नहीं होते? छोड़ देते हैं, ऐसे में कुछ नहीं पूछना चाहिए। जब वह सहज होगी, अपने-आप फ़ोन कर लेगी या बात करेगी। किसी के पीछे इतना नहीं पड़ना चाहिए कि सम्बन्ध अपनी सहजता खो दे।

माया बस उसे सिन्दूरी के बारे में बताने के लिए बेचैन थी। सिन्दूरी ने एक बात ऐसी कही थी, जो दिमाग़ में गूँज रही थी—'वो मेरी पहले कुछ और थी'... मतलब...क्या मतलब इसका? क्या इशारा कर रही थी वो? कहीं ये दोनों पार्टनर तो नहीं थीं?...तो मालू ने छुपाया क्यों? बताया क्यों नहीं...? सारी कहानी बताई, यह अध्याय क्यों छुपा लिया?

उसके भीतर उत्सुकता की लहरें ज़ोर मार रही थीं। सिन्दूरी ने अपना नम्बर दिया था। माया ने उसे सेव कर लिया था, लेकिन तय कियाँ कि ख़ुद से दोनों में से किसी को फ़ोन नहीं करेगी। देखते हैं...मालू कब तक चुप्पी साधे रखती है?... सिन्दूरी फ़ोन करती है या नहीं?

सहज प्रतीक्षा से अधिक नैसर्गिक कुछ नहीं।

4

सप्ताहान्त में देर रात गुड़गाँव से दिल्ली की तरफ़ आने वाली मेट्रो में खचाखच भीड़ होती है। देर रात पबों से लौटने वाले युवाओं की टोली झूमते-झामते चढ़ती है और अपने-अपने ठिकाने पर उतरती है। माया को इला दी के यहाँ देर हो

गई थी। उन्होंने कहा, कैब ले लो। माया ड्राइव करके नहीं गई थी। उसे ड्रिंक करके ड्राइव करना, वह भी देर रात, पसन्द नहीं था जब से उसकी परिचित पत्रकार सौम्या की देर रात गोली मारकर हत्या हुई थी और उसके बाद ऊबर रेप कांड हुआ था, जिसमें अकेली लड़की के साथ ड्राइवर ने रेप किया था; तब से उसने देर रात की ड्राइविंग बन्द कर दी थी। बाद में लड़कियाँ ही सवालों के, सन्देह के घेरे में आईं और ऊबर रेप कांड वाली पीड़िता को बहुत भुगतना पड़ा था। पूरा समाज बौखला उठा कि लड़कियों को देर रात शराब पीकर नहीं लौटना चाहिए, देर रात ड्राइव नहीं करना चाहिए, देर रात घर से बाहर अकेले नहीं जाना चाहिए मानो सौम्या की हत्या और रेप की शिकार लड़कियाँ ही असली दोषी थीं! माया पहले एक बजे रात तक अकेली ड्राइव करके कहीं भी चली जाती थी। बेफ़िक्र रहती थी। अकेले ड्राइविंग का अलग ही रोमांच होता है। तेज़ संगीत बजा लो, ठंडी बियर का कैन पीते रहो, चुपचाप और मस्ती में ड्राइव करते हुए घर—जहाँ टोकने-रोकने वाला कोई नहीं, जहाँ दस सवाल पूछने वाला कोई नहीं। कहाँ देर हो गई, क्यों देर हो गई, किसके यहाँ गई थी, जाना ज़रूरी था, इतनी रात तक बाहर...माई फ़ुट! अब अपने दिन, अपनी रातें—न किसी के सवाल, न कोई जवाब।

लेकिन उबर रेप कांड के बाद उसने देर रात मेट्रो लेना शुरू कर दिया था। वह दस बजे के बाद मेट्रो लेती। कोई साथ होता तो कैब करती थी। पार्टी या मेल-जोल तो बन्द नहीं हो सकते थे। सुरक्षा का इन्तज़ाम पुख़्ता किया जा सकता था। उस रात लेडीज़ कोच में चढ़ने के बजाय जनरल कोच में चढ़ गई। वहाँ कोई न कोई लेडीज़ सीट ख़ाली कर ही देता है। मेट्रो बदल-बदलकर राजीव चौक पहुँची और वहाँ से मयूर विहार का मेट्रो पकड़ा। जिस कोच में वह चढ़ी, उसमें ख़ासी भीड़ थी। शनिवार की रात थी, कनाट प्लेस के पबों और क्लबों से लौटने वाली कई सवारियाँ थीं। उसे देख एक युवक सीट छोड़कर खड़ा हो गया। उसको कुछ कहे बिना वह धम्म-से अपना हक़ समझकर बैठ गई। आँखें मूँदकर पीछे टेक लगा लिया। भीड़ इतनी थी कि सामने से कुछ लोग चिपके चले आ रहे थे। कोच में शराब की हल्की-हल्की महक भी आ जाती थी। दम साधकर वह बैठी रही। स्टेशन की गिनती करने लगी। अचानक बोगी में हल्का-हल्का संगीत सुनाई देने लगा। साथ-साथ किसी के गाने की आवाज़ भी कानों तक पहुँची। मेट्रो में कभी भिखारी नहीं चढ़ते, न कभी उनका गाना-बजाना सुना था। यह कौन है जो इस भीड़ में गा रहा है, बजा रहा है?

उत्सुकता हुई कि देखें या पास जाकर सुनें। संगीत अपनी तरफ खींच रहा था। यमुना बैंक स्टेशन कोच आधा ख़ाली हो गया। माया की आँखें संगीत का उत्स खोजने लगीं। उसने देखा, दूर, जहाँ दो बोगियाँ जुड़ती हैं, ठीक वहाँ एक लड़का नीचे बैठा गिटार बजा रहा था। कई लोग उसके आस-पास जमा थे। कुछ खड़े थे, कुछ बैठे। सब गिटार और उसकी गायकी का आनन्द ले रहे थे। माया दूर से ही नज़ारा लेती रही। आनन्द लेने वाली भीड़ में कुछ लड़कियाँ भी थीं। सब संगीत पर झूम रही थीं। एक लड़की कुछ ज़्यादा ही बेतक़ल्लुफ़ दिखाई दे रही थी। वह गिटारवादक को ख़ूब उकसा रही थी। संगीत की छोटी-मोटी महफ़िल ही जम गई थी। माया ने सोचा कि उतरने से पहले गिटार बजाने वाले लड़के को धन्यवाद कहेगी। गिटारवादक के आस-पास जितने युवा थे, वे डटे हुए थे। कितने स्टेशन आए, कोई नहीं उतरा। पूरा कोच जैसे स्टेशन पर उतरना भूल गया था। अब सब उसके साथ फ़िल्मी गाने गा रहे थे। सब झूम रहे थे। ऐसा लगा, हिप्पियों का ज़माना आ गया हो! ऐसे ही आए होंगे, छाए होंगे हिप्पी हमारे यहाँ। उनकी मस्ती, बेफ़िक्री ने सबको लुभाया होगा। माया के छोटे चाचा हिप्पियों के संग ऐसे ग़ायब हुए कि काफ़ी समय तक उनका पता ही नहीं चला। उनके क़िस्से सुनती हुई बड़ी हुई थी।

बाबा कहते थे, "ज़्यादा इंग्लिश पढ़ लेने से यही सब होता है। हमको पढ़ाना ही नहीं चाहिए था..."

ये सब बातें याद आते ही हँसी आई। यादों को झटककर माया वर्तमान में लौट आई। वह संगीत का आनन्द लेना चाहती थी, लेकिन उसे गिटार वाले लड़के के पास जाने में संकोच हो रहा था। हालाँकि उसके आस-पास लोग कम हो गए थे। ज़्यादातर लोग अपनी सीटों से उठकर गिटारवादक के आस-पास जमा हो गए थे।

पूरा कोच गा रहा था—

"इफ़ यू मिस्ड दी ट्रेन, आय एम ऑन...
यू विल नो दी आय एम गॉन
यू कैन हियर दी व्हिसिल ब्लो अ हंड्रेड माइल्स..."

गायक के साथ बैठी सबसे उत्साही लड़की ने हिन्दी में तान छेड़ा—

"जब कोई बात बिगड़ जाए, जब कोई मुश्किल पड़ जाए...तुम देना साथ मेरा ओ हमनवाज़..."

इस गाने के बाद माया का वहाँ बैठना असह्य हो गया। गाने ने उसके दुखते तारों को छेड़ दिया था और वह मीलों लम्बी रेगिस्तान में दौड़ लगा रही थी।

"मत जाओ...नीरज...मत जाओ..."

माया की आँखों से आँसू बहने लगे।

अचानक लगा, कोई उसे झकझोर रहा है, "मैम, आप भी उधर ही चलो, हमारे साथ बैठो...यहाँ अकेली क्यों बैठी हो...चलो न..."

वह माया को लगभग खींचती हुई ले गई। नीचे ही जगह बनाकर बैठा दिया। माया ने चेहरे से स्कार्फ़ हटाया। उसे बिठाकर सब मग्न हो गए थे। माया साफ़-साफ़ देख सकती थी कि वह लड़की कौन थी जो उसे उठाकर ले गई थी। तीन लड़कियों को वह पहचान सकती थी—एक, सिन्दूरी; दूसरी; सिन्दूरी की दोस्त, जो कैफ़े में बैठकर कुकीज़ खा रही थी और तीसरी मालविका।

मालू...वही हिन्दी गाना गा रही थी। उसका यह नया रूप था माया के लिए। मालू इतना सुन्दर गाती भी है! लेकिन वह चकित कर देनेवाली रात थी।

मेट्रो में इतना बेतक़ल्लुफ़ होकर संगीत की महफ़िलें ये बेख़ौफ़ लड़कियाँ ही लगा सकती हैं।

तीनों लड़कियों का ध्यान माया की तरफ़ नहीं था। उसने भी सोचा था कि उतरने के बाद स्टेशन पर बात करेगी इन सबसे। एक हफ़्ते से उसके मैसेज का, फ़ोन-कॉल का जवाब तक नहीं दिया था मालू ने और यहाँ मेट्रो में मस्ती कर रही थी! लेकिन मालू को तो नोएडा जाना था, माया को मयूर विहार उतरना पड़ेगा। पल भर सोचा और उसने मयूर विहार उतरने का ख़याल छोड़ दिया। जहाँ यह ग्रुप उतरेगा, वहीं उतरेगी।

मयूर विहार स्टेशन पर कोच से कोई नहीं उतरा। एक बार मन हुआ कि उतर जाए कि तभी सिन्दूरी ने हाथ पकड़ लिया।

"वापस आएगी न मेट्रो...चलो न आप...लास्ट ट्रेन तक हम रहेंगे इसमें... मत जाओ..."

सिन्दूरी की नज़र माया के चेहरे पर पड़ चुकी थी, मगर वह इतनी मगन थी कि उसे देखकर उसके चेहरे पर हैरानी का कोई भाव नहीं उभरा। मालू की नज़र माया पर नहीं थी, वह गिटारवादक के प्रभाव में डूब गई थी।

माया के लिए मेट्रो का यह अनुभव अनूठा था, पहली बार, वह भी इतनी रात गए। नोएडा सिटी सेंटर से ट्रेन वापस चली, महफ़िल जमी रही। किसी स्टेशन पर

कोई न उतरा। माया को भी इतना आनन्द आया कि सुध-बुध खोकर गाने लगी। ट्रेन आई, गई, फिर लौट रही थी...फिर कोई किसी स्टेशन पर उतरने को तैयार नहीं था। सब गा रहे थे...कुछ लड़के थिरकने भी लगे थे। कोच का खम्भा पकड़े-पकड़े उनका थिरकना आनन्ददायी था। महफ़िल तब समाप्त हुई जब अन्तिम ट्रेन होने की घोषणा हो गई। गिटारवादक बहुत आनन्द में था। उसके घुँघराले बाल ख़ूब हिल रहे थे। खुले बाजुओं पर पहाड़ और फूल का टैटू बना हुआ था। बहुत हैंडसम नौजवान था, गोरा-चिट्टा और लम्बा-चौड़ा। जब वह खड़ा हुआ तो मालविका उसके सामने छोटी लगने लगी। गिटार लिये हुए वह मयूर विहार उतरा, शायद यही उसका गन्तव्य था। माया को भी वहीं उतरना था, लेकिन देर रात इन लड़कियों को इस तरह झूमते हुए नहीं छोड़ सकती थी। सबको साथ लेकर वह मयूर विहार स्टेशन पर उतर गई। पहले तीनों मालविका के घर जा रही थीं। जब चारों मयूर विहार स्टेशन पर उतरीं तो वहाँ देर रात का नज़ारा ही और था। जानेवाले लगभग सारे लोग मालविका और गिटारवादक को धन्यवाद दे रहे थे। कोई-कोई गले लगाने के बाद अपनी राह पकड़ रहा था। माया को समझ में यह बात नहीं आई कि लोग मालविका को किसलिए धन्यवाद दे रहे थे? थोड़ी देर में गिटारवादक भी अपने रास्ते चला। उसके साथ दो-तीन और लड़के थे। मालविका ने उसे चलते हुए बाँहों में भींच लिया मानो कितने जन्मों से जानती हो और मिलकर फिर से बिछड़ रही हो! सिन्दूरी और वह कुकीज़ वाली लड़की एक-दूसरे के कन्धे पर हाथ रखे मज़े से खड़ी थीं। मालविका सबसे फ़ुर्सत पाकर माया की तरफ़ लपकी।

"दी, आप कैसे हो? सॉरी, दी।"

"हो गई फ़ुर्सत मालू तुझे...? सेल्फ़िश लड़की!"

"अरे नहीं, दी...पूरी बात तो सुनो।"

माया नक़ली ग़ुस्से में उसे झटकना चाहती थी, मगर वह ऐसी चिपकी कि स्टेशन के बाहर तक वैसी ही रही।

"तुम लोग जा कहाँ रहे हो...?"

"मैं तो आपके घर चलूँगी दी, सिन्दूरी और संजीता साथ जाएँगी। संजीता यहीं रहती है, फ़ेज़ श्री में।"

वहाँ पर माया ने मालू से बहस करना उचित न समझा। सब विदा हुए और वह मालू को लेकर घर आ गई। मेट्रो से पैदल आठ से दस मिनट का ही रास्ता है उसके अपार्टमेंट तक का। उसे कई गुत्थियाँ सुलझानी थीं—सिन्दूरी का क्या मामला

है? संजीता कौन है? यह गिटारवादक कौन है? मेट्रो में क्यों यह सब शुरू हुआ? ये सब अचम्भे की तरह थे उसके लिए।

स्टेशन पर विदा लेते हुए सिन्दूरी माया के पास आई थी—

"मैम, ये सब जो मेट्रो में हुआ, उसकी मुख्य अपराधी यही आपकी बहन जी हैं—मालविका दी ग्रेट..."

"इसके साथ रहेंगी न, समय और जीवन, दोनों कम लगने लगेगा...इतना फ़न कराती है...आप भी हमारे साथ रहा करो..."

"मतलब...?"

"दी, मतलब ये कि मैंने इस बच्ची सिन्दूरी को समझाया कि चीन में दो बहुत पॉपुलर कहावत है—एक, अगर मुस्कुराना पसन्द नहीं है तो दुकान मत खोलो। दूसरा, ग़म की चिड़ियों को आस-पास उड़ने से नहीं रोक सकते, लेकिन बालों में घोंसला बनाने से ज़रूर रोक सकते हैं।"

"चलो दी, घर चलो...आराम से एक-एक शॉट लगाएँगे और सारी कहानी सुनाऊँगी। चलो तो सही।"

सचमुच वह अचम्भे की ही रात थी। ज़िन्दगी एक कथा की तरह होती है—यातनादायी किन्तु रोचक। प्यार और घृणा से भरी हुई कथाएँ। चालाकियों और छल-कपट से भरी हुई कथाएँ। मौत तक चलती हैं साथ। शेक्सपियर ने इसीलिए कहा होगा कि जीवन आवाज़ों और उन्मादों से भरा हुआ है, लेकिन अन्त में कुछ नहीं बचता।

जाने ज़िन्दगी की कथा का अन्त कहाँ पर हो?

5

मालविका के दफ़्तर में पिछले दिनों दो बहालियाँ हुई थीं। दो नये स्टाफ़, एक लड़की थी और दूसरा लड़का। उसका ऑफ़िस एक लम्बे-से हॉल में था, जहाँ सबके छोटे-छोटे क्यूबिकल्स बने हुए थे। सबका अपना वर्क-स्टेशन था। मालविका जहाँ बैठती थी, उसके ठीक सामने, थोड़ी दूरी पर, दोनों नये लोगों को वर्क-स्टेशन दिया गया था। दोनों नए लोग जब पहली बार दफ़्तर में घुसे तो सबकी निगाहें उन दोनों की तरफ़ घूम गईं।

“वाउ...!” सबके मुँह से निकला था। दोनों अत्यधिक सुन्दर और स्मार्ट थे, स्टाइलिश युवा थे। दफ़्तर की मैनेजर भैरवी रेड्डी तो उसे देखती ही रह गई थी। सबके साथ सामान्य परिचय सत्र होने के बाद वे अपने-अपने काम में लग गए। मालविका ने ज़्यादा तवज़्ज़ो न दी, लेकिन काम करते-करते अक्सर आँखें ऊपर उठाती, तो झेंप जाती। वह नई लड़की और नया लड़का, दोनों उसे घूर रहे होते। वह पलकें झुकाकर फिर काम पर लग जाती। वाशरूम जाती तो वह लड़की टकरा जाती और कॉफ़ी ब्रेक पर लड़का टकरा जाता। एक-दूसरे को ‘हाय’ करके निकल जाते। धीरे-धीरे मुस्कानों का आदान-प्रदान होने लगा। हाल-चाल पूछे जाने लगे। मालविका के ठीक पीछे एक और पुरानी कुलीग सुनयना बैठती थी जिसे सब लोग ‘सू’ कहकर बुलाते थे। एक दिन वाशरूम में मालविका से टकरा गई।

वो सुबक-सुबककर रो रही थी।

“क्या हुआ...?” मालविका घबरा गई। उसके दफ़्तर में मातमी माहौल कभी नहीं रहा कि लोग रोएँ-धोएँ। उसने चुप कराया।

फिर सू ने जो कारण बताए, मालविका हँसते-हँसते पागल हो गई। उसे समझ में नहीं आ रहा था कि वह किससे साझा करे?

सू को तकलीफ़ थी कि वह नया लड़का अक्सर सू को घूरता रहता है, लेकिन कभी उसकी सीट के पास आकर ‘हैलो’ नहीं बोलता। कोई सिग्नल नहीं देता। जब देखो, तब घूरता रहता है। आख़िर चाहता क्या है? क्या उसे बात करनी चाहिए?

मालविका के पास इस समस्या का जवाब था।

“सू, वो तुम्हें नहीं, मुझे घूर रहा होता है। तुम्हें कैसे ग़लतफ़हमी हुई, यार... टू मच, यार...रिलैक्स...”

मालविका हँस-हँसकर लोट-पोट हुई जा रही थी।

मिस सुनयना उसकी ही उम्र की थीं और अब तक बैचलर थीं। उनकी निजी ज़िन्दगी के बारे में कोई ज़्यादा नहीं जानता था, लेकिन उन्हें फ़्लर्ट करने में मज़ा आता था। उस नए लड़के से वे फ़्लर्ट का संकेत ग्रहण कर रही थीं, लेकिन उसने घूरने के सिवा कोई सिग्नल नहीं दिया था।

अब हैरान होने की बारी सू की थी, “वो तुम्हें घूरता है...आयँ? फ़क्क मैन।”

“मज़ाक़ कर रही हूँ, सू...मुझे कोई क्यों घूरेगा—न शक्ल न सूरत! मैं कहाँ, वो लड़का कहाँ...हाँ, वो नई लड़की भी मुझे कई बार घूरती रहती है...मुझे लगता है, यह नेचुरल है। नए लोग पुराने लोगों से दोस्ती बढ़ाना चाहते हैं, हिम्मत नहीं

कर पाते...तुम ख़ुद उनके पास जाओ और दोस्ती का हाथ बढ़ाओ...मुझे तो नहीं करनी दोस्ती...मैं ऐसे ही अपने जीवन से परेशान हूँ।"

सू कहाँ ये सब सुनती? उसके दिमाग़ में बहुत कुछ चलने लगा था। उसी दिन से सू मैडम की मालविका से अघोषित दुश्मनी शुरू हो गई थी जो धीर-धीरे विकराल रूप ले रही थी। सू ने पूरे दफ़्तर में वह 'ख़बर' फैलानी शुरू कर दी कि नये लड़के में मालविका इंटेरेस्टेड है। कानाफूसी शुरू हो गई। गॉसिप प्रिया, अतिरिक्त स्मार्ट मैनेजर भैरवी रेड्डी तक बात पहुँची और उन्होंने मालविका और नये लड़के पर नज़र रखनी शुरू कर दी।

मालविका ने ग़ौर किया कि लड़के ने तो घूरना कम कर दिया है, लेकिन वह लड़की लगातार कोई सन्देश देने की कोशिश कर रही है। पास आने की हिम्मत नहीं जुटा पा रही है। दोनों बच रहे हैं। शाम को मालविका को घर पहुँचने की जल्दी रहती। बच्चे, जिन्हें वह पापा से दूर लेकर आ गई थी, गेस्ट-हाउस में उसका इन्तज़ार करते थे। दिन-भर फ़ोन करके उसे उलाहना देते रहते थे। उसे दफ़्तर से काम निपटाकर जल्दी घर भागना था। तेज़ी से निकली और पार्किंग की तरफ़ बढ़ी। देखा, गाड़ी का एक पहिया पंक्चर हो गया था। टायर बदलना जरूरी था जबकि एक-एक पल देर हो रही थी। किसको मदद के लिए बुलाऊँ, यह सोचते हुए चारों तरफ़ नज़र दौड़ा रही थी कि तभी एक बुलेट मोटरसाइकिल सवार आया और रुक गया। पूरी पार्किंग में बुलेट की बुलन्द आवाज़ गूँज गई।

"हाय, मैं फ़ैज़...पहचानती तो होंगी आप! आपके साथ ही काम करता हूँ। चलिए, मैं आपको छोड़ आता हूँ...कुलीग की मदद करनी चाहिए...नहीं...?"

उसने हैलमेट हटाया तो मालविका ने देखा, वही नया लड़का। एकदम टशन में लग रहा था। मन हुआ कि मना कर दे, लेकिन जल्दी थी और बच्चे बार-बार फ़ोन कर रहे थे। उसने पार्किंग में ही गाड़ी छोड़ी, गार्ड को बताया और फ़ैज़ की मोटरसाइकिल पर सवार हो गई। उसका मन हो रहा था कि पूछे—तुम मुझे इतना घूरते क्यों हो? तुम्हारे घूरने से दफ़्तर में कांड हो गया है। बात क्या है?

लेकिन वह रास्ते भर चुप्पी रही। सिर्फ़ अपना पता बताया और लड़के ने भी चुपचाप गेस्ट-हाउस के बाहर उसे उतार दिया।

मालविका ने चलते-चलते धन्यवाद कहा तो उसने कहा, "कहीं बाहर कॉफ़ी पिलाएँगी तब शुक्रिया लूँगा।"

उसे वापस जाते हुए देर तक देखती रही। अपने मन से झूठ न बोल सकी कि

उसे अच्छा नहीं लगा। लड़का उसे ख़ूब अच्छा लगा था। मोटरसाइकिल पर पीछे बैठकर उसके साथ की ड्राइव रोमांचक थी...

बच्चों के ख़याल ने उसे रोमांचक दुनिया से बाहर खींचा। अगले दिन सुबह कैब करके बच्चों को उनके पापा के घर छोड़कर दफ़्तर आई तो आज फ़ैज़ उसे घूर नहीं रहा था। आराम से काम करता रहा। बीच में उठा और मालविका के पास कॉफ़ी के दो मग लेकर आ गया। एक कुर्सी खींची और बैठ गया।

"आपको पता है, हमें एक असाइनमेंट साथ मिला है। आप बात करेंगी, मैं शूट करूँगा। वीडियो शूट करना है आपके साथ। बॉस बताएँगी अभी।"

"तुम क्यों बता रहे हो? बॉस को बताने दो..."

वह लैपटॉप की तरफ़ घूम गई। तभी पीछे से मिस सू आकर खड़ी हो गई।

"हाय फ़ैज़...हाय मालू...व्हाट्सप...तुम दोनों साथ किसी असाइनमेंट पर जा रहे हो...सुना है...?"

"मैंने भी सुना है, मिस सू..."

वह खीझ रही थी। फ़ैज़ वहाँ से उठकर अपनी डेस्क पर चला गया। जाते हुए उसने जो कहा, मालविका ने सुन लिया, "चेंपो..."

हँसी रोककर वह अपने काम में लग गई। अपमानित-सी सू वहाँ से अपने डेस्क पर न जाकर सीधे मैनेजर के पास चली गई। तिरछी नज़रों से मालविका ने देखा कि वह पास बैठकर कुछ फुसफुसा रही थी। थोड़ी देर में फ़ैज़ को बुलावा गया। जाने फ़ैज़ से भैरवी ने क्या कहा, मगर उसे देर तक बिठाए रखा। वहीं कॉफ़ी पिलाई। हँसने की आवाज़ें बाहर तक आती रहीं।

मिस सू का तेवर तब भी चढ़ा हुआ ही था। भैरवी के केबिन की तरफ़ देखते हुए उन्हें लगा कि फिर कोई पाप हो गया है उनसे। और इस पाप का कोई प्रायश्चित्त नहीं।

मालविका और फ़ैज़ तीन दिनों तक एक असाइनमेंट पर काम करते रहे। टीम में तीन लोग थे। रोज़ शाम को कहीं बैठकी जमती। दिन-भर काम निपटाने के बाद शाम को फ़ैज़ गिटार सुनाने का लालच देता। फिर तीनों उसके ही घर पर बैठते। देर रात होती तो फ़ैज़ उसे गेस्ट-हाउस तक छोड़ आता।

उनकी दोस्ती गहराने लगी थी। दफ़्तर में भी साथ ही लंच करते, कॉफ़ी पीते। वह घूरने वाली लड़की यह सब देखकर उदास रहने लगी थी। मालविका ने सोचा कि एक दिन उसे भी अपने साथ पार्टी में ले जाएगी। वहाँ बात करेगी उससे। कुछ

तो समस्या है उसे। किसी से घुलती-मिलती नहीं है। उसे वह लड़की रहस्यमय लगने लगी थी।

एक शाम फ़ैज़ और उसके दोस्तों के साथ महफ़िल चल रही थी कि फ़ैज़ ने मालविका को छेड़ दिया।

"मालू...वो लड़की...क्या नाम है उसका, हाँ, सिन्दूरी बनर्जी...तुम पर फ़िदा है। देखतीं नहीं, कैसे घूरती रहती है...? उसकी आँखों में कितना प्यार है तुम्हारे लिए...?"

फ़ैज़ का एक दोस्त बोला, "प्यार ही तो है, वासना तो नहीं..."

सब ठहाके लगाने लगे, लेकिन मालविका के दिमाग़ में यह बात अटक गई। उस रात गेस्ट-हाउस वापस न जा सकी। महफ़िल काफ़ी लम्बी खिंच गई थी। फ़ैज़ मोटरसाइकिल चलाने की हालत में न था। सब वहीं रुक गए। जहाँ-तहाँ लुढ़क गए। सुबह सबसे पहले मालविका की आँख खुली। देखा, वह किसी के बेड पर पड़ी है, चादर ओढ़कर। नीचे फ़ैज़ सो रहा था। हड़बड़ाकर उठी। रात भर तीन अनजान लड़कों के साथ रात एक फ़्लैट में बिताकर लौट रही है। क्या कर लिया? ख़ुद पर ग़ुस्सा आने लगा, खीज भी हो रही थी। बस, इतना यक़ीन था कि फ़ैज़ ने उसे हाथ नहीं लगाया होगा।

वह फ़ैज़ के उठने का इन्तज़ार करने लगी।

फ़ैज़ जगा तो मालविका की आँखों में सवाल तैरते देख हँसने लगा।

"दोस्त पर भरोसा नहीं करते आप...कैसा ज़माना आ गया है...या ख़ुदा... चलो, आपको छोड़कर आता हूँ।"

ठीक यही पल था जब मालविका के दिल में फ़ैज़ ने प्रवेश किया—बड़े ठाठ से। हालाँकि इसका एहसास उसे तब हुआ जब वह गेस्ट-हाउस पहुँची जहाँ पति गाड़ी लेकर खड़ा था।

सुबह-सुबह एक हसीन लड़के के साथ मोटरसाइकिल से उनींदी आँखों वाली पत्नी को उतरते देखकर पति बौखला गया था।

फ़ैज़ वहाँ थोड़ी देर रुकना चाहता था। उसे किसी अप्रिय घटना की आशंका हो रही थी। वह मालविका को अकेला नहीं छोड़ना चाहता था। उसे लगा कि इस वक़्त उसकी ज़रूरत हो सकती है, लेकिन मालविका ने उसे चले जाने का इशारा किया।

फ़ैज़ के जाते ही पति विक्रम शुक्ला ने शाब्दिक हमले शुरू कर दिये। मालविका के चरित्र पर हमले।

"ऐसा कुछ नहीं है जैसा तुम सोच रहे हो, विक्रम...चले जाओ यहाँ से...मुझे तुमसे कोई बात नहीं करनी है...कोर्ट में बात करेंगे..."

"मैं तो तुम्हें घर ले जाने आया था, सरप्राइज़ देना चाहता था। सोचा था, सब ठीक हो जाएगा। हम माफ़ कर देंगे एक-दूसरे को, फिर से नई ज़िन्दगी शुरू करेंगे। बच्चे हम दोनों को एक साथ देखना चाहते हैं। हमें अपने स्वार्थ से ऊपर उठकर उनके बारे में सोचना चाहिए...लेकिन यहाँ तो तुम रास रचाए बैठी हो...तुम्हें ऐसी ही आवारगी पसन्द है न...लड़कों के साथ..."

"विक्रम..."

मालविका क्रोध से फूट पड़ी।

कुछ कहती, इससे पहले रुलाई के ज्वार ने क्रोध को दबा दिया। उसी हालत में वह गेस्ट-हाउस के अन्दर जाने को मुड़ गई। विक्रम ने आगे बढ़कर रास्ता रोक लिया।

"घर चलो...सॉरी...मैंने गुस्से में जाने क्या-क्या कह दिया...? मुझे गुस्से पर कंट्रोल नहीं रहता...चलो, अन्दर हम बैठकर कुछ चीज़ें तय करते हैं...चलो..."

मालविका का हाथ पकड़कर खींचता हुआ वह उसे अन्दर ले गया।

"बच्चे तुम्हें बहुत याद करते हैं, मैं अपने को बदल लूँगा...एक बार हम साथ रहकर जीने की कोशिश करते हैं न...अच्छा, तुम साथ रहने की कंडीशन बताओ...वो ही करते हैं..."

"मगर तुम्हारे साथ बेड शेयर नहीं करूँगी..."

विक्रम ने मालविका की शर्त सुनी और उसका शीशमहल भरभरा कर बिखर गया।

वह कुर्सी से उठकर खड़ा हो गया।

"तुम सोई हो उसके साथ...?"

विक्रम की लाल-लाल आँखें मानो मालविका को खा जाने के लिए व्यग्र हो उठीं!

"मैं जागी हूँ उसके साथ...सोई तो तुम्हारे साथ थी, अब जागी हूँ..."

"तुम उसके साथ हो...वो...दो कौड़ी का लड़का...तुमसे छोटा लगता है..."

"विक्रम, जाओ तुम। अब मैं नहीं जाऊँगी तुम्हारे साथ। मैं किसी के साथ कमिटेड हूँ...तुम्हारे साथ, तुम्हारे घर में नहीं रह सकती..."

"एक फूटी कौड़ी नहीं दूँगा, बच्चों के लिए तरस जाओगी...देखना, एक दिन पैरों पर गिरोगी, गिड़गिड़ाओगी...मैं भी लड़कियाँ घर पर लाऊँगा, देखना...तुम्हारा भविष्य बहुत दर्दनाक होगा...बुरी मौत मरोगी..."

"चले जाओ यहाँ से..."

उस दिन मालविका ने अपने दाम्पत्य-सम्बन्ध के ताबूत में आख़िरी कील ठोंककर ख़ुद को सुकून में पाया। एक अनिश्चित ज़िन्दगी के अँधेरे में छलाँग लगाने के बावजूद वह रौशनी से नाउम्मीद नहीं थी। वह रिहा हो चुकी थी। एक नई ज़िन्दगी फिर से शुरू करने की तैयारी करनी थी। उसे भविष्य से ज़्यादा अपने वर्तमान की रिहाई की चिन्ता थी। उसे अपने सख़्त नापसन्द लेखक तोल्स्तोय का एक कथन याद आया—

> *अगर लोग आपसे कहते हैं कि आपको अपना जीवन भविष्य की चिन्ता की तैयारी में जीना चाहिए तो विश्वास न करें। वास्तविक जीवन केवल वर्तमान में मिलता है।*

वह जीवन उसे मिल चुका था, जो आन्ना कारेनिना को नहीं मिला था।

"मैं रेल की पटरियों पर जान नहीं दूँगी...। अपनी कहानी मैं ख़ुद लिखूँगी।" बुदबुदाती हुई मालविका ने बाहर की तरफ क़दम बढ़ा दिए।

6

"तो मैडम मालू, उस दिन तुमने मुझे कॉल बैक नहीं किया और एक हफ़्ते तक चुप रही, इसके पीछे कौन? यही फ़ैज़ था या वो गिटारवादक...?

"यह सिन्दूरी का मामला क्या है, मालू?"

माया ने अधजगी आँखों से उसे घूरा। पूजा रिपोर्टर मालविका को देखकर बड़े उत्साह में थी। तरह-तरह के नाश्ते का प्लान बना रही थी। सुबह की चाय लिये हम दोनों अलसाए-से बैठे थे। कल रात पार्टी और मेट्रो में संगीत की महफ़िल की ख़ुमारी उतरी नहीं थी। कई बार रातें पलकों पर सवार हो जाती हैं। सुबह तक उतरती नहीं। कई बार उन्हें दिन-भर ढोना होता है। पलकों पर रातें उठाएँ आँखें काली नहीं होतीं, भारी होती हैं। माया और मालविका की हालत कुछ ऐसी ही थी। माया मालविका के जीवन की गुत्थियाँ समझना चाहती थी और मन-ही-मन सोच रही थी—कितनी अजीब है हम सबकी ज़िन्दगी? हम सब एक कहानी लिये जीते चलते हैं। ज़िन्दगी महापुराण है।

"मालू, पहले मुझे ये मेट्रो की कहानी बताओ, फिर सिन्दूरी-कथा। यह कौन है, कहाँ की है? यह दिल्ली कैसे आई? यह तो बंगलोर दफ़्तर में थी न तुम्हारे साथ?"

"अरे दी, लम्बी कथा है। कितनी सुनोगी? मेरी ज़िन्दगी तो जैसे उलझकर रह गई है। कई तार हैं—कुछ रेशमी तो कुछ सूती। फ़ैज़ मेरे जीवन का रेशमी तार है... लेकिन यह सिन्दूरी...अब मुश्किल होने लगी है, दी।"

रातें माया की पलकों से एक झटके में उतर गईं। मालविका की अन्तहीन कहानी शुरू हुई—

विक्रम से उस दिन की लड़ाई के बाद मालविका ने तय कर लिया कि वह मुम्बई छोड़ देगी। पति इतना हिंसक हो चुका था कि उसे कोई भी नुकसान पहुँचा सकता। आख़िरी बार जाते समय जिस तरह वह धमकी देकर गया था, मालविका डर गई थी। उसे चेतावनी समझकर उसने तय कर लिया कि शहर बदल देगी। यह अचानक लिया गया फ़ैसला था। किसी को ख़बर करने का होश नहीं था। माया का नम्बर था, जिनके आगे अपनी सारी ज़िन्दगी खोल चुकी थी। उसे भरोसा था कि जिस दिन उनके दरवाज़े पर खड़ी होगी, वे बाँहें फैलाकर उसे आसरा देंगी। यह जोख़िम भरा फ़ैसला था, लेकिन उस सुबह के बाद उसका मन एक पल उस शहर में नहीं लगा जहाँ इतने साल गुज़ारे थे। फ़ैसला लेने के बाद आख़िरी बार वह अपने बच्चों से मिलने घर गई। दस साल का बेटा उससे चिपटकर इतना रोया कि फ़्लैट से अपार्टमेंट के गेट तक आने में उसे घंटा भर का समय लगा। एक-एक पाँव टनों भारी हो गए थे। उठाए नहीं उठते थे। गेट पर फ़ैज़ काफ़ी देर से खड़ा था। वह आपे में नहीं थी। भीतर भयंकर तूफ़ान मचा हुआ था। बच्चे उसके साथ जाना नहीं चाहते थे। अपने पिता के वैभव में पले बच्चे किसी क़ीमत पर सुख-सुविधा नहीं छोड़ना चाहते थे। उनकी दादी उनके पास गार्ड की तरह खड़ी थीं कि बच्चे कहीं कमज़ोर न पड़ जाएँ। मालू को डर था कि कहीं बच्चे उसे रोक न लें। कहीं वह कमज़ोर न पड़ जाए और अपना फ़ैसला न बदल ले। कई बातों का डर लिये वहाँ पहुँची थी। उसकी ज़िन्दगी में इतना भारी वक़्त पहले कभी नहीं गुज़रा था, जहाँ एक-एक क़दम उठाना इतना भारी हो जाए। इसके पहले बच्चों को उसके पास छोड़कर विक्रम गया था, बच्चे उससे लिपटकर रोए थे, लेकिन विक्रम को कोई फ़र्क़ नहीं पड़ा था। बच्चों को ख़ुद से अलगाते हुए कार में बैठाकर बॉय-बॉय करता हुआ चला गया था। पिताओं के लिए बच्चों से बिछड़ना इतना सहज क्यों होता है, माँओं के कलेजे क्या मोम के बने होते हैं? इतने आराम से कैसे चला गया था वो? इतनी निर्ममता हम माँओं में आती तो कई स्त्रियाँ अलग होने का फ़ैसला ले चुकी होतीं। बच्चों की ख़ातिर घुट-घुटकर जीवन न जीतीं। कहते हैं, औरतों में

निर्णय की क्षमता नहीं होती। आज उसे समझ में आ रहा था कि उनके भीतर इतना मोह होता है कि वे फ़ैसला ले ही नहीं पातीं। सिर्फ़ बच्चे से ही नहीं,उस पतिनुमा शासक से भी मोह होता है, जिसके अनगिनत गुनाहों के बावजूद वे उसे छोड़ा नहीं पातीं। मोह स्त्रियों के पाँव की बेड़ी है।

फ़ैज़ उसकी मनोदशा समझ रहा था। उसकी प्रतीक्षा लम्बी हो गई थी, मगर वह अविचल खड़ा रहा। जीवन के सबसे मुश्किल वक़्त में वह मालू के पास होना चाहता था और वह वहाँ था। जब गेट तक पहुँची तो फ़ैज़ की बाँहों में गिर पड़ी थी। देर तक वहीं खड़ी-खड़ी सुबकती रही। किसी तरह उसे सँभालकर वह अपने दोस्त की कार से वापस ले गया। अपने बच्चों के लिए वह आख़िरी बार रोई थी। अगले दिन वह बदल चुकी थी। मालविका अब एक नई लड़की थी—काम-काजी, हर तरह से मुक्त, जिसे नये शहर की तलाश थी। वह अपना पुराना शहर हमेशा के लिए छोड़कर जाने की तैयारी में थी। मालविका के लिए अब उस दफ़्तर में काम करना भी मुश्किल हो चुका था। फ़ैज़ पर लट्टू उसकी मैनेजर भैरवी ने उसका कुछ महीनों से जीना मुश्किल कर रखा था। किसी-न-किसी बहाने वह उसे बहुत तंग करती थी। फ़ैज़ को उससे अलग काम पर लगा देती थी। जितना उसके वश में था, वह परेशान कर रही थी। दूसरा मोर्चा मिस सू ने खोल रखा था। उसको मालविका ने परेशान करने में आनन्द आता था। वह तो इस अन्दाज़ में जी रही थी कि तुम किसी ग़ैर को चाहोगे तो मुश्किल होगी...।

ये सब कुछ यहीं पर छोड़कर नई दुनिया, नये लोगों के बीच जा रही थी मालविका।

दफ़्तर की वह आख़िरी शाम थी। सबने मिलकर शानदार फ़ेयरवेल पार्टी का आयोजन किया था। सब सज-धजकर आए थे। फ़ैज़ उस पार्टी का मुख्य आकर्षण था। वह गिटार बजाने वाला था और भैरवी गाना गाने वाली थी। मालविका ने ब्लू शिफ़ॉन की साड़ी और पतली पट्टी वाली प्रिंटेड स्लीवलेस ब्लाउज़ पहना था। डांस का माहौल बनाया जा रहा था। अन्य सारी स्त्रियाँ वेस्टर्न ड्रेस में थीं। फ़ैज़ दूर खड़ा मालविका को निहार रहा था। बहुत सुन्दर नहीं थी वह, मगर स्मार्ट, आत्मविश्वास से भरी हुई बेहद ज़िन्दादिल लड़की थी, जिसके साथ उसे जीवन जीने में आनन्द आने लगा था। समूचे दफ़्तर में वही अकेली लड़की थी जो उसे भाव नहीं देती थी। उसकी तरफ़ देखती भी नहीं थी, टोकना तो दूर की बात। उससे बातें करने की इच्छा के आगे वह अवश हो जाता था। मजबूरन उसकी यही बेरुख़ी उसे भा गई

थी। वही टोकता था। दरअसल, वह भीतर से टूटा हुआ था। ताज़ा-ताज़ा ब्रेकअप हुआ था। जैसे ही लड़की के परिवार वालों को पता चला कि वह कश्मीरी मुसलिम है, प्रेम ऐसे नष्ट हुआ कि लगा ही नहीं, कभी वे प्रेम में थे। लड़की कन्नड़ ब्राम्हण परिवार से थी। परिवार के दबाव के आगे झुक गई थी। फ़ैज़ समझता था, वे उसके मुसलिम होने से इतना नहीं डरे जितना उसके कश्मीरी होने से। यह वह दौर था जब हर कश्मीरी मुस्लिम को सन्देह से देखते थे ग़ैर-कश्मीरी लोग। हर कश्मीरी छात्र लोगों को आतंकवादी नज़र आता था। दिल्ली में बाटला हाउस कांड के बाद तो उसे किसी शहर में किराये पर मकान मिलना मुश्किल हो गया था। दो साल तक उनका प्रेम कितना सघन था, लड़की के परिवार वाले भी जान गए थे। लेकिन जब शादी की बात आई तो छानबीन शुरू हुई। यहीं से सब गड़बड़ाता चला गया। यहीं से शुरू। फ़ैज़ ने उन्हें कश्मीर चलने का न्योता भी दिया था। वे न माने। लड़की भी शायद कहीं भीतर से डर गई थी। इसी डर ने सब कुछ ख़त्म कर दिया। भीतर से टूटा हुआ फ़ैज़ नई नौकरी में आ गया था। यहाँ का माहौल उसे पसन्द आया था। लड़के कम थे, लड़कियाँ ज़्यादा। इसलिए भी उसे सब ख़ास तवज़्ज़ो देते थे। नई जगह में, नई ज़िन्दगी शुरू करते हुए वह बिलकुल बदल गया था। अपने टशन में रहता था। खुलकर ज़िन्दगी जी रहा था। लड़कियों से आसानी से घुल-मिल जाता था। सब उसे पसन्द करती थीं, सिर्फ़ मालविका उससे दूर भागती थी। उसे यह बात अच्छी लगी थी। उसके दिल में फिर से घंटियाँ बजने लगी थीं, लेकिन जिस दिन मालविका की ज़िन्दगी की कहानी का पता चला, उस दिन से वह फिर से बदल गया। उसने आगे बढ़कर दोस्ती का दामन थाम लिया।

हर क़दम उसके साथ खड़ा रहा—यह जानते हुए कि भैरवी को ये सब पसन्द नहीं है, उसने परवाह नहीं की। उसे भीतर से आवाज़ आती थी कि अल्लाह ने किसी मक़सद से मालविका से मिलवाया है। उसके साथ रहना है, किसी भी सूरत में। उसके दिल्ली जाने के फ़ैसले से ज़रूर उसे चोट लगी थी, लेकिन उसने कोई आपत्ति नहीं जताई। उसका उत्साह बढ़ाता रहा। वह जानता था कि मालविका के जाने के बाद यहाँ रहना उसके लिए असह्य होगा। उसकी सबसे अच्छी दोस्त चली जाएगी, जिसके दु:ख का वह साझीदार था, जो उसके दु:ख की साझीदार थी। दोनों एक-दूसरे से अपना अतीत शेयर करने लगे थे। दोनों साथ हँसते, साथ रोते थे। इस तरह दोनों अपने दु:खों से मुक्त भी हो रहे थे, थोड़ा-थोड़ा। दु:ख की यह ख़ूबी है कि कह दो, तो हल्का हो जाता है।

फ़ैज़ अपने को तैयार कर रहा था, मालविका के बिना रहने के लिए। अभी तक मालविका ने इस बारे में कोई बात न की थी। दोनों बच रहे थे। एक मोह यहाँ भी घेर सकता था।

पार्टी में सुरूर आ गया था। फ़ैज़ ने गिटार बजाकर सबका दिल जीत लिया था। भैरवी ने सबके सामने उसे चूम लिया था। मिस सू उसके गले लग गई थीं। सिन्दूरी ने हाथ मिलाकर बधाई दी। मालविका दूर से निहारती रही। तभी सिन्दूरी आकर उसके पास बैठ गई। वह कुछ कहना चाहती थी। मालविका के आस-पास और लोग जमा होने लगे थे। कुछ उसके पास बैठ गए थे। सिन्दूरी एकदम नशे में थी। उसने मालविका से पूछा, "वाशरूम किधर है?"

दफ़्तर की एक होशमन्द लड़की उठी, वह सिन्दूरी को सहारा देकर ले जाना चाहती थी ताकि कहीं लड़खड़ाकर गिर न पड़े।

सिन्दूरी थोड़ी लड़खड़ा रही थी। सिन्दूरी ने उसका हाथ झटक दिया।

"नहीं, मैं मालविका के साथ जाऊँगी...मुझे उससे बात करनी है..."

मालविका ने उस लड़की को रोका, सिन्दूरी को अपने साथ लेकर वाशरूम गई। उसे लगा, आज लगातार घूरने का राज़ उगल देगी। पता तो चले, राज क्या है? कुछ तो कहना चाहती है। आख़िरी शाम है, सुन ले ज़रा।

छरहरी काया वाली सिन्दूरी, टॉप और शर्ट स्कर्ट में बहुत मोहक लग रही थी। हाई हील में चलते समय लड़खड़ा रही थी। वाशरूम पहुँचते-पहुँचते गिरने ही वाली थी कि मालविका ने अपनी बाँहों में सँभाल लिया। बेशिन के पास पहुँचकर किसी तरह टेक लगाकर उसे खड़ा किया। अचानक मालविका को लगा, उसके लम्बे, खुले बाल कहीं उलझ रहे हैं। सिन्दूरी ने उसमें अपना मुँह घुसा दिया था। मालविका ने उसे अलग करना चाहा। झटके देती हुई बालों से मुँह निकाला और अपने टॉप उतारकर खड़ी हो गई। मालविका टॉपलेस सिन्दूरी को देखकर चीख़ पड़ी।

"क्या करती हो तुम...क्या हो गया है तुम्हें...ज़रा भी...?"

"बोलो...बोलो...कहो...ज़रा भी शर्म-लिहाज़ नहीं...मैं बेशर्म हूँ...बिलकुल हूँ...अब तक यही तो सुनती आई हूँ...।"

"तुम टॉप पहनो। पार्टी में लोग हमारा इन्तज़ार कर रहे होंगे, चलो... ।"

मालविका ने अपनी पूरी ताक़त लगाकर उसे टॉप पहनाना चाहा। सिन्दूरी उसी अवस्था में उससे चिपट गई।

"आप मुझे बहुत अच्छी लगती हो, आई लव यू...मुझे आपसे प्यार हो गया

है—पहली नज़र का प्यार...मुझे इग्नोर मत करिए। आप दिल्ली चली जाओगी, मैं कैसे यहाँ रह पाऊँगी...मुझे भी आपके साथ जाना है...!"

उसकी हिचकी बँध गई थी। मालविका के लिए यह स्थिति अजीब हो गई थी। सिन्दूरी उससे सँभल नहीं सकती थी। सहायता के लिए लेडीज़ वाशरूम में किसको बुलाए? दफ़्तर के लोग हैं, बात का बतंगड़ बन जाएगा। यह लड़की मान नहीं रही है। किसी तरह अपने से उसे अलग किया।

"सिन्दू...हम बाद में बात करें...बैठकर बात करते हैं। अभी यहाँ ये बातें ठीक नहीं लग रही हैं। तुम मेरे साथ घर चलो, हम वहाँ बातें करेंगे।"

बहुत समझाने पर सिन्दूरी ने टॉप पहन लिया, मगर वहीं खड़ी रोती रही। मालविका ने फ़ैज़ को वहीं से फ़ोन किया। वह वाशरूम के दरवाज़े तक आया, वहाँ से दोनों सिन्दूरी को थामे हुए कुर्सी तक लेकर आए। लोगों को लगा, सिन्दूरी आउट हो चुकी है। सब अपने में मस्त थे। डांस शुरू हो चुका था।

फ़ैज़ ने डांस के लिए मालविका को हाथ बढ़ाया तो सिन्दूरी ने उन दोनों के हाथ थाम लिए।

"हम तीनों..."

फ़ैज़ और मालविका, दोनों वहाँ कोई तमाशा नहीं चाहते थे। तीनों फ़्लोर पर थिरकने लगे। सिन्दूरी नाचते-नाचते मालविका के कानों के पास आकर फुसफुसाई—

"आप फ़ैज़ को प्यार करती हैं, मैं आपको...याद रखिएगा, मैं आपका पीछा नहीं छोड़ूँगी।"

मालविका ने उसे तड़ से जवाब दिया, "मैं स्ट्रेट हूँ, डियर।"

तपाक-से सिन्दूरी ने कहा, "बट आय एम नॉट। कोई समझता ही नहीं मुझे—न घर-परिवार, न दोस्त-यार। अब आप भी...नहीं।"

मालविका ने उसे गले से लगा लिया।

"हम दोस्त हो सकते हैं न...मैं समझती हूँ, हम बात करेंगे इस पर। आय एम विद यू, सिन्दू...। बिलीव मी..."

फ़ैज़ इन दो स्त्रियों की रूमानी अन्तरंगता देखकर मुस्कुरा रहा था।

माया मगन थी मालविका की क़िस्सागोई में। कितने शेड्स हैं इसकी ज़िन्दगी में? कितने रंग देख रही है? हम स्त्रियाँ कितने-कितने रंग, एक जीवन में देख लेती

हैं—सुख-दु:ख के रंग, रहस्य-रोमांच के रंग, सम्बन्धों के विभिन्न रंग। मालविका के पास जीवन के विविध रंग हैं...

माया ने उसे बीच में टोका—

"ये सब तो ठीक है, सिन्दूरी-कथा बाद में सुन लेंगे, इंटेरेस्टिंग लग रही है। पहले तुम बताओ, कहाँ छुपी थी? फ़ोन या मैसेज क्यों नहीं? अपना फ़्लैट क्यों नहीं दिखा रही हो? क्या राज़ है जिसको छुपा रही हो...?"

माया के सवालों की सुई वहीं पर अटकी हुई थी।

"और वो मेट्रो वाला लड़का...वही फ़ैज़ है क्या...?"

"दी, जिस सुबह आपका फ़ोन आया था, मैं सारी रात सोई नहीं थी। सुबह जगी तो पता चला कि विक्रम दिल्ली आ गया है, मुझसे मिलना चाहता है। उसने मुझे बच्चों का लालच दिया। मैं उससे मिलने गई। वहाँ बच्चे नहीं थे। मेरे साथ धोखा किया था उसने। वहाँ अपने वकील के साथ बैठा था। मुझ पर दबाव बनाया कि मैं सारे प्रॉपर्टी राइट्स छोड़ दूँ तो तुरन्त तलाक़ दे देगा। शादी के तुरन्त बाद गुड़गाँव में, पटपड़गंज में उसने एक-एक फ़्लैट ख़रीदा था। एक फ़्लैट मेरे नाम से है। अब वो चाहता है कि उस फ़्लैट पर मैं क्लेम न करूँ। तलाक़ की क़ीमत माँग रहा है। उसने यह भी धमकी दी है कि तलाक़ कभी नहीं देगा, देखता हूँ, दूसरी शादी कैसे करती हो?"

"क्या तुम दूसरी शादी के बारे में सोच रही हो, मालू?" माया ने हैरानी से पूछा।

वह थोड़ी देर चुप रही।

माया ने फिर तंज़ किया, "एक शादी से मन नहीं भरा तुम्हारा कि दूसरी यातना के बारे में सोच रही हो? कैसे सोच सकती हो, यार...? दुबारा शादी तो आत्महत्या है। मैं तो कभी सलाह नहीं दूँगी। प्रेम करो, साथ रहो, प्रेम को सांस्थानिक रूप मत देना। प्रेम का नर्क है विवाह, ख़ासकर हम जैसी स्त्रियों के लिए। जिन्हें अपना कैरियर बनाना है, अपनी पहचान बनानी है, कुछ कर गुज़रने के सपने पलते हैं जिनकी आँखों में, फिर उसी नर्क में पड़ना...ओह! तुम सोच भी कैसे सकती हो?"

मालू ने माया का हाथ पकड़ लिया।

"क्या आपने इसीलिए शादी नहीं की? शादी का एक्सपीरियंस किये बिना, कैसे नर्क कह रही हैं आप? ज़रूरी नहीं कि हर महत्त्वाकांक्षी स्त्री का यही अंज़ाम हो, जैसा मेरा हुआ है। मैं कई ऐसी स्त्रियों को जानती हूँ जिनका वैवाहिक जीवन बहुत सुखी है। उन्हें पति बहुत सपोर्टिव मिले हैं। परिवार सपोर्ट करता है। उनके बीच आपसी समझदारी इतनी बढ़िया है कि कई बार मुझे जलन होती थी। मेरी ऐसी

तक़दीर कहाँ...? कौन स्त्री अपना घर ख़ुशी-ख़ुशी तोड़ना चाहेगी? उसके सामने आख़िरी रास्ता यही होता है, मायू दी...।"

"मेरी कहानी विचित्र है, मालू...। मैंने शादी नहीं की तो क्या हुआ, विवाहित की तरह ज़िन्दगी के कुछ साल जी चुकी हूँ..."

"अच्छा...?"

अब मालविका हैरान हुई।

"बताओ न दी, अपने बारे में...प्लीज़! आज तक आपने कुछ नहीं बताया, मैंने हमेशा आपको सिंगल ही पाया। आपसे कभी पूछने का साहस न हुआ। आपके फ़ेसबुक पोस्ट से पता चल रहा था कि बीच में आप थोड़ी अपसेट थीं। मैं पोस्ट देखती थी, लेकिन मैंने अपने जीवन के विवादों की वजह से पोस्ट लिखना बन्द ही कर दिया था।"

मालविका उत्सुक थी, उसके पास ढेरों सवाल थे जबकि उसके लिए माया के पास कई सवाल अब भी बाक़ी थे। उन दोनों की ज़िन्दगी सवालों से घिरी थी।

माया अपने को समेट रही थी कि कहानी कहाँ से शुरू करें, तभी मालू बोल पड़ी, "दी, उस दिन मेट्रो में फ़ैज़ नहीं था, गैरी था। हम जिस पब में गए थे, वहाँ का डीजे है गैरी। वो हमें अचानक मेट्रो में मिल गया था।

"हम सब मस्ती में थे कि अचानक मेरी नज़र गैरी पर पड़ी। उसके हाथ में गिटार थी। बस, मैंने उसे धर लिया। उसके पास मैं सिन्दूरी, उसकी लव पार्टनर संजीता, हम तीनों बैठ गए। हमने उससे आग्रह किया कि वो बजाए। पहले तो सकुचाया, झिझका, लेकिन मैंने ज़िद पकड़ ली। हम सब ज़ोर-ज़ोर-से गाना गाने लगे। मजबूरन गैरी ने गिटार बजाना शुरू किया। उसके बाद का माहौल आपको पता ही है। उस कोच की कोई सवारी अपने स्टेशन पर नहीं उतरी—एक स्टेशन से दूसरे स्टेशन तक मेट्रो आती-जाती रही...संयोग से आप भी मिल गईं...।"

"सिन्दूरी दिल्ली आ पहुँची है, इतनी जल्दी...तेरे पीछे-पीछे...? फ़ैज़ कहाँ है...?"

"वो सब बातें बाद में करेंगे दी, आप पहले अपनी कहानी सुनाइए...आपको जानना चाहती हूँ दी...हमेशा आप हम सबका दुःख सुनती हैं, मदद करती हैं, हमारे साथ ख़ुश होती हैं, हँसती-रोती हैं। मैं भी कितनी सेल्फ़िश हूँ न...? आपसे कभी पूछा ही नहीं...बताओ न दी...?"

इनका नाश्ता ख़त्म हो चुका था। किचन में पूजा लंच की तैयारी में लगी थी। रविवार होने की वजह से माया की छुट्टी थी। दूर से ही पूजा की आवाज़ आई,

"हमारी माया दीदी, ऐसी नहीं थीं मालू दीदी, आपसे भी ज़्यादा चंचल थीं...मैं तो सालों से काम कर रही हूँ दीदी के यहाँ...इतना उदास पहले नहीं रहती थीं। अब तो दीदी बदल गई हैं, जब से भैया गए हैं..."

"चुप कर पूजा, तेरे कान इधर ही लगे रहते हैं..."

माया ने उसे प्यार से झिड़क दिया और ड्राइंग रूम से उठकर अन्दर चली गई। बिस्तर पर पेट के बल लेटकर, तकियों के सहारे सुख-दु:ख बाँटने का आनन्द ही कुछ और होता है।

वे दोनों बिस्तर पर लेटी ही थीं कि पीछे से पूजा दरवाज़े के पास आकर खड़ी हो गई—हाथ में चाकू और अदरक लिये।

"मालविका दीदी, हमारी दीदी से कहो, शादी कर लें अब। उम्र हो गई इनकी। ज़िद पर अड़ी हैं—नहीं करनी शादी। ग़ुस्से से अब अंकल-आंटी भी यहाँ आना नहीं चाहते हैं। यह किसी की सुनती नहीं हैं। जिसको जाना था वो चला गया, यह उनके नाम पर..."

"पूजा..." माया ज़ोर-से चिल्लाई। "क्या बकती रहती है...यहाँ आ पहुँची बात सुनने?...जा, काम निपटा...बहुत सिर चढ़ गई है यार यह..."

"दीदी, हर आदमी बुरे नहीं होते", पूजा ने अपने पति का हवाला देते हुए कहा, "देखना, आपको अब पायल के पापा जैसा आदमी मिलेगा। राज करोगी..."

मालविका हँसती रही। पूजा की बातें सुनकर सबसे अधिक मज़ा उसे आता है। पूजा ने माया से इस तरह की बातें कभी नहीं कीं। मालविका के कारण उसकी ज़ुबान खुल गई थी। पूजा के पास दुनिया की ख़बरें होती थीं। वही बताती रहती थी। माया का भी मन लगा रहता था।

डाँट खाकर पूजा किचन में भागी। उसे कोई फ़र्क़ नहीं पड़ता डाँट से। किसी अदृश्य स्नेह डोर से बँध गई थी माया के साथ। उसकी चिन्ता किसी सामान्य स्त्री की चिन्ता थी जो शादी और परिवार में ही अपना सुख और सुकून ढूँढ़ती है; जो यह सोचती है कि बिना विवाह के स्त्री का जीवन अधूरा है और इससे आगे कुछ सोच नहीं सकती। उसकी महत्त्वाकांक्षाएँ भी इतनी नहीं होतीं कि कभी उसे पैरों में बेड़ियाँ महसूस हों। वह अपने सीमित संसार में ख़ुश थी, जैसे माया की चचेरी भाभी कहा करती हैं, 'मायू जी, हम लोगों को मुक्ति नहीं चाहिए। हम लोग इसी में ख़ुश हैं। जिस हाल में पति रखता है, वही ठीक है। इससे ज़्यादा क्या चाहिए जीवन में? हर काम के लिए पति है न? डॉक्टर के पास जाने से लेकर सब्ज़ी लाने

तक, राशन जुटाने से लेकर गर्मियों में शिमला, नैनीताल घुमाने तक के लिए पति है। नौकरी करना नहीं है। हम लोग रहेंगे हमेशा सिंह, मिसेज़ शर्मा, मिसेज़ गुप्ता। आपको न बनना है—मिस माया सिंह। हम लोग इसी में मगन हैं।'

ऐसी भाभियों ने ही *माँग मेरी, सिन्दूर तेरे नाम का, हथेलियाँ मेरी, मेंहदी तेरे नाम का* गीत गा-गा कर माहौल बना रखा है। पति लोग लट्टू हुए रहते हैं।

एक भाभी की याद आई, जिन्हें उसने पहली बार वोदका पिला दिया था, लिम्का में मिलाकर। फिर तो उनकी लड़खड़ाती ज़ुबान से निकला था, "मैं हवा में उड़ रही हूँ..." दोनों हाथ डैनों की तरह फैलाकर बोली थीं, "हम नाचेंगे। बहुत अच्छा लग रहा है आज...ढोल बजाइए..."

वे आँचल फेंककर कमरे में ही ठुमकने लगी थीं।

माया रोके तो भाभी कभी रोने लगतीं, कभी हँसने लगतीं।

माया ने उन्हें डराया, "भैया आ जाएँगे...शान्त हो जाइए।"

इस पर उन्होंने माया को डपट दिया, "हट्ट, हम किसी से डरते नहीं। बुला लाइए अपने भैया को...कहाँ हैं भैया...? हमीं जाते हैं उनके पास...देखते हैं कितने बड़े शेर हैं...?"

तौबा-तौबा, बड़ी मुश्किल से उनको सँभाला था। भैया की डाँट के डर से उस रात भाभी को भैया के पास जाने नहीं दिया।

सुबह जगने पर भाभी के बोल बदले हुए थे, "ऐ मायू जी, क्या पिला दी थीं आप कल रात? आप पर भरोसा नहीं करेंगे...बाप रे, हम सनक ही गए थे...कोई देख लेता तो हमारी क्या दुर्गति होती...?"

पीछे से भैया सब सुन रहे थे। आँख मारते हुए मुझसे बोले, "कल अपनी भाभी को काहे क़ब्ज़ा किए हुए थी? कल न इनको हमारे पास रहने देती...क्या तुम भी, मायू!"

भैया की बात सुनकर भाभी तो लाज से दोहरी हो गईं, मगर माया का हँसते-हँसते बुरा हाल हो गया। साथ में इस बात से सुकून भी मिला कि भाभी को डाँट नहीं पड़ी। भैया ने इसे सहजता से लिया था। शायद अपनी चचेरी बहन की जीवन-शैली को समझते थे और ज़माने को भी। फिर तो वे आपस में खुल गए थे। जब भी उनके पास गाँव जाती, एक रात भैया-भाभी के साथ महफ़िल जमती। भैया खुले दालान में मटन पकाते और बाहर नीम अँधेरे में वे तीनों खाते-पीते। भाभी को शराब ने नहीं, भैया के खुलेपन ने सहज कर दिया था। वे खुलकर बहस करने लगी थीं,

खेती-किसानी में हस्तक्षेप करने लगी थीं। भैया ने उन पर थोड़ा-थोड़ा निर्भर होना शुरू कर दिया था। इधर साल भर से कोई ख़बर नहीं मिली है।

"मायू दी...ऐ दी...कहाँ खो गई हैं आप? किसी दुनिया में चली गई हैं आप... हैलो...दी?"

"आयँ...क्या हुआ...?"

"दी, हम यहाँ बातें करने आए हैं, आपकी कहानी सुनने—प्रेम-कहानी...इसमें कहीं लव-सेक्स और धोखा टाइप तो नहीं है, दी?"

"ओह...मैं खो गई थी, मुन्नू भैया और उर्मिला भाभी की याद में...सॉरी, यार। क्या बोलीं तुम? लव-सेक्स और...?"

"धोखा! धोखा दी," मालविका बिस्तर पर पालथी मारकर बैठ गई—"मैं बहुत उत्सुक हूँ, दी...ज़रूर बहुत रोमांचक होगी आपकी कहानी...आप मामूली स्त्री नहीं हो...आप महास्त्री हो!"

मालविका को ठहाका लगाते देखकर माया चकित थी। कैसे यह लड़की इतने दु:ख में भी हँस लेती है, ठहाके लगा लेती है, मेट्रो में मस्ती करती है और पब्लिक को उससे जोड़ लेती है! उसके पास आकर सारे ग़म भूल जाती है...।

क्या कहानी बताए उसे?

"मेरी कहानी बहुत सामान्य-सी है, मालू...पहले ही कहा था न तुम्हें...तुम्हारी तरह त्रासद नहीं है...बस, कुछ साथ गुज़ारे साल हैं, कुछ वादे हैं, कुछ कड़वी-मीठी यादें!"

मालू ने उसका हाथ पकड़ लिया—

"दी, मैं जानती हूँ, मज़बूत लोग भी टूटते हैं। बस, वे शोर नहीं मचाते। उनकी आह नहीं निकलती। चुपचाप सारे सितम झेल जाते हैं और दोबारा उठ खड़े होते हैं—अपना पुनर्निर्माण करते हैं।"

"मालू, मैंने उसे खो दिया, लेकिन ख़ुद को पा लिया है। मुझे इतनी ताक़त चाहिए कि ख़ुद को फिर से खड़ा कर सकूँ। मुझे जीतना ही होगा...मैं कमज़ोर स्त्री नहीं हो सकती।"

"दीदी, मुझे नहीं मालूम कि आप दोनों के बीच क्या हुआ? मेरी छोटी समझ के अनुसार अगर आप माफ़ करती हैं, तो आराम में रहेंगी। भुला देंगी तो आप आगे बढ़ेंगी। मैं आजकल ख़ूब मोटिवेशनल किताबें पढ़ती हूँ। वीडियोज़ सुनती हूँ। मैं भीतर से हील कर रही हूँ ख़ुद को।"

"यार मालू, मैं दुखी हूँ, तो दुखी दिखूँगी। मैं उदास हूँ, तो उदास दिखूँगी ही। मैं फेक हैप्पीनेस कैसे दिखाऊँ? मेरा चेहरा पारदर्शी है, सारे भाव झलक जाते हैं। छुपा ही नहीं पाती।"

"पहले बात तो बताओ...फिर मैं आपको समझा सकूँगी ठीक से...देखो न दी, पहले आपने मुझे सँभाला, अब मैं आपको सँभालना चाहती हूँ।"

"पूरी बात बताओ..."

"कोई आपके सपनों पर पाँव रख दे तो सह लेती हो, जब आपके इगो पर पाँव रख दे तो सहन नहीं होता। मैं तो सपने पर भी पाँव नहीं सह सकती...नहीं सह पाई...आप क्यों सहेंगी...? जब सपने ही कुचल दोगे, तो हम जिएँगे कैसे?"

"मालू, मैंने तो काफ़ी हद तक समझौते कर लिए थे। जब आप प्रेम करते हैं न, तब उस वक़्त कुछ नहीं सोचते। आपका विवेक काम नहीं करता। उस समय लगता है, सारी बातें मान लो। जो कह रहा है, सब मान लो। किसी तरह प्रेम हासिल हो जाए। बस, पुरुष सोचता है, एक बार मिल जाए तो अपने अनुसार ढाल लूँगा। स्त्री सोचती है, एक बार अपना हो जाए तो सारी बातें मनवा लूँगी। कुछ छोड़ना पड़ा तो छोड़ देंगे। स्त्री के लिए प्रेम बड़ी उपलब्धि होती है। पुरुष के लिए स्त्री की यौनिकता पर, इच्छाओं पर, महत्त्वाकांक्षाओं पर, गतिविधियों पर नियंत्रण सबसे बड़ी उपलब्धि। अब मुझे लगता है, प्रेम में दोनों अलग-अलग पिच पर खेल रहे होते हैं। इसलिए उनकी साझेदारी गड़बड़ हो जाती है।"

"आप दोनों के बीच हुआ क्या? कैसे मिले, उनके बारे में बताइए न?"

"नीरज!—यही नाम था उसका। तब हम साथ ही एक ही अख़बार में काम करते थे। दस साल हो गए। पाँच साल तक हम साथ रहे। पाँच साल हो गए, अलग हुए। वो शायद भूल चुका होगा, मैं नहीं भुला पाई। हालाँकि फ़ैसला मेरा ही था। मैंने यह पथ चुना, एकल-पथ। मुझे इस रिश्ते को समझने में पाँच साल लग गए। हम दोनों ने जीवन के स्वर्णिम उम्र उस रिश्ते में गँवा दिये। अब लग रहा है कि गँवा दिये। जिस रिश्ते का कुछ हासिल न हो, उसमें वक़्त गँवाना ही हुआ न? न वो ग़लत, न मैं ग़लत। शायद हमारे मिज़ाज अलग थे। हमारे सपने, हमारी चाहतें और हमारी ज़िम्मेदारियाँ सब अलग थीं। मैं कैसे भुला दूँ कि मेरी ज़रूरतों में वो मेरे साथ खड़ा था? उसने मेरी मदद की और जब-जब मैं मुसीबत में पड़ी, वो मेरे साथ खड़ा था। लेकिन वो शुरुआती समय था, रिश्तों का। जब आदमी बिलकुल अन्धा होता है। कुछ समझ में नहीं आता। जिसे चाहो, उसे पा लो...बस, यही

धुनकी लगी होती है। उसने मुझे हासिल किया, मैंने उसे। हम लिव इन में रहे। मेरे सिर पर क्रान्ति का भूत सवार था। सोच थी—शादी तब करेंगे जब हम एक-दूसरे के साथ कुछ साल बिता लेंगे, अच्छे-से। हमारी आपसी समझदारी, तालमेल सब अनुकूल होना चाहिए। मेरी ज़िद पर लिव इन शुरू हुआ, लेकिन मेरा तजुर्बा कहता है, लिव इन में लम्बा रहो तो रिश्ता वही नहीं रह जाता है। लिव इन कहने को होता है, आपसी सम्बन्ध शादी का चोला पहन लेता है। लोग पति-पत्नी की तरह रहने लगते हैं जहाँ वैवाहिक जड़ता आ जाती है। मैं फिर भी ये सब झेल लेती। लेकिन मुझसे झूठ, धोखे सहन नहीं हुए। टिपिकल हसबैंड वाली बातें, जिनसे मैं बचती थी—इतना पज़ेसिव होना, एक-दूसरे पर शक़ करना, एक-दूसरे को स्पेस न देना। एक-दूसरे से उम्मीदें बढ़ती जाती हैं, पूरी नहीं होतीं तो तनाव बढ़ता है। हमारे सम्बन्धों में भी यही जड़ता आ गई थी। मुझे उन दिनों पटना ज़्यादा आना-जाना पड़ता था। फिर मेरा टूर भी बहुत होता था। मैं ट्रेवेल के प्रोजेक्ट बनाती और टूर पर निकल जाती। नीरज कहता—"तुम्हें यात्राओं की हवस है। घर की फ़िक्र नहीं, मुझे समय नहीं देती हो।"

"मैं कहती, "मुझे फ़ील्ड रिपोर्टिंग की सनक है। 'ऑन दी स्पॉट' जाकर रिपोर्ट करना।" मैं न्यूज चैनल ज्वायन नहीं करना चाहती थी, मुझे प्रिंट में ही मज़ा आता था। छपे हुए अक्षरों का नशा था मुझे। वो एक विदेशी न्यूज एजेंसी के लिए भारत में काम करने लगा था। हम दोनों अत्यधिक व्यस्त थे। शादी, बच्चा, ये सब सोचने का वक़्त नहीं था। या तो मैं पटना जाती या टूर पर। माँ उन दिनों बहुत बीमार रहती थीं। मैं उनकी इकलौती सन्तान हूँ। मुझे ही उन्हें देखना पड़ता था। उनकी हालत देखकर मैंने तय कर लिया था कि किसी और घर की ज़िम्मेदारी उठाना मेरे लिए सम्भव नहीं है। मेरे लिए मेरे माता-पिता मेरी ड्यूटी थे। उनके लिए मैं सब कुछ हूँ। बेटा होता तो मैं मुक्त होती। लेकिन बेटी हूँ, उनके लिए मैं ही बेटा हूँ। मुझे बेटों की तरह ही पाला-पोसा, पढ़ाया। हर सुविधा, हर आज़ादी दी।

"आज मैंने शादी नहीं करने का फ़ैसला लिया तो उन्होंने मेरा साथ दिया। पहले थोड़े परेशान हुए फिर मान गए।

"नीरज के बारे में जानते थे। उन्हें उम्मीद थी कि एक दिन हम दोनों शादी कर लेंगे। शायद मैं कर भी लेती, लेकिन जीवन में कुछ घटनाएँ ऐसी होती हैं कि एक झटके में आपको बदल देती हैं। कुछ फ़ैसले तत्काल लेने होते हैं। देर कर दी तो उलझ गया जीवन। मैंने बचा लिया ख़ुद को।

"या तो मैं अपने सपने के साथ जी सकती थी, या मुझे उसके पीछे-पीछे चलना पड़ता।"

"नीरज ने इतनी आसानी से गिवअप कर दिया रिश्तों को...क्या वो लौटे नहीं...? कैसे पाँच साल के प्रेमिल सम्बन्ध टूट गए दी...बहुत दु:ख हो रहा है सोचकर। नीरज से आपको बैठकर सुलझाना चाहिए था न...आपने कोशिश नहीं की...?"

"नीरज का पक्ष बताती हूँ...मैं सिर्फ़ अपना ही नहीं, उसका भी पक्ष बताऊँगी... इतनी बेईमान नहीं हूँ मैं। तुम तस्वीर का दोनों रुख़ देखो।

"वो आया था, लौटा था...मैंने उसके जाने के बाद फ़ेसबुक पर बहुत रोया-गाया। बहुत टूट गई थी। इसी ग़म में मैंने नौकरी बदल ली। डेस्क का काम ढूँढ़ लिया। मुझसे फ़ील्ड वर्क नहीं किया गया। सम्बन्ध टूटने का असर बहुत बुरा होता है, मालू...एक गाना है, *प्यार सब कुछ नहीं ज़िन्दगी के लिए,* लेकिन उस वक़्त मुझे यही लगा था कि प्यार ही सब कुछ है ज़िन्दगी के लिए। उसको खोने के बाद समझी हूँ कि सच में प्यार से भी ज़रूरी कई काम हैं...।

"जैसे अपना कैरियर। जैसे तुमने राह चुनी—शादी की कुर्बानी देकर, वैसे ही मैंने कैरियर को प्राथमिकता दी, प्रेम को त्याग कर।

"जानती हो, सबसे तकलीफ़देह बात क्या थी?"

मालविका ने उसे सवालिया आँखों से देखा।

"सबसे तकलीफ़देह बात थी, एक प्रेमी का पति मैटीरियल में बदलते जाना। मैं यह चेंज झेल नहीं सकती थी। उसके भीतर का क़स्बाई मर्द ज़िन्दा था।

"मैं ये नहीं कहूँगी कि नीरज ने सम्बन्ध बचाने की कोशिश नहीं की। मैंने 'गुड बाय' बोल दिया। बहुत तकलीफ़ हुई, यार...।

"मैं फ़ेसबुक पर विलाप करती थी, लेकिन नीरज फ़ेसबुक डिएक्टिवेट कर चुका था। नीरज शायद फ़ेसबुक की चौखट पर न लौटता कभी, अगर रास्ते चलते प्रेस-क्लब में उसका पत्रकार मित्र पुनीत राय उससे मज़ाक़ करके न निकल जाता—'यार...जरा फ़ेसबुक भी देख लिया कर। तेरी एक्स ने वहाँ क्या हाय-तौबा मचा कर रखा है...अपनी वॉल आँसुओं से गीली कर रखी है। हॉरीबल थिंग्स आर देअर। पता नहीं, किसे खोज रही है...कैच हर, भाई। लगता है, अभी तक ख़ाली है।"

माया यादों की राह पर चलती जा रही थी।

नीरज भी लम्बे समय बाद हिम्मत जुटाकर फ़ेसबुक पर कुछ ढूँढ़ रहा था। कुछ निशां, टूटे वादों के निशां, प्रेम की किरचें, कुछ टूटकर गिरे लम्हे, कुछ सेल्फ़ी तस्वीरें...सब मिले होंगे। गीली वॉल को चेक करना ज़रूरी है। पता नहीं क्या लिखा हो वहाँ? पुनीत ने कहा है, तो कुछ अजीब-सा ही होगा वहाँ। फ़ेसबुक पर अपना अकाउंट एक्टिव करते हुए उसकी उँगलियाँ कई तरह की आशंकाओं की वजह से थरथरा रही थीं। इतनी तो कभी टाँगें भी न काँपी थीं, पहली बार जब मिले थे, झील के किनारे। शाम के धुँधलके में झील के पानी-सी पारदर्शी स्वभाव वाली माया मिली थी। जैसे-जैसे वह पास आती जाती, एक आँच-सी उसकी तरफ़ बढ़ती चली आती। वह पीछे खिसकना चाहता था, खिसक नहीं पाया। टाँगें कँपकँपाने लगीं। माया जब सीधे आकर उससे लिपट गई तो वह क़स्बाई देर तक भौंचक्का रहा। पहली मुलाक़ात इतनी बेतक़ल्लुफ़? बड़े शहरों में ऐसा ही होता है शायद। उसकी भक्क टूटी और वह आत्मीय गन्ध में वैसे ही डूब गया, जैसे झील की देह में रौशनी धँस जाती है।

फ़ेसबुक लॉग-इन करते हुए वह सोच रहा था कि माया ने शायद अब तक उसे ब्लॉक कर दिया होगा। फिर भी एक आस थी मन में। सबसे पहले माया के वाल पर गया। ओह, तो मैडम ने अब तक मुझे अपनी सूची से बाहर नहीं किया? इतना सब कुछ होने के बाद भी? उसने अपने जीवन से, घर से निकाल दिया! उसने कहा था कि मन से भी निकाल रही हूँ, पर मन? मन तो अब भी असंख्य तारों के बीच उलझा हुआ पड़ा था। बाबा रे बाबा! सही ही तो कह रहा था पुनीत स्साला। ऐसे-ऐसे पोस्ट...स्टेटस...फ़रियादें...गुहार...शिकायतें...तलाश और कुंठाएँ...अपने एकान्त को जीती हुई, औरत में तब्दील होती हुई एक किताबी लड़की जो दुनिया के सारे नियम ख़ुद बनाना चाहती थी। उसके मूड से सूर्य और चाँद-तारों को संचालित होना चाहिए था। हँसते-रोते, खाते-पीते, सोते-लेटे, एकान्त में बिसूरती अनगिन अकेली तस्वीरें, कैप्शन के साथ। भाषा और भावों के साथ खेलती हुई अनगिन पोस्ट। एक दिन में चार-पाँच...किसी-किसी दिन ख़ाली...। उस दिन ज़रूर रोती होगी माया। नहीं तो वह पालथी मारकर लैपटॉप पर ऐसे खो जाने वालों में से है कि उसे खाने-पीने-नहाने तक का होश नहीं होता कई बार। अकेली स्त्री का संसार बेरोक-टोक, निर्बाध चलता है। नीरज इस संसार में चुपके-से घुसा था। इतने चुपके-से कि माया तक को ख़बर न हुई। जब तक वह सँभलती कि उसके एकान्त दुर्ग में सेंध लग चुका है, नीरज ने वहाँ अपना झंडा गाड़ दिया था।

"तुम्हें जाना नहीं अपने घर?"

"नहीं, अब मैं यही रहूँगा। जहाँ तुम, वहीं मेरा घर। क्यों नहीं रखोगी मुझे?"

"रहो, रहो...कौन मना कर रहा है? पर यहाँ रहने की शर्तें माननी होंगी। मुझे बढ़िया-बढ़िया खाना बनाकर खिलाना होगा, मेरी सेवा करनी पड़ेगी, मेरी बात माननी पड़ेगी...और जितना मैं चाहूँ...उतना प्यार करना पड़ेगा...जब-जब मैं कहूँ...चाहूँ, जब-जब तुम चाहो तब नहीं..."

माया ठहाके लगा रही थी। अपनी देह पर लता की तरह पसरी हुई माया का आवेग सँभालता हुआ नीरज भट्ठी में तब्दील हुआ जा रहा था। वहाँ से अपने दोस्तों के साझा ठिकाने पर वह लौटकर न जा सका। अथाह सुख का ठिकाना छोड़कर कौन जाता है भला? फिर दो प्रेम करनेवाले, समान आवेग से भरे हुए... मुनिरका का वह छोटा-सा कमरा शराब, चिकन और एक आज़ाद ख़याल स्त्री के विचारों से महकता रहता। नीरज गहरे आनन्द में था। वह सपने भी देखने लगा था।

माया के वॉल पर नीरज को सपनों की बातें दिखीं। लम्बा-सा पोस्ट था। इस लड़की की लम्बे पोस्ट लिखने की आदत गई नहीं। भुनभुनाते हुए उसने पोस्ट पढ़ना शुरू किया—

एक दिन, मैं कहीं दूर भाग जाना चाहती हूँ/एक दिन कहीं खो जाना चाहती हूँ/एक दिन मैं ख़ुद को नहीं मिलना चाहती/भटकते हुए पूछना चाहती हूँ सबसे/घर की अवधारणा है/जहाँ कुछ आत्माएँ सजा काटती हैं/जहाँ सब जेलर, सब क़ैदी, सब न्यायाधीश/ सब अकेले, सब छलिया, सब हिंसक/नहीं, मुझे नहीं चाहिए घर, नहीं छत...हरे घास के मैदान में नाचना चाहती हूँ, नंग-धड़ंग, लहराना चाहती हूँ/बहुत-सी आज़ाद और खुली चीज़ों का हिस्सा बनना चाहती हूँ/मैं पाउलो की नायिका ब्रीडा की तरह घने जंगल में अपने लिए एक जादूगर (सोलमेट) तलाशना चाहती हूँ/सारी चीज़ें यथावत् रहें, सिर्फ़ मैं न रहूँ यहाँ...

नीरज के जाने के बाद के सारे पोस्ट अजीब-अजीब-से थे—कभी विलाप, कभी कुछ, कभी कुछ। विभिन्न मनोदशाएँ...।

माया ठीक तो है न?

नीरज को चिन्ता हुई। सोचा, पढ़ते-पढ़ते फ़ोन लगा ले। चार महीने से कोई संवाद नहीं...ठीक ही होगी। बहुत मज़बूत लड़की है। मैं ही कमज़ोर निकला। जी

रही होगी मज़े से। उसे मेरी क्या परवाह? मुझमें वह तमाम चीज़ें ढूँढ़ती है...क्या कभी उसने मुझे समझने की कोशिश की? नहीं। कभी लगा नहीं कि चाहती है, सब उसे ही समझें...हुँह!

एक और पोस्ट पर नज़र गई।

> *स्वामियों से भरी पृथ्वी पर मुझे चाहिए, वन स्मॉल लवर विद प्योर हार्ट। अपने लिए एक कमरा, फूलों से लदी एक छत। मुझे प्यारा है अपना एकान्त...पर जी चाहता है, वह आए, चुरा ले मेरा एकान्त...'*

इस मनोदशा के तुरत बाद का पोस्ट ठीक इसके उलटा लगा।

> *पुरुष कभी किसी स्त्री को नहीं समझ सकते। उनके पास मन होता ही नहीं है। वे अपने इगो के शिकार होते हैं। अपने खोल से बाहर नहीं निकलते। अधिकतर अधेड़ स्त्रियों के चेहरे पर आतंक का स्थायी भाव होता है। मुझे उस भीड़ में शामिल नहीं होना। औरतों की कोई पहचान नहीं बनती। उन्हें अपने सशक्तीकरण के बारे में सोचना चाहिए। साज-सिंगार से कब तक ख़ुद को झुठलाती फिरेंगी? सब-की-सब छली जा रही हैं। पूजा-पाठ में ख़ुद को खपा रही हैं। उन्हें कब समझ में आएगी ये बातें...वे कब बदलेंगी? कब पुरुषों पर निर्भर होना छोड़ेंगी? आर्थिक भी और भावनात्मक भी...।*

नीरज ने ठंडी साँस ली। माया पहले तो इस तरह की बातें नहीं करती थी। वह आदम और ईव की थ्योरी में विश्वास करती थी। अकेले रहने के बावजूद उसे साथी की दरकार थी। 'शादी' शब्द उसकी डिक्शनरी में नहीं था, पर साथ जीने-मरने के ख़्वाब थे। साथ दुनिया घूमने के रंगीन सपने उसकी आँखों में हर रात झिलमिलाया करते थे। वह स्त्री की आज़ादी की पक्षधर होते हुए भी स्त्रीवाद का चोला नहीं पहनती थी। उसके ज़्यादातर पोस्ट प्रेम, मस्ती, आनन्द से भरे, काव्यात्मक होते थे, जैसे फ़ेसबुक उसके लिए रिलैक्सेशन सेंटर हो। वह सोचती नहीं थी कि सामने पाँच हज़ार लोग हैं जो सब कुछ पढ़ और समझ रहे हैं। फ़ेसबुक को भी वह अपने कमरे की तरह एकान्त और एकतरफ़ा समझती थी। किसी ने भी उलटा कमेंट किया तो कहती, 'चल निकल...फूट्ट...।'

नीरज निहाल हो रहा था—इतनी बोल्ड, इतनी नई लड़की उसके हिस्से।

बदायूँ से दिल्ली आते ही अन्धे के हाथ बटेर की तरह माया का प्रेम-संग-साथ उसे मिला, उसने बिना समय गँवाए लपक लिया। वह रम गया था उसके साथ। शहर में उसकी पहचान एक बोल्ड स्त्री के साथी के रूप में बन रही थी और उसे इसमें आनन्द आ रहा था, कोई कुंठा नहीं भर रही थी। वह समझ गया था कि ज़माना जिसके पीछे, वो मेरे पीछे; इतनी आश्वस्ति काफ़ी थी उसे ख़ुश रखने के लिए। इस बोल्ड लड़की में वह अपना कल्पित संसार तलाशने लगा था। उसने अपनी बोल्ड प्रेमिका पर क़स्बे की तमाम उन लड़कियों को न्योछावर कर दिया था जो कभी नीरज के लिए आहें भरा करती थीं। क्या हुआ जो यह बोल्ड लड़की उम्र में थोड़ी बड़ी थी तो? सारे बौद्धिक लोग उम्रदराज़ स्त्रियों से प्रेम करना उचित समझते थे। सामान्य घरेलू लड़कियों जैसे इनके नख़रे नहीं होते, न ही कोई अनुचित माँग होती है जो उनकी जेबें ढीली कर दे। वह नये क़िस्म के अनुभव से गुज़र रहा था कि माया उसे ख़र्च नहीं करने देती। आगे बढ़-चढ़कर ख़र्च करती है। वह समझती है कि नीरज की कमाई अभी उससे कम है। सब कुछ ठीक चल रहा था। उसे लगा, धीरे-धीरे वह सेटल हो रहा है। रिश्तों में स्थिरता आ रही है। बस, इन दिनों बहसें थोड़ी ज़रूर बढ़ गई हैं जो पढ़े-लिखे लोगों के बीच बेहद ज़रूरी होती हैं। वे दो सामान्य स्त्री-पुरुष नहीं थे, वे विशेष थे जिन्हें किताबों से प्यार था और जो चीज़ों के प्रति व्यापक सोच रखते थे। लीक से हटकर सोचते थे। बहसों में दोनों एक-दूसरे पर भारी पड़ते थे। माया को भी अच्छा लगता कि कोई उसकी टक्कर का पत्रकार है जो साथ रहता है; देश-दुनिया, पूँजीवाद, समाजवाद पर बहसें करता है। कुछ किताबें भी पढ़ रखी हैं, माया जितनी तो नहीं, पर उम्र के हिसाब से किताबी ज्ञान भी ठीक-ठाक ही था। स्त्रियों पर बात करते हुए कभी-कभी दोनों की बहसें पटरी से उतर जातीं। नीरज उसे फिर मना लेता। अपने हाथ से उसे ठंडी बियर डिज़ाइनर गिलास में डालकर उसे परोसता और उसकी देह को गुदगुदा देता तो वह ज़्यादा देर नाराज़ नहीं रह पाती थी। फिर नीरज के पास एक पूरी रात होती जब वह माया को अपने वश में कर लेता था। रस्सियों-सी लिपटती दो देहें जब फुसफुसातीं, तो अँधेरे में एक चीख़ निकलती थी। नीरज को पता नहीं चलता कि वह उत्तेजना में क्या बुदबुदाता है, पर कोई था जो उस चीख़ और चुप्पी के बीच सुन रहा था, उसे अपनी चेतना में दर्ज कर रहा था।

थके हुए दो जिस्म अलग-अलग क्रियाकलापों में लग जाते थे। एक पराजित जिस्म आँखें मूँदे पड़ा रहता देर तक, दूसरा जिस्म विजयी भाव से उठता और

बालकनी से थोड़ी हवा उधार ले आता। उसके दिमाग़ में अचानक पेंडिंग पड़े काम घूमने लगते। मोबाइल पर उँगलियाँ घूमने लगतीं। एक जिस्म चाहता कि वे उँगलियाँ उसके बालों पर हौले-हौले हाथ फिराएँ और आँखों में चाहत के भरे हुए दोनों प्याले उसके ऊपर बरस जाएँ। ऐसा होता नहीं कभी। दो ग्रह अपनी-अपनी दिशा में आगे बढ़ जाते थे। दोनों ग्रह अलग-अलग ढंग से कुछ महसूस कर रहे थे। उसके हल्के रिएक्शन यदा-कदा दिखने लगे थे। नीरज ने नोटिस किया कि जब भी वह अपना हाथ माया की तरफ़ बढ़ाता है, वह बेरुख़ी से झटक देती है। दैहिक तापों की बात करता है तो मोटी-मोटी आँखों से घूरने लगती है। दो पैग से ज़्यादा पीने पर रोकता तो उखड़ जाती है। सुबह जल्दी जगाकर अपने साथ वॉक पर ले जाना चाहता तो झिड़क देती है...माया की लापरवाहियाँ उसे खलने लगी थीं और माया को नीरज की वे बातें, जो वह किसी भी मर्द से नहीं सुनना चाहती थी। एक नहीं, कई घटनाएँ ऐसी हुईं जो माया के मन पर परतों-सी जमती चली गईं। सुबह-सुबह माया सेक्सी-सा नाइट ड्रेस पहने पहले दूध लाने नीचे उतर गई। लौटी तो बैचेनी से नीरज उसका इन्तज़ार कर रहा था।

"यार...यह कैसी टी-शर्ट पहनकर चली गई थी? देखो...साइड से सब कुछ दिख रहा है। चेंज तो कर लेती..."

"क्यों...? क्या बुराई है इसमें...? कोई फ़र्क़ नहीं पड़ता...इतनी सुबह कौन देख रहा है...? देखे भी तो क्या...? तुम मेरी ड्रेसकोड को लेकर टेंशन मत लिया करो..." माया ने तीखी हँसी के साथ गैस पर चाय चढ़ा दी।

"तुम हटो, मैं बनाता हूँ...नीरज ने चाय बनाने का ऑफ़र दिया।"

"नहीं, रहने दो...आज मैं बनाती हूँ..."

नीरज को लगा कि माया आँच पर चाय नहीं, कुछ बातें खौला रही है। उसे लगा, कुछ बात कह ही डाले। अभी मौक़ा है, दोनों समान रूप से तने हुए हैं, लड़-भिड़कर थोड़ी देर में निपटा लेंगे। वह उस बात को कह डालना चाहता था जिसे वह कुछ दिनों से अपने भीतर पका रहा था। माया का एक दोस्त उसे बहुत अटपटा लगता था, जिसे नीरज नहीं सुहाता था। वह अक्सर बातचीत में नीरज को इग्नोर करता और किसी भी हद तक जाकर माया की चापलूसी करता। माया समझती थी उस दोस्त को, पर वह उसकी मूर्खता को एंज्वाय करती थी।

"नदीम ठीक आदमी नहीं...उससे दूर रहो...बदनाम कर रहा है तुम्हें।"

"आई डैम केयर...!"

"तुम अकेली नहीं हो मायू, मैं भी तुमसे जुड़ा हूँ...।"

"तो...?"

"इमेज़ भी कोई चीज़ होती है..."

"इमेज़ माई फ़ुट...चूल्हे-भाड़ में जाएँ सब...। इमेज़ की परवाह की होती तो क्या तुम यहाँ..."

"हम तो आगे भी साथ रहेंगे न...शायद हमेशा रहें...क्या तुम्हें नहीं लगता कि साझी ज़िन्दगी में कुछ एक दूसरे की परवाह होनी चाहिए?"

"प्लीज़...नीरू, मैं तुमसे ज़्यादा बहस नहीं करना चाहती...स्टॉप ऑल नॉनसेंस...!"

इस गर्मागर्म बहस के बाद कई दिनों तक उस कमरे में चुप्पी का साम्राज्य रहा। यंत्रवत् दोनों मिलते और अपने-अपने रास्ते।

और एक दिन अचानक झन्नाके-से टूट गया सब। नीरज कुछ समझ पाता, तब तक माया ने उसे घर ख़ाली करने का फ़रमान जारी कर दिया।

"अब हम साथ नहीं रह पाएँगे। तुम्हें अपने लिए कोई कमरा ढूँढ़ लेना चाहिए।" माया की आवाज़ ठंडी और निर्णायक थी।

उसे लगा कि फ़िलहाल इसका फ़ैसला टल नहीं सकता। बहस करने के बजाय उसने बाहर जाने का रास्ता चुन लिया। पिछले कुछ दिनों से चली आ रही चुप्पी का विस्फोट था यह। बात इस हद तक पहुँच जाएगी, उसने सोचा नहीं था। नीरज बेख़याली में रहा और भाँप नहीं पाया कि कहीं कुछ चीज़ें बदल रही हैं उसके ख़िलाफ़। उसे जाना पड़ा, बिना सवाल, बिना रोए-गाए।

जाते समय माया ने अपनी आँखें फिरा ली थीं। शायद सिगरेट फूँक रही थी दनादन। शायद वह देखना नहीं चाहती थी। माया ने बस इतना कहा—

"फ़ोन पर बात करेंगे...टेक केयर।"

नीरज चुपचाप फ़्लैट से उतरा और मुनीरका के भीड़ वाले बाज़ार में खो गया था।

नीरज माया की वॉल पर उस तारीख़ को खोज रहा था, जिस दिन उसकी विदाई हुई थी। जल्दी ही उसे उस दिन एक लम्बा-सा पोस्ट, कई छोटे-छोटे पोस्ट और एक मार्मिक कविता मिल गईं।

माया ने लिखा था—

बहुत वेग में होती हूँ, लहरों को देखती हूँ, ठिठक जाती हूँ...
इतना आवेग मुझमें कहाँ!!
न भाग पाने का, न लौट आने का, पछाड़े खा-खा कर।
बहुत बँधती हूँ...
जब शाम को फूल अपनी पंखुड़ियाँ समेटते हैं
तब थम जाती हूँ...
मुझमें इतना बन्धन कहाँ कि उजाले तक भीतर नरम-नरम प्यार पीती रहूँ
जब-जब हिलोर लेकर उठती हैं उसकी बाँहें
मैं थर्रा जाती हूँ
कि मुझमें इतनी आँच कहाँ कि पिघला सके
पूरे बदन का लोहा...
इसीलिए इस सदी की सबसे विफल प्रेम-गाथा लिखने चली हूँ...
मगर शब्द कहाँ?

"उफ़्फ़...!" वह नहीं पढ़ पाया पूरी कविता। अधूरी छोड़कर डायरी की तर्ज़ पर लिखी लम्बी पोस्ट की तरफ़ बढ़ गया, जिसमें माया ने लिखा था—

'वह जा रहा है। पीठ पर बैकपैक के सिवा हाथों में कुछ किताबें हैं। मैंने कहा है, जाते हुए पलटकर न देखना, मैं कमज़ोर हो जाऊँगी। शायद तुम भी लौट आओ, जो मैं नहीं चाहती। लौटना मत। साँझ को सबसे ज़्यादा जब अपने भीतर लौटते हैं, हम दोनों बाहर जा रहे थे। घर से, जीवन से...शायद स्मृतियों से भी चले जाएँगे।

'मैं जानती हूँ कि साँझ को घर से निकलने के मायने क्या होते हैं? उसके बिना घर में जो साँझ घिरेगी, मैं किसी भी कैंडिल से उजाला नहीं कर पाऊँगी। इसके आने से पहले घर में सुबहें बसती थीं, उसके आने के बाद उनमें फूलों की ख़ुशबू भी महकने लगी थी। वो आया भी एक सुबह, महकता हुआ। मैंने सूँघा...'कन्नौज की इत्र है, शीबा लाई थी। अच्छी है न...?' कहते हुए उसने अपनी टी-शर्ट मेरी नाक से हटा दी। मैं भीतर तक ख़ुशबू से भर गई थी। आज साँझ, वह ख़ुशबू घर से, मेरी नाक से जा रही है। उसके चेहरे पर वीरानी है। उसे क्या पता कि उसके जाने के बाद मेरा घर मलबागृह में बदल जाएगा? यह फ़ैसला मेरा ही तो था। इसमें उसका क्या दोष? वो आया था अपनी मर्ज़ी से, मेरी मर्ज़ी से जाना पड़ रहा है। यह

जाना फिर न लौटना है, मृत्यु की तरह। रिश्तों की मौत भी बेहद त्रासद होती है। किसी आपदा से कम नहीं। चारों तरफ़ फैले होते हैं बीते लम्हों के टुकड़े, जिन्हें समेटकर दोबारा जोड़ पाना सम्भव नहीं हो पाता।

'यह सच है कि जब तक वह रहा, मेरे भीतर बच्चों की-सी चपलता भरी रही, एक निर्मल उत्साह! मेरा वजूद उसकी ख़ुशबू से तर रहा। सपने जैसे आँखों में धरकर हम भूल गए थे। पूरा जीवन ही सपने सरीखा था। आह...कितने कम दिन का सुख? जब-तब वह बच्चों की तरह मेरी देह में धँस जाया करता था, पर धँसते हुए 'यूरेका यूरेका' क्यों...? क्या मैं कोई पाने की वस्तु थी? खोते दोनों हैं, पाते दोनों हैं। यह बोध उसमें धीरे-धीरे क्यों...?

'प्रेम जब कबीलाई युद्ध में तब्दील हो जाए, तो क्या करना चाहिए? क्या मेरी उससे इतनी ही अपेक्षा थी कि वह मेरे साथ रहे, मुझे प्रेम करता हुआ एक टिपिकल मर्द में बदल जाए? उसमें दूसरी स्त्रियों के प्रति ज़रा भी संवेदनशीलता और आदर न हो? वह उसी सत्ता की पैरोकारी करने लगे जिससे मुक्ति की लड़ाई स्त्रियाँ लड़ रही हैं? क्या वह भी मर्दों की उसी भीड़ में शामिल नहीं हो रहा था जो स्त्रियों को सदियों से नियंत्रित करते आए हैं? मेरी तो सारी लड़ाई उसी मेल डोमिनेटिंग सोसाइटी के ख़िलाफ़ है। प्रेम अधिनायकवाद को जन्म देगा, सोचा नहीं था। रिश्तों को यातना शिविर में बदलने से पहले ख़त्म कर देना बेहतर।'

नीरज ज़्यादा पढ़ नहीं पाया और लैपटॉप वहीं छोड़कर बालकनी में चला आया। दूर तक फैला हुआ बाज़ार चहल-पहल से भरा था। वह इन सबको चीरकर माया के पास जाना चाहता था। उसकी मांसल देह में अपना माथा धँसाकर ख़ूब रोना चाहता था। अपनी देह को उसकी देह में विलीन कर देना चाहता था। वह उससे पूछना चाहता था ख़ूब सारे सवाल। वह समझ गया था कि कहाँ ग़लती हुई। वह उन सबके लिए क्षमाप्रार्थी था। बस, एक बार माया माफ़ कर दे, फिर वह कभी ऐसी ग़लती नहीं करेगा जिससे उसका स्वर्ग छिन जाए। बस, एक बार मौक़ा दे माया। वह गिड़गिड़ाएगा तो वह गले लगा लेगी। ऊपर से कठोर दिखती है, पर दिल बच्चों जैसा। वह अकेली रह ही नहीं सकती। अपने प्रति बहुत लापरवाह है। उसे चाहिए मेरे जैसा कोई, जो उसे सँभाल सके। मैं सँभाल लूँगा उसको। शायद उसकी शर्तों पर! शर्तें...?—सोचते-सोचते वह ठिठक गया।

वह उलझन में था—मैं उसकी तरह कैसे सोच सकता हूँ? मेरे पास भी अपने विचार हैं, अनुभव हैं। मैं कुछ हद तक तो बदल सकता हूँ...पर पूरा कैसे? पर उसे

पाना है तो बदलना होगा। जैसे अब बदलती आई हैं स्त्रियाँ ख़ुद को। उसकी आँखों के आगे अनगिन स्त्रियाँ घूम गईं जो पुरुषों के पीछे चक्कर लगाती हैं और उनकी तरह सोचती हैं, 'हाँ' में 'हाँ' मिलाती हैं। पुरुष होने के नाते उसे तकलीफ़ हो रही थी—एक स्त्री की ख़ातिर अपने प्रेम की ख़ातिर ख़ुद को बदल नहीं सकता क्या? अपने भीतर के मर्द को नियंत्रित नहीं कर सकता क्या? किसी-न-किसी मोड़ पर स्त्री को नियंत्रित करने की अपनी चाहत को छोड़ नहीं सकता क्या? उसे लग रहा था कि माया ने उसके भीतर बैठे उस मर्द को पहचान लिया था और उसी से डर गई थी। बिस्तर पर भी नीरज उसे नियंत्रित करना चाहता था और माया कई बार उसके दबोचने पर आपत्ति करती। वह आवेग को वर्चस्व की लड़ाई में बदलने के ख़िलाफ़ थी। बीच में ही उसे रोककर लम्बा भाषण पिला देती। वह माथा पकड़कर बैठ जाता। उसे बदलना होगा, अगर उसे माया चाहिए तो। अभी वह ख़ुद से कोई वादा करने के मूड में नहीं था, पर माया के पास जाकर झूठ बोलने को पूरी तरह तैयार था।

माया के हर पोस्ट में उसकी अलग-अलग मनोदशा साफ़ नज़र आ रही थी। कभी प्रेम में आतुर पुकार, कभी वापसी की गुहार तो कभी ललकार। स्थिर चित्त कहीं नहीं। आख़िरी कुछ पोस्ट में संयम दिखने लगा था। शायद ख़ुद को सँभाल पाने में सफल हो गई होगी। नीरज ने तो सारी पीड़ा मन में ही रखी, झेली और प्यासा-प्यासा उदासियों की रेत में लिपटा रहा। वह माया को कहना चाहता था—

"तुम दुनिया की सबसे सुन्दर लड़की हो, तुम्हारी बराबरी में कोई नहीं।"

वह उसे श्रेष्ठ होने का अहसास दिलाना चाहता था। माया की थ्योरी को झुठलाना चाहता था कि भारतीय लड़कों को फ़्लर्ट करना नहीं आता। वह रोमांचकारी अदाओं से दिल तक पहुँचने का दुर्लभ समुद्री रास्ता समझ गया था। वह उसे बताना चाहता था कि प्रेम में ग़ैरबराबरी ख़त्म करने के लिए दोस्ती ही सबसे उचित रास्ता है। प्रेम से ज़्यादा उचित दोस्ती...दोस्त...जहाँ दो अस्त हो जाते हैं, एकाकार हो जाते हैं। ढाई अक्षर का रोमांच यहाँ प्रेम से ज़्यादा कारगर हो सकता है। वर्चस्ववादी फ़ितरतें जितनी जल्द स्वाहा हो जाएँ, उतना अच्छा। इसी मनोदशा में सोचता-विचारता नीरज माया की च्चौखट पर पहुँच गया, पर उसे लाँघ नहीं सका।

धैर्य से माया नीरज को घंटा भर सुनती रही। कॉफ़ी के प्याले भरते और ख़ाली होते रहे। नीरज उन ख़ाली प्यालों की तरह ख़ाली होता रहा, मन का बोझ कम होता रहा, होता रहा...। जैसे-जैसे बोलता जा रहा था, मन में शान्ति आती जा रही

थी। उसकी वापसी हो गई थी। अबकी वह नहीं लौटेगा यहाँ से। माया के साथ एक रोमांचकारी, अद्भुत ज़िन्दगी जिएगा या किसी तरह ज़िन्दगी को मैनेज कर लेगा। माया की उपस्थिति ही इतनी अदभुत, इतनी ऐन्द्रिक थी कि वह मंत्रमुग्ध-सा बोलता जा रहा था। बाक़ी ज़िन्दगी की लम्बी प्लानिंग थी उसके पास। माया मन्द-मन्द मुस्कुराती और फिर कहीं खो जाती। उसके भीतर क्या चल रहा था, इसका अन्दाज़ा नीरज नहीं लगा पा रहा था। एक पल को सोचा कि ज़्यादा पढ़ी-लिखी स्त्रियों का संसार शायद इतना ही अबूझ होता है या उनका चेहरा पारदर्शी नहीं होता। वह तो अपनी सारी गाँठें खोल रहा था, सारी परतें हटा रहा था और अपना निष्कवच, निरावरण हृदय दिखा देना चाहता था।

"नीरू, मुझे माफ़ कर दो। मैं तुम्हारा दिल नहीं दुखाना चाहती। बस, एक सच बोलना चाहती हूँ—तुम्हारे जाने के बाद मैंने ख़ुद को बहुत समझा, बहुत रोई-गाई, लिखा-पढ़ा...फ़ेसबुक ब्लॉगिंग—सब किया।...अपने को एक अन्धे कुएँ में बन्द करके ऊपर से ढक्कन लगाकर क़ैद कर लिया था। तब मैंने जाना कि ज़िन्दगी एटलास्ट क्या है, लव और फ्रेंडशिप क्या है? प्रेम भी दरअसल रूहानी कम, जिस्मानी आतंक ज़्यादा है। सीधी भाषा में कहूँ तो दो सेक्स ग़ुलामों की साठ-गाँठ, जिसमें एक-दूसरे को नियंत्रित करके मालिक बन बैठने का जतन किया जाता है।"

नीरज का दिल धक-धक कर उठा। उसे लगा, वह किसी बर्फ़ीली आँधी में फँस रहा है। वह ख़ुद को 'ब्यूटी एंड बीस्ट' फ़िल्म के अधेड़ नायक की तरह रहस्यमयी बर्फ़ीली आँधी में घिरा महसूस कर रहा था।

क्या कहना चाहती है माया?

माया का सँवलाया चेहरा तपने लगा था।

"हम दोस्त बने रहें, यही बहुत है। मैं सम्बन्धों को न सँभाल सकती हूँ, न ढो सकती हूँ। तुम मेरा आख़िरी प्रयोग थे। मैं दूसरा ब्रेकअप झेलकर नाउम्मीद हो चुकी हूँ। मैंने रास्ते-दरवाज़े किसी भी स्थायी सम्बन्ध के लिए बन्द कर दिये हैं। हम मिलेंगे वैसे, जैसे दो बेस्ट फ्रेंड मिलते हैं। हम मिलेंगे, कहीं बाहर। बस, मेरी ज़िन्दगी में दाख़िला नहीं हो सकता। बहुत तकलीफ़ के बाद यह फ़ैसला लिया और इसमें मेरा मन मेरे साथ है और मैं इसके ख़िलाफ़ नहीं जा सकती।"

"एक बात पूछना चाहता हूँ, बुरा मत मानना। क्या तुम्हारा मन प्रयोग से नहीं भरा? क्या मैं भी तुम्हारे लिए परखनली प्रेमी था? एक प्रयोग विफल रहा,

तो क्या सारे विफल ही रहेंगे? क्या तुम्हें ठिठककर इस पर सोचना नहीं चाहिए? ज़िन्दगी को या तुम्हारे मुताबिक़ दूसरे प्रयोग को एक बार फिर से मौक़ा देकर नहीं देखना चाहिए?"

"नहीं, बुरा क्यों लगेगा? पूछो, जितने सवाल पूछ सकते हो, नीरू...।"

दर्द में डूबी आवाज़ को सुनकर वह एकबारगी सिहरा—सचमुच गहरी यातना में है यह स्त्री।

"कोई लड़की, स्त्री अपनी ज़िन्दगी को अपनी मर्ज़ी से प्रयोगशाला में नहीं बदलती। ऊपर-ऊपर से किसी निष्कर्ष तक पहुँचना दूसरों के लिए बहुत आसान हो सकता है। जो भुगतता है, उसके दिल का हाल न पूछो। मुझे तो यक़ीन हो चला है कि स्त्री का दु:ख बयाँ कर पाने की क्षमता शब्दों में नहीं।"

माया के होंठों पर हल्की स्मिति उभर आई।

"बताओ, इन सवालों के जवाब में मेरी ज़िन्दगी के कुछ मुआमले जुड़े हो सकते हैं?"

"नीरू, मैं जान गई हूँ कि एक पुरुष, पत्नी-प्रेमिका-माँ के रूप में तो हमें स्वीकार सकता है, लेकिन एक स्त्री के रूप में स्वीकारने को अभी तक तैयार नहीं हो पाया है। इसीलिए कई बार मुझे लगता है कि मेरे निमित्त कोई नहीं बना या मैं किसी के लायक नहीं हूँ। मेरी अपेक्षाएँ इतनी भारी हैं कि दूसरे की अपेक्षाएँ मैं सहेज नहीं पाती। मैंने ख़ुद से प्यार करना शुरू कर दिया है और अब मैं ख़ुद को अपनी अपेक्षाओं पर खरा उतरते देखना चाहती हूँ। मैंने पुरुषों द्वारा हम स्त्रियों को मुहैया कराई गई तमाम सामाजिक सुरक्षाओं की क़ैद से ख़ुद को रिहाई दिला दी है।"

बोलते हुए उसकी आँखें नई उम्मीद से चमकने लगी थीं।

"पहले भी एक बार मुझे प्रयोगशाला में डाला गया, कैमिकल प्रॉसेस की तकलीफ़देह यंत्रणाएँ मैंने झेली हैं। मैं भी आम लड़की की तरह शादी करके घर बसाना चाहती थी...जिसे चुना, वह कुछ और सोच रहा था। हम पृथ्वी के दो छोर पर खड़े भीतर से अपने-अपने भिन्न ग्रहों के बारे में सोच रहे थे। कुछ साल तक पता ही नहीं चला कि मैं एक 'बास्टर्ड' के हाथों किस क़दर छली जा रही हूँ! मैं उसके उपयोग का सामान ज़रूर हो गई जो उसके व्यवसाय में हाथ बँटाने वाली मुफ़्त की वर्कर बन गई थी। उसके पास मेरे लिए सिर्फ़ वर्तमान था, मेरे पास अन्तहीन इन्तज़ार, एक घर का। मेरी आँखें सपनों से लैस थीं, जो देख नहीं पाई

कि पार्टनर की आँखों में उसकी छाया तक कभी नहीं पड़ी। मैं मात खाती चली गई। जिसने सहारा दिया, वहाँ भी रेतीली ज़मीन थी। कुछ दिनों की नमी ने रोके रखा, एक दिन वह नमी भी जाती रही।"

वह रुक गई। थोड़ी देर साँसें लेकर कुछ याद करना चाहती हो जैसे।

"मैं अपनी पिछली ज़िन्दगी के बारे में विस्तार से बात नहीं करना चाहती, न मैं उसका नाम कभी बताऊँगी। बस, इतना समझ लो कि मेरे भीतर का पतझड़ ख़त्म ही नहीं होता और वसन्त की आहट से डर जाती हूँ..."

"मायू, इतना बता दो, मैं कहाँ फेल हुआ? थोड़ा-बहुत समझ में आया है... मैं ख़ुद को करेक्ट कर लूँगा।"

यह जानते-समझते हुए भी कि उसकी तरफ़ से कहाँ कमी रह गई थी, नीरज रुआँसा हो उठा था।

"सो मैनी-मैनी प्रॉब्लम्स, नीरू! मैं ख़ुद को फिर से उन्हीं दिनों में नहीं ले जाना चाहती...आई डोंट वांट टू गो अगेन इन लैब। एक लाइन में कहती हूँ—तुम जेंडर सेंसेटिव बिलकुल नहीं हो। दैट्स इट..."

रोती हुई आँखों के बावजूद उसका चेहरा कठोर हो आया था।

"मैं तुम्हारे साथ इस घर में रहकर देखता हूँ—शायद मैं बदल जाऊँ, शायद तुम मुझे अपनी ज़रूरत भर बदल पाओ। मैं अब तुम्हें बदलने की कोशिश बिलकुल नहीं करूँगा। बस, एक सवाल ज़रूर तुमसे पूछना चाहूँगा कि बताओ, कौन-सी चीज़ है जो किसी-न-किसी के नियंत्रण में नहीं है? मैं मान जाऊँगा गर तुम बता सको। प्रकृति का नियम है...प्रेम में भी हम अधीन होते हैं, इसका मतलब नहीं कि हम ग़ुलाम बनते हैं।"

"बेकार की बहस में मत पड़ो, नीरू! हमारे सोचने का तरीक़ा बिलकुल भिन्न है। तुम नियंत्रण की हद तक सोचते हो और मैं प्रेम में भी प्राइवेसी और अपना सेल्फ़ बचाए रखने की हिमायती हूँ।"

"मायू, तुम नहीं जानती कि मैं इस बीच अपनी प्रकृति से लड़ता रहा हूँ। मैं जहाँ से बिलांग करता हूँ, वहाँ सम्बन्धों, स्त्रियों की इच्छाओं को देखने का अलग नज़रिया होता है। मैं वह सब पीछे छोड़कर आया था, भीतर में कुछ अंश बचा रह गया था। उससे मुक्ति मिली तुमसे दूर रहकर। मैं चकित हो गया था तुम्हें पाकर। सच में, सँभाल नहीं सका। शायद...शायद...अब...।

"सुनो मायू, मैं किसी और लैब में टेस्ट के लिए क्यों जाऊँ? आई रियली लव

यू, यार...अंडरस्टैंड मी। कुछ दिन दूर रहकर मैं अपने को समझ सका हूँ। आई एम चेंज्ड पर्सन डूड...ट्राई मी वंस एगेन..."

नीरज ने डूबती हुई उम्मीद के लिए आख़िरी तिनका नहीं छोड़ा था। वह समझ रहा था कि उससे जेंडर सेंसेटिव होने की उम्मीद करने वाली ख़ुद सेंसेटिव नहीं निकली। जिन लोगों की संवेदनशीलता बस लिखने तक रह जाती है, मायू भी उन्हीं लोगों में शामिल हो गई है। मन में गुबार उठ रहा था। उसे दबाए अब तक वह धैर्य से बात कर रहा था। वह भी फट पड़ना चाहता था कि ज़रा-सी बात पर तुमने यह अनुमान लगा लिया कि मैं कंट्रोलिंग पॉवर बनना चाहता हूँ, बाक़ी मर्दों की तरह। पर क्या तुम रिश्तों के मसले समझती हो ठीक से? क्या तुम मर्दों को समझती हो ठीक से? क्या तुम भी अपने कारागार की बन्दी नहीं हो गई हो? नहीं, अभी फट पड़ना ठीक नहीं होगा, अभी किसी तरह मामला सँभल जाए। कभी-न-कभी इसे अहसास ज़रूर क़रवाऊँगा। उसने ख़ुद को संयत किया।

"देखो मायू, पिछली बार मैं भी ग़ुस्से में था। तुमने एकतरफ़ा फ़रमान जारी करके मुझे भगा दिया। मैं चला गया चुपचाप। अबकी नहीं जाऊँगा चुपचाप, नहीं तो बहुत-से सवाल मुझे बेधते रहेंगे। तुम बताओ, क्या तुम सबको एक ही डंडे से नहीं हाँक रही हो?"

माया ने कँपकँपाती हुई उँगली उठाकर स्टडी टेबल की ओर इशारा किया। वहाँ स्लोगंस वाले कई कार्ड लगे थे। एक छोटी पंक्ति पर नज़र टिक गई—

> *मैं स्मृतियों के साथ मरना पसन्द करूँगी, सपनों के साथ नहीं।*
> *अगर आप लगातार दाता बने हुए हैं तो अपनी सीमाएँ जानिए, लेने वाले की कोई सीमा नहीं होती।*
> *आप वहाँ से ख़ुशियाँ तलाशना बन्द कर दें, जहाँ उसे खोया है।*

इसी तरह के मानीख़ेज़ कई स्लोगन वहाँ लगे थे।

माया ने तीसरी बार कॉफ़ी का प्याला भर दिया था, जैसे उसका ख़ाली मन फिर से भर गया हो! नीरज बिना पिए उठा...माया ने रोका भी नहीं। वह यथावत बैठी रही। नीरज को लगा कि उस नज़्म की तरह होगा उसके साथ : *'मैं ये सोचकर उसके दर से उठा था कि वो रोक लेगी, मना लेगी मुझको...'*

माया ने कथा यहीं रोक दी।

"कॉफ़ी..."

पूजा रिपोर्टर कॉफ़ी की ट्रे लेकर उसके सामने खड़ी थी। मालविका रो रही थी, जाने माया का दु:ख सुनकर या उसे अपने सम्बन्धों की टूटन याद आ गई थी। माया ने उसे गले लगा लिया।

"मालू, उन बीते पाँच सालों के बारे में सोचती हूँ तो लगता है, वे दिन शानदार थे। इधर के बीते पाँच साल को पीछे मुड़कर देखती हूँ तो ज़िन्दगी का आकलन कर पाती हूँ। यार, मैं डर गई थी। मुझे कई तरह के डर सताते थे। उन डरों ने मेरे जीवन से कुछ सुन्दर चीज़ें छीन लीं।"

"दी, एक बात कहूँ...?"

मालविका ने अपने आँसुओं पर काबू पाकर कहा, "हम अब अपनी उदास कथाएँ नहीं कहेंगे-सुनेंगे। मैं आपको सिन्दूरी की कथा सुनाऊँगी। एकदम अलग। है तो उदास कथा, लेकिन एकदम रियल लगेगी। ऐसी लड़की की कथा है जो आँधियों से अब तक जूझती हुई सोचती है कि ये कभी ख़त्म न होंगी। लेकिन मुझे उम्मीद है, सिन्दूरी को भी समाज में उसकी जगह मिलेगी। उसका सच भी समाज स्वीकार लेगा। हमारी सारी लड़ाइयाँ और इच्छाएँ समाज से स्वीकृति की होती हैं। जिस दिन हम परवाह करना छोड़ देंगे, हम ज़्यादा सुखी होंगे।"

उससे पाँच साल छोटी लड़की कितनी समझदार हो गई है? कितनी जल्दी सँभल गई है? कहाँ तो इसको सँभालना, समझाना था, यह लड़की उसे ही मानसिक सहारा देने लगी थी। अभी तो इसकी समस्याएँ सुलझी भी नहीं थीं। कई स्तरों पर लड़ रही थी। फिर भी कितनी मज़बूत हो गई है, माया ने मन-ही-मन सोचा ।

यातनाएँ, अभाव और दु:ख स्त्रियों को बहुत ठोस इस्पात में बदल देते हैं। ऊपर-ऊपर लोहा, भीतर-भीतर खौलते लावे। अन्त:सलिला अगिन-नदी में स्नान करती देह।

7

दी, मैं कुछ दिनों के लिए कश्मीर जा रही हूँ, एक मदद करोगी? सिन्दूरी और संचिता को कुछ दिनों के लिए आप अपने पास रख लोगी? उन्हें घर ढूँढ़ना है, आपके आस-पास ही रहना चाहती हैं। थोड़ा सस्ता पड़ेगा

और मेट्रो पास में है। दोनों को दिल्ली में नौकरी मिल गई है। मैं लौटकर आपसे बात करती हूँ। प्लीज़, आप मना मत करना।

सुबह-सुबह यह मैसेज माया को उस दिन मिला, जब वह शिमला आर्ट कैम्प कवर करने के लिए निकल रही थी। इतनी सुबह पूजा भी नहीं थी। लगता है, देर रात मैसेज किया होगा। आदतन वह देर रात मैसेज देखती नहीं है। सुबह जल्दी उठकर नई दिल्ली रेलवे स्टेशन जाना था। घर की चाबी कहाँ छोड़े, किस मुसीबत में फँसा गई मालू? गेट पर गार्ड के पास चाबी रखना उचित न था। इतनी सुबह किसे कहे? उसकी कैब आ चुकी थी और आधे घंटे में स्टेशन पहुँचना ज़रूरी थी। छह बजे की शताब्दी से कालका पहुँचना था। साथ में और भी कलाकार थे जिनसे वहीं स्टेशन पर ही मिलना था।

उसने पूजा को ही फ़ोन मिला दिया। उधर से किसी पुरुष की उनींदी आवाज़ थी।

"पूजा को फ़ोन दे..." इतना कहते ही उसने पूजा को जगाया होगा। ऊँघती हुई पूजा ने पूरी बातें सुनीं।

उसे लगा, वह ठीक से उसकी बात नहीं सुन रही है। उधर से किसी पुरुष की आवाज़ आ रही थी, "बोल दे, मैं आ रहा हूँ, गेट पर चाबी रख दें। मैं दस मिनट में उठा लूँगा। तू सो जा...आता हूँ चाबी लेकर..."

"पायल के पापा...आप देर से आए थे, रात को, रहने दो...आठ बजे जाऊँगी तो ले लूँगी...दीदी को बोल देती हूँ..."

"मैं जा रहा हूँ न...तू सो जा, दिन-भर खटेगी न फिर..."

माया ने फटाफट चाबी गेट पर रखी और निकल गई। उसे यक़ीन था कि पूजा का पति ही आएगा चाबी लेने। पूजा टाल सकती थी।

ट्रेन में ही थी कि पूजा ने फ़ोन किया और झेंपी हुई हँसी थी, "वो न दीदी, पायल के पापा बोले कि अभी हल्का अँधेरा है, तू थकी हुई भी है, रात को देर से सोई थी न बच्चों के चक्कर में, इसलिए तू सो जा। फिर दिन-भर तुझे खटना होगा...मैं ले आता हूँ। वो ले आए, दीदी...आप चिन्ता मत करो...कोई और काम है तो बताओ..."

"बड़ा ध्यान रखता है तुम्हारा, पूजा रिपोर्टर..."

"अरे दीदी, उन्हीं के बच्चों के लिए, परिवार के लिए तो कमा रही हूँ...वो ध्यान नहीं रखेंगे, तो मुझे दूसरा ही आदमी देखना पड़ेगा न! अभी दो दिन पहले

1132 वाली भाभी की कामवाली शान्ति जाकर बैठ गई दूसरे के घर..."

"बस-बस...तेरी ख़बर नहीं सुननी...सुबह-सुबह तेरा न्यूज चैनल चालू हो गया..."

"अभी कहाँ दीदी? एक ख़बर और दी ही नहीं...सुन लो...आपके लिखने के काम आएगी...आप औरतों पर लिखती हैं न, कितनी घटनाएँ हो रही हैं दीदी, क्या बताऊँ?"

"वो आपको याद है, हमारी बस्ती से एक बच्ची ग़ायब हो गई थी? आठवीं में पढ़ती थी। उस दिन पुलिस अनाउंस करती हुई समूचे वैशाली में घूम तो रही थी, वो न...मर गई। क़त्ल हो गया उसका। किसी ने मारकर उसे किसी की छत पर ही फेंक दिया। आज ही सुबह लाश मिली है, इसीलिए मुझे आने में थोड़ी देर हो गई। मातम फैला हुआ है दीदी, बच्ची की माँ की हालत ख़राब हो गई है। मैं पायल के लिए डर गई हूँ...उसे घर में बन्द करके आई हूँ। चॉकलेट के नाम पर कोई भी बहला-फुसलाकर ले जाता है बच्चियों को...स्कूल से लौटते हुए। अब सुबह में उसे स्कूल उसके पापा छोड़ेगा और दोपहर में मैं लेने जाया करूँगी, दीदी...आप छुट्टी देना।"

पूजा की आवाज़ में डर था। माया को याद आया कि दो दिन पहले पुलिस की गाड़ी स्पीकर लेकर अनाउंस करती हुई घूम रही थी। उसने अख़बार में बच्ची के ग़ायब होने की ख़बर पढ़ी थी और ध्यान से उतर गई थी। अख़बारों में प्रादेशिक पेज पर इसी तरह की ख़बरें होती हैं, जिन्हें पढ़ते हुए सुबह-सुबह मन ख़राब हो जाए। जिनके साथ बीतती होगी, उनके ऊपर क्या गुज़रती होगी?

माया ने पूजा को सिन्दूरी और संचिता के आगमन के बारे में बता दिया, आवश्यक हिदायतें दे दीं। लेकिन उसके दिमाग़ में बच्ची की हत्या वाली घटना घूमने लगी। वह निढाल होकर सीट पर पीठ टिकाकर अपने में डूब गई। कभी-कभी कोई ख़बर, कोई चिन्ता बहुत थका देती है। पूजा काम पर आएगी, पीछे से बेटी की चिन्ता में गलती रहेगी। परिवार, बच्चे सब मोह हैं। जकड़कर रखते हैं इनसान को।

उसने थोड़ी देर बाद फिर फ़ोन किया पूजा को।

"चिन्ता मत कर। तू उन लड़कियों को पूरा घर समझाकर दोपहर में बेटी को लेने चली जाना। चाहो तो, छुट्टी कर ले...उन्हें बोल दे, वो ख़ुद खाना बना लें। किसी समय आकर तुम घर साफ़ कर जाना। मैं जल्दी लौट आऊँगी...तीन दिन की ही बात है।"

"दीदी, कोई बात हो तो आप व्हाट्सप कर दिया करो...हिन्दी में लिखना, दीदी या रिकॉर्ड करके भेजना...सुनना ज़्यादा आसान है मेरे लिए।"

पूजा की बातें सुनकर माया का मन कई बार हल्का हो जाता था, लेकिन अभी वह निढाल थी। सोचा, व्हाट्सप पर जैसे ही यह आएगी, कहीं, गुड मॉर्निंग, गुड नाइट, न करने लगे। कई व्हाट्सप समूहों और व्यक्तिगत रूप से आने वाले सन्देशों, वीडियोज़, काड्र्स और ज्ञान की बातों ने दम निकाल रखा था।

वह टेक लगाए बैठी रही।

बोगी में कुछ और कलाकार साथ में जा रहे थे। उसके साथ एक जोड़ा बैठा था। दोनों पति-पत्नी चित्रकार थे। माया उनसे पहली बार मिली थी। उसकी सीट खिड़की के पास थी। सुबह-सुबह बाहर नज़ारा देखने का मन था, लेकिन आँख बन्द करके सोच में डूबी हुई थी। तभी बगल वाली सीट पर बैठी उस स्त्री ने पूछा, "आप ठीक हैं? कुछ परेशान लग रही हैं। घर में सब ठीक है न?"

माया ने आँखें खोलकर उसे देखा। चेहरा पारदर्शी होना बड़ा बुरा होता है। मन के भीतर तक दिखाई दे जाता है, अगर देखने वाला अतिरिक्त संवेदनशील हो।

"हाय, मैं सुनन्दा सुमन सिंह, आर्ट कैम्प में हिस्सा लेने जा रही हूँ। यह हैं मेरे पति सुमन सिंह। यह भी चित्रकार हैं। आप माया जी हैं न? आपके बारे में मैसेज आया था कि आप स्टेशन पर मिलेंगी। हम जल्दी में थे, इसलिए झटपट चढ़ गए।"

उसका पति यानी सुनन्दा के पति ने भी उसे नमस्कार किया, मगर बिलकुल भावहीन ढंग से। चेहरे पर सुबह-सुबह ही बारह बजे हुए थे, जैसे जबरन कोई घसीटकर संग लिए जा रहा हो। ऐसी मुर्दनी छाई थी कि उसे दुबारा देखने का मन न हुआ। माया की माँ ऐसे चेहरे को देखकर कहती, "इसको बज्जर पड़ गया है।" बिलकुल वैसा ही चेहरा लग रहा था। जाने क्यों लोग ऐसे मुँह लटकाए घर से निकलते हैं? परेशानी नितान्त निजी चीज़ है, उसे बाहर फैलाना उचित नहीं।

माया खिड़की से बाहर देखने लगी थी। सुनन्दा उससे बात करना चाहती थी। कालका तक वे दोनों बातें करते गए। वह सुन्दर थी, मोहक भी। सलवार-सूट में ख़ूब जम रही थी। उसे पसन्द आई। लगा, सुन्दर साथ मिलेगा शिमला में। लेकिन वहाँ जाकर तो अलग ही नज़ारा मिला।

शिमला से थोड़ा पहले, शिमला और सोलन के बीच में एक सुन्दर रिज़ार्ट में सबको ठहराया गया था। बहुत बड़ा खुला मैदान था और नीचे सुन्दर घाटी थी।

मनोरम दृश्य था। वहीं बाहर बैठकर सारे चित्रकार तीन दिनों तक पेंटिंग बनाते रहे। सब अलग-अलग छिटककर पेंट कर रहे थे। देश भर से चित्रकार आए थे। आधी संख्या चितेरियों की थी, आधे पुरुष चित्रकारों की। हिमाचल आर्ट ट्रस्ट की संचालिका रचना शर्मा माया की पुरानी मित्र थी। वह तीन दिनों तक इनके बीच घूम-घूमकर बातें करने वाली थी, अविस्मरणीय अनुभव से गुज़रने वाली थी—ठीक वैसा ही लगता, जैसे किसी कवि को कविता लिखते हुए देख लेना। यहाँ आकर उसके बोझिल दिन हल्के हुए। शिमला की खुली वादियाँ, चित्रकारों का साथ, शाम को कैम्प फ़ायर करके नाचना-गाना—सब कुछ मज़ेदार। उसने पहले दिन नोटिस किया कि सारे चित्रकार मैदान में फैले हुए हैं, सब मगन हैं। कोई बैठकर, कोई खड़ा होकर पेंट कर रहा है। सबको एक थीम दे दी गई थी। उसने सुनन्दा और उसके पति को ढूँढ़ा। सभी चित्रकारों ने अनभिज्ञता ज़ाहिर की। फिर रचना से पूछा—तो वह जैसे भरी बैठी थी।

एक तरफ़ बैठ गई उसे लेकर।

"देख, यह सब लिखना मत। बस, जानकारी के लिए बता रही हूँ। वो जो सुनन्दा है न, बहुत अच्छी चित्रकार है। स्कूल में पढ़ाती थी। आजकल प्रोमोशन हो गया, सचिवालय में बैठती है। बेस्ट शिक्षक का अवॉर्ड भी ले चुकी है। तुम इसके चित्र देखना, फिर मेरी बात पर यक़ीन आएगा। और जो इसका पति है, नालायक कहीं का, प्राइवेट स्कूल में शिक्षक ही है, घिसट रहा है। न पेंटिंग में जगह बना पाया, न स्कूल में, न पत्नी के दिल में।"

"तो तुमने कैम्प में क्यों बुलाया?"

माया के हैरान होने की बारी थी। उसने माथा ठोका।

"अरे यार, यही तो बताने जा रही हूँ। सुनन्दा कहीं उसके बिना जाती नहीं है। ये उसका पहला आर्ट कैम्प है। मैंने तो सुनन्दा को ही इन्वाइट किया था, साथ में यह झुमरू को लेकर आ गई। इसने शर्त रख दी कि सुमन को बुलाइए, तभी मैं आ पाऊँगी। मैंने अपनी ज़िन्दगी में इतनी फट्टू औरत नहीं देखी जिसकी पति से इतनी फटती हो।"

"कैसी भाषा बोल रही है, रचना...?"

उसे हँसी आ रही थी।

"सच कह रही हूँ, मेरे तो गले का घेघ हो गया है—न निकालते बनेगा, न स्वीकारते।...बनवा लेती हूँ पेंटिंग, कहीं रख दूँगी...प्रायोजकों को नहीं भेजूँगी...

सुनन्दा को मैं छोड़ना नहीं चाहती थी...अद्भुत चित्रकार है...मैं उसे हाईलाइट करना चाहती हूँ...वह दबकर रह गई है...उसे मौक़े नहीं मिले...बहुत अच्छे स्वभाव की है, तुम बात करना न...मोह लेती है बातों से..."

"लेकिन वो दोनों हैं कहाँ...ट्रेन में मिले थे। उसके बाद से ग़ायब।...मुझे भी वो अच्छी लगी थी, लेकिन उसका पति अजीब खड़ूस लगा, किसी ख़ुदाई से निकला हो..."

रचना और माया, दोनों हँसते रहे।

"वे दोनों कमरे से बाहर निकलें, तब न...? दोनों ने कमरे में ही कैनवस, पेंट सब मँगवा लिये, वहीं बैठकर पेंट कर रहे हैं। मैंने साफ़ बोल दिया है कि खाना खाने तो हॉल में ही आना होगा। सब कुछ यहाँ नहीं मिलेगा..."

"रात को कबूतरों का जोड़ा खाना खाने आएगा...लेकिन बीवी की जान छोड़ेगा तब न कोई उससे बात कर पाएगा। हर समय चिपका रहेगा...देखना...जाने क्यों डरता है कि उसकी बीवी को कोई ले उड़ेगा...वेरी इनसेक्योर मैन...!"

"मैं उसके कमरे में जा सकती हूँ...?"

"क्या फ़ायदा?...वहाँ तुम्हें सुनन्दा अकेली मिलेगी नहीं...और तुम जितनी बिन्दास हो, उसे पता लग गया तो तुमसे मिलने भी नहीं देगा।"

"तो मुझे उसके पति के सामने पर्दा करना चाहिए...यानी गई शाम की महफ़िलें..."

"छोड़ उन्हें, हम एक बार औपचारिकता निभा देंगे, ज़िद नहीं करेंगे। आए तो स्वागत, न आए तो बढ़िया...हम सब बाहर बैठेंगे...आग जलाकर..."

शाम को जब सारे पेंटर पेंट करके फ्री हुए, सब बाहर जुटने लगे। आपस में अनौपचारिक संवाद का माहौल था। उस वक़्त भी वे दोनों नहीं आए। माया को खटक रही थी यह बात। भीतर से ग़ुस्सा आ रहा था कि इतना भी क्या डरना कि आप बाहर आकर अपने साथियों से न मिलें? सब एक-दूसरे से मिल रहे थे, एक दूसरे का काम देख रहे थे, चर्चा कर रहे थे। वे दोनों सीन से ग़ायब थे। उनके कमरे में कौन जाए? तीन दिनों में वे दोनों कैम्प में सबके बीच मज़ाक़ का विषय बनकर रह गए थे। सिर्फ़ तीनों समय खाने आते, सबसे वहीं पर 'हाय-हैलो' होती। सुमन सिंह, सुनन्दा साथ-साथ प्लेट उठाते, खाते और जाते। कोई आगे-पीछे नहीं, साथ ही जाना। मन होता कि सुनन्दा रुक जाती। दूसरी रात माया ने उसे रोक ही लिया।

उसका पति जाते-जाते ठिठक गया।

"आप चलो, मैं आती हूँ।"

पति ने कहा, "जल्दी आना, रंग सुखाना होगा...कल तक देना है न।"

बिलकुल भावहीन, सख़्त चेहरा। जाने कैसे मोहक स्त्रियाँ ऐसे खड़ूसों को पसन्द कर लेती हैं जो अपनी हँसी को पिछली शताब्दी में छोड़ आए होते हैं!

माया ने धीरे-से फुसफुसाकर पूछा, "आप बाहर आकर हम लोगों से मिलती-जुलती क्यों नहीं? क्या समस्या है...उन्हें पसन्द नहीं?"

"मैम, आप अपना नम्बर दो मुझे। आप फ़ेसबुक पर हो, मुझे एड कर लो..."

उसकी बात का जवाब दिये बिना, उसने दो काम किए—जल्दी-जल्दी नम्बरों के आदान-प्रदान और फ़ेसबुक पर मैत्री। मैसेंजर पर तुरन्त 'हाय' भेजकर तसल्ली कर ली। और फिर चल पड़ी, यह कहते हुए, "उनको पसन्द नहीं मेरा किसी से घुलना-मिलना। मैं यहाँ मुश्किल से आई हूँ। मुझे अकेले आने की परमिशन नहीं मिलती, इसलिए वो साथ आए। मुझे इतना बुरा लगा कि ज़बरदस्ती उन्हें इन्वाइट करवाया...मगर क्या करें...एक बार जीवन में कैम्प का एक्सपीरिएंस लेना था...।

"चलती हूँ...कमरे में झगड़ा करेंगे, देर नहीं कर सकती। मैं झगड़ा नहीं, शान्ति चाहती हूँ। बाक़ी बातें मैसेंजर पर करेंगे..."

वह तेज़ी-से सामने से निकल गई। कई और चित्रकार उससे बात करने का मन लिये ताकते रह गए। मन-ही-मन सबने उसके पति को कोसा होगा। वह उस कैम्प का सबसे बड़ा खलनायक था सबकी नज़र में।

माया ने मन-ही-मन कुछ योजना बनाई, रचना से तय किया। तीसरे दिन कैम्प फ़ायर के साथ नाच-गाना होना था। सब मस्त हो रहे थे। वह सीधा उनके कमरे में गई और सुनन्दा को नहीं, सुमन सिंह का हाथ पकड़ा और खींचती बाहर निकल गई। पीछे-पीछे सुनन्दा आई।

सुमन सिंह को पहली बार मैंने थोड़ा चेहरे का भाव बदलते देखा। कई दिन बाद भाव बदला था।

"अरे मैम, कहाँ ले जा रही हैं...? छोड़िए...मुझे नाच-गाने में मज़ा नहीं आता है। मैं इंज्वाय नहीं कर पाऊँगा...आप लोग करिए...सुनन्दा जाना चाहे तो ले जाइए..."

माया कहाँ किसी की सुनने वाली थी? आग के पास खड़े सारे चित्रकार मज़े से नज़ारा ले रहे थे।

उस शाम सुमन सिंह को जम कर पिलाया गया। सुनन्दा को लिम्का में वोदका मिलाकर पिलाया गया। सुमन तो नहीं नाचे, लेकिन सुनन्दा सिर्फ़ स्त्रियों के झुंड के साथ आग के चारों तरफ़ घूम-घूमकर नाचती रही। जब माया के पास आती तो कान में कहती, "आप मुझे बहुत अच्छी लगीं। आप बहुत बोल्ड हो, मैम। मैं आपको मैसेज करूँगी। हम मिलेंगे...।"

देर रात वे दोनों लड़खड़ाते हुए कमरे में गए। जाते-जाते वह सुनन्दा को ताड़ रहा था कि कहीं पी न रखी हो।

ख़ुद होश में नहीं रहने वाला दूसरे का होश टटोलता है।

उन तीन दिनों में माया सब कुछ भूल चुकी थी, जैसे वह भीतर से खुल गई थी। कई बार नई जगहें अच्छी थेरैपी साबित होती हैं। घर आई तो सिन्दूरी और संजिता ऐसे गले लगे कि जन्मों से बिछुड़े हों। वह सोच रही थी कि यह कौन-सा नया परिवार बन रहा है उसका? एक के बाद एक स्त्रियाँ जुड़ती चली जा रही हैं।

मालविका की याद आई। सोचा, मैसेज करने के बजाय फ़ोन ही कर ले।

उसने फ़ोन नहीं उठाया। मगन होगी, वादियों में। सिन्दूरी की कथा बिना सुनाए चली गई थी। उसके लिए अच्छा मौक़ा था कि सीधे सिन्दूरी से ही बात कर ले।

लेकिन कहाँ से, कैसे बात शुरू हो? बताएगी या नहीं...? मालविका के साथ अफ़ेयर वाली बात पूछना उचित न होगा। माया को जाने क्यों उत्सुकता हो रही थी उसकी ज़िन्दगी के बारे में जानने की? आख़िर भारतीय समाज में एक लड़की अपनी सेक्सुअलिटी को लेकर किस तरह जूझती है, क्या-क्या झेलती है—परिवार से, समाज में, उसके लिए जानना ज़रूरी है। क्या होगा उसका भविष्य? शादी कभी होगी नहीं?...ओह, वह भी क्या पुरानी सोच लेकर बैठ गई? शादी किसी स्त्री के जीवन का प्रथम या अन्तिम लक्ष्य नहीं हो सकता। शादी लक्ष्य नहीं, एक व्यवस्था है। जिसकी रुचि हो, वह बनाए। न रुचि हो, उसे पूरी छूट होनी चाहिए। सिन्दूरी ने बहुत झेला होगा। आसान नहीं रही होगी अभी तक की जीवन-यात्रा।

माया उससे पूछने का मन बना ही रही थी कि शशांक का फ़ोन आया।

"लौट आई...अकेली चली गई...हमें भी साथ ले जाया करो, हम तुम्हारा सहायक बनकर चलेंगे..."

हँसी-चुहल के बाद शशांक लाइन पर आ गया।

"तुमसे कुछ राज़ की बात करनी है। तुम्हारी मदद भी चाहिए। अब देखो, मेरी

कोई गर्लफ्रेंड तो है नहीं, न बीवी। ले-दे के एक अकेली ख़ास दोस्त तुम्हीं हो... मेरी मदद करो..."

"भूमिका मत बाँधो...मुद्दे पर आओ, शशांक पराशर।"

"शाम को प्रेस-क्लब में मिलोगी तो डिटेल में बात करेंगे। अभी सिर्फ़ इतना ही बता सकता हूँ कि मेरी 65 वर्षीय माता जी अपने पति को छोड़कर मेरे पास आ गई हैं और कहती हैं कि वापस लौटकर घर नहीं जाना। उन्हें मेरे पिता से तलाक़ चाहिए।"

"क्या...?"

"हाँ, और क्या...!"

"हँसी आ रही होगी...है न! यह कोई उम्र होती है तलाक़ लेने की? बेटे का घर बसा नहीं, पिता का घर उजाड़ दूँ...मेरी परेशानी समझ रही हो...आज तक ऐसी उलटबाँसी सुनी है कहीं...?

"मेरी मदद करो...।"

"क्या...?"

माया को ज़्यादा हैरानी नहीं हुई क्योंकि हाल में इस तरह की कितनी घटनाएँ सुनीं, जिनमें बीस साल पुराने सम्बन्ध टूट गए। शशांक का केस थोड़ा ज़्यादा लग रहा था, अविश्वसनीय-सा भी। पश्चिमी समाज के लिए यह कोई अचरज की बात न होती। वहाँ उम्र कोई मसला नहीं, रोड़ा नहीं। किसी भी उम्र में तलाक़ और पुनर्विवाह सम्भव है। वहाँ स्त्री-पुरुष, दोनों को जीवन के अन्त तक सच्चे प्रेम की तलाश रहती है। विवाह के स्थायित्व की चिन्ता में वे प्रेम की तलाश नहीं छोड़ देते हैं। विवाह में प्रेम मर जाए, तो झटके-से बाहर निकलते हैं और नये 'डेट' की कामना करते हैं।

हम इस तरह के मामले के अभ्यस्त नहीं हैं। हमने अपने दादा-दादी की उम्र के बूढ़ों को हमेशा अलग-अलग देखा, पति-पत्नी की तरह साथ-साथ बैठे नहीं। यहाँ तक कि उनके सोने के कमरे तक अलग-अलग होते देखे हैं। वे अपने बच्चों, नाती, पोतों के सामने साथ सोने से कतराते रहे। जब बिस्तर पकड़ते थे तब उनकी खाटें साथ लगा दी जाती थीं, जहाँ वे श्लथ देह लिये, बिस्तर पर पड़े-पड़े जाने क्या-क्या बातें करते रहे होंगे? कोई सुनता कहाँ था? सब अपनी ड्यूटी करके निकल जाते थे। दो बूढ़े खाट पर पड़े ज़िन्दगी से रहम माँगा करते होंगे। मुझे लगता था कि बुढ़ापे में झगड़े के मुद्दे ख़त्म हो जाते होंगे। बचता होगा सिर्फ़ पछतावा,

जो नहीं किया, जो जीवन नहीं जिया। जो प्रेम न दे सके होंगे एक-दूसरे को। जो दे सकते थे, मगर दिया न गया। वजहें सबके पास होंगी। ऐसी वजहें पति-पत्नी अपने सीने में लिये दुनिया से कूच कर जाते हैं।

शशांक फ़ोन पर कुछ-कुछ रोना रोता रहा। माया सोच में डूब गई। कब उसने फ़ोन रख दिया, पता न चला। शशांक की बातों ने उसके भीतर भूचाल ला दिया था। उसके माता-पिता के बीच सब ठीक है न? उसने चिन्तित होकर माँ को फ़ोन लगा दिया। उधर से दोनों एक-दूसरे से फ़ोन झपट रहे थे, बेटी से बात करने के लिए।

माँ कह रही थी, "अपने पापा को समझा दो, दवा समय पर खाया करें। सुगर बढ़ जाता है, मिठाई पर कंट्रोल नहीं रहता..."

पापा की आवाज़ थी, "अपनी माता जी को ले जाओ, जीना मुश्किल कर रही हैं। ख़ुद तो अपना बी. पी. सँभाला नहीं जा रहा है, हमको कंट्रोल करती हैं! हम सुगर फ्री मिठाई मँगाने जा रहे हैं...जाओ...झंझट ही ख़त्म।"

माया ने राहत की साँस ली। मतलब, सब कुछ ठीक है। दोनों एक-दूसरे की चिन्ता में लड़ रहे हैं, सब ठीक-ठाक है। उसने दुआ माँगी कि इनका बुढ़ापा इसी तरह प्यार में लड़ते-झगड़ते बीते। शशांक की माँ की तरह कोई मामला न हो जाए कि उससे सँभालते न बने। इकलौती सन्तान दो भागों में बँटकर चैन से जी नहीं पाती। शशांक कैसे मैनेज करेगा, यही सोचकर वह चिन्तित हो उठी। मन-ही-मन ठान रही थी, 'मुझे उसकी मदद करनी चाहिए।'

शशांक प्रेस-क्लब में मिला, तो माया ने अन्दर वाले कमरे में एक शान्त जगह ढूँढ़ी, जहाँ दोनों इत्मीनान से बातें कर सकें। शाम को वहाँ ज़्यादा ही हलचल होती है। कोई सुख-दुःख बाँटने नहीं आता, सब कोलाहल से भरे होते हैं। एक-दूसरे से मिलते-जुलते, मँडराते रहते हैं। कोलाहल-पसन्द लोग बाहर खुले में बैठते हैं। हल्के अँधेरे में उनकी टेबल दूर-दूर लगी होती है। सब अपने साथियों के साथ आते हैं। बाद में सब गड्ड-मड्ड। सब सबके साथी हो जाते हैं। कोई कहीं बैठा है, तो कोई किसी और के साथ। यहाँ एलिट क्लब की औपचारिकताएँ नहीं मिलतीं।

दोनों शान्त जगह पर बैठे थे। कुछ लोग ज़रूर दरवाज़े से झाँककर चले जाते थे—हाय-हैलो करके। हो सकता है, उन्हें उत्सुकता हो कि शशांक जैसा सामाजिक प्राणी एकान्त में बैठकर क्या बातें कर रहा है?

शशांक के चेहरे पर हवाइयाँ उड़ी हुई थीं।

"तुम्हें मेरी माँ से मिलना चाहिए। उनसे बातें करनी चाहिए। मुझे लगता है,

असल कारण वे तुम्हें बताएँगी। मुझसे बहुत नहीं खुल रही हैं। बस, इतना कहती हैं कि मुझे अब वापस नहीं जाना है। यहाँ उन्हें नहीं बुलाना है। पहली बारे वे अकेली दिल्ली आई हैं जबकि आज तक वे पापा के बिना कहीं नहीं गई थीं।"

"मैं मिल लूँगी, मुझे कोई हर्ज नहीं है, लेकिन आंटी...आंटी मेरे बारे में क्या सोचेंगी? तुम पर नाराज़ न हों कि एक अनजान स्त्री से उनकी निजी बातें शेयर कर रहे हो।"

"माँ अपने ज़माने की एम.ए. पास हैं। इंग्लिश मीडियम से पढ़ाई की हुई हैं। मिलोगी तो पता चलेगा। वे बहुत खुले विचार की हैं। उन्हें किसी की ज़िन्दगी में हस्तक्षेप करने की आदत नहीं। मैंने शादी नहीं की, छोटे भाई ने प्रेम-विवाह किया... उन्हें कोई समस्या नहीं। बहुत सुलझी हुई हैं माँ...मिलो तो सही..."

माया चुप रही। वह सोच रही थी—पता नहीं, मुझे इस नितान्त निजी मामले में पड़ना चाहिए या नहीं?

"मायू...एक फ़ेवर करो, माँ को कुछ दिन अपने पास रख लो...धीरे-धीरे वे खुलेंगी। पहले ठीक से कारण पता चले, फिर निवारण करेंगे। मैं कैसे उन्हें यहाँ अकेला रखूँ...मेरा कोई ठिकाना नहीं रहता। कोई टाइमिंग नहीं। एक ही ज़िद लगाए बैठी हैं, वापस नहीं जाना है, यहीं रहूँगी। अगर बोझ लगती हूँ तो मुझे कहीं आश्रम में भेज दो। वापस लौटकर नहीं जाना है।"

शशांक के प्रस्ताव पर माया चौंक गई। अनजान आंटी को साथ रखे? उसके यहाँ पहले से दो लेस्बियन लड़कियाँ ठहरी हुई हैं। दो ही कमरे हैं, इन्हें कहाँ रखेगी?

जब तक वे चली नहीं जातीं, आंटी को उस माहौल में रखना उचित नहीं। शशांक से कहे तो कैसे? दोस्त को मना करते नहीं बन रहा था। उसने किसी तरह समझाया, "घर जाकर तय करने दो। दो गेस्ट ठहरी हुई हैं। पहले उन्हें विदा कर दूँ, फिर उन्हें बुलाऊँगी।"

शशांक ने आंटी से मिलवाने का वादा किया। वे लोग नोएडा के विशालकाय मॉल में मिलने वाले थे।

आंटी जब से दिल्ली आई थीं, पहली बार घर से निकली थीं। शशांक उन्हें माया के साथ लगाकर ख़ुद निकल जाने वाला था। आंटी पढ़ी-लिखी थीं, इसलिए माया को थोड़ी हिम्मत बढ़ी कि वे समझेंगी नगरीय जीवन को, खुले विचारों को।

आंटी कत्थई रंग की साड़ी में अतीव सुन्दरी लग रही थीं। सत्तर-अस्सी दशक की नायिकाओं की तरह जूड़ा, कम हील वाली चप्पल, सोने की चूड़ियाँ। कान में

सोने के बुन्दे। माथे पर बड़ी-सी बिन्दी। कुल मिलाकर मोहक लग रही थीं। माया ने शशांक से फुसफुसा कर कहा, "आंटी बहुत सुन्दर रही होंगी अपने समय में।"

"तभी तो पापा इनके पीछे दीवानों की तरह लगे थे। मम्मी कहाँ हाथ लगने वाली थीं? पापा ने ख़ूब ज़ोर लगाया तब मिलीं। शादी न होती तो मम्मी कहीं आज प्रोफेसर या वकील होतीं। बैरिस्टर की बेटी थीं, भाई...सब क़ानून जानती हैं।"

माया ने फिर ग़ौर से देखा आंटी को। आंटी मीना बाज़ार में घुसीं तो लड़खड़ा गईं। शशांक ने उन्हें थामा नहीं। माया आगे बढ़ना चाहती थी कि शशांक ने रोक दिया।

"उन्हें सँभलने दिया जाए...अकेले चलने की, घर से निकलने की आदत नहीं है, हमेशा पापा की धोती पकड़कर चलती रहीं।...अब अकेले कुछ करना चाहती हैं, तो ख़ुद सँभलना सीखना होगा..."

"यार, लेकिन ये स्केलेटर पर तो नहीं चढ़ पाएँगी..."

माया चिन्तित हो उठी थी।

"वहाँ सँभाल लेना..."

"लेकिन हर बार नहीं...उन्हें ख़ुद चढ़ने देना। हर जगह, हर समय हम नहीं होंगे..."

शशांक उन्हें माया को थमाकर निकल गया।

माया ने नोटिस किया, आंटी चलने-फिरने का अभ्यास भी भूल चुकी थीं। वे ठीक से चल नहीं पा रही थीं। वे चलते हुए अपने आस-पास किसी को सहारे के लिए ढूँढ़ती थीं।

शशांक ने जब मॉल में ही फ़ोन किया तो माया ने कहा, "आंटी को गाँव भेज दो। वे अंकल के बिना रह नहीं पाएँगी। उन्हें आदत है उनके संग-साथ की।"

शशांक ने कहा, "मुझे भी लगता है, वे एक दिन लौटेंगी वहीं। अभी किसी बात पर बेतरह ग़ुस्सा हैं, इसलिए आ गईं। इनका ग़ुस्सा ख़त्म होने का इन्तज़ार करते हैं हम लोग..."

माया आंटी का हाथ पकड़कर उन्हें मॉल घुमाकर अपने साथ ले आई। शशांक को बोल दिया कि एक दिन रहने दो। अगर उन्हें ठीक लगा तो बाद में एक वीक के लिए भेज देना।

आंटी माया के साथ ख़ूब घुल-मिल गई थीं। ख़ूब ठहाके लगा रही थीं। वे रेस्टोरेंट में खाते-पीते घूमती रहीं। वे मॉल की भव्यता देखकर आनन्द में थीं। मीना

बाज़ार से सेल में साड़ियाँ ख़रीदीं। चलने से पहले पूछा, "पुरुषों के लिए टी-शर्ट कहाँ मिलेगा, या कुर्ता? फैब इंडिया चलें...? कुर्ता ले लेते हैं।"

"किसके लिए...?"

"एक उनको भेज देंगे...एक शशांक के लिए।"

"आंटी...!"

वे लजीली हँसी हँस रही थीं।

शशांक ने जब माँ का पूरा वृत्तान्त पूछा, तो माया ने हँसते-हँसते पूरा क़िस्सा सुनाया।

"मोह गया नहीं है उनका। जिस दिन वो आई हैं, उसी दिन हमने पापा को पैसे ट्रांसफ़र किए। मम्मी चाहती हैं कि हम ऐसा करें। हमको रोकीं नहीं। हमने भी भरपाई की।

"पापा तो कह रहे कि मम्मी को वापस भेजो...हम करें क्या? ज़बरदस्ती भेज नहीं सकते। उन्हें इतनी आज़ादी तो होनी चाहिए कि अपनी मर्ज़ी से कहीं रह सकें। सब दिन तो वहीं रहीं..."

आंटी दो दिन रहीं माया के यहाँ। उन दो दिनों में उसने जो समझा, उसने माया को बदल दिया। वैसे उसे तो हर घटना कुछ न कुछ बदल देती है, आंटी के साथ ने भी उसे भीतर से और मज़बूत किया। उसे लगा कि वह सही रास्ते पर है।

माया ने शशांक को सारी बातें बता दीं...।

दो दिन आंटी रहीं तो उसके घर का नज़ारा बड़ा दिलचस्प रहा। वह अलग कथा है। जो बातें सिन्दूरी से माया नहीं पूछ सकी, आंटी ने सब उगलवा लिया। दो दिनों तक उन तीनों का कम्फ़र्ट लेवल अद्‌भुत था। माया का अनुमान ग़लत निकला कि आंटी संकीर्ण सोच वाली होंगी। वे तो सिन्दूरी के प्रति सहानुभूति से भर गई थीं।

आंटी उसके साथ बैठकर बताती रहीं..."सिन्दूरी को कोई समझता नहीं था परिवार में। कैसा परिवार है? हम अपने बच्चों की सेक्सुअलिटी से कैसे अनभिज्ञ रह जाते हैं, मायू? बच्चों से बात करते रहना चाहिए माँ-बाप को। लड़का है तो बाप करे, लड़की है तो माँ करे। बेचारी सिन्दूरी दर-दर भटक रही है। घर छोड़ना पड़ा उसे।"

माया ने गद्‌गद होकर मालविका को मैसेज किया—

जन्नत की सैर में जाकर मुझे भूल गई, जानम...हम यहाँ तीन-तीन स्त्रियों को सँभाल रहे हैं...कब आओगी?

बस दी, तीन-चार दिन में।

पूरे दस दिन बाद लौटने वाली थी मालविका।

मालू, इरादे क्या हैं?...वहाँ क्या कर रही हो? सीरियस हो इस रिश्ते में? लगता है, ससुरालवालों का दिल जीत कर आओगी...फ़ेसबुक पर कविता देखी तुम्हारी...बहुत प्रेम-कविताएँ लिख रही हो...।

मालविका ने लम्बा-चौड़ा जवाब भेजा—

मैं अब प्रेम कर सकती हूँ, लेकिन बिना किसी उम्मीद के। क्योंकि इस दुनिया में कोई भी रिश्ता कभी भी बदल सकता है। इसीलिए कविताएँ नहीं बनतीं और जब बनती हैं तो लिखने से डरती हूँ और नहीं लिखती।

मन हुआ, जवाब दे—सारे दुखियारे विलाप करने कविता के पास ही जाते हैं। जब तक लिखती, उसका मैसेज दनादन झड़ने लगा...।

सच कहूँ दी, तो मैंने चार सालों से, न कुछ पढ़ा है, न लिखा। मेरा दिमाग़ ठहर नहीं पाता। बेचैन रहता है हर वक़्त। हर वक़्त कहीं भागता रहता है।

मैं फ़िल्में भी अकेले नहीं देख पाती। कंसंट्रेट नहीं कर पाती हूँ।

कोई देख रहा है और पकड़ के बिठा लिया कि देखो, तेरे साथ तब कुछ देख लेती हूँ, लेकिन अकेले से कुछ नहीं।

बस, नौकरी कर पाती हूँ। शायद वही जीवित रखेगी। इसीलिए मन लगे न लगे, करनी तो है। और अपनी सारी मेहनत जितना इसमें लगा पाती हूँ, मन उतना ठीक रहता है। मेरी जॉब मेरे लिए स्ट्रेट बस्टर है शायद। इसने सँभाल लिया, नहीं तो मैं नहीं सँभाल पाती ख़ुद को कभी। चाहे कोई भी जॉब होती, मेरा इंडिपेंडेंट होना ही मेरी ताक़त है।

माया ने संक्षिप्त जवाब दिया, "सुनो, लौटकर कश्मीर के क़िस्से सुनाना। सीरियस मत हो...।"

वह मालविका का जवाब पढ़कर थोड़ी देर के लिए उदास हो गई। तभी आंटी उसके पास आईं।

"कितनों का दर्द उधार लेकर बैठी हो, बेटा—मेरा, इन दो लड़कियों का और मालविका का...?"

आंटी को क्या बताए कि एक और दर्द है जो मैसेंजर पर लगातार उसे मैसेज किए जा रहा है। मालविका जिस नौकरी को अपना स्ट्रेट बस्टर बता रही है, जिस इंडिपेंडेंस को अपनी ताक़त, ये दोनों चीज़ें मैसेंजर वाली सुनन्दा सुमन सिंह को राहत क्यों नहीं दे रही है?

उसका मैसेज पढ़ते हुए लगा कि वह अपने आस-पास सिर्फ़ भुक्तभोगी स्त्रियों से घिर गई है, एक अलग मुल्क बन रहा है...जहाँ स्त्रियाँ ही स्त्रियाँ विचरण कर रही हैं। सबके हाव-भाव अलग-अलग हैं। क्या उसके आस-पास कोई लेडीज़ आईलैंड बन रहा है, चारों तरफ़ पानी-पानी दिखाई दे रहा है? इस द्वीप से सारे बड़े मुल्क अपना पल्ला झाड़ रहे हैं। कोई क्लेम नहीं करना चाहता कि यह उनका मुल्क है। इस द्वीप के लोगों को कोई नागरिकता नहीं देना चाहता। दरिया का पानी द्वीप की मिट्टी को काट रहा है...माया कटते हुए देख रही है...चारों तरफ़ पानी-पानी...। मैंग्रोव कट-कटकर गिर रहे हैं, द्वीप का सुरक्षा-चक्र ही टूट रहा है।

कोई नाव नहीं, कोई जहाज़ नहीं जो किनारे पर उतरे। दूर जलपक्षी उड़ते दिखाई दे रहे हैं। सूरज डूब रहा है दरिया में...साथ में उसका दिल भी डूब रहा है।

"मायू दी, मायू दी..." सिन्दूरी पुकार रही है। संचिता उसके गले में बाँहें डालकर खड़ी है।

"आपको पता है मायू दी, आंटी कह रही हैं कि वे मेरी मम्मी-डैडी से बात करेंगी। मुझे लगता है, आंटी के बात करने से फ़र्क़ पड़ेगा। मैं कब तक इस तरह बहिष्कृत-सी फिरूँगी? न कोई परिवार बचा, न समाज...हमारी स्वीकृति इतनी मुश्किल क्यों है, मायू दी...?"

माया के पास कोई जवाब न था।

"आपको पता है मायू दी, घर से क्यों भागते हैं हम? क्यों घर में ही अजनबी बनते हैं हम? जब कोई आपकी नहीं सुनता, आप पर यक़ीन नहीं करता। मेरा परिवार साउथ इंडियन नहीं है। मैंने अपने नाम के साथ 'रेड्डी' लगा लिया। मैं यू.पी. से हूँ, गोरखपुर से। जानती होंगी आप।"

सिन्दूरी अपने शहर में लौट गई थी और माया उसकी कथा में।

तीन बहनों में सबसे छोटी सिन्दूरी बचपन से अलग थी। उसके हाव-भाव सब लड़कियों से नहीं मिलते थे। वह गुमसुम रहती थी ज़्यादातर समय। अपने

क्लास की एक लड़की रुचिका से उसकी बहुत दोस्ती थी। रात-दिन दोनों साथ चिपके रहते थे। रुचिका के अलावा किसी से उसकी नहीं पटती थी। वह अपनी मम्मी से अक्सर रुचिका के बारे में बात करती थी—'मम्मी, मैं रुचिका से शादी करूँगी...' सब लोग बच्ची समझकर हँस पड़ते। क्लास में भी दोनों एक-दूसरे से चिपकी रहतीं। साथ-साथ बड़ी होती गईं। दोनों एक-दूसरे के घर स्लीप ओवर करने लगीं। धीरे-धीरे आपसी दीवानगी इतनी बढ़ी कि घर के लोग असहज होने लगे। सिन्दूरी ने एक दिन मौक़ा पाकर अपनी मम्मी से कह दिया कि वह रुचिका से प्यार करती है और उसे लड़के बिलकुल अच्छे नहीं लगते। तब रुचिका नवीं कक्षा में थी। उस दिन उसकी मम्मी बेचैन रहीं। जाने क्या हुआ कि कुछ ही दिनों में रुचिका का परिवार शहर छोड़कर चला गया। सिन्दूरी तड़पकर रह गई। रुचिका ने कभी सम्पर्क नहीं किया। सिन्दूरी अपनी ऐकान्तिक दुनिया में सिमटती चली गई। उसके ऊपर थोड़ी सख़्ती भी बढ़ गई थी। मम्मी अक्सर उसके हमउम्र लड़कों को घर पर खेलने के लिए बुलाने लगीं। उसे खेलने के लिए उनके साथ जाने को कहतीं। सिन्दूरी का मन नहीं लगता उनके साथ। रुचिका के बिना वह टूट रही थी भीतर-भीतर। मन-ही-मन ख़ुद से वादा भी कर रही थी कि पढ़ाई पूरी करने के बाद उसे क्या क़दम उठाना है। घर में सबसे दूरियाँ बढ़ती चली जा रही थीं। दोनों बड़ी बहनें अपनी-अपनी ससुराल चली गईं। छोटा भाई हॉस्टल चला गया। घर में अकेली सिन्दूरी रह गई थी। वह टी.वी. और ग्लैमर की दुनिया में जाना चाहती थी, लेकिन माता-पिता जल्दी शादी करके विदा करने के मूड में थे। वह दिल्ली आकर मास कॉम करना चाहती थी। घरवाले बिलकुल तैयार न थे। उधर, डरे-सहमे पिता बेटी के लिए वर ढूँढ़ने में लगे थे, इधर सिन्दूरी के मन में कोई और योजना पल रही थी। आए दिन पिता किसी-न-किसी लड़के की तस्वीर दिखाते, वह सिर हिलाकर मना कर देती। घर में किसी से उसकी सहज बातचीत तक बन्द हो चुकी थी। उसे लगता था, सब उससे नफ़रत करते हैं। अपने ही घर में सबसे उपेक्षित और घृणित प्राणी में बदलती जा रही थी। उसने फ़ेसबुक पर अपना प्रोफ़ाइल बनाया और रुचिका को ढूँढ़ना शुरू किया। वह तो नहीं मिली, लेकिन वहीं उसकी भेंट संचिता से हो गई। संचिता तब गुड़गाँव में रहती थी—अकेली, तलाक़शुदा, अपने अकेलेपन से बेहद ख़ुश और किसी पार्टनर की तलाश में। सिन्दूरी घर से भाग गई और दिल्ली के बजाय ऐसे शहर में पहुँची जहाँ उसके पिता सोच भी नहीं सकते थे। पिता दिल्ली-कोलकाता से आगे सोच नहीं पाते। उसने चकमा देने के लिए

मुम्बई का चयन किया था, जहाँ उसे एक बड़े डिज़िटल संसार में प्रवेश मिल चुका था। पहली नौकरी, पहला शहर और उसे पसन्द आई रुचिका जैसी दिखने वाली मालविका। वह उसके प्यार में पड़ती चली गई। और एक दिन इज़हार कर ही दिया। मालविका ने उसका प्रस्ताव स्वीकार तो नहीं किया, लेकिन जिस तरह उसे सँभाला, उसकी काउंसिलिंग की, उसे समझा, आज तक वैसा किसी ने नहीं किया था। वह किसी से उम्मीद करना बन्द कर चुकी थी कि कोई उसकी कामनाओं को समझेगा। लड़कियाँ भी सुनतीं तो दूर भाग जातीं। लड़के मज़ाक़ उड़ाते कि यह अपने काम की नहीं है। वह एक मज़ाक़ का विषय बनकर रह जाती। अपना मज़ाक़ उड़ाने का मौक़ा किसी को नहीं देना चाहती थी। मालविका उसकी मेंटोर बन चुकी थी और धीरे-धीरे उसे समझने वाला समाज बनने लगा था। मालविका के पीछे-पीछे उसे दिल्ली आना ही था क्योंकि संचिता जो मिल गई थी, उसे बुला रही थी। गुड़गाँव वाला घर छोड़कर दोनों मालविका और माया के आस-पास रहना चाहती थीं। संचिता का ऑफ़िस कनॉट प्लेस में शिफ़्ट हो गया था। सिन्दूरी को उसके दफ़्तर ने दिल्ली में ही पोस्टिंग दे दी थी। जीवन उसके मन के अनुरूप चल रहा था।

अब तो आंटी भी मिल गई थीं जो उसे समझने लगी थीं। सिन्दूरी को सपोर्ट कर रही थीं। उसे जिसकी बिलकुल उम्मीद न थी, वह चमत्कार हो गया था।

आंटी उसके साथ बैठकर समाज को कोसती रहती थीं। सिन्दूरी उनके ज्ञान से अभिभूत हो उठी थी। वे किताबों और ज़िन्दगी, दोनों की बराबर की अध्येता लगीं।

सिन्दूरी की सारी कथा सुनकर जो उन्होंने कहा, वह सिन्दूरी और संचिता, दोनों को अविश्वसनीय-सा लगा।

वे कह रही थीं, "समाज हम स्त्रियों को अपना नर्म चारा समझता है। मैं बीसवीं शताब्दी की औरत हूँ और तुम लोग इक्कीसवीं शताब्दी की। इस शताब्दी की उम्र भी 18 साल की हो गई यानी वयस्क शताब्दी। फिर भी समाज कितना पिछड़ा हुआ है? तुम लोग बेनक़ाब करो इस समाज को, उसके पाखंड को, जहाँ कोई अपनी पसन्द की ज़िन्दगी नहीं चुन सकता।"

"वाउ, आंटी...आप कितनी अच्छी स्पीच देती हो?"

संचिता बोल पड़ी।

"अरे कहाँ...हमको पढ़ने का बहुत शौक़ है, कुछ भी मिल जाए...गाँव में हमारी लाइब्रेरी है। हम औरतों को पकड़-पकड़कर पढ़ाते थे किताबें...कि उनकी

अक़्ल खुले। हमारे दरवाज़े भीड़ लगी रहती थी—कोई किताब माँग रहा है तो कोई हमसे क़ानूनी सलाह माँग रहा है...कोई अपना इंग्लिश का डॉक्यूमेंट पढ़वाने आया है, तो कोई इंग्लिश में चिट्ठी लिखवाने। हम दिन-भर करते क्या थे वहाँ...यही सब...और यही सब काल बन गया मेरे लिए..."

"ओह, आंटी...!"

"छोड़ो मेरा दु:ख...उम्र बीत गई...कितने दिन बाक़ी हैं...? तुम लोगों की चिन्ता हो रही है। पूरी ज़िन्दगी पड़ी है सामने...अब औरतें क्यों झेलेंगी, सहेंगी... बहुत हुआ। एक लेखिका थीं, महादेवी वर्मा की समकालीन, लेकिन उनसे पहले ही एक किताब लिखी थी—'विधवा की आत्मकथा', जिसमें उन्होंने विवाह को जीवन-बीमा लिखा है। उनके अनुसार, औरत के लिए ससुराल काल-कोठरी और मायका क़ैदखाना है। जब हम पढ़े तब समझ में नहीं आया था। जब भुगते तब समझे कि सच लिखा है। हम लोगों को तभी सचेत हो जाना चाहिए था और तुम्हारी पीढ़ी के लिए स्वतंत्र ज़मीन तैयार करनी चाहिए था...हम लोग नहीं समझे। फँसे रहे उसी मायाजाल में, जो हमारे इर्द-गिर्द रचा जाता रहा...तुम रानी हो, महारानी हो...स्टेट की मालकिन हो...राज करोगी...सब तुम्हारा है...सँभालो...।

"हमने सारी पढ़ाई-लिखाई झोंक दी स्टेट बचाने में, मालकिन बनने में...कहाँ पता था कि हम शोषण करवा रहे हैं और हमें पता ही नहीं अपनी ग़ुलामी का... कितनी महीन साज़िश है न...?"

बोलते समय तमतमाई हुई थीं आंटी। माया ने उन्हें बाँहों में भरा। वे शान्त पड़ गईं। वे जाने के लिए तैयार थीं। शशांक उन्हें लेने आया था। माया ने पहली बार उसे घर आने का न्योता दिया था। किसी पुरुष-मित्र का पहली बार आगमन हुआ था उसके फ़्लैट में।

आंटी को कार में बिठाकर उसने थोड़ी देर बात की। वह अपनी माँ के भीतर की स्त्री का मन जानना चाहता था। माया उसे बताना चाहती थी कि तुम्हारी माँ महान क्रान्तिकारी, विदुषी महिला हैं, जिन्हें मौक़ा मिलता तो वे बहुत कुछ कर सकती थीं, लेकिन वे 'स्टेट की महारानी' बनकर रह गईं। उनकी प्रतिभा को समेटकर चौखट के अन्दर गाड़ दिया गया।

शशांक ने प्रतिवाद किया, "वे ख़ुद चाहती थीं मालकिन बनना। उन्हें बड़ी बहू का दर्ज़ा मिला, उन्हें आनन्द मिला। वे चाहतीं तो विरोध करतीं। तब तो सब कुछ स्वीकार करती चली गईं। अब विरोध का, विद्रोह का क्या फ़ायदा?"

पीछे से आंटी की आवाज़ आई, "मेरी शिकायत कर रहे हो? बाइस साल की उम्र में हम दो बच्चों की माँ बन गए थे...मेरी क्या उम्र थी कि हम कोई फ़ैसला करते? बच्चा सँभालते कि क्रान्ति करते? अब कर रहे हैं न, सँभालो...!"

"अरे मम्मी, आप बात नहीं करने देती हैं। सब सुन रही थीं आप...?"

वे दोनों हँसने लगे, आंटी की प्रतिक्रिया देखकर।

शशांक गाड़ी से थोड़ी दूर खिसककर चला आया।

"क्या कह रही थीं, जल्दी बताओ...पापा का प्रेशर आ रहा है। या तो वे आ जाएँगे या मुझे मम्मी को लेकर जाना पड़ेगा...रोज़ फ़ोन करते हैं, समस्याएँ गिनाते हैं। कहते हैं, बीमार पड़ जाऊँगा, कौन देखेगा? खाना कौन बनाएगा? मेरा सामान सब नहीं मिलता है, सब वही जानती है...कौन बेटा है जो माँ-बाप को बुढ़ारी में अलग कराता है...? कैसे बेटा हो...?"

"औरत को कितना भी सता लो, उसके सपने बदल दो, जीवन की दिशा मोड़ दो, उसके इगो पर कभी पैर मत रखना...किसी भी उम्र की स्त्री हो, अगर पढ़ी-लिखी, विवेकवान है, तो एक दिन उसके भीतर स्वाभिमान जागता ही है... तुम्हारे पापा ने इनके ईगो पर पैर रख दिया है। इन्हें वहाँ कोई नहीं भेज सकता, नहीं जाएँगी...और तुम कभी ज़िद मत करना।"

"यार, यह अकेली क्या करेंगी, कैसे? मैं कहाँ समय दे पाऊँगा? क्या करेंगी इस उम्र में? घर में बहू होती तो दोनों का समय कट जाता।"

"तुम शादी कर लो...सिंगल क्यों बने हुए हो...?"

"जैसे तुम्हें नहीं करनी शादी, वैसे ही मुझे भी नहीं। क्या ख़राब तजुर्बा सिर्फ़ स्त्रियों को ही होता है, हम पुरुषों को नहीं? जो भी संवेदनशील होगा, वो मारा जाएगा।"

"ख़ैर, मुझे लगता है कि पापा बीमार पड़ेंगे तो अपने-आप भागकर जाएँगी। इतने सालों का साथ रहा है, मोह जल्दी नहीं जाएगा। कुछ महीने रखता हूँ मम्मी को...खाना अच्छा बनाती हैं। तुम भी खाने आ जाया करो।"

"हाँ, मुझे मालूम है। दो दिन मेरे यहाँ पूजा को इन्होंने खाना बनाने ही नहीं दिया...हमें स्वाद मिल चुका है। नॉनवेज तो कमाल का बनाती हैं..."

"हम तुम पर बोझ नहीं बनेंगे बेटा, तुम 'स्विगी' से मेरा सम्पर्क करवा दो, हम नॉनवेज फूड सप्लाई करेंगे...होम मेड फूड का बहुत चलन है, माँग है...हम हेल्दी खाना सप्लाई करेंगे...चलो अब...खड़े-खड़े सब बात करोगे क्या...? घर

बुलाओ मालू को...इसकी सब सहेलियों को...ठीक है...?"

आंटी कार से उतरकर शशांक के पीछे आ खड़ी हुई थीं। माया उन्हें देखकर मुस्कुरा पड़ी। जो स्त्री कार से उतरी थी, वह अलग थी उस स्त्री से जो उस दिन मॉल में लड़खड़ा रही थी, जिनका हाथ उसे थामना पड़ा था। बदली हुई स्त्री ने शशांक का हाथ थामा और खींचती हुई कार की तरफ़ चली गईं। जाने से पहले माया के माथे पर बोसा देती गईं।

माया उनके प्रति अथाह प्रेम, आदर और करुणा से भर गई।

उसे उम्मीद थी, शशांक अब उन्हें सँभाल लेगा क्योंकि उसने शशांक को आंटी के ले जाने से पहले असली कारण बता दिया था।

दरअसल, आंटी का गाँव वाले बहुत आदर करते थे। उनके पास दिन-भर भीड़ लगी रहती थी। वे दरवाज़े पर कुर्सी पर बैठी रहतीं, लोगों की मदद करती रहतीं। जैसे ही शशांक के पापा कहीं बाहर से आते, उन्हें कुर्सी छोड़कर अन्दर जाने को कहते और उस कुर्सी पर ख़ुद बैठ जाते, लोगों से कहते, "उनसे क्या पूछ रहे हो, हमसे पूछो। वो क्या बतलाएँगी? हम हैं न...पूछो, क्या काम है...?"

ऐसा अक्सर होने लगा था। लोग आते, मालकिन को ढूँढ़ते, मालिक उनका पब्लिकली अपमान करके भीतर भेज देते। यह सब वे सहती रहीं। दो घटना वे नहीं सह सकीं। गाँव के लोग पंचायत-चुनाव में मालकिन को खड़ा करना चाहते थे। मालिक को भनक लगी तो वे चुपचाप अपने समर्थकों के साथ जाकर अपने नाम का पर्चा भर आए। मालकिन तक ख़बर आई तो उनका दिल छन्नाक-से टूटा।

उसी दिन से वे एकान्त में चली गईं। दूसरा बेटा और उसका परिवार साथ रहते थे। वे बहू को सारी आज़ादी मुहैया कराती थीं। बेटी की तरह मानती थीं। एक घटना घटी। बहू बाज़ार गई तो रोती हुई लौटी। उसकी चेन किसी ने गले से झपट ली थी। बहू को रोते देखा नहीं गया, अपने गले से सोने की चेन निकालकर उसे पहना दी। मालिक ने ये सब देखा और भीतर-भीतर सुलग उठे। कहा कुछ नहीं। एक दिन मालकिन अपने लिए दूसरी चेन निकालने गईं तो देखा, गहने का बक्सा ग़ायब है। एक भी गहना नहीं है। हंगामा करने ही वाली थीं कि मालिक ने धमाका किया, "हम बैंक में रख आए हैं। आप बहुत दानी बन गई हैं। गहना बाँटती हैं हमसे बिना पूछे...कल को सारा बाँट देंगी...मेरी गाढ़ी कमाई का सोना है। ऐसे कैसे बाँट देंगी आप...? पूछतीं तो एक बार...?"

मालकिन ने तत्काल शशांक को फ़ोन किया और ट्रेन का टिकट बुक करने को कहा। सब लोग देखते रह गए। उनका रौद्र रूप देखकर कोई रोक न सका। वे दिल्ली चली गईं।

अब वे न लौटने की क़सम खा चुकी हैं। शशांक को माया ने यह सब बता दिया, जो वे उसे बताना नहीं चाहती थीं। उन्हें लगता था, बेटा भी एक मर्द है, शायद ही उनका मन समझे।

माया ने दुआ माँगी कि शशांक अपनी माँ को समझे। उसके लिए सबसे संकट की घड़ी थी, एक तरफ़ आग्रही पिता और दूसरी तरफ़ विद्रोह पर उतारू माँ, जो अब किसी की पत्नी नहीं, एक स्त्री के रूप में अपने बेटे के सामने खड़ी होकर पुनर्वास की माँग कर रही थीं।

जाने क्यूँ, माया ने मन-ही-मन वादा किया, 'तुम्हें इस संकट से मैं ही बाहर निकालूँगी, दोस्त। कुछ वक़्त इनके साथ निकाल लो। सँभाल लो दो-दो मोर्चे।'

ऐसा सोचते ही उसे बहुत सुकून मिला। ऐसा लगा, एक उद्देश्य मिल गया था। उसे आंटी के लिए एक मास्टर प्लान सूझ गया था।

8

मालविका कश्मीर से लौटी थी, एकदम तरोताज़ा होकर। अपने काम में ज़्यादा ही व्यस्त। कभी-कभार मैसेज का आदान-प्रदान हो जाता। माया के मन में एक सवाल घुमड़ रहा था, जिसमें कुछ चिन्ताएँ भी घुली ही थीं।

उसके भीतर डर समा गया था कि मालविका कहीं दुबारा विवाह के बारे में न सोचे। श्रीनगर जाना, दस दिन उसके परिवार में रहकर लौटना इसी ओर इंगित करता है। लौटकर मालू ने कुछ अनुभव बताया भी नहीं। कई टुकड़ों में बँट गई है। उसे बता नहीं रही है, तो कोई तो बात होगी। या तो छुपा रही है या बताना ज़रूरी नहीं समझती होगी। कुछ दिन तक माया भी उसे उसके हाल पर छोड़ देना चाहती थी।

इतना पता था कि जिस दिन मिलेगी, उसका पिटारा खुलेगा। सब कुछ उगल देगी। हमें कहीं-न-कहीं ख़ुद को ख़ाली करना पड़ता है। हर नया दुःख, पुराने दुःख को हटाकर अपनी जगह बना लेता है। मालू अपने काम में व्यस्त है, यही उसके लिए सुकूनदायी है।

अचानक कई स्त्रियों के दुःखों ने उसे विचलित कर दिया था। सबके भीतर एक-न-एक दुःख पलता है। जब तक पता नहीं चलता उसका, हमें ऊपर से सब सुखी-सम्पन्न दिखाई देता है। सिन्दूरी और संचिता ने अपना-अपना जीवन चुन लिया था और आराम से एक साथ रहने लगी थीं। संचिता अपने घर से मुक्त थी, सिन्दूरी नहीं। उसके घरवाले उसे ढूँढ़ रहे थे। आशंका थी कि किसी भी दिन उसे ढूँढ़ लेंगे और दबंगई से उठा ले जाएँगे। सिन्दूरी के लिए चिन्ता हो रही थी। वह ऐसे रिश्ते में थी, जिसे उसका परिवार कभी नहीं स्वीकार करता। उसका परिवार कभी नहीं मानता कि उसे कोई बीमारी या विकृति नहीं है। उसकी अभिरुचि प्रकृति-प्रदत्त है। वह स्वाभाविक है, अप्राकृतिक नहीं। समाज कब तक आँखें चुराएगा? कब तक ऐसे लड़कों और लड़कियों की बलि चढ़ती रहेगी? उन्हें सामाजिक बन्धनों से कब मुक्ति मिलेगी?

माया ने एक सुबह फ़ोन करके सिन्दूरी को सलाह दी कि वे दोनों दिल्ली के 'नाज़ फ़ाउंडेशन' से जुड़ जाएँ। संगठन का साथ ज़रूरी होता है, ख़ासकर ऐसे संवेदनशील मामलों में। वे हर तरह की सहायता मुहैया कराते हैं। सिन्दूरी ने जो जवाब दिया, उससे माया ठिठक गई।

उसने कहा, "दी, मैं उनके जुलूस में खुलेआम नहीं जा सकती। यह दिल्ली है। हम जहाँ रहते हैं, वो कॉलोनी छोटे शहरों के लोगों ने बसाई है, वे ही बसे हैं। हमारी पहचान ख़बरों में, टी.वी. में आई तो हमें घर मिलना मुश्किल हो जाएगा। हम अभी सस्ते घर में रह रहे हैं, महँगे घर एफ़ोर्ड नहीं कर सकते। क्या करूँ? मन तो है, लेकिन छुपाकर जीना ही एकमात्र समाधान है।"

माया उसके जवाब के आगे निरुत्तर हो गई। मदद की भी एक सीमा होती है। उसकी हद यहीं तक थी। उसने सिन्दूरी को आख़िरी सलाह दी, "तुम लोग मुम्बई चले जाओ। दिल्ली से ज़्यादा आधुनिक महानगर है। वहाँ कोई जज नहीं करेगा।"

दिल्ली को बेइन्तहा पसन्द और प्यार करने के बावजूद माया ने दिल्ली के ख़िलाफ़ ऐसा बयान दिया था और उसे इसका कोई अफ़सोस न हुआ। जो हाल वह इन कॉलोनी में देख रही है, लगता नहीं, लोग अपना क़स्बा छोड़कर आए हैं। सिर्फ़ भूगोल बदला है। सारी प्रवृत्तियाँ, स्वभाव, चाल-चलन वैसा ही है। लोग जगह बदलते हैं, स्वभाव नहीं। दुर्गुण नहीं। बहुत कुछ ढोते हैं अपने साथ विस्थापित लोग।

सिन्दूरी ने माया की सलाह सुन ली। जाने उस पर क्या असर हुआ, उसने कहा, "देखती हूँ, दी...जगह बदलने से समाज बदल जाएगा, तो मेरे लिए जीवन थोड़ा

कम जटिल होगा, वैसे लड़ाई बहुत लम्बी है। आप और मालू साथ बनी रहना।"

"हाँ, लड़ाई बहुत लम्बी और ख़तरनाक है। बदलाव की लड़ाई बहुत लम्बी होती है। हर क़ुर्बानी के लिए तैयार रहना चाहिए। स्त्रियाँ चाहें तो क्या नहीं बदल सकतीं...?"

माया मन-ही-मन ठान रही थी कि सिन्दूरी को हक़ के लिए चाहे जैसी लड़ाई लड़नी पड़े, वह साथ देगी। वैसे भी एकल जीवन के ये फ़ायदे तो हैं, किसी की आज्ञा नहीं लेना। कोई यह तो नहीं कहेगा कि मेरी प्रतिष्ठा से मत खेलो, उसका ख़याल रखो। कैसी-कैसी लड़ाइयाँ लड़ती हो? तुमसे मेरा नाम जुड़ा है...बन्द करो ये सब!

किसी का हुक़्म नहीं चलेगा, यहाँ स्वशासन है और अपना हुक़्म चलता है।

उसने एक पल के लिए शशांक के बारे में सोचा। शशांक आंटी को लेकर जब से गया था, तब से ग़ायब था।

'वह एक धाकड़ पत्रकार है। राजनीतिक गलियारे में उसकी पहुँच है। उसे तैयार करती हूँ...' यह सोचकर माया ने उसे फ़ोन किया।

शशांक ने एक बार में फ़ोन उठा लिया।

माया ने तो 'हैलो' के साथ ही हड़काना शुरू किया..."मतलबी ये मर्द किसके, काम निकला, खिसके...तुम सारे मर्द एक जैसे हो...हम स्त्रियों को अपनी भावुकता में फाँसकर इस्तेमाल करते हो...हमें ज़रूरत हो तो ग़ायब हो जाते हो...तुम नीच कुल के ब्राह्मण हो..."

शशांक में धैर्य ग़ज़ब का है। उसकी गालियाँ खाकर भी उसकी आज्ञा के साथ बोलना शुरू किया, "आंटी के बारे में नहीं पूछोगी, कैसी हैं? तुम्हें बहुत याद करती हैं। तुम्हारी व्यस्तता जानकर तुम्हें फ़ोन नहीं करती हैं।"

"कैसी हैं आंटी...?"

माया का तेवर तना हुआ था।

"तुम्हारी आंटी ग़ज़ब हैं, यार! जाने तुम लोगों ने क्या पट्टी पढ़ाई है? वो तो अपने रास्ते ढूँढ़ने में लगी हैं।"

"मेरे पास आंटी के लिए एक मास्टर प्लान है...समय हो तो मिलो...साथ मिलकर हम पूरा कर सकते हैं...बोलो?"

"क्या है...?'

"मिलो तो सही...।"

"क्लब?"

"नहीं, मेरे घर।"

"अच्छा जी। अब घर पर बुला रही हो...हम्मम...बहुत बदल गई हो...हिम्मत आ गई...।"

"मैं किसी से डरती नहीं, बस, परवाह करती थी...अब वो भी छोड़ दी...मेरा घर है, मेरी मर्ज़ी, कोई आए-जाए...मैं जानती हूँ कि मैं क्या उचित-अनुचित कर रही हूँ...लोग जाएँ भाड़ में।"

"वाह माया...मुझे तो लग रहा है, आज आषाढ़ का पहला दिन है..."

"शटअप...डोंट बी रोमांटिक...नो चांस डूड..."

"ओके...ओके...आई नो...यू आर ड्राई फ्रूट्स..."

"तुम सूखा पेड़ हो—शुष्कम् काष्ठम् तिष्ठत्यग्रे...।"

"तुम अपने को क्या समझती हो...नीरस तरुवर विलसति पुरत:? शुष्क के बजाय नीरस कहने से सचाई बदल जाती है क्या?"

"ओ...ओ...जनाब ने कालिदास को भी पढ़ा है?"

"क्या तुम ही विदुषी हो? हम मर्द लोग भी पढ़ते हैं।"

दोनों फ़ोन पर ठहाके लगाते रहे। दिल से एक बोझ उतरता महसूस हुआ। माया ने जो एक गहरी विभाजक रेखा खींच रखी थी, वह थोड़ी धुँधली हुई।

शशांक से मिलने का समय तय करके उसने मैसेंजर खोला।

वहाँ सुनन्दा सुमन सिंह के कई मैसेज अनरीड पड़े हुए थे। पढ़ना शुरू किया। पहला ही मैसेज था—

मैं उस दिन के बाद से—

> *शिमला यात्रा के बाद से ख़ुद से शर्मसार हुई जा रही हूँ। भूल जाइए मुझे...बस, एक बार और आपसे मिलने की इच्छा है। वहाँ से लौटने के बाद मुझे लग रहा है कि मैं दूसरी दुनिया में आ चुकी हूँ...वहाँ मैंने आपको ठीक से नहीं समझा, यहाँ लौटकर ग़ौर कर रही हूँ...कितनी पागल थी न मैं?*
>
> *एक बार फिर उन सबके सामने आपसे मिलना चाहती हूँ, अपनी ग़लती सुधारने के लिए...।*
>
> *मैं वहाँ से लौटकर अपने सपने जीने शुरू कर दिये हैं। सुबह योगा, ध्यान, प्राणायाम, मज़े से करती हूँ। पेंटिंग करती हूँ, कविता की तरह।*

जलरंगों में...बहुत पारदर्शी होते हैं न...?

मैंने अपने समूचे जीवन पर सोचना शुरू किया है, ख़ुद को धिक्कार उठी हूँ कि क्यों सहा इतना...अब तक...अब ख़ुद से क्या कहती हूँ, मालूम है? लेटस लव सुनन्दा...।

आप मेरी कविता पढ़ोगी...इससे आपको मेरी कशमकश का अन्दाज़ा लगेगा...।

इतना मैसेज पढ़ने के बाद उससे जवाब दिये बिना रहा नहीं गया।

माया ने लिख भेजा—

2019 में भी कोई पढ़ी-लिखी, नौकरीपेशा, महनगरीय, सचेतन स्त्री इस तरह बेचारी हो सकती है, अकल्पनीय है मेरे लिए...। आप ख़ुद को मुक्त करिए...ऐसे तो घुटकर मर जाएँगी।

जवाब—*आपसे क्या कह सकती हूँ...आप तो उतनी बारीक़ी से स्त्री मन को समझती हैं...बस, इसी वजह से आपका सम्मान करने लग गई हूँ...अब व्यथा की बात नहीं करेंगे...ठीक है...सब कुछ अच्छे से सँभाल कर रखना था, उनकी इज़्ज़त ना ख़राब हो...मेरे ऊपर भार था। वे अपनी जगह अच्छे हैं...।*

माया ने लिखा—कैसे अच्छे हैं...अब भी आप उन्हें देवता बना रही हैं...!

जवाब—*जानती हूँ, लेकिन उनको अब बदल कर, सिखाकर कोई फ़ायदा नहीं...छोड़ने का भी नहीं...मेरी उम्र तो निकल गई...समय बह गया...।*

मेरा दुश्मन मेरे ही अन्दर है। मेरी इच्छाएँ और रोमांस की कीड़ा...फिर से प्यार में पड़ने, जीने की इच्छा...!

माया—वाह...!

जवाब—*रूह काँप जाती है कभी-कभी...क्या करूँ...च्यवन ऋषि और सुकन्या की कहानी पढ़ रही थी कल, देवी भागवत पढ़ रही हूँ आजकल...।*

माया—क्या है कहानी...मुझे भेजिए...।

माया ने सुनन्दा के जवाब का इन्तज़ार किए बिना गूगल में यह कहानी खोजी।

वह इस कहानी के जरिये सुनन्दा के मानस को समझना चाहती थी। उसके सन्देशों में उसकी बेचैनी, छटपटाहट फूट-फूटकर निकल रही थी, जैसे कोई पक्षी पिंजरा तोड़ने के लिए फड़फड़ा रहा हो...कोई गाय खूँटा तोड़ने के लिए रँभा रही हो!

माया कहानी में डूबना ही चाहती थी कि सुनन्दा का मैसेज आया—

सुकन्या की तरह ही शापित हूँ मैं। ऋषि ने शत्रु-कन्या से विवाह किया, उसे दंडित किया। पति-पत्नी के सम्बन्धों का आधार ही शत्रुता है तो समानता और प्यार कहाँ टिकेगा? बेचारी सुकन्या...!

आपने उसका पूरा डिबेट पढ़ा अपने पति से...कितनी बेचारगी भरी है... इन पौराणिक स्त्रियों ने हमारे लिए कई ग़लत उदाहरण पेश किए हैं... हम पर थोपे गए...हम उसकी छाया से विलग न हो पा रहे...।

माया ने उसको लिखा—'अभी कहानी पढ़ रही हूँ' और सुनन्दा के जवाब का इन्तज़ार किए बिना कहानी पढ़ने लगी :

च्यवन ऋषि-सुकन्या कथा

यह आख्यान राजा शर्याति के शासनकाल का है, जब उनकी पुत्री सुकन्या एक बार अपनी अनुचरी बालाओं के साथ अरण्य विहार के लिए महल से दूर आरक्षित जंगल में गई हुई थी। अचानक उसे जंगल में एक जगह सफ़ेद मिट्टी का ढेर दिखाई दिया। उसके ऊपरी हिस्से से बहुत ही तेज़ प्रकाश की दो किरणें निकल रही थीं। उसे बहुत ही आश्चर्य हुआ। उसने एक बहुत ही तेज़ एवं नुकीला काँटा उठाया तथा उससे निकलने वाले प्रकाश के छिद्र में घुसा दिया। तत्काल ही उससे रक्त की धाराएँ निकल पड़ीं। सुकन्या बहुत ही भयभीत हो गई। वह घबराए मन से दुखी होकर महल वापस आ गई। उधर महाराजा शर्याति के राज्य में बहुत ही अनिष्ट हुआ। सारी प्रजा के मल-मूत्र अवरुद्ध हो गए। सब पीड़ा से छटपटाने लगे। कोई भी औषधि उपयोगी साबित नहीं हो रही थी। राज्य के सारे वैद्य थक गए।

अन्त में राजा ने अपने कुल पुजारी से इसके बारे में विचार-विमर्श किया। कुल पुजारी ने बताया कि आपके राज्य के किसी व्यक्ति ने महर्षि च्यवन का अपमान कर दिया है। वह आप के ही राज्य के जंगल में तपस्या कर रहे हैं। उन्हीं के कोप से प्रजा की यह दशा हुई है। आप शीघ्र ही उन्हें प्रसन्न करने का यत्न करें। महाराज अपने महल में वापस आए।

उन्होंने अपनी महारानी से यह बात बताई। उनकी पुत्री ने भी वह बात सुनी। उसने सब बात सच्चाई के साथ बता दी। राजा अपनी महारानी, पुत्री, मंत्री एवं अन्य गण्यमान्य लोगों के साथ जंगल में वहाँ पहुँचे जहाँ पर च्यवन ऋषि तपस्या कर रहे थे। राजा ने देखा कि वह दर्द से छटपटा रहे हैं। राजा ने पूरे परिवार के साथ मत्था टेककर ऋषिवर को दंडवत् किया तथा सारा विवरण बताया। फिर पूछा कि हे ऋषिवर! आप स्वस्थ होने का कोई उपाय बताएँ।

ऋषि च्यवन ने कहा--

> प्रजापतेर्जात चित्रोर्वीम खलु रसेश गंधोपसमुद्र छिशत:
> गरोर्द्रायाम शीतध्रिंग राज: चक्षुर्निलय मम अवस्थितो यत।

[हे राजन! यदि मेरी पत्नी नील वर्ण के पुष्प से युक्त ब्राह्मी घास को रोहिणी नक्षत्र के चन्द्रमा के रहते उसकी किरणों में समुद्र फेन में पाक कर माजू फल, श्वेत चन्दन एवं हल्दी के आर्द्र अवलेह में मिलाकर मेरी आँखों के गड्ढे में डाले, तो मेरी आँखें पुन: रौशनी प्राप्त कर सकती हैं।]

किन्तु ऋषि का तो विवाह ही नहीं हुआ था। उनकी पत्नी कहाँ से आएगी? राजा ने यह बात ऋषि से ही पूछी। ऋषि ने कहा कि जिस कन्या ने मेरी आँखें फोड़ी हैं, उसी से मेरी शादी होगी। कुछ देर के लिए राजा मूर्च्छित हो गए, किन्तु अपनी प्रजा का ध्यान कर तथा अपने कुल को ऋषि के शाप से बचाने के लिए पहले उन्होंने अपनी पुत्री सुकन्या से यह बात पूछी। सुकन्या तैयार हो गई। राजा ने एक सप्ताह के अन्दर सारी औषधियों को एकत्र करवाया। तब तक चन्द्रमा रोहिणी नक्षत्र में प्रवेश कर गया। फिर सबका अवलेह बनवाकर ऋषि की आँखों में डाला गया। उनकी आँखें फिर से रौशनी पा गईं। सुकन्या ऋषि की सेवा-सुश्रूषा में लग गई। कुछ दिनों बाद वह ऋषि की सेवा में पूरी तरह तन-मन-धन से रत हो गई।

एक दिन वह बहुत ही उदास बैठी थी। ऋषि ने उसकी उदासी का कारण पूछा। रोते हुए सुकन्या बोली—हे ऋषिवर! मैं अपने माता-पिता की एकलौती सन्तान थी। माता-पिता ने मुझे लेकर अनेक सपने देखे थे, किन्तु मैं अभागी उनके सारे सपने धूल धूसरित कर दिये। अपनी छोटी-सी

चूक से माँ-बाप को जीते-जी मार डाला। ऋषि बोले—हे वरारोहे! तुम यदि चाहो तो अपने माँ-बाप के पास वापस जा सकती हो।

सुकन्या बोली—हे ऋषिवर! किसी भी स्त्री के द्वारा पति का वरण एक ही बार किया जाता है। द्विवर या देवर ग्रहण से धर्म का दूसरा पाँव अर्थात मर्यादित आचरण समाप्त हो जाता है।

उसके बाद तीसरे व्यक्ति को ग्रहण करने से परासव नामक धर्म का तीसरा पाँव अर्थात सम्बन्धों की महता एवं आवश्यकता यथा माँ-बाप, भाई-बहन, मामा-चाचा आदि का सम्बन्ध दूषित हो जाता है।

चौथे व्यक्ति को ग्रहण करने से अपघट्टू नामक धर्म का चौथा पाँव भी समाप्त हो जाता है; अर्थात मनुष्य एवं जन्तु का भेद समाप्त हो जाता है।

ऋषि ने पूछा कि धर्म के दूसरे, तीसरे एवं चौथे पाँव के बारे में तो तुमने बताया, किन्तु पहले पाँव का नाश कब होता है...?

सुकन्या ने बताया कि विवाह के बन्धन में बँधते ही धर्म का प्रथम पाँव बुभुक्षा नष्ट हो जाता है; अर्थात मनुष्य सांसारिक बन्धन के जकड़न भरे पाश में बँधकर सदा-सदा के लिए परतंत्र हो जाता है तथा वह मोक्ष की राह से दूर हो जाता है।

ऋषि ने पूछा कि क्या जो लोग विवाह के बन्धन में बँध जाते हैं, उनका मोक्ष नहीं होता?

सुकन्या बोली कि उन्हें स्वर्ग भले ही प्राप्त हो, किन्तु मोक्ष नहीं प्राप्त हो सकता है।

फिर ऋषि ने पूछा कि उनके मोक्ष का मार्ग क्या है?

सुकन्या बोली—हे ऋषिवर! पुनर्जन्म के उपरान्त पूर्व की त्रुटियों का परिमार्जन ही एक मात्र विकल्प है।

फिर ऋषि ने पूछा कि फिर पुत्र की क्या उपादेयता है?

सुकन्या बोली कि जो 'पुम' नाम के नर्क से 'त्राण' या मुक्ति दिलाए, वह पुत्र है। ऋषि बोले कि पुत्र तो औरस भी होते हैं। दत्तक भी ही होते हैं। तो किस पुत्र से यह लाभ मिल सकता है? सुकन्या बोली—कोई भी पुत्र हो, वह इस नर्क से छुटकारा दिला सकता है।

ऋषि बोले कि फिर एक ही पति क्यों? पुत्र तो बिना विवाह के किसी भी पुरुष या स्त्री के संयोग से उत्पन्न हो सकता है?

सुकन्या बोली—हे ऋषिवर! इसीलिए उसे मात्र पुत्र ही कहते हैं, किन्तु सन्तान नहीं। क्योंकि 'सम' अर्थात समान तन से जो उत्पन्न हो, वह सन्तान कहलाती है।

ऋषि ने पूछा कि फिर वह कौन-सा सुख या उपलब्धि है जो सन्तान देती है, किन्तु पुत्र नहीं?

सुकन्या बोली—

लोकान्तरं सुखं पुण्यं तपो दान समुद्भवं।
संततिः शुद्ध वंशया हि परत्रेह च शर्मणे

[तप, दान आदि से परलोक में सुख मिलता है। पुत्र से शारीरिक सुख जैसे वासना की पूर्ति। उसके बाद पुत्र से आशा करना कि वह बुढ़ापे में देख-रेख करेगा आदि, किन्तु शुद्ध वंश में उत्पन्न सन्तान लोक एवं परलोक, दोनों में सुख शान्ति देती है।]

ऋषिवर च्यवन सुकन्या के इस भेद-विभेद भरे तार्किक एवं शास्त्रीय कथोपकथन से बहुत ही प्रभावित हुए तथा उन्होंने कहा—हे सुकन्या, आज तुम्हारे सार आख्यान एवं अपने तपोबल से अपने को कुमार एवं तुम्हें चिर यौवना बनाता हूँ, जिससे तुम्हारे माँ-बाप का सन्ताप दूर हो जाए।

उसके बाद ऋषि ने सुकन्या को यह श्लोक सुनाया—

अभिभूतमुपागता काया या शुभ्रेयम पराग पद्मोपसेविता
महत्चित्रम नव कल्पितम भीरुह षोडशांगी सा भवेत्

अवलेहादि कृतम सूत्रम दाडिम जम्बू प्रकल्पितम
अर्पितमादि देवो यो गणपति चिर यौवन खलु जायते।

[कमल के बीज के चूर्ण को सफ़ेद अन्य किसी मिश्रण से रहित मिट्टी में नियंत्रित श्वास की अवधि में जो नियमित एक माला जपने में लाता है, परस्पर मिलाकर, हे सुन्दरी षोडशी, लगाओ। महान आश्चर्य की बात है, मगर मैं तुम्हारे योग्य (भर्ता) बन जाऊँगा। अनार एवं जामुन के बीज के चूर्ण उपर्युक्त मिश्रण में मिलाकर अवलेह बनाओ। यह तुम्हें भी आदिदेव गणपति की कृपा से चिर यौवन प्रदान करेगा।]

सुकन्या ने उसके अनुसार सारी व्यवस्था की। ऋषि च्यवन ने अष्टांगिक अवलेह तैयार किया। लेप भी तैयार किया। अवलेह, जिसके सेवन से ऋषि च्यवन युवावस्था को प्राप्त हो गए तथा लेप लगाने से सुकन्या चिर यौवना बन गई।

कहानी पढ़ने के बाद वह कोई चैट करने की मन:स्थिति में नहीं रही। अब तक च्यवन ऋषि के कारण वह 'च्यवनप्राश' को जानती थी, बचपन में खाया भी था। अपने घर में माया ने अपने दादा जी को शहद के साथ और फिर पापा को बिना शहद ही रोज़ सुबह चम्मच से लेकर चाटते देखा है। कभी घर की स्त्रियों को खाते नहीं देखा। उसे कभी उसका स्वाद नहीं जमा और उसकी यह धारणा बनी थी कि यह सिर्फ़ पुरुषों के लिए है। कभी बहुत ग़ौर नहीं किया था। उस स्वाद के पीछे किसी स्त्री का दु:ख छिपा है, कहाँ मालूम था? वह सोचने लगी, 'हम अपने पौराणिक आख्यानों से कितने कटे हुए हैं? हमारी समस्या और समाधान के कई सूत्र वहाँ मिलते हैं। रोग के कारण में ही निवारण के सूत्र मिलते हैं।'

सुकन्या ने सन्तान और पुत्र की जो परिभाषा दी, वह तो अद्‌भुत थी। कितनी प्रगतिशील व्याख्या, मानो सम्भोग की अवधारणा को पुष्ट करते विचार हों।

माया इस कथा के माध्यम से सुनन्दा का दिमाग़ पढ़ने की कोशिश करती, मनन करने लगी। उसने मैसेंजर खोला ही नहीं। दिमाग़ में और भी बहुत चीज़ें चल रही थीं। शशांक को कल आना है। उससे आंटी की समस्या पर लम्बी बात होनी है। कोई रास्ता सोचना है।...उसने सुनन्दा को दिमाग़ से झटक दिया।

आंटी के लिए जो योजना सोची थी, वह दिमाग़ में चक्कर काटने लगी थी। आंटी की पढ़ाई-लिखाई और बातचीत की स्मार्टनेस को देखते हुए मन लायक़ काम होगा

और वे सब सँभाल भी लेंगी। इस उम्र में उन्हें चूल्हे-चौके का काम करने में नहीं झोंकना था। माया ने साधिकार आंटी और शशांक, दोनों को साफ़ मना कर दिया था। दोनों सहमत हो गए थे। जो नई योजना थी, वह थोड़ी महँगी थी, किन्तु स्थायी थी।

माया को उस रात सपने में सिर्फ़ पहाड़ और नदियाँ दिखाई देती रहीं। उसके सपनों का लैंडस्केप बदल गया था। उस रात उसने नई खोज की—जैसा सोचोगे, सपने वैसा ही रूपाकार लेते हैं।

9

जब हमारे भीतर कुछ बदलता है तो बाहर भी वही बदलाव महसूस होता है। सुबह-सुबह अपनी छोटी-सी बालकनी में बैठकर ब्लैक कॉफ़ी पीते हुए माया ने पहली बार उसकी कड़वाहट नहीं महसूस की। पूजा ने उसमें थोड़ा अदरक कूटकर डाल दिया था। कॉफ़ी का स्वाद और ज़िन्दगी का स्वाद, दोनों बदल गया था। माया ने मन-ही-मन कुछ फ़ैसले लिये थे जिनका दूरगामी, सुन्दर परिणाम उसे दिखाई दे रहा था। उसके तार शशांक से जुड़ते थे। माया ने सोचा, वह शाम को घर आएगा तब सारी बातों का खुलासा करेगी। आंटी को लेकर जो योजना बनाई थी, वह भी बताने वाली थी। उसके साथ ही उसकी अपनी भी कुछ योजनाएँ थीं। शशांक और आंटी दोनों तैयार हो जाएँ, तो तीनों मिलकर एक नये अध्याय की शुरुआत करेंगे। भविष्य की कोई और कहानी वे गढ़ सकेंगे। इस कहानी में कहीं प्रेम-सम्बन्ध न था, शुद्ध व्यावसायिक मामला था। शशांक के रूप में उसे एक बेहतर दोस्त मिला था जो उसे अपना बेहतर दोस्त मानता था। वे दोनों एक परिवार की तरह बातें साझा करने लगे थे। बस, माया का प्रस्ताव, सुझाव और उसकी योजना शशांक को पसन्द आ जाए। ऐसी योजना थी, जिसने माया के भी सपने बदल दिये थे। उसका धूसर रंग इन्द्रधनुषी हो गया था।

अपनी योजना पर वह इतनी प्रसन्न क्यों है...? सवाल उठते रहे पूरे दिन उसके मन में। दफ़्तर का काम निपटाते हुए भी वह यही सोचती रही। कई बार जवाब आता, 'क्या मैं जीवन से भाग रही हूँ? कोलाहल से मन भर गया है? लोगों से दूरी चाहिए या प्रकृति का साहचर्य? क्या खींच रहा है मुझे? प्रकृति के साथ रूमानी होते हुए किसी की संगति की कुहक क्यों नहीं उठती? क्या मेरा अतिशय

साहस मेरे भीतर की कोमलता को, मृदुता को मार दे रहा है? भावनात्मक रूप से ख़ुद पर निर्भरता रूमानियत के आड़े आती है। क्या करे यह मन, जो टूटकर फिर जुड़ना ही नहीं चाहता? तकलीफ़ों के नश्तर चुभते हैं, फिर शान्त पड़ जाते हैं। मेरे भीतर ही बसता है कोई वैद्य। कोई हीलर। मुझे हील करता चलता है, आन्तरिक टूट-फूट को रिपेयर कर देता है। वो वक़्त भी हो सकता है और मेरी रूह भी। दुनिया के षड्यंत्रों से आप अपनी रूह को बचा ले जाते हैं तो समझिए, घाव जल्दी हील हो जाएगा। शायद आत्मस्थ होना इसे ही कहते हैं। अपनी आत्मा के भीतर स्थित होंगे तो कोई दु:ख देर तक नहीं टिकेगा। आएगा, गुज़र जाएगा। अब टिकने वाले दु:ख चाहिए ही नहीं, दु:ख-यात्री नहीं बनना चाहती जो दु:ख लेकर ढोती रहे, सदियों, अहल्या-सी।'

अब माया अपने को कोई दु:ख पहुँचाने या किसी और को उसे दु:ख पहुँचाने की हैसियत देने के मूड में बिलकुल नहीं थी। अपने जीवन से ऐसे सारे काले-पीले चींटों को झाड़ चुकी थी और रक्तजीवी जोंकों को पैरों से झटक चुकी थी। जिस शाम शशांक आया, उस वक़्त वह पहले वाली उदास माया नहीं थी। पाँच साल का अवसाद झड़ चुका था। उसने नये विचार पहन लिये थे। मन में ज़िद उठी कि शशांक साथ नहीं देगा तो भी उसके पास इतना संसाधन है कि योजना विफल नहीं होने देगी।

शशांक आया, झेंपता, मुस्कराता, घर को चारों तरफ़ निहारता हुआ। उसकी आँखों में प्रशंसा के भाव थे।

"तुम स्त्रियाँ अकेली भी घर को कितना सहेज कर रखती हो, सजाकर! एक हम लोग हैं, कोई सामान अपनी जगह पर नहीं मिलता...वो जब से मम्मी आई हैं, उन्होंने डेरे को घर बना दिया है।"

"क्योंकि कितना भी ग़ुस्सा आ जाए, हम सामान नहीं तोड़तीं। कितना भी दु:ख हो, जल्दी घर छोड़कर नहीं भागतीं क्योंकि हमें हर चीज़ अपनी जगह पर अच्छी लगती है, सामान हो या सम्बन्ध। दोनों को अपनी जगह नहीं भूलना चाहिए।"

माया हँसने लगी थी...।

शशांक के मुँह से निकला, "आयं...क्या दर्शन है...वाह...!"

माया उत्साह से भरी हुई थी। अपनी योजना बताने में देर नहीं करना चाहती थी, लेकिन उसके पहले ही शशांक ने धमाका किया—

"अरे यार, मज़ेदार बात सुनो—यह जो हमारी मम्मी हैं न, ऐसे तो पापा से

अलग होना चाहती हैं, उनकी शक्ल तक नहीं देखना चाहतीं। उनका फ़ोन उठाना बन्द कर चुकी हैं। मम्मी से इतना कठोर होने की उम्मीद न थी, लेकिन मैं तो बेवक़ूफ़ बन गया। पापा की तबीयत ख़राब हुई तो मम्मी इतनी परेशान। मैंने कहा, आप लौट जाइए, उन्हें देखिए।"

उनका जवाब था, "हम क्यों जाएँ? सँभाले बेटा सब। दो-दो बेटा पाल कर दे दिये हैं। बाप को देखें...हम अलग राह पर हैं। हमें जाने को मत कहो। लेकिन तुम्हें जाना होगा...उनका इन्तज़ाम करना होगा...हमसे कोई मतलब नहीं। हम यह न होने देंगे कि बेटा लोग बाप को छोड़ दें। मेरे कारण तुम लोग उनसे दूरी मत बनाओ।"

"तो तुम गए थे वहाँ...?"

"दो दिन के लिए बीच में ग़ायब था न, उन्हीं को देखने गया था। सारा इन्तज़ाम करके आया हूँ। छोटा भाई है वहाँ, उनको देखने के लिए, फिर भी मम्मी हमको भेजीं...अजीब बात है न...?"

"ये तो लैला-मजनू टाइप प्यार है इन लोगों का..."

"सच में, बहुत पज़ेसिव थे पापा मम्मी को लेकर...कितनी बातें याद आती हैं... अब लगता है..."

"आंटी को शुरू से विरोध करना चाहिए था..."

"यही तो मैं कहता हूँ...ख़ैर, इस बारे में हम कितनी बातें करेंगे, हम पहले भी कर चुके हैं। तुम बताओ, मम्मी के लिए क्या योजना बनाई हो? जल्दी उस पर काम शुरू करें। नहीं तो ये रोज़ प्लानिंग करती रहेंगी—कभी पार्लर खुलवा दो, कभी रेस्टोरेंट, तो कभी बुटिक...रोज़ नया आइडिया लेकर आती हैं।"

शशांक बातें करते-करते बहुत उत्तेजित हो गया, उठकर बातें करने लगा। माया ने उसे शान्त किया कि बैठकर बातें करे। उसे लगता है, वह खड़े होकर ज़्यादा अच्छे से बात कह पाएगा।

माया ने उसका हाथ पकड़कर बिठा दिया। पहली बार उसने माया के हाथों की तरफ़ देखा। अच्छे बच्चे की तरह बैठ गया। मासूम-सा चेहरा बनाकर, दोनों गालों पर हाथ रखकर, उसकी तरफ़ देखता रहा।

"माई आइडिया इज़..."

उसकी आँखें फैल गईं...

"हम आंटी को ऋषिकेश में एक होम स्टे खुलवा कर दें, गंगा किनारे। चार-पाँच कमरों वाला...। हम वहाँ राइटर रेज़ीडेंसी भी चला सकते हैं। एक कमरा

लेखकों के लिए। एक महीना रहना, लिखना-पढ़ना। खाना-पीना, स्टे हमारी तरफ़ से। बाक़ी कमरे रेंट पर। होम स्टे की माँग बढ़ी है, ख़ासकर विदेशी सैलानी ढूँढ़ते हैं। आंटी की अंग्रेज़ी किस दिन काम आएगी? उन्हें सौंपते हैं, मैनेजर बनाते हैं... हम-तुम कम्पनी बनाते हैं, देख-भाल हमारी कम्पनी करेगी। आंटी चलाएँगी, कुकिंग का अनुभव भी काम आएगा। उनका मन भी लगा रहेगा।

"बढ़िया लोकेशन देखकर हम ज़मीन लेते हैं। बना-बनाया भी ले सकते हैं... बोलो...'हाँ' कि 'न'...?"

माया उत्तेजना में उठकर खड़ी हो गई। शशांक ने उसे सोफ़े पर बैठने का इशारा किया।

"पानी पीओगी...?"

"अरे यार...बी सीरियस...मेरे पास पूरी प्लानिंग है।

"और इसी वीकेंड चलो...आंटी को भी ले चलो...एक-दो दिन रुकेंगे और सब फ़ाइनल करके आएँगे...हमने वहाँ कुछ लोगों को काम पर लगा दिया है।"

"बात यह है, मुन्नी...मम्मी का जब हर आइडिया मैं ध्वस्त कर चुका तो वे आख़िरी बात बोलीं, 'मेरा झुकाव अध्यात्म की तरफ हो गया है। हमको ऋषिकेश में किसी आश्रम में डाल दो या हमारे लिए कोई मकान ख़रीद दो...हम वहीं रहेंगे। और संयोग देखो...तुम भी वही सोचकर बैठी हो...क्या मम्मी से कोई बात हुई थी कभी...?"

"यस...आंटी की फ़ेवरेट प्लेस है। मेरे यहाँ थीं तो वहाँ चलने के लिए कह रही थीं, मैंने मना किया कि अभी गंगा का पानी मटमैला होगा। बारिश ख़त्म होने दीजिए, अक्टूबर में चलेंगे...सितम्बर ख़त्म होने को है...बारिश कम है, हम चल सकते हैं। मैं तभी से सोच रही थी कि उस जगह को जोड़कर उनके लिए कुछ नई चीज़ की जाए। इनसान का जो पैशन हो, जो पसन्द हो, हॉबी हो, वही अगर जीने का साधन बन जाए, तो इससे बढ़कर आनन्द किसी चीज़ में नहीं।

"आंटी को योग-ध्यान करना हो तो गंगा किनारे बैठकर कर लेंगी...उनका सारा पर्पज़ पूरा होगा वहाँ...और हमारा भी..."

"मैं इतना पैसा कहाँ से इन्वेस्ट कर पाऊँगा...? कुछ सेविंग्स हैं, वह लगा सकता हूँ...मगर मम्मी से पूछना पड़ेगा—उन्हें ये आइडिया जमता है या नहीं... बात करने दो...वैसे भी ये काम जल्दी वाला नहीं है, समय लगेगा...बार-बार वहाँ जाना मेरे लिए सम्भव नहीं।"

"यार, वीकेंड पर जाया करेंगे...तुम तैयार तो हो जाओ। और एक मेरा प्रस्ताव

यह है कि हम फ़िफ़्टी-फ़िफ़्टी के पार्टनर होंगे...मैं भी पैसे लगाऊँगी...क्या पता, कल को मैं वहाँ यही काम करना चाहूँ, मेरे माता-पिता वहाँ बसना चाहें...एक ठिकाना चाहिए...आने वाले समय में टूरिज़्म का ज़ोर रहेगा...लोग प्रकृति के क़रीब रहना चाहेंगे...ऊब जाएँगे एक-दूसरे से, तब यहाँ पनाह खोजेंगे...हम ईको टूरिज़्म पर ज़ोर देंगे...इसी तरह से प्रचारित करेंगे।"

माया का उत्साह दूध की तरह नहीं उफनता। जो एक बार दिमाग़ में बात आ गई तो फिर वह किसी की नहीं सुनती। शशांक तैयार नहीं होगा तो भी एक बार वहाँ जाएगी सँभावना तलाशने, वह मन बना चुकी थी।

उस शाम दोनों देर तक तरह-तरह के सपने बुनते रहे, जिसमें गंगा का पानी बहता रहा। दोनों ने कितने पहाड़ लाँघे, झरने खोजे, वृक्षों से बातें कीं और अन्त में यह पाया कि दोनों का स्वभाव काफ़ी कुछ मिलता-जुलता है। उन्होंने इससे पहले इस तरह बैठकर कभी अपना मन, अपना जीवन खोला न था। उस शाम माया ने शशांक से वीकेंड पर ऋषिकेश जाने का क़रार ले ही लिया। देर रात जब वह घर के लिए निकला तो उसे रोकने को माया के क़दम डगमगा गए। शशांक पता नहीं क्या सोच रहा था? अकेला तो वह भी था। उसके जीवन में भी सूनापन था, लेकिन क्या पता, वह उस सूनेपन को यूँ ही बनाए रखना चाहता था? जैसे कि माया ठान कर बैठी थी, एकल ही रहना है। एकल रहने की लत लग जाए, तो किसी से ज़िन्दगी, अपना कमरा और अपना एकान्त ज़्यादा देर तक साझा करने का मन नहीं होता। कुछ देर का साथ सबसे सुन्दर। जब मन हो, साथ बैठो। जब मन हो, ख़ुद को अकेला कर लो। ज़बरन साथ देने की बाध्यता नहीं। ज़बरन किसी को झेलने की ज़रूरत नहीं। इसकी क़ीमत भी चुकाते हैं उसके जैसे लोग। लेकिन जीवन में कौन क़ीमत नहीं चुकाता? कहते हैं, जीवन अनमोल है, मगर जो क़ीमत चुकाते हैं, उनसे पूछिए।

शशांक के मन के बारे में पता न चला। माया ने सब कुछ यात्रा पर छोड़ दिया जो इस वीकेंड होने वाली थी। उनके साथ आंटी भी जानेवाली थीं।

सबसे अच्छी बात यह हुई कि माया को शशांक ने बताया कि मम्मी उनके प्रोजेक्ट पर राज़ी हो गई हैं। वे माया से खुलकर बात करना चाहती हैं।

दोनों रास्ते भर इस योजना पर बात करते रहे। आंटी को पसन्द आ रहा था।

ऋषिकेश में उन्होंने एक स्थानीय पत्रकार मित्र सूरज कौशिक के ज़रिये सब कुछ सेट कर रखा था। उनके ठहरने का इन्तज़ाम गंगा रिज़ार्ट में किया था। सूरज

किसी चैनल के स्थानीय संवाददाता थे। ज़मीन का एक टुकड़ा उन्हें पसन्द आया था। उसके मालिक के पास वो उन्हें ले गए। ज़मीन के मालिक को देखते ही माया दंग रह गई। पहली बार माया किसी ऐसे महन्त से मिल रही थी, जो एकदम युवा, स्मार्ट, तकनीकी रूप से दक्ष था। फ़र्राटेदार इंग्लिश में बात कर रहा था और उसके सारे शिष्य और शिष्याएँ विदेशी थे। माया सचमुच उनकी दिव्यता पर फ़िदा हो गई। शुरू में वह ज़रा सकुचाई हुई थी, लेकिन जैसे उन्होंने हाथ जोड़कर 'जय श्रीराम' कहा, माया की आपत्ति फूटकर निकली।

"'जय सियाराम' बोलेंगे तो हमें अच्छा लगेगा।"

और फिर माया और महन्त इस पर देर तक बहस करते रहे। महन्त अपने तर्कों से माया को ध्वस्त करना चाहते थे, माया उन्हें अपने तर्कों से। उन्होंने ग्रंथ ज़्यादा पढ़ रखी थी, माया ने ज़िन्दगी।

चलते-चलते माया ने हाथ जोड़ते हुए कहा, "आगे से आप मुझे 'जय सिया-राम' बोलकर ही अभिवादन करेंगे और मैं भी। तभी अपनी बात हो पाएगी। मुझे डर लगता है इस नारे से...मुझे किसी भी धार्मिक नारे से डर लगता है, जिसमें हिंसा और आतंक की गुंजाइश हो। मैं बहुत राजनीतिक नहीं हूँ, लेकिन अपने समय के आतंक को पहचानती हूँ।"

माया को इस महन्त में जो बात सबसे अच्छी लगी, वह यह कि वह धैर्य से उसकी बातें सुनते और हँसते, बात काटते लेकिन भड़कते नहीं। वह उनसे धर्म पर बहस करने को तैयार भी नहीं थी। जो उसका क्षेत्र नहीं है, उसमें वह प्रवेश बिना तैयारी के नहीं करती। हाँ, अगर वह आग्रही होता, कुछ ऐसा टेढ़ा कहता तो माया भिड़ जाती। धर्म को लेकर स्त्रीवादी नज़रिये से वह विस्फोट कर सकती थी। 'जय सियाराम' कहकर ही उसे माया ने अपने स्वभाव का पता दे दिया था। उसे आनन्द आ रहा था। युवा महन्त के साथ उसकी नोक-झोंक देखकर शशांक ऊब रहा था। उसे लग रहा था कि वे लोग जिस काम के लिए आए हैं, बातचीत उसी पर फ़ोकस रखें। शायद उसे अच्छा नहीं लग रहा था। क्या वह ईर्ष्या से भर गया था? उसके मन की बात माया क्या जाने? 'मनुस्मृति' में कहा गया है न स्त्रियों के बारे में कि त्रिया चरित्रम्...। माया का अनुभव उल्टा था—पुरुष चरित्रम् और त्रिया भाग्यम् देवता भी नहीं जानते। शशांक बाहर से बन्द था, भीतर से खुला। उसके भीतर कुछ घट रहा था। माया ने उस वक़्त तवज्ज़ो देना उचित न समझा। उसे राहत महसूस हुई कि शशांक के प्रति वह जवाबदेह नहीं है। वह उससे सवाल-तलब नहीं करेगा।

माया स्वतंत्र व्यक्तित्व की मल्लिका थी जो अपनी स्वतंत्रता को अपने हिसाब से जी रही थी, बिना किसी नैतिक पहरेदारी के।

और माया का मन उनसे और बातें करने को हो रहा था। महन्त ने अपने कई वीडियोज़ दिखाए, जिसमें बिलकुल बाहुबली के अन्दाज़ में गंगा से कलशे में जल भरकर वे थोड़े ऊँचे पहाड़ी टीले पर स्थित शिवलिंग पर चढ़ाने जा रहे हैं...पीछे से गाने बज रहे हैं। किसी वीडियो में वे सफ़ेद पारदर्शी वस्त्र में पहाड़ी पगडंडी पर चले जा रहे हैं...शॉल को अदा से लपेटते हुए...यानी टशन में कोई कमी नहीं।

महन्त जी इन्हें तभी छोड़ा जब इन्होंने त्रिवेणी घाट पर गंगा आरती में आने की सहमति दी।

शशांक शाम को आने को तैयार न हुआ। उसने आंटी को साथ लेकर जाने को कहा। उसका मूड उखड़ा हुआ था। ये पुरुष भी न, स्त्री से कोई रिश्ता हो न हो, साथ में है तो ख़ुद को उसका अभिभावक समझने लगते हैं। व्यक्ति के रूप में देखते क्यों नहीं?

शाम को त्रिवेणी घाट पर इतनी भीड़ थी कि तिल धरने की जगह नहीं। इन लोगों के लिए वहाँ वी.आई.पी. इन्तज़ाम था। शशांक को साथ में न देखा, तो महन्त जी ने पूछा। माया ने टाल दिया। उन्होंने माया और आंटी को भव्य गंगा आरती क़रीब से दिखाई। आंटी तो श्रद्धा में लीन हो गईं। माया सीढ़ियों पर बैठी दीयों की पानी में झिलमिलाती हुई रौशनी देख रही थी। उसकी श्रद्धा उस जल में, उन दीयों में थी, दोनों का गुण-धर्म अद्‌भुत। प्यास और प्रकाश से रिश्ता है जिनका, इन्हें बचाया जाना चाहिए। ये पूजे जाने लायक़ हैं। हम प्रकृति को, आग को, पानी को, वृक्षों को सदियों से पूजते आए हैं क्योंकि हम उनकी क़ीमत जानते हैं, उनकी ज़रूरत भी।

गंगा आरती से लौटते हुए ज़्यादा ही अँधेरा हो गया था। रिज़ार्ट की सीढ़ियों के नीचे गंगा बहती है। आंटी अपने कमरे में चली गईं। माया कुछ देर अकेले गंगा किनारे उन सीढ़ियों पर बैठना चाहती थी। उसे देर रात पानी की आवाज़, हवा की ठंडक, झींगुरों और कीट-पतंगों की सम्मिलित आवाज़ें बहुत रोमांचित करती हैं।

सोचती है कि क्या रात को इन सबका चरित्र बदल जाता होगा? रिज़ार्ट की हल्की रौशनी पानी पर पड़ रही थी। कुछ और लोग भी थे, सीढ़ियों पर दूर-दूर बैठे हुए। क्या पानी रौशनी से कुछ कहता होगा? क्या पानी पर सभ्यता की परछाइयाँ चिपकी हुई हैं या पौराणिक आख्यानों की इबारतें रौशन हैं? गंगा-मुक्ति की कहानी लिखी है। शिव की जटा से मुक्ति का गान है इसका कल-कल। पानी के ऊपर

गिरती हुई रौशनी क्या उसकी निजता का हनन करती होगी? पानी ने सभ्यताओं को जन्म दिया, रौशनी का आविष्कार सभ्यताओं ने किया होगा। अँधेरे को वह कैसे नकार सकती है? उन दोनों के बीच में एक अँधेरा भी तो है...। रौशनी न होती तो जल-देह पर अँधेरे का साम्राज्य होता।

माया ने उँगलियों से जल को हिलाया। रौशनी पानी के साथ लहर-लहर हो गई। पानी के साथ रौशनी भी बहती है, आकार लेती है। यहाँ पर गंगा का बहाव थोड़ा धीमा था। आगे ढलान थी, वहाँ जाकर प्रवाह तेज़ हो गया था। बीच-बीच में बड़ी चट्टानें थीं, उनसे टकरा रहा था पानी। शोर वहीं से उठ रहा था।

पीछे आहट हुई। देखा, शशांक था। वह हौले-से आकर उसके बग़ल में बैठ गया। उसके मोबाइल पर हौले-हौले गाना बज रहा था, *'पहाड़ों को चंचल किरण चूमती है...हवा हर नदी का बदन चूमती है...।'*

गाना बजता रहा, वे देर तक ख़ामोश बैठे रहे। गाना बन्द हुआ तो मौन को सुनते रहे। उसे अच्छा लग रहा था वहाँ बैठना और बग़ल में शशांक का बैठना। जाने कब वह निढाल होकर उसके कन्धों से टिक गई। वह अविचल बैठा रहा।

"क्या करूँ, मेरे भीतर का मर्द मरता ही नहीं। बचपन से यही सुनता बड़ा हुआ हूँ—तुम मर्द हो, रोना मत, घबराना मत, डरना मत, झुकना मत। मेरा पहला ब्रेकअप इसी वजह से हुआ...आज मैं उस कारण को ठीक से समझ सकता हूँ और उसे गुनहगार नहीं मानता हूँ। उसे बरी कर दिया मैंने।"

"क्या हुआ था, तुम्हारे साथ?"

माया ने वहीं सिर रखे हुए पूछा।

"रेवती मेरा पहला प्यार थी। हम एक ही शहर में पले-बढ़े, साथ पढ़े। हमने घरवालों की मर्ज़ी के विरुद्ध शादी कर ली, लेकिन मैं उसके लिए एक मर्द साबित हुआ। तुम्हारी संगति में रहकर मैंने अपने भीतर झाँकना शुरू किया। कुछ तो मम्मी के हालात ने मुझे सोचने पर मजबूर किया। रिश्ते विफल नहीं होते, हम विफल हो जाते हैं, मायू। हम सँभाल नहीं पाते। हम एक रिश्ता ठीक से नहीं सँभाल पाते, अनेक मित्रताएँ कैसे सँभाल ले जाते हैं?"

माया सीधी होकर बैठ गई। शशांक का बदन कँपकँपा रहा था। वह गहरे दुःख में था, जिसे किसी अपनों की बाँहों की ज़रूरत थी। माया ने अपनी बाँहें खोलकर उसे भर लिया।

माया चुपचाप उसे बोलने देना चाहती थी ताकि जो बर्फ़ की सिल्लियाँ उसने

मन पर जमा रखी थीं, वे पिघलकर गंगा में मिल जाएँ। उसको भरोसा था कि उसकी मेरी आत्मीयता की आँच उसे पिघला देगी। वे एक-दूसरे की धड़कनें सुन सकते थे। गाने की एक पंक्ति सार्थक हो रही थी—*'धड़कते हैं दिल कितनी आज़ादियों से...'*

अपनी जगह से दूर, रमणीय वातावरण में, चारों दिशाओं को साक्षी मानकर लोग दु:ख को खोल देते हैं, उसे मुक्त कर देते हैं। शशांक दु:ख को मुक्त कर रहा था।

"मैं सचमुच जल उठा था, तुम्हें महन्त जी के प्रति आकर्षित देखकर...पहली बार तुम्हें लेकर ऐसी फ़ीलिंग आई, सच...जबकि मुझे क्यों जलना चाहिए? मैं तो तुम्हारा मित्र हूँ केवल...ब्वॉय फ्रेंड नहीं।"

"हम बहुत अच्छे दोस्त हैं, शशांक...एक-दूसरे से बेहद क़रीब...किसी प्रेमी से ज़्यादा क़रीब...मैं डिफ़ाइन नहीं कर सकती...तुम मेरे साथ हर पल खड़े रहे हो।"

माया ने उसे गिल्ट से बाहर निकालना चाहा।

"रेवती ने मेरे ही बेस्ट फ्रेंड से शादी कर ली...तुम जानती हो उसे न..., बाद में बताऊँगा...।"

"क्या हुआ था...?"

"हम तीनों एक ही मकान शेयर करते थे। मेरा मित्र सिंगल था। वह हमारे साथ ही रहा, कई वर्षों तक। मुझे पता ही नहीं चला कि कब रेवती मेरे हाथ से फिसलकर मेरे दोस्त की बाँहों में चली गई। एक दिन दोनों ने एक साथ आकर मुझसे रिश्ते का खुलासा किया और मुझसे रिहाई माँगी। मैं इतना हतप्रभ और ग़ुस्से में था कि उनसे न कारण पूछा, न कोई बात की...सीधे घर से निकाल दिया। बहुत चिल्लाया, चीख़ा, रोया...पल-पल मरा...मेरा दोस्त, मेरी प्रेमिका को छीन ले गया। मेरे बचपन का प्यार थी वो...वो कैसे ऐसा कर सकती थी?

"बाद में मुझे रियलाइज़ होने लगा कि मैंने क्या किया था? अपने गुनाहों को हमसे बेहतर कौन पहचान सकता है? अपनी सज़ा के कारणों को भी हम ख़ुद ही समझ सकते हैं।"

वह रो रहा था। उसका सिर अब माया के कन्धे पर आकर टिक गया था।

"मैं भी अपने पिता की तरह ही हूँ—वही पज़ेसिव, प्रेमिका को सिर पर बिठाने वाला, पत्नी को कमतर समझने वाला। जब तक लड़की हासिल नहीं होती है, हम सारी ताक़त झोंक देते हैं उसे हासिल करने में। जब वह हासिल हो जाती है, तो

हम सारी ताक़त झोंककर उसे बदलने में लग जाते हैं। उसके सपनों पर पैर रखकर खड़े हो जाते हैं। हम जैसे पति ही, महत्त्वाकांक्षी, सपनीली, रूमानी पत्नियों के सबसे बड़े गुनहगार होते हैं। समझ ही नहीं पाते हैं कि उनके भीतर क्या तूफ़ान उठा है और एक दिन हम उन्हें खो देते हैं।

"मैं खुलकर स्वीकार कर रहा हूँ...रेवती की कोई ग़लती नहीं थी।"

"उन दोनों का सम्बन्ध अब कैसा है? तुम बात करते हो...मिलते हो दोस्त से...?"

"रेवती से बात नहीं करता, किस मुँह से करूँ...? उसके भीतर भी कम हलचल न होगी। अतीत का बोझ एक लाश से भी भारी होता है। अनेक मरी हुई यादें उसमें भरी रहती हैं। हाँ, दोस्त से मुलाक़ात होती रहती है। वह बहुत ही सहज इनसान है। कभी मुझे लगा ही नहीं कि वह मेरी पूर्व पत्नी का पति बन चुका है। वह पहले से ज़्यादा मेरा हाल पूछता है। उनके एक बेटी भी हुई है। मुझे तस्वीरें शेयर करता है। नाम तक मेरी सलाह से रखना चाहता था।"

"तुम अब भी रेवती से प्रेम करते हो...?"

सवाल सुनते ही शशांक उठकर बैठ गया।

"नहीं, अब ऐसा करके मैं उसे और ख़ुद को कष्ट नहीं दे सकता, न किसी को धोखे में रखना चाहता हूँ।"

"रेवती क्या करती है...?"

"एक मल्टीनेशनल कम्पनी में एच.आर. हेड है।"

"ओ, वाउ...ग्रेट..." वह प्रशंसा से भर उठी। उसे ऊँचे पदों पर कार्यरत स्त्रियाँ बहुत पसन्द आती हैं। उन पर उसने कई रिपोर्ट लिखी और लिखवाई हैं।

"आय एम हैप्पी फ़ॉर रेवती..." माया ने कहा।

"मी टू।"

शशांक अब सहज हो चुका था।

"अच्छा हुआ, मुझसे पीछा छुड़ा लिया। नहीं तो मैं उसे अपने घर की हेड भी न बनने देता।"

वह अजीब ढंग से हँस रहा था।

"तुम्हें क्या आपत्ति थी उसकी नौकरी से? आजकल तो सारी लड़कियाँ कैरियरिस्ट होती हैं...कौन रोक लेगा उन्हें? समाज बदल गया है। माँ-बाप भी लड़कियों को रोज़गारोन्मुख शिक्षा दिला रहे हैं ताकि वे अपने पैरों पर खड़ी हो

सकें, किसी की मोहताज़ न हों। तुम किस ज़माने के आदमी थे, यार...?"

"मैं अपने भीतर के खोखले मर्दवाद से लड़ता रहा हूँ...उसी पर पाँव रखकर वो चली गई।"

माया ने अपने पाँव ठंडे पानी में डाल दिये। एक सीढ़ी और नीचे खिसक आई।

"तुम बदले तो नहीं अब तक..."

माया ज़ोर-से हँसी।

उसने सीढ़ियाँ फाँदकर सीधे पानी में दोनों पैर रखा और माया के ऊपर दोनों हाथों से पानी की बौछारें शुरू कर दीं।

उस अँधेरे में दोनों एक-दूसरे पर देर तक पानी की छींटें फेंकते रहे। दोनों गीले होकर लौटे तो आंटी वहाँ रिसेप्शन पर ही उनका इन्तज़ार करती हुई मिल गईं।

दोनों को देखकर वे समझ गई थीं कि इन्होंने गंगा किनारे ख़ूब मज़े किए हैं। वे दोनों की निकटता से ख़ुश दिखाई दे रही थीं। अपने प्रति उनका अतिरिक्त लाड़-प्यार देखकर माया को कुछ-कुछ अहसास हो रहा था कि वे अपने बेटे का घर फिर से बसाना चाहती हैं। उस रात वे देर तक माया के कमरे में डटी रहीं और शशांक को लेकर चिन्ता जताती रहीं। अपना दुःख, अपनी समस्या वे भूल चुकी थीं।

"कैसे रहेगा, कैसे कटेगा उसका जीवन? हम औरतें मर्दों से ज़्यादा मज़बूत होती हैं, अकेले जीवन काट सकती हैं...लेकिन वह...अभी तो वह जवान है, शादी कर लेता...तुम समझाओ न बेटा उसको...अपने साथ की किसी लड़की से कर ले...हमें तो कोई आपत्ति नहीं, बेटा का घर बस जाए, एक माँ क्या चाहेगी? मैं भी चैन से यहाँ धूनी रमा लूँगी...।"

माया ने ग़ौर से आंटी को देखा जिनका कोई नाम अभी तक उनके बेटे ने नहीं बताया था। वे एक माँ की तरह ही मिली थीं, स्त्री के रूप में नहीं। जब भी माया किसी ऐसी स्त्री को देखती है, सुनती है, उसके भीतर यही ख़याल बसते हुए पाती है कि किसी तरह उसके जीवन का मर्द ख़ुश रहे। सुखी और आबाद रहे—चाहे उसकी क़ुर्बानी क्यों न हो जाए? ऐसा बोलते हुए वे किसी पुरुष की रियाया नज़र आती हैं। आंटी भी ऐसी स्त्री नज़र आने लगी थीं जो ईश्वर से गिड़गिड़ाकर बेटे की ख़ुशियाँ माँग रही थीं। बेटे के मामले में उनका विद्रोह हवा नज़र आ रहा था। अपने पति का संग-साथ छोड़कर अपने बेटे का घर बसाने का स्वप्न देखना माया को अजीब लगा, जैसे उनकी ज़िन्दगी पति से शुरू होकर बेटे तक ख़त्म हो जाएगी। उनके अलगाव की इच्छा में भी अपना सुख कहीं नहीं था।

माया ने थोड़ी तल्ख़ी से पूछा—

"और अंकल का क्या होगा, आंटी...? आप जो उनका घर इस उम्र में...?"

वह इतना बोलकर चुप रह गई जबकि वह आगे कहना चाहती थी, 'उजाड़ आई हैं...।' लेकिन वह चुप रह गई कि ज़्यादा कुछ करना अशिष्टता होती।

कुछ देर बाद उसने आगे बात बढ़ाई, "शशांक के पुनर्वास के बारे में सोचना चाहिए हमें...हम सबको...शशांक को मैं समझाऊँगी, लेकिन अंकल का क्या होगा...?"

"बेटा, मधुकर जी हमारे विश्वविद्यालय में हिन्दी टीचर थे, उनका एक गीत है, जो हम लोग बहुत गाते थे—

बूँद-बूँद होकर भी ताल में नहीं है,
मन बँधा हुआ पर जाल में नहीं है।

"गंगा इसी सितम्बर महीने में शिव की जटा से मुक्त हुई थी। गंगा मुक्ति-दिवस है...। वापस शिव की जटा की ओर कैसे बहेगी?"

माया ने देखा—गंगा शिव-विमुख हो करवट बदलकर सो गई थी।

माया ऋषिकेश की सुबह देखना चाहती थी। सुबह और शाम को शहरों का चरित्र खुलता है। उनकी प्रकृति और उनके परिवेश के मुताबिक़ उनकी रंगत, लोक व्यवहार ही अलग होता है। पहाड़ों पर बसे, नदियों के किनारे बसे, समन्दर के किनारे बसे शहरों की सुबहें-शामें अव्याख्याएँ होती हैं, जिन्हें आप अपनी रूह में उतरते हुए महसूस कर सकते हैं।

गंगा की देह पर सूरज को उगते, पहाड़ियों के पीछे से हौले-हौले आता हुआ, ललाई लिये हुए सुबह का सूरज...। पत्तों से छनकर आती किरणें मुझे अहसास कराती थीं कि आपके तेज को कोई रोक नहीं सकता। गंगा किनारे लोगों को घूमते, तरह-तरह की क्रियाएँ करते देखना भी एक अनुभव है, ठीक वैसे ही, जैसे बनारस के घाटों पर देर रात साधुओं, श्रद्धालुओं, पर्यटकों और विदेशियों को मँडराते देखना। हरिद्वार में अलकनन्दा होटल की सीढ़ियों के नीचे लम्बे सीमेंटेड घाट पर दम फूँकते साधुओं को देखना, उनसे बातें करना विरल अनुभव है। माया ने कई बार इस अनुभव को जिया है...नीरज के साथ। वह साधुओं से दम लेकर फूँका करता था, वहीं उनके साथ ज़मीन पर बैठ जाता था। माया उनसे बातें किया करती थी। इन

सबके पीछे जीवन के अनुभव बटोरना मक़सद था। गंगा से अत्यधिक लगाव की वजह से यहाँ साल में दो बार चक्कर ज़रूर लगाती थी। देर रात गंगा किनारे बैठे रहना, सुबह उठकर सैर करना, ये दो प्रिय काम थे। इसमें पूजा-पाठ कहीं शामिल नहीं। माया अपनी आस्तिकता को धार्मिक कर्मकांडों से दूर रखती थी।

सुबह जल्दी उठकर वह फिर गंगा किनारे पहुँच गई थी। आँटी उसके ही कमरे में थीं। वह उन्हें जगाए बिना निकल गई थी। घूमते-घामते लौटी तो देखा, उन्हीं सीढ़ियों के नीचे आंटी गंगा स्नान कर रही थीं। नाइटी पहने हुए पानी में डुबकी लगा रही थीं। आस-पास काफ़ी टूरिस्ट वहाँ नहा रहे थे। पानी बहुत गहरा था, सो शशांक उन्हें किनारे पर रोक रहा था। फिर ने शशांक माया को आवाज़ दी। कान से इयरफ़ोन हटाया तो सुनाई पड़ा—

"तुम भी गंगा नहा लो, गोरी...कुछ पाप धुल जाएँगे।"

"तुम प्राचीन पापी हो...पहले अपना पाप धो लो...मैं तो पाप धोने आती रहती हूँ।"

"चलो, नहाते हैं...है हिम्मत, तो पानी में कूदकर दिखाओ?"

"तैरना आता है...?"

"तैरना आता तो हम कब के पार उतर गए होते, जनाब..."

उनकी चुहल चलती रही। आंटी ने इशारा किया कि वे भी गंगा नहा लें। इतनी सुबह, ठंडे पानी में दम निकल जाएगा। सुबह हवा तेज़, शायद पहाड़ों पर बारिश हुई होगी। धूप भी मद्धिम थी।

माया वहीं शशांक के पास बैठ गई।

"सुबह-सुबह कौन-से गाने सुनती हो...?"

"भजन तो कतई नहीं सुनती..."

"तो...? मुझे लगा, भजन सुन रही होगी, वो महन्त जी ने कुछ भेजा होगा।"

वह ज़ोर से ठहाके लगाने लगा।

माया ने एक घूँसा मारा उसे। आंटी कनखियों से ये सब देख रही थीं। उनके आनन्द को माया समझ सकती थी। यह स्त्रियों का स्वभाव है, अपना अनुभव बुरा होगा, तो भी किसी दूसरी स्त्री को सचेत नहीं करेगी। माया ज़रा अलग है...बिलकुल अलग। उसने मालविका को चेताया है। एक अनुभव विफल हो जाए, तो कभी दूसरी कोशिश मत करना। एलिज़ाबेथ टेलर बनने की ज़रूरत नहीं। हम उसकी तरह खुलकर कह भी नहीं सकते, जैसे उसने एक पत्रकार को कहा था, उसके

सवालों से तंग आकर। वह दौर था जब उसके एक पति माइक की मृत्यु हो चुकी थी और वह अगली शादी के ख़्वाब देख रही थी। उसने जवाब दिया था—"माइक मर गया है। तुम मुझसे क्या उम्मीद करते हो, मैं अकेले सोऊँ?"

आंटी का अपना अनुभव बहुत ख़राब रहा शादी का, लेकिन उनका भरोसा इस पर से नहीं उठा है। वे विवाह कराती रहेंगी। फ़िलहाल बेटे का विवाह उनकी प्राथमिक सूची में शामिल है।

माया को मौन देखकर शशांक ने धीरे से पूछा, "क्या हम आज भर यहाँ नहीं रुक सकते? कल सुबह निकलते हैं। आज शाम को फिर यहाँ घूमते हैं...अभी महन्त जी हमें राम गुफ़ा तक ले जानेवाले थे...उनके साथ चलेंगे।"

"देखो, मुझे लालच मत दो...मैं नहीं रुक सकती। हम शाम को निकलते हैं... दिन-भर घूम लेंगे। महन्त जी से अब डील फाइनल करने के लिए ही मिलेंगे... जल्दी आना होगा..."

"अगली बार हम-तुम आएँगे...डील पक्की करो...मम्मी को तब लाएँगे जब सब तैयार होगा...बोलो...?"

"पक्का...!"

दोनों ने बच्चों की तरह हाई-फ़ाइव किया। आंटी गीले कपड़ों में तौलिया लपेटे कमरे में जाने लगी थीं। माया भी उनके पीछे-पीछे जाने लगी कि शशांक ने हाथ पकड़कर रोक लिया।

माया ने उसके हाथों को देखा। उनकी पकड़ बहुत मज़बूत थी, अपना हाथ छुड़ाना असम्भव। उसके जैसी स्त्रियाँ मानसिक बल से मुक़ाबला कर भी लें, दैहिक बल में तब तक मुक़ाबला नहीं कर सकतीं जब तक वे कराटे न सीख लें। कराटे सीखी होती तो अब तक उसे पटक चुकी होती।

आंटी कपड़े बदलने चली गईं और ये दोनों वहीं बैठ गए।

"मायू, तुमसे बहुत बातें करने का मन हो रहा है...मैं कभी पर्सनल बातें करता नहीं किसी से...मेरे कई मित्र हैं। किसी से नहीं खुलता इतना...हमारी दुनिया भर की बातें होती हैं, मगर हम घर-परिवार तक कभी नहीं पहुँचते...तुम स्त्रियाँ आसानी से कर लेती हो घर की बातें, पतियों की शिकायतें..."

"स्त्रियों का संसार बहुत छोटा रहा है, शशांक...बाहरी दुनिया का अभ्यास रहा नहीं, अनुभव का विस्तार कहाँ से होता...सोचो न...? सिमटी रही अपने खोल में, दड़बे में...पुरुषों के पास विषयों की भरमार रही, हमारे पास एक घर,

आँगन और पड़ोस रहा...हालाँकि अब बदल रही हैं स्त्रियाँ...हम लोग क्लब में मिलते हैं। कभी घर-परिवार की बातें नहीं होतीं। हम ख़बरें डिस्कस करते हैं, फ़ीचर, रिपोर्ट इत्यादि पर बातें करते हैं, काम-काजी होने से बातें भी बदलती हैं। हाँ, यह मानती हूँ कि हम कपड़ों के बारे में, इयरिंग्स के बारे में ख़ूब बातें करती हैं...। हम कितने भी ऊँचे पद पर चली जाएँ, अपना स्त्रीत्व नहीं छोड़ती हैं। स्त्री सुलभ हरक़तें, बातें, गप्पें मिलेंगी...। हम बच्चों की बातें करते हैं, पति भी चर्चा में आ ही जाते हैं...।

"तुम किस तरह की बातें एन्जॉय करती हो...?"

"मैं...?"

हँसने लगी माया।

"मेरे पास घर-परिवार नहीं तो क्या...अरे यार, इतना कौन याद रखता है... छोड़ो ये सब!"

"मैं एक बात स्वीकार करना चाहता हूँ कि हम पुरुषों को न, देर से शादी करनी चाहिए। जो अक़्ल स्त्रियों में सोलह साल में आ जाती है, हमें तीस साल में आती है। मुझे अब ज्ञान की प्राप्ति हो रही है—ठोकर खाने के बाद। चालीस का होने जा रहा हूँ।"

"अच्छा...! सुबह-सुबह ज्ञान बघारने के मूड में हो क्या?"

"सुनो, मैं कहना चाहता था, कल रात को...फिर रुक गया। अभी कह देता हूँ, फिर मौक़ा नहीं मिलेगा। मम्मी रहेंगी न साथ।

"मुझे लगने लगा है कि प्रेम का मैंने मतलब ही ग़लत समझा था। इसमें तो एक-दूसरे का महत्त्व समझना ज़रूरी होता है न!"

"दूसरे के दिल में अपनी जगह बनाना, अपने प्रति आदर पैदा करना, उसके जीवन का अहम हिस्सा बनना, ये सब ज़रूरी है मेरे दोस्त।"

"मैं तो ये सब छोड़कर उसके जीवन को, दिल को बन्धक बनाने लगा था। मैंने उसे सीमाओं में बाँधकर रख दिया था...मेरी प्रेमिका, मेरी पत्नी...उसकी अपनी कोई पहचान भी थी, यह सोच ही न सका, देख ही न सका...लेकिन एक सवाल करता हूँ...प्लीज़ जवाब देना।

"क्या सिर्फ़ मेरी ग़लती रही होगी...मैंने जो किया, स्वीकार करता हूँ...क्या उधर से कोई कोशिश हुई होगी या होनी चाहिए थी न...बचाने की...क्यों इतनी आसानी से हम रिश्ते गिवअप कर देते हैं...?"

इस सवाल से माया थोड़ी हिली, मगर सँभल गई।

"रिश्तों को बार-बार चांस देने से उसकी कोमलता, विश्वसनीयता ख़त्म हो जाती है, शशांक...। रेवती के हालात, उसकी मनोदशा मैं नहीं समझ सकती...लेकिन तुम्हारे साथ रहते अगर उसने उसी घर में कोई साथी तलाश लिया तो ग़लती सिर्फ़ तुम्हारी..."

"दिस इज़ नॉट फ़ेयर, मायू...तुम स्त्रियों का ही पक्ष लोगी।...जैसा आत्मबोध हम पुरुषों को होता है, स्त्रियों को भी होता होगा क्या? कभी सोचती होंगी कि उनसे रिश्तों में कहाँ ग़लती हुई होगी? मेरे साथ जो हुआ, वह अनफ़ेयर था...सरासर अन्याय..."

माया सुबह-सुबह इस तरह की बहस से खीझ रही थी। उसने झुँझलाते हुए किसी का प्रसिद्ध कोटेशन सुना दिया—

*इफ़ अ मैन एक्सेप्ट अ वुमेन टू बी एन एंजिल इन हिज़ लाइफ़, ही मस्ट फ़र्स्ट क्रिएट हेवेन फ़ॉर हर। एंजिल डोंट लिव इन हेल।**

"बात आई समझ में...? प्लीज़, लीव दिस टॉपिक! मूव ऑन करो, शशांक...तुम अब भी वहीं अटके हो। उनकी अपनी ज़िन्दगी शुरू हो चुकी है, वे ख़ुश हैं। तुम्हें तो ख़ुश होना चाहिए कि वो स्त्री ख़ुश है। यही तो प्यार है न...जिसे चाहो, उसे ख़ुशी दो, ख़ुश देखो। और...ख़ुद भी ख़ुश रहो।"

माया ने उसे दोनों हाथों से झकझोर दिया। कितना मासूम लग रहा था वह उस वक़्त? उसे लगा, उसकी रूह से कोई साया निकलकर जा रहा है...चेहरे पर रंग और नूर, दोनों लौट रहे थे। सुबह अब उसके चेहरे पर उतर आई थी और वह अचानक गंगा को छूकर आती हवाओं से लिपट गया था। शशांक ने माया का हाथ पकड़ा और छपाक-से पानी में कूद गया। वह चीख़ पड़ी। उसका गंगा-स्नान हो गया था। वह उसके ऊपर जल फेंक-फेंककर ग़लत-शलत मंत्र-पाठ करता रहा। माया ने छोटे-छोटे कंकड़ उठाकर मारने शुरू किए...वह तैरता हुआ कुछ दूर तक गया। वहाँ बीच में एक ऊँची चट्टान थी, उस पर कूदकर चढ़ बैठा।

"तुम्हारे महन्त जी इसी तरह जल-क्रीड़ा करते हैं न...?"

पालथी मार वह झूठ-मूठ ध्यान लगाने की कोशिश कर रहा था।

माया पानी से निकल आई। मोबाइल गीला होते-होते बचा था। मोबाइल वाले हाथ को उसने ऊपर उठा लिया था। कपड़ों से पानी टपक रहा था। कपड़े भीगकर

* यदि कोई पुरुष किसी औरत को अपने जीवन में देवदूत के रूप में स्वीकार करता है तो उसे उसके लिए स्वर्ग बनाना चाहिए। देवदूत नर्क में नहीं रहते।

पूरे बदन से चिपक गए थे, हल्की कँपकँपी छूट रही थी। उसी हालत में वह सीढ़ियों पर बैठ गई। तभी फ़ोन की घंटी बजी।

मालविका का फ़ोन था। संचिता के दो मिस्ड कॉल थे। जाने कब मोबाइल बजा था कि उसे सुनाई ही नहीं पड़ा था।

"हैलो, दी..."

उधर से मालविका की घबराई हुई आवाज़ थी। वह उत्तेजित होकर ज़ोर-ज़ोर से लगातार बोले जा रही थी। उसे सुनकर माया के होश उड़ गए। माया को जल्दी दिल्ली पहुँचना होगा। वह शाम तक का इन्तज़ार नहीं कर सकती थी।

माया वहाँ का सब कुछ भूल गई और उसे सिन्दूरी की चिन्ता होने लगी थी। हड़बड़ी में सामान पैक करके जब सब निकले तो रास्ते में शशांक थोड़ा झल्लाया हुआ था, उसकी शाम जो ख़राब हो गई थी। उसने एक चुभती हुई बात कही—

"तुमने अपनी जान को बहुत बवाल पाल रखा है, यार।"

"तुम नहीं समझोगे, यार...।"

"एनीवे...मेरे लायक काम बताना...। बेहिचक...बस, शर्त यह है कि हम जल्दी ऋषिकेश वापस आएँगे।"

"होली से पहले आएँगे...अभी बारिश है, उसके बाद सर्दियाँ आएँगी। मौसम खुलने दो, तब आएँगे।"

"तब तक मैं क्या करूँगी, मायू...?" पीछे से आंटी चिल्लाईं...।

"बेटे की संगत का सुख उठाइए, आंटी...।"

अभी सब आधे रास्ते में थे कि शशांक का फ़ोन बजा। वे चाय पीने के लिए ढाबे पर रुके थे। शशांक बातचीत से थोड़ा तनावग्रस्त दिखाई देने लगा।

"अरे यार, कल सुबह की फ़्लाइट से मुझे श्रीनगर जाना होगा। ऑफ़िस का फ़रमान है। कश्मीर में धारा 370 हटाने के बाद से वहाँ माहौल थोड़ा टेंस है। कुछ दिन रहना पड़ेगा।

"हम फ़ील्ड में काम करने वालों के साथ तो यह यायावरी लगी रहेगी...।

"मम्मी की चिन्ता है...जब तक न आऊँ, तुम इनकी रोज़ ख़बर लेना, प्लीज़...! वापसी का कोई संकेत नहीं दिया है एडिटर ने।"

माया ने उसका हाथ अपने हाथ में लेते हुए आश्वासन दिया। दोनों के बीच भरोसे की हरी-भरी बेलें पनप रही थीं जो किसी भी रिश्ते से ज़्यादा पवित्र और ईमानदार थीं।

10

मालविका की ज़िन्दगी में बहुत कुछ तेज़ी-से घट रहा था। रिश्तों से अलगाव, शहर से बिछुड़ना और फ़ैज़ से जुड़ाव—सब कुछ जल्दी-जल्दी। जबकि उसकी लड़ाई बहुत लम्बी थी। उसे अभी अदालत में लड़ना था, अपने घर-परिवार और समाज से लड़ना था, और सबसे आख़िर में अपने आपसे भी लड़ना था।

उसे ख़ुद को समेटने में वक़्त लगने वाला था। आँधी कुछ ज़रूरी चीज़ें उड़ा ले गई थी, वक़्त के पार। वे कभी नहीं मिलने वाली थीं। वह धूल में अपने को खोज रही थी, अपनी ज़रूरी चीज़ों को भी। वहाँ कैसे मिल सकती थीं? यह खोज अकेली होती है—अपने को खोजना, अपने ही बियावान में। उसमें कुछ भी नया नहीं, कोई स्थायी ठिकाना नहीं! उसके पास कोई बड़ी विरासत भी नहीं थी, ज़िन्दगी के फोड़े के अनुभवों और सघन मेहनत की। उसके पास अपार सुविधाएँ भी नहीं थीं कि सबका भला कर सके और न इतनी छूट कि सबसे हहराकर मिल सके, सबके लिए खिल सके। मालविका ने सोचा, वह अपने मन की मौजी है, मस्त मलंग है, पूर्वजन्म की योगिनी है। टिमटिमाती हुई भोर का तारा है। उसे औसतपन के साथ एक मलंग ज़िन्दगी जीने का हुनर ज़रूर आता है।

मन में सवाल उभरे—फिर कौन लगा गया उसे ठिकाने? क्यों भटक रही है मृग मरीचिका में? लगता है, ताप का असर है।

तपती हुई देह लेकर घिसटती हुई खिड़की तक गई। नई बस्ती थी, बसावट कम थी। सस्ते घर मिल रहे थे। अपने लिए स्टुडियो अपार्टमेंट ढूँढ़ लिया था। दिल्ली से लौटकर जब शाम को घर आती तो नोएडा एक्सटेंशन का इलाक़ा बहुत शान्त लगता। डेस्क पर शिफ़्ट ड्यूटी थी, ज़्यादातर सुबह की शिफ़्ट लेती ताकि शाम को जल्दी घर पहुँच सके या दोस्तों के संग गप्पें मारने मंडी हाउस जा सके। सब नया-नया था। उसे अलग क़िस्म की आज़ादी और व्यवहारगत खुलापन भा रहा था। बहुत पीछे छोड़ आई थी अपनी बन्द दुनिया को, जहाँ उसे खुलकर जीने की आज़ादी नहीं थी, जहाँ अपनी भावनाओं को हर वक़्त काबू में रखना पड़ता था। यहाँ आते ही अच्छी नौकरी और फ़ैज़ जैसा साथी मिल गया था। उसकी संगति में अपने लिए ऊर्जा बटोर लेती थी।

मालविका पिछले तीन दिनों से बुखार में पड़ी थी और फ़ैज़ अपने घर श्रीनगर

जा चुका था। उसे इस वक़्त फ़ैज़ की तलब ज़ोर-से महसूस हो रही थी। दु:ख से वह दोहरी हो गई थी।

सितम्बर महीना कुछ ज़्यादा ही ज़ोर-से बरस रहा था। सावन सूखा, भादों गीला। ग्रेटर नोएडा जानेवाली सड़क ख़ाली थी। दोनों तरफ़ घने वृक्ष थे जो बारिश में भीग रहे थे। हवा तेज़ थी।

वह बुखार में ही निकल पड़ी...कोई आवेग उसे खींच रहा था। सामने काली चमकीली सड़क थी, खुरदुरी-सी बारिश की बूँदें उससे टकरा-टकराकर बिखर रही थीं। लगभग ख़ाली सड़क पर कोक का एक ख़ाली, पिचका हुआ केन हवा और बूँदों से इधर-उधर हिचकोले खा रहा था। इस घनघोर बारिश में वह कोक के ख़ाली केन को पैरों से ठोकर मारना चाहती थी ताकि सीधे उसके पति के मुँह पर जा लगे।

वह ज़ोर से चीख़ना चाहती थी, "मेरी हत्या हो गई है, मैं अपने क़ातिल को ढूँढ़ रही हूँ। लोगो...सुनो...मेरे क़ातिल को खोजो...उसे मेरी हत्या की सज़ा दो!"

बारिश के शोर में उसकी चीख़ दबकर रह गई। अब जिन लोगों को पुकार रही है, वे कोई मदद नहीं कर पाएँगे। कायर भीड़ सिर्फ़ तमाशा देखती है, नारे लगाती है, झूमती है, लूटती है और हत्या कर देती है। ऐसी भीड़ को क्यों बुलाना?

फिर किसे बुलाए? मायू दी अपने काम में अत्यधिक व्यस्त हो गई थीं। सिन्दूरी संचिता के साथ मगन थी। उन्हें बुलाना ठीक न लगा। तेज़ बारिश में उसकी आँखें नहीं खुल रही थीं, जैसे-जैसे आगे बढ़ती जा रही थी, बारिश के झोंके चेहरे और बदन पर तेज़ होते जा रहे थे। जैसे पानी ढोती हुई घटाएँ उसके सिर पर सवार थीं! सड़क पर पानी भरता जा रहा था और गाड़ियों की आवाजाही लगभग बन्द हो चुकी थी। पैरों से पानी को छपछपाते हुए वह तर-ब-तर होती रही। बारिश ने इलाक़ा वीरान कर दिया था। सफ़ेद कोठियाँ और बहुमंज़िला इमारतें बाहर से शान्त थीं, भीतर हलचलों से भरी होंगी।

वह अकेली शॉपिंग कॉम्प्लेक्स तक जाना चाहती थी...वहाँ वीरानगी न होगी। उसे राहत इतनी थी कि बारिश में गीले उसके बदन को कोई घूरने वाला नहीं था। हैरान और कामुक आँखें नहीं थीं। इस जगह का चयन किया क्यों था? यहाँ जान-पहचान के लोगों के टकराने की आशंका थी। उसे अकेले छटपटाते हुए भीगना था, ख़ूब रोना और गालियाँ बकना था।

यह सब उसकी प्लानिंग का हिस्सा नहीं था।

फ़ैज़ शब्दों का जादूगर था। वह जो भावनाओं को किसी शायरी की सुन्दर, मानीख़ेज पंक्तियों की तरह सहेज लेता था। जब-तब कान में फुसफुसाते हुए कुछ ऐसा कह जाता कि मालविका की देह देर तक थरथराती रहती।

उसने कहा था, "मैं तुम्हारे भीतर के दृश्य-अदृश्य को साफ़-साफ़ देख पाता हूँ, जिसे देख पाना सबके बूते की बात नहीं।"

और इतना सुनते ही वह देर तक हवा में हिलती रही। वह इस तरह के वाक्य बोलकर आगे बढ़ जाता और वह बौरा जाती। 'आह' और 'वाह' की धुन बजने लगती अन्दर। जैसे फ़ैज़ समझ गया हो कि वह कोई वीणा हो जिसके अलग-अलग तार रह-रहकर बजा देना चाहिए।

फ़ैज़ कभी फुसफुसाता, "तुम्हारी आँखों में जो घटाटोप है, उसे हटा दो। मुझे इसके भीतर पैठना है। मैं डर जाता हूँ इस कोहरीले अँधेरे से...मुझे अपनी रूह के उजाले तक पहुँचने दो।"

अपनी गोरी, मांसल, बलिष्ठ बाँहों में उसे लपेटते हुए, जिनमें वह छोटी बच्ची की तरह समा जाती थी, वह पूछता, "क्या हम कभी निकाह नहीं करेंगे...यानी विवाह? हमारा रिश्ता किसी अंज़ाम तक पहुँचने दो, मालू!"

फ़ैज़ के पास कई योजनाएँ थीं। वह आतुर होकर कहता—

"तलाक़ ले लो जल्दी...दोनों बच्चे मेरे हैं...हमें और बच्चे पैदा करने की ज़रूरत नहीं।"

वह चुप रहती।

फ़ैज़ चिढ़कर कहता, "मैं समझता हूँ...तुम ब्राह्मणी हो पक्की...मेरे धर्म की वजह से...।"

उसका सवाल पूरा होने से पहले ही मालविका ज़ोर-से चिल्लाती, "फ़ैज़...यह ज्यादती है मेरे साथ। प्रेम करते समय ये सब नहीं देखे, तो निकाह में क्या देखेंगे? तुम मुझे इतनी ओछी, नीच मत समझो...मेरे प्रेम को गाली मत दो!"

"फिर क्या दिक़्क़त है...?"

मालविका उसकी बाँहों से ख़ुद को आज़ाद करती और समझाती, "मुझमें अब दुबारा विवाह करने की ताक़त नहीं बची, फ़ैज़। मायू दी भी चिन्तित हैं। वो भी नहीं चाहतीं कि दुबारा चांस लेना चाहिए...मेरे दो बच्चे बड़े हो रहे हैं। किशोर हो रहे हैं...वे क्या सोचेंगे? हम भारतीय माहौल में रहते हैं, फ़ैज़। यहाँ हमारे

बच्चों को आदत नहीं इस तरह माँ को किसी और के साथ विवाह करते देखने की...बेटियाँ तो समझ जाती हैं, बेटे एडजस्ट नहीं कर पाते हैं...।

"ये बच्चों वाला तर्क उचित नहीं।"

"मायू दी ख़ुद को सेकेंड चांस नहीं दे रहीं। यह भी एक तरह की सज़ा ही है जो हम ख़ुद को देते हैं। मैंने कई कपल को जानता हूँ जिन्होंने सेकेंड चांस लिये और बहुत सुखी हैं। तुम जो तय करो, मुझे तुम्हारा हर सितम कबूल हो।"

"इस पर बात करने का वक़्त नहीं आया है अभी...पहले मेरे तलाक़ का मामला निपट तो जाए!"

"इसके पहले तुम मुझे कुछ तो घर की ज़िम्मेदारी उठाने दो...मैं इतना कमा लेता हूँ कि इस घर का भार उठा सकता हूँ।"

"यह नहीं हो सकेगा मुझसे...मैं इतना कमा लेती हूँ कि घर का ख़र्च उठा सकूँ...। अब मैं किसी पर डिपेंड नहीं रहना चाहती...मुझे साथी चाहिए, मनी प्रोवाइडर नहीं। मैं जीवन में अब और मनी प्रोवाइडर नहीं झेल सकती।"

फ़ैज़ हँसा। उसे 'मनी प्रोवाइडर' शब्द बड़ा दिलचस्प लगा।

"पहली बार पति के लिए 'मनी प्रोवाइडर' सुन रहा हूँ!"

"मेरी नन्ही-सी बेटी ने एक दिन ग़ुस्से में अपने पापा से कहा था, "यू बिहेव लाइक मनी प्रोवाइडर, नॉट लाइक फ़ादर एंड हसबैंड। स्टॉप इट, पापा। मैं हैरान रह गई थी, फ़ैज़।"

"वाउ...स्मार्ट बेबी, मम्मी पर गई है!"

फ़ैज़ के चेहरे पर वात्सल्य उभर आया था। मालविका को वह तब और सुन्दर लगा। मन किया, उसका चेहरा चूम ले। बाँहों में भर ले। बच्चे माँओं की सबसे बड़ी कमज़ोरी होते हैं। उनके बच्चे की तारीफ़ उनकी ज़िन्दगी की सबसे बड़ा सुकूनदायी उपलब्धि होती है। मन के भावों पर काबू पाते हुए उसने कहना जारी रखा—

"ख़ैर, मैं तुम्हें ख़र्च करने से रोक नहीं रही। घर तुम्हारा भी है, जो चाहो लाओ, ख़र्च करो...रोकूँगी नहीं। लेकिन घर के सारे मोटे ख़र्च मैं करूँगी। इज़ इट क्लियर, फ़ैज़?"

"मालू...!!"

कहीं तुम्हें यह न लगे कि मैं सम्बन्धों में कोई सीरियस डिस्कोर्स खड़ा कर रही हूँ, लेकिन चोट खाने के बाद विचार बदलते हैं। पुरुष के विचार भी चोट खाने

के बाद बदलते हैं, लेकिन हमारे विचारों से भिन्न होते हैं। जैसे हमें रोटी, कपड़ा और मकान देने वाला नहीं, बराबरी का सम्मान देने वाला भी चाहिए। वो अहसास चाहिए कि मैं किसी शासक के साथ नहीं, साथी के साथ रहती हूँ।"

"तुम कैसी बातें करती हो, मालू? मैं ख़ुद एक अनुभव के बाद स्त्री मन को समझने लगा हूँ...तुम सही हो। लेकिन मुझे लगता है..."

"कुछ नहीं कहो अब। मैं इस दुनिया में जोख़िम उठा सकती हूँ...इतना साहस तुमने भरा है। मुझे अपने तरीक़े से जीने दो न! मैंने तुम्हारे साथ रहकर सीखा है कि साहस और नि:श्वास प्रेम से आता है, और इसके लिए अतीत की कुछ महत्त्वपूर्ण चीज़ें छोड़ने की भी ज़रूरत नहीं है। हम-तुम कितनी सहजता से अपने-अपने अतीत पर बात कर लेते हैं, हम अतीत पर बातें करते हुए शरमाते नहीं, गिल्ट में नहीं जाते, हम उन ग़लतियों पर भी बातें करते हैं, जिन्हें हम इस जन्म में न दोहराएँगे...यह हमारा नया जन्म है, फ़ैज़!"

फ़ैज़ आगे जो कहना चाहता था, मालविका ने कहने से रोक दिया। वह कहना चाहता था कि एक पुरुष होने के नाते वह अपनी पारम्परिक भूमिका निभाना चाहता है...लेकिन यही भूमिका मालविका को पसन्द नहीं थी। फ़ैज़ को अटपटा लगा, मगर उसने समझने की कोशिश की, यह उसे साथी बनने का मौक़ा दे रही है, मनी प्रोवाइडर बनने की पारम्परिक भूमिका से मुक्ति दिला रही है। इस भूमिका से शासकों वाला भाव आता है। ठीक ही है...उससे जो बन पड़ेगा, बिना बोले करेगा...।

उसने मालविका को गले से लगाकर देर तक चिपकाए रखा। इस स्त्री ने उसके भीतर के पुरुषोचित अहंकार को, दर्प को चूर-चूर कर दिया था। वह थोड़ा और उन्नत इनसान बन गया था। ऐसे मौक़े कई बार आए थे।

फ़ैज़ के सीने से लगी हुई मालविका का रोम-रोम महक रहा था कि उसे साथी मिला है। सोलमेट ऐसे ही होते हैं, जो मन को मन से समझते हैं।

फ़ैज़ से कोसों दूर मालविका ये सारी बातें अभी याद कर रही थीं।

बुख़ार में उसे बेतहाशा फ़ैज़ की याद आ रही थी और वह श्रीनगर में लम्बे प्रवास के लिए गया हुआ था।

दहकती हुई उँगली से मोबाइल पर वह फ़ैज़ का नम्बर तलाशना चाह रही थी, लेकिन आँखें धुँधला रही थीं। शायद दहक ने भाप भर दिया था आँखों में! ऐसी हालत तो कभी नहीं हुई थी!

"फ़ैज़, मुझे श्रीनगर का टिकट भेजो—अभी के अभी...आज ही...मुझे तुम्हारे पास आना है...मुझे तुम्हारे साथ होना है!"

और बुख़ार में ही वह शाम की फ़्लाइट से श्रीनगर के लिए रवाना हो गई।

उधर, फ़ैज़ के घर में मालविका के आने की ख़बर से हलचल मच गई। फ़ैज़ ने अपनी मम्मी और दो छोटे भाई और एक मुँहबोली बहन के सामने धमाका कर दिया कि दिल्ली से उसकी बेस्ट फ्रेंड जो एक लड़की है, श्रीनगर घूमने आ रही है। कुछ दिन उसके साथ रहना है।

फ़ैज़ की अम्मी के कान खड़े हो गए। उनका जवान बेटा, जो इतना शर्मीला है, किसी लड़की की तरफ़ देखता तक नहीं, निकाह के नाम पर मुँह बिचका देता है, ज़्यादातर घर से कटा-कटा रहता है, इसकी कोई लड़की दोस्त कैसे हो गई जो जुर्रत कर रही है श्रीनगर आने की? फ़ैज़ की अम्मी ने सीधा फ़रमान जारी कर दिया कि उस लड़की को लेकर घर आओ। वह घर पर रहेगी, कहीं बाहर रखने की ज़रूरत नहीं। फ़ैज़ ने डल लेक पर हाउस बोट बुक कर दिया था, लेकिन अम्मी के हुक़ुम के आगे उसकी एक न चली।

मालविका बुखार से तपती हुई श्रीनगर पहुँची, लेकिन फ़ैज़ के गाँव, पम्पोर तक आते-आते बुखार ग़ायब हो गया। कमज़ोरी बहुत थी। उसे कुछ दिनों का आराम चाहिए था, हर तरह से। शारीरिक और मानसिक, दोनों रूप से। फ़ैज़ की अम्मी को देखकर मालविका हैरान रह गई—इतनी कमसिन, बेइन्तहा ख़ूबसूरत स्त्री!

इधर अम्मी मालविका को देखकर हैरान थीं कि इस लड़की में क्या देखा उसके ख़ूबसूरत बेटे ने? बुखार से तपी हुई, कमज़ोर लड़की, जो बाहर-भीतर दोनों जगहों से टूटी-फूटी हुई थी, कश्मीरी सेब के आगे जंगली बेर सरीखी लग रही थी अम्मी को। वे घोर हैरानगी में थीं, दोस्त ही है या दोस्त से ज़्यादा? वे सख़्त निगरानी में रखना चाहती थीं। उनके बच्चे ऊपरी मंज़िल के कमरों में रहते थे। फ़ैज़ का कमरा दोनों भाइयों से अलग था। मालविका को सोलह वर्षीय मौसेरी बहन फ़रिहा के साथ कमरा दिया गया। या यूँ कहें कि फ़रिहा को मालविका के साथ तैनात कर दिया गया था, मानो वह फ़ैज़ से नहीं, फ़रिहा से मिलने आई थी इतनी दूर!

मालविका फ़ैज़ के गले लगने को, उसे बोसा देने को बेचैन थी। किसी तरह इस घर से बाहर निकलकर डल लेक जाना चाहती थी। कुछ दिन हाउस बोट में रुकने का ख़्वाब टूटता नज़र आ रहा था। अम्मी का सारा ध्यान मालविका और

फ़ैज़ पर रहता। घर के नीचे वाले हिस्से में मोटा कालीन बिछा था, जहाँ सब एक साथ नीचे बैठकर खाना खाते थे। फ़ैज़ के अब्बा बहुत शान्त और वेलकमिंग लगे। उससे औपचारिक बातचीत करते थे। अम्मी भी ऊपर से सहज थीं। उनके भीतर क्या चल रहा है, यह बात सब समझ गए थे।

मालविका, फ़ैज़ की गोद में सिर रखकर सोना चाहती थी। बाहरी बुखार तो ख़त्म हो गया था, रूहानी तापमान कम नहीं हुआ था। ज्वर आन्तरिक था। एक रात तो फ़रिहा के कमरे में कटी, उससे बातें करते हुए। फ़रिहा ने बताया, वह दिल्ली जाने के स्वप्न देखा करती है। उसके पास बहुत सवाल थे दिल्ली को लेकर। फ़ैज़ बैठा रहता था, उसके पास। दोनों छोटे भाई भी वहाँ आ धमकते। अम्मी और अब्बू ऊपर कम ही आते थे। एक रात अलग-अलग कटी। दूसरी रात फ़ैज़ ने रास्ता निकाला। फ़रिहा को क़समें देकर, दिल्ली जाने का लालच देकर उसे पटाया। वैसे भी वह मालविका के साथ कम समय में घुल-मिल गई थी। उसकी छोटी और बन्द दुनिया का विस्तार मालविका के माध्यम से हो रहा था।

दूसरी रात मालविका फ़ैज़ के कमरे में सोई और सुबह चार बजे, पहली अजान से पहले वापस फ़रिहा के पास लौट गई। ऐसा करते सबको नये क़िस्म का रोमांच हो रहा था और आपस में संकेतों में संवाद शुरू हो गया था।

अम्मी नोटिस कर रही थीं कि उनके बच्चे मालविका से कुछ ज़्यादा ही घुलमिल गए हैं और मालविका उनकी संगत में रहकर जींस-टॉप के ऊपर चुन्नी सिर पर डालना सीख गई है। ऐसा करते हुए वह अजीब लगती। अम्मी को हँसी आई, मगर उन्होंने कुछ नहीं कहा। फ़रिहा ने अपना फ़ीरन पहनाकर उसे पूरी तरह कश्मीरी बना दिया था। अम्मी निश्चिन्त थीं कि फ़रिहा के होते हुए फ़ैज़ कभी साहस नहीं करेगा मालविका के पास जाने की। वे ख़ुद एक दिन मौक़ा तलाश कर उससे बात करना चाहती थीं।

उनके बच्चों को मालविका के रूप में ऐसी दोस्त मिल गई थी कि वे मालविका को एक पल के लिए भी अकेला नहीं छोड़ते थे। मस्ती करने का एक और तरीक़ा बच्चों ने निकाला था। देर रात जब अब्बा-अम्मी सो जाते तब सारे मिलकर फ़ैज़ और मालविका को पीछे के दरवाज़े से पीछे सेब के बाग़ में भेज देते थे। घर के पीछे सेब का घना बाग़ था और उससे सटे हुए केसर के खेत। यही दोनों खेती उसके अब्बा की आय का ज़रिया थी। दोनों देर रात सेब के बाग़ान में रोमांस करते। ऐसा करते हुए कुछ रातें बीतीं।

चार-पाँच रातों के बाद एक दिन अम्मी ने फ़ैज़ से पूछ ही लिया कि मालविका

कब वापस जाएगी? हालाँकि उन्हें धीरे-धीरे उसकी उपस्थिति भली लगने लगी थी, लेकिन दिल्ली की लड़की यहाँ कब तक रहेगी भला? पास-पड़ोस वाले भी पूछेंगे कि किस लड़की को इतने लम्बे समय से पनाह दे रखी है?

फ़ैज़ ने कहा, "श्रीनगर घुमा दूँ, फिर चली जाएगी।"

चार-पाँच दिन बाद फ़ैज़ ने डल लेक घूमने का प्लान बनाया। अम्मी ने फ़रिहा को साथ ले जाने का दबाव बनाया। फ़ैज़ नहीं चाहता था कि फ़रिहा साथ जाए। वह बहन के सामने मालविका से रोमांस नहीं कर पाता था, लेकिन मालविका फ़रिहा के बिना जाने को तैयार न थी। हाउस बोट पर एक रात रुकने का प्लान था।

पाँचवीं रात थी जब फ़ैज़ और मालविका पिछले दरवाज़े से बाग़ान की तरफ़ निकले थे। दोनों वहाँ बैठे सिगरेट फूँक रहे थे। तभी लगा, बाग़ में कुछ हलचल हो रही है। कुछ भागते क़दमों की आवाज़ें थीं, कुछ फुसफुसाहटें। फ़ैज़ तत्काल समझ गया, उसने सिगरेट फेंकी और मालविका को बाँहों में लेकर दौड़ा घर की ओर। मालविका का मुँह बन्द कर दिया कि वह आवाज़ न निकाल सके। अँधेरा गाढ़ा था, कुछ दिखाई नहीं दे रहा था। घर का दरवाज़ा खुला हुआ था। दोनों भागते हुए घुसे और दरवाज़ा बन्द कर ही रहे थे कि वहाँ दो युवा लड़के खड़े नज़र आए। वे भी अन्दर जाना चाह रहे थे। फ़ैज़ ने उन्हें लगभग धक्का दिया और दरवाज़ा बन्द कर लिया।

जाने वे दोनों कहाँ चले गए? उन्होंने फ़ैज़ के साथ एक लड़की को दुबके हुए देख लिया था।

फ़ैज़ बहुत डरा हुआ था। सभी फ़रिहा के कमरे में बैठ गए थे। मालविका समझ नहीं पा रही थी...अचानक उसके मुँह से दहशत में डूबी आवाज़ निकली, "आतंकवादी थे क्या? हम बच गए...!"

फ़ैज़ के छोटे भाई फ़रहान ने ज़ोर से प्रतिवाद किया, "वे आतंकवादी नहीं थे। वे हमारे..."

"चुप हो जाओ, फ़रहान..."

फ़ैज़ ने उसे डाँटा और संयत होकर मालविका ने जवाब दिया, "तुम्हें कल निकल जाना चाहिए यहाँ से। तुम अब इस घर में महफ़ूज़ नहीं हो। उन्होंने तुम्हें देख लिया है...हमने उन्हें रात में शेल्टर नहीं दी, वे ख़फ़ा होंगे। क्या पता, कल क्या कांड कर जाएँ? तुम कल निकल जाओ...मैं पीछे से आता हूँ दिल्ली...कुछ ज़रूरी काम यहाँ निपटाने हैं, प्लीज़!"

कमरे में हर कोई दहशत में डूबा हुआ था। मालविका हत्प्रभ थी।

तभी फ़रहान बोल उठा, "हमने तो आतंक के साये में ही आँखें खोलीं, हमने अमन-चैन कहाँ देखा? हमें लगता है, इसी में मर जाएँगे। फ़ैज़ भाई तो बहुत पहले यहाँ से निकल गए। हम सब घर छोड़कर नहीं जा सकते। यहाँ कारोबार है हमारा।"

फ़रिहा ने उसे चुप कराया, "भाई, क्या बोल रहा है?"

फ़रहान बोल पड़ा, "हमें चुप मत कराओ...मालविका दीदी हमारे घर की सदस्य हैं...उनसे खुलकर बात कर सकते हैं...वे समझेंगी यहाँ के हालात।"

मालविका ने अपनी उखड़ी साँसों पर काबू पाकर हस्तक्षेप किया, "अब तो हालात सुधर रहे हैं। धारा 370 हट गई है, क्या दिक़्क़त है? माहौल बदलेगा—धीरे-धीरे...। इतने वर्षों में घाटी का चेहरा, दामन बदरंग हुआ है, मरहम तो लगेगा ही।"

फ़ैज़ का सबसे छोटा भाई काफ़ी उत्तेजित था, "हमने दहशत इतनी देखी कि आप सोच भी नहीं सकतीं। यहाँ के युवाओं से बात करिए न, वे बताएँगे कि दहशत से डरकर ही हम दहशतग़र्द बन जाते हैं। हममें इतना ग़ुस्सा है कि कौन न हथियार उठा ले?"

"प्लीज़, बहस का वक़्त नहीं है...अम्मी-अब्बू जाग गए तो मुसीबत हो जाएगी। बात ख़त्म करो।"

"कल दिन में हम डल लेक घूमेंगे...शाम की फ़्लाइट ले लो तुम...हम रिस्क नहीं ले सकते...मुझे लगता है, कल यहाँ आस-पास कुछ अनहोनी घटना हो सकती है..."

"कैसे...?"

"अगर वो भाग रहे थे, छुपने की जगह तलाश रहे थे, इसका मतलब सुरक्षा बल के जवान उनके पीछे पड़े हुए हैं...वे जहाँ भी जाएँ, पकड़े जाएँगे, लेकिन उसके पहले वे कोई न कोई कांड कर जाएँगे।"

मालविका ने एक बचकाना सवाल पूछ दिया, जिसका उसे बहुत अफ़सोस हुआ।

"क्या ये पाकिस्तानी हैं...?"

"ये हमारे लोग हैं।" फ़ैज़ की आवाज़ उतनी ही सर्द थी जितनी दिसम्बर की रातें।

उस सारी रात वे सो नहीं पाए। फ़ैज़ और मालविका सुबह तक बातें करते रहे। उस रात उसने एक नये फ़ैज़ को जाना-समझा, जिसके दिल में अपने प्रदेश के लिए गाढ़ा दर्द जमा है—गाढ़े दूध की तरह, जिसे वह अपने प्रेम की ऊष्मा से पिघलाती रही रात भर। कोई राजनीति, कोई सत्ता अवाम के दिल का दर्द नहीं समझ सकती। कोई पीढ़ी ज़ख़्मों के साथ पैदा हो और बड़ी हो तो क्या होगा? फ़ैज़ ने

कश्मीर छोड़ दिया था। सालों बाद लौटा था। उसे ख़ून-ख़राबा पसन्द नहीं था। वह काम करना चाहता था। अपनी पहचान बनाना उसका लक्ष्य था।

अगले दिन दोनों देर से जगे एक बुरी ख़बर से। सुबह दोनों अपने-अपने कमरों में जाकर सो गए थे।

वे डल लेक की तरफ़ नहीं जा सकते थे। लाल चौक बन्द कर दिया गया था। रास्ते ब्लॉक थे। श्रीनगर के एक मोहल्ले में दो लड़के मारे गए थे, साथ में एक सिविलियन भी, जिसके घर में वे लड़के रात को रुके थे। घर को जवानों ने घेर लिया था। फिर मुठभेड़ हुई और तीन लोग मारे गए। सिविलियन की मौत की वजह से श्रीनगर में तनाव बढ़ गया था। पूरे शहर में कर्फ़्यू लग चुका था।

मालविका के मुँह से निकला, "आतंकवादी मारे गए, वही कल वाले, ओह! अगर कल रात यहाँ रुके होते तो यहाँ क्या होता?"

वह फ़ैज़ से लिपट गई।

"तुम भी चलो यहाँ से...मैं अकेली नहीं जाऊँगी, तुम साथ चलो।"

फ़रिहा ने पीछे से आकर कहा, "वे आतंकवादी नहीं, शहीद हैं। उन्होंने शहादत दी है।"

मालविका को अहसास हो गया कि इस मसले पर बहस करेगी तो उनकी भावनाओं को गहरी चोट पहुँचेगी। वह तो उन्हें आतंकवादी ही मानती आई है और इसी रूप में देखा है। वह अलगाववादी मान सकती है, लेकिन शहीद का दर्ज़ा देने को तैयार नहीं थी। उसने तय कर लिया कि इस पर कोई बहस नहीं करेगी। जो मरे थे, वे कश्मीरी युवा थे। पूरी घाटी उनके शोक में डूब गई थी।

फ़ैज़ सिर पकड़कर देर तक बैठा रहा।

"मालविका को दिल्ली भेज दो। यहाँ रहना उचित नहीं।" अम्मी ने आकर चुप्पी तोड़ी। "माहौल ठीक हो, तो फिर आना, मैं तुम्हें पूरी कश्मीर घुमाऊँगी।"

फ़ैज़ ने अम्मी के निर्देश पर कोई प्रतिक्रिया नहीं दी।

अम्मी ने मालविका को कहा, "देखो, यह मेरी बात नहीं मानता है, तुम्हारी बात मानेगा। तुम उससे कहो, तुम्हें वापस भेज दे। लौट जाओ तुम...हम शर्मिन्दा हैं कि तुम्हें घुमा न सके। हालात देख रही हो..."

फ़ैज़ ने उसकी टिकट कराई। मालविका वापसी के लिए बुझे मन से तैयार हुई। उसका मन इस परिवार को छोड़कर जाने का नहीं हो रहा था। उसे सबकी चिन्ता होने लगी थी। इससे पहले उसने कश्मीर की हालत पर इतनी गम्भीरता से सोचा न

था। फ़रिहा और दोनों भाई बेहद उदास थे। उनका मन लगा रहता था मालविका से।

सब उससे लिपटकर ऐसे रोए, जैसे कितने जन्मों का रिश्ता छूट रहा हो। अम्मी ने एयरपोर्ट जाने से फ़ैज़ को रोक दिया। वे ख़ुद उसे छोड़ने जाना चाहती थीं। गाड़ी में ड्राइवर के अलावा वे दोनों ही थीं। अम्मी को पहली बार मौक़ा मिला था मालविका से बात करने का।

अम्मी उस वक़्त फ़ैज़ की माँ थीं, जो मालविका से आग्रह कर रही थीं कि वह फ़ैज़ से धीर-धीरे दूरी बना ले। फ़ैज़ अन्तर्मुखी किन्तु ज़िद्दी लड़का है। उसे यहाँ के आतंक से बचाने के लिए ही बाहर भेज दिया गया था।

"तुमने तो शादीशुदा ज़िन्दगी देखी है। वो मेरा पहला बेटा है। उसके निकाह को लेकर मेरे बड़े अरमान हैं। फिर तुम्हारे लिए भी मुश्किल होगी, अलग-अलग धर्म है, कैसे करोगे? कितना सहोगे? फ़ैज़ तुमसे दो साल छोटा है, निभा नहीं पाएगा... उसके अब्बू तो बिलकुल तैयार नहीं हैं।"

"फ़ैज़ ने आपसे बात की, आंटी?"

मालविका ने उनसे पूछा।

चलते-चलते आंटी ने कहा, "फ़ैज़ ने कोई बात नहीं की है अभी तक। मैंने पूछा तो वो टाल गया। सोचो, उसने हमसे क्यों नहीं कहा? कहीं तो उसके मन में कोई शुबहा होगा न...हम तो इन्तज़ार कर रहे थे कि वो कुछ कहे।"

"तो फिर आप मुझसे ये बातें क्यों कर रही हैं, आंटी? मुझे दोस्त ही मानिए उसकी।"

"मैं एक औरत हूँ, मालविका। औरत की आँखें झूठ नहीं बोलती हैं। ये मर्द हमेशा छुपा ले जाते हैं, अपनी आँखों पर पर्दा डाल लेते हैं। हम औरतें पर्दे में रहते हुए भी आँखों की परदेदारी नहीं कर पाती हैं। हमने तुम्हारी आँखें पढ़ ली हैं।

"मैं तुम पर दबाव नहीं बना रही हूँ...बस, गुज़ारिश कर रही हूँ...अगर सम्भव हो तो..."

"आंटी, मैं फ़ैज़ से मोहब्बत करती हूँ, वो भी मुझसे करता है। यही सच है... इसके अलावा हमने कुछ सोचा ही नहीं है।"

मालविका ने उन्हें गले से लगाया। वे भी सुबक रही थीं। जाने मालविका से बिछड़ने का ग़म था या फ़ैज़ के प्रति उसके प्रेम की स्वीकारोक्ति से अपना संशय?

मालविका भी ज़ोर-से रो पड़ी थी। वह गहरे प्रेम में थी और जान गई थी अपने मन की बात। उसके आगे पूरा जीवन पड़ा था जहाँ प्रेम था, बोहेमियन जीवन था, पूर्व पति के साये में पलते दो बच्चे थे। उसने अपने दिल को कड़ा कर लिया कि

जब तक ज़िन्दगी में फ़ैज़ है, उससे प्यार करना ही दुनिया का सबसे सुन्दर काम है। कोई दहशत, कोई धर्म, कोई जाति, कोई समाज उसके आड़े नहीं आएगा, मेरा मज़हब प्रेम है। मेरा ऐसी किसी दुनिया से कोई वास्ता नहीं जहाँ मोहब्बत के दुश्मन बसते हों। ठुकराती हूँ ऐसी दुनिया को।

बोर्डिंग लाउंज में बैठी तो फ़ैज़ का मैसेज था, शाम को ही नेट ने काम करना शुरू किया था। दिन-भर नेट सेवाएँ बन्द कर दी गई थीं।

"मैं दो दिन बाद आ रहा हूँ...मालू! टिकट करा लिया है। अम्मी क्या कह रही थीं?"

मालविका ने जवाब लिख भेजा—अम्मी ने कहा है कि मेरे बेटे को ख़ूब मोहब्बत से रखना। जिगर का टुकड़ा है वो। कोई बदमाशी करे तो मुझे बताना।

और सुनो...अपने बग़ान से सेब लेते आना, मायू दी और सिन्दूरी को देने चलेंगे।

मैसेज के साथ हँसी की इमोजी भी भेज दी।

एयरपोर्ट की दीवार पर डल लेक और शिकारे की तस्वीर लगी थी। अचानक लगा, वह हिल रही है, चप्पू की आवाज़ें आ रही हैं। फ़िज़ा में मोहब्बत के नग़मे कोई गा उठा है।

हे ईश्वर, मोहब्बत की वादी पर रहम करना!

11

मैसेंजर पर सुनन्दा सुमन सिंह के कई मैसेज देखकर माया चौंकी। वह उससे मिलना चाहती थी। माया अभी मालविका, सिन्दूरी और आंटी की समस्याओं में फँसी हुई थी, लेकिन सुनन्दा बहुत व्यग्र थी मिलने को मानो उसे अपनी ज़िन्दगी के पन्ने खोलने की बहुत जल्दी थी। उसे क़ैद से थोड़ी छूट मिल गई थी कि वह अकेली बाहर आ-जा सके। हमेशा साये की तरह साथ रहनेवाला पति कहीं उससे छूटने लगा है। मैसेंजर पर उसकी हमेशा ऑनलाइन दिखाई देती है। माया को ऑनलाइन देखते ही उसके सन्देश झड़ने लगते हैं—

कब मिलोगी...जल्दी मिलो...मिलोगी नहीं...?

पता है, आप तो दोनों समाज से जुड़ी हैं। कृपया यह बताएँ कि मुझे लेखक लोग ज़्यादा सच्चे क्यों लगने लगे हैं?

जवाब—लेखक अपने समय और समाज का सच उद्‌घाटित करते हैं। उसे लिखते हैं। समाज को क़रीब से, संवेदनशील तरीक़े से महसूस करते हैं, जो सामान्य लोग नहीं महसूस करते।

चित्रकारों की तुलना में पूछ रही हूँ, मेरा दिमाग़ ख़राब हो जाता है यह सोचकर...।

हर फ़ील्ड में हैं ऐसे लोग। कोई दूध का धुला नहीं है। यहाँ भी बहुत गन्दगी है...

जी, मैं पुरुषों की बात कर रही हूँ...

उसी से ही डर
उसी से सहारा
उसी से घृणा
उसी से मोह
उसी से प्रेम
उसी से आज़ादी
उसी से बन्धन

"आप कुछ ज़्यादा ही बन्धन में हैं, सुनन्दा जी।"

"मूर्ख हूँ मैं...मगर एक बौद्धिक स्त्री से बात करते हुए लग रहा है कि आज तो कोई राह निकलवा ही लूँगी।"

सन्देश के साथ तीन-चार हँसते हुए ईमोज़ी।

"वैसे जो भी हो, लेखन फिर भी कला-जगत् से ज़्यादा स्पष्ट और सीधा है।"

"सुनन्दा जी, आप मूर्ख नहीं, लाचार हैं।"

सुनन्दा जैसे अपनी रौ में सन्देश लिखे जा रही थी, माया का कोई जवाब उस पर असर नहीं कर रहा था।

"आपको पता है, शिमला से लौटकर मैं कुछ ज़्यादा ही बेहया होती जा रही हूँ...ऐसा लगता है कि अन्दर ही अन्दर मुक्त हो गई हूँ—सब कुछ से, मृत्यु के भय से भी...।"

"अब नहीं तो कब होंगी मुक्त? मुक्ति हमारे भीतर से आती है, अब तो अपने मन का जीवन जी लें आप..."

"पता है, उनकी तबीयत बहुत ख़राब हो गई थी। कई दिन हॉस्पिटल में रहे। मरते-मरते बचे हैं...।"

माया ने 'ओह' लिखा, तो जवाब में हँसता हुआ इमोजी आया। यानी यह ख़बर देते हुए उसे हँसी आ रही थी।

"आप अकेली आओगी मिलने या...?"

"मैं अकेली हूँ, अकेली ही आऊँगी..."

उधर से चुप्पी छा गई थी।

माया ने सोचा, फ़ोन कर लेगी, लेकिन सुनन्दा को फ़ोन करते भी संकोच होता था। कहीं पति आस-पास न हो! पता नहीं, क्या सोचे? वह किसी तरह के कलंक से डरती है। किसी के सम्बन्धों में वह कभी कारण नहीं बनना चाहती। कोई उसे ब्लेम करे, उसे मंज़ूर नहीं।

वैसे भी इन दिनों कठदिमाग़ लोगों को लगता है, एकल स्त्रियाँ या फ़ेमिनिस्ट स्त्रियाँ दूसरी स्त्रियों का घर उजाड़ने के लिए उकसाती हैं। वे भली औरतों को बहकाती हैं, उन्हें आज़ादी की राह दिखाती हैं। 'फ़ेमिनिस्ट' को गाली की तरह इस्तेमाल करते हैं—ऐसे लोग, जो डरते हैं कि उनकी संगति में उनकी गूँगी गुड़ियाओं में जान न आ जाए, वे बोलने न लगें। उनके सिरहाने से 'मनुस्मृति' की किताब न ग़ायब कर दें। नियंत्रित पत्नियों के अनियंत्रित हो जाने के ख़तरे वे नहीं उठाना चाहते। उनके लिए नियंत्रण से बाहर होना, उनकी दी हुई ज़िन्दगी से बाहर देखना। उन रौशनदानों से बाहर देखना कि बाहर पृथ्वी कितनी हरी-भरी और आकर्षक है!

माया के कई शादीशुदा मित्र उसे अपनी पत्नियों से मिलवाने से इसीलिए डरते हैं। वह भी इसीलिए जल्दी किसी के झगड़े में सीधा नहीं पड़ती। पीछे से जितनी मदद चाहिए, देती है। सुनन्दा की भी मानसिक रूप से मदद ही कर रही थी कि वह अवसाद से बाहर निकले और अपने साथ हो रहे अन्याय को समझे। उससे मुक्त हो और वह बिना माया की कोशिश के, अपने-आप मुक्त हो रही थी।

कई बार एक उम्र के बाद पुरुष भी स्त्रियों को मुक्त कर देते हैं। जब पूरा जी लेते हैं स्त्रियों को, निचुड़े हुए नींबू की तरह उछाल देते हैं। जिसे वे अपनी उदारता बताते हैं, वह उनका असली चरित्र होता है। कुछ पुरुषों को मोनोपॉज़ियन स्त्रियाँ यूजलेस लगती हैं।

यह वही दौर होता है जब स्त्री बाहर-भीतर, दोनों तरह से बदल रही होती है। देह और मन साथ-साथ बदलते हैं, ठीक उस तरह जब वह पहला प्रेम करती है, प्रेम के साथ सहवास की इच्छा रखती है। देह तब मन के साथ चलती है। मोनोपॉज़ के दौरान स्त्रियाँ भावनात्मक रूप से अकेली पड़ जाती हैं, स्वभाव में चिड़चिड़ापन

आता है। बात-बात पर ग़ुस्सा आता है। वे उस समय अतिरिक्त केयर और प्रेम चाहती हैं। वह भारतीय मध्यवर्गीय परिवार में मिसिंग होता है। न स्त्री अपनी दशा ठीक से बता पाती है, न उसका पति समझ पाता है।

पतियों की चिन्ता दूसरे तरह की होती है। उन्हें लगता है, वे स्त्री-देह का रोमांच खो देंगे। पहले-सी नहीं रह जाएगी वह। जो पति इस दौरान पत्नी के साथ खड़े होते हैं, उन्हें एक अनावश्यक कोख के भय से मुक्त स्त्री मिलती है, जिसकी सेक्सुअल इच्छाएँ मरती नहीं, और तीव्र होती हैं। जो पुरुष उस दौरान दूर छिटक जाते हैं, वहाँ अधेड़ावस्था में अलगाव के आसार दिखाई देने लगते हैं।

सुनन्दा का दाम्पत्य शायद उसी मोड़ पर ठिठका हुआ था। सुनन्दा भी 45 साल की लगती थी। आजकल बयालीस साल की उम्र से ही मोनोपॉज़ का दौर शुरू हो जाता है। शायद सुनन्दा उसी दौर से, उसी मानसिकता से गुज़र रही हो। सुमन सिंह ने अपनी पकड़ ढीली कर दी कि जा पतंग, उड़ ले थोड़ी दूर, अपने मन की उड़ान। आना तो तुझे इसी जहाज़ पर ही है।

सुनन्दा मिलने आने को व्यग्र थी और अब माया समय नहीं निकाल पा रही थी। उसकी व्यस्तताएँ अचानक बिना काम के बढ़ गई थीं। अपने ऑफ़िस से लेकर दोस्तों-यारों का समाज भी आस-पास परेशान था। सुनन्दा को उसने अगले वीक के लिए टाल दिया और जो परेशानी सामने थी, उससे निपटना ज़रूरी था। मालविका भागी-भागी घर आ गई थी। कश्मीर से कितनी चंगी होकर लौटी थी? नया प्रेम और नई जगहें स्त्री की रंगत बदल देते हैं।

मालविका कश्मीरी सेबों की तरह ललछौंही हो रही थी। इस वक़्त वह अपनी समस्याओं पर चिन्तित नहीं थी। उनके जैसे विस्थापितों ने जिन्होंने अपना समाज परदेस में बनाया था, वे दोनों उसकी चिन्ता में घुल रहे थे।

ये दोनों सिन्दूर-संचिता के घर गए। संचिता बहुत हताश बैठी थी।

सिन्दूरी के घर वाले उसे ढूँढ़ते हुए दिल्ली तक आ पहुँचे थे। खोजने में उन्होंने एक रिश्तेदार की मदद ली, जो पुलिस में था।

संचिता ने बताया, "उसके पापा ने इमोशनली प्रेशर बनाया, मालू दी...मम्मी को हार्ट अटैक आया है, एक बार देखना चाहती है, जाने कल क्या हो? मिल लो एक बार!"

और सिन्दूरी उस जाल में फँसकर चली गई।

"तो क्या उसकी मम्मी बीमार नहीं थीं...?"

"बीमार थीं, मगर हार्ट अटैक वाली बात झूठी थी। उन्हें मालूम था कि कठोर से कठोर दिल भी ऐसी ख़बरों से पिघल जाता है।"

"तुमने तभी फ़ोन क्यों नहीं किया, यार...?"

"अरे मायू दी, आप लोग कहीं नहीं थे शहर में...और मैं अपने रिश्तेदारों को नहीं बुला सकती थी...मेरी अलग कहानी है।

"हम सबका जीवन बहुत जटिल है दी...सारी ज़िन्दगी इसके तारों में उलझे रहते हैं। सीधी क्यों नहीं होती ज़िन्दगी की राहें...?"

संचिता की आँखें डबडबाई हुई थीं।

उसकी हालत देखकर लग रहा था, उसने हमेशा के लिए सिन्दूरी को खो दिया है।

माया पहली बार इनके घर आई थी। छोटा-सा स्टुडियो अपार्टमेंट था जिसमें एक बड़ा-सा ड्राइंगरूम, एक कमरा। बहुत सुरुचिपूर्ण ढंग से सजा रखा था। कमरे में दोनों पार्टनर की तस्वीरें फ्रेम कराकर दीवारों पर लगी थीं। कुछ फ़ोटो फ्रेम में टेबल पर रखी थीं। दोनों ने मिलकर छोटी-मोटी गृहस्थी बसा रखी थी।

संचिता उठकर चाय बनाने गई। मालविका ने रोका।

"तुम दीदी से बातें करो, मैं बनाती हूँ..."

माया रास्ते से उसके लिए कुकीज़ ख़रीदकर ले गई थी। उसे खोलकर दिया—

"कुकी-प्रिय लड़की..., यह खाओ। तुम्हें पहली बार देखा था तब तुम कुकीज़ ही खा रही थीं...।"

"आप इतना याद रखती हैं दी, यक़ीन नहीं होता। कैसे याद रख लेती हैं सबकी इतनी छोटी-छोटी बातें...?"

"अरे, ऐसा कुछ नहीं...तुम्हें देखा था, तो ज़ेहन में यह बात अटकी रह गई। आते समय ध्यान आया..."

माया ने उसे थोड़ा सहज किया। माहौल को तनाव से बचाना ज़रूरी थी। जब से सिन्दूरी गई थी, संचिता बेचैन रही है। यह ऐसा दर्द था जिसे किसी और से बाँटा नहीं जा सकता। अपने ब्वॉय फ्रेंड से ब्रेकअप के क़िस्से तो आसानी से सुनाए जा सकते हैं, समलिंगी लड़कियाँ अपना दर्द लेकर जाएँ भी कहाँ जाएँ? समाज, परिवार कोई साथ न देगा। सिवाय क़ानून के।

वह तो भला हो क़ानून का, जिसने धारा 377 रद्द करके समलैंगिकों को राहत दी। उम्मीद की एक साँस दी। उसे याद है, दिल्ली उच्च न्यायालय ने 2009 में एक ऐतिहासिक फ़ैसला देते हुए भारतीय दंड संहिता की धारा 377 को निरस्त घोषित

कर दिया था। निर्णय में यह कहा गया था कि अगर समलैंगिक वयस्क परस्पर यौन सम्बन्ध स्थापित करते हैं तो उन्हें अपराधी नहीं माना जाएगा। यह एक तरह से उनकी क़ानूनी स्वीकृति थी।

अदालत ने अपने निर्णय को संविधान द्वारा प्रदत्त जीवन, समानता तथा स्वतंत्रता के मौलिक अधिकार की पृष्ठभूमि में स्थापित करते हुए कहा था—

> *हमारे विचार में भारत का संवैधानिक क़ानून विधि द्वारा स्थापित आपराधिक क़ानून को विभिन्न प्रकार के समलैंगिक समूहों के प्रति न्यस्त भ्रांतियों के हवाले नहीं कर सकता। इसलिए इसको विस्मृत नहीं किया जा सकता कि कोई भी भेदभाव समानता का प्रतिवाद करता है तथा व्यक्ति की गरिमा को पुष्ट करने के लिए समानता की भावना को महत्ता देनी होगी।*
>
> *हम यह घोषणा करते हैं कि वयस्क व्यक्तियों द्वारा अपने निजी जीवन में आपसी सहमति पर आधारित यौन-सम्बन्धों को दंडनीय अपराध घोषित करनेवाली भारतीय दंड संहिता की धारा 377 संविधान के 21, 14 तथा 15वें अनुच्छेदों का उल्लंघन करती है।*

इस निर्णय को कुछ विरोधी गुटों ने सुप्रीम कोर्ट में चुनौती दी थी। बाद में सुप्रीम कोर्ट ने भी उसे ख़ारिज़ कर दिया। क़ानून उदार हुआ, समाज और परिवार नहीं। इस फ़ैसले के बाद तो उनके मन में और डर बैठ गया है। उनके बच्चे थोड़ा-थोड़ा खुलने लगे हैं, लेकिन मुखर विरोध नहीं कर पा रहे। अस्मिता का संकट इनके सामने भी है। सामाजिक अपमान सहने को तैयार नहीं हैं ये लोग। कई उदारमना लोग भी असहज हो उठते हैं ऐसे सम्बन्धों से।

माया को भी अन्दर से स्वीकारने में हिचक हुई थी, आंटी ज़रूर जल्दी समझ गईं। लेकिन उनके भीतर क्या चल रहा था, नहीं मालूम। हम ऊपर से कई बार प्रगतिशील, उदार दिखाने की कोशिश करते हैं और अपने भीतर की संकीर्णताओं के साथ भीषण संघर्ष से गुज़र रहे होते हैं।

माया सिन्दूरी-संचिता की मदद करना चाहती थी और उसे क़ानूनी सहारा ही एकमात्र रास्ता दिखाई दे रहा था। उसने संचिता को क़ानून के बारे में बताना चाहा। वह पहले से सब जानती थी और उसने तो संगठनों के हेल्प ग्रुप से भी बात कर ली थी। उसकी समस्या यह थी कि सिन्दूरी अपने घरवालों से क़ानूनी लड़ाई नहीं

लड़ना चाहती थी। उसकी माँ ने पैर पकड़ लिये थे कि बस, और बदनामी मत कराओ। बहुत जगहँसाई होगी। किसी लड़के के साथ भाग गई होती, उससे ब्याह करके आती तो हम स्वीकार कर लेते, लेकिन किसी लड़की के साथ...हरगिज़ नहीं।

फिर क्या करे संचिता? कौन-सा रास्ता बेहतर होगा?

माया की दुविधा बढ़ गई थी।

"वे लोग सिन्दूरी को लौटने नहीं दे रहे हैं। माँ ने इमोशनली बाँध रखा है। वे बिस्तर से उठ ही नहीं रही हैं। ख़ुद को इतना बीमार कर लिया है कि सिन्दूरी उन्हें छोड़कर आने की हिम्मत नहीं कर पा रही है। उसके पापा उसे कहीं सेटल करने के बारे में सोच रहे हैं...रोज़ दबाव बना रहे हैं।"

"अरे...सिन्दूरी तो बिलकुल सेटल नहीं हो पाएगी।"

"हाँ, मालू दी, सिन्दूरी तो बचपन से अलग थी, मैं नहीं थी। मैं तो दोनों हूँ...मैं एडजस्ट कर सकती हूँ। सिन्दूरी तो बिलकुल नहीं। मैंने तो सिन्दूरी के साथ रहकर जाना कि दो लड़कियाँ एक-दूसरे को दीवानों की तरह प्यार कर सकती हैं...। अब मुझे भी लड़कों के साथ एडजस्ट करना थोड़ा मुश्किल होगा।"

"बताओ, हम क्या कर सकते हैं...? तुम्हारे घर वाले कहाँ रहते हैं? उनको मालूम है ये सब...?"

तभी मालविका ने कहा, "सिन्दूरी हमें फ़ोन क्यों नहीं कर रही है...बात तो करती कम-से-कम..."

"दी, वो आप सबको परेशान नहीं करना चाहती..., अपने हालात से ख़ुद जूझ रही है। कोई न कोई रास्ता निकाल लेगी, एक न एक दिन। हमें तब तक इन्तज़ार करना पड़ेगा। उसके घर जा नहीं सकते। कोई मदद नहीं कर सकता। अपनी मदद सिन्दूरी को ख़ुद करनी है—चाहे जैसे हो...। भागते रहना कोई स्थायी हल नहीं है। या तो अपने घर वालों को तैयार करे या हालात से समझौता करे। भागना-छुपाना मुझसे न होगा अब। मैं जो हूँ, जैसी हूँ, स्पष्ट हूँ। मैं अपने पैरों पर खड़ी हूँ। मेरा ब्रेड-बटर कोई नहीं चलाता है। मेरे घर वाले समझते हैं, उन्हें उनकी जगह पर रखती हूँ। यह मेरी ज़िन्दगी है...एक बार मिली है, इस जन्म में तो जी लें अपनी मर्ज़ी से..."

संचिता से पहली बार माया की इतनी बातें हो रही थीं। बहुत सुलझी हुई लगी। सिन्दूरी में एक क़िस्म का बचपना था, बौड़मपना भी। ज़िद्दी बच्ची जिसे जो पसन्द है, वह तुरन्त चाहिए! वह आश्वस्त हुई कि एक बौड़म को एक शान्त चित्त पार्टनर मिली है, सँभाल लेगी।

"संचिता, सामाजिक और पारिवारिक मान्यता तो तुम्हारे सम्बन्धों को कभी नहीं मिलेगी। दोनों के परिवार कभी सहज नहीं हो पाएँगे।"

"पता नहीं क्यों मायू दी, समलिंगी लोग समाज को ख़तरा क्यों नज़र आने लगते हैं? यह भी उतनी ही स्वाभाविक चीज़ है न, जितनी विषमलैंगिकता।"

"क्योंकि हम चुनौती देते हैं, विवाह-संस्था को, स्त्री-पुरुष के पारम्परिक सम्बन्ध को, स्त्री के पुरुष द्वारा दमन के विरुद्ध सहभागिता पर आधारित एक सुन्दर सम्बन्ध खड़ा करते हैं, हम पैट्रियार्की के विरुद्ध हैं, दीदी..."

"यार, दिक़्क़त यह है कि हमारे यहाँ आज भी परिवार द्वारा ही वैवाहिक सम्बन्ध तय किए जाते हैं। इसमें ग़लती सिर्फ़ परिवार की नहीं, नई पीढ़ी के लोग भी परिवार पर छोड़ देते हैं। मैंने ख़ुद देखा है। कुछ लड़कियों और लड़कों को जानती हूँ जो पढ़-लिख गए, नौकरी कर रहे, विवाह के लिए परिवार पर दबाव डाल रहे कि हमारे लिए पार्टनर ढूँढ़ो। जिन्हें परिवार से आज़ादी मिलती है ढूँढ़ने की, वो ऐसा करते हैं तो मुझे बहुत बुरा लगता है।"

ये तीनों चाय पीते हुए गहन चर्चा में डूबे रहे। कुछ पल के लिए सिन्दूरी का तनाव ग़ायब हो गया।

माया अपना अनुभव उनसे साझा कर रही थी। उसके एक भूतपूर्व सीनियर थे जिन्होंने उसके सामने अपनी दोनों लड़कियों को स्पष्ट कहा था, 'अपने-अपने लिए मन का साथी पसन्द कर लो। मेरे पास इतना समय नहीं कि काम छोड़कर तुम्हारे लिए लड़के ढूँढ़ूँ। इतना काम ख़ुद से कर लो। मुझे बताओ, मैं शादी में पहुँच जाऊँगा। पढ़ाया-लिखाया किसलिए? इतना विवेक तो होना ही चाहिए कि माँ-बाप की मदद करो...हम कहाँ मारे-मारे फिरेंगे...दस दरवाज़ों पर सिर झुकाएँ।'

"मैं हरेक पिता के मुँह से यह सुनने की आकांक्षी हूँ, दीदी..."

मालविका ने आह भरी। उसका दर्द उभर आया था।

"परिवार आसानी से हमारी सेक्सुअलिटी पर पहरेदारी नहीं छोड़ेगा, दीदी। हमारी सेक्सुअलिटी उनकी अमानत है। उसको वो हमारी मर्ज़ी पर छोड़ना नहीं चाहते... नहीं छोड़ेंगे। लेकिन हमारी पीढ़ी होशमन्द है...हम आसानी से नहीं मानेंगे। आगे संघर्ष और होगा...देखते रहिए। जितना दमन होगा, उतना विद्रोह...हम समलिंगी एक विकल्प देंगे।"

"नहीं, संचिता, तुम ग़लत हो। विवाह संस्था का विकल्प कोई नहीं दे सकता। इससे परिवार जुड़ा है। परिवार सामाजिक व्यवस्था का मुख्य आधार है...उसे ख़त्म

करना, उसे चुनौती देना असम्भव। बहुसंख्यक लोग हैं इसके पोसने वाले...बस, इसी में विद्रोहियों को लड़ते-भिड़ते अपनी जगह बनानी है। सामाजिक स्वीकृति की चाहत छोड़नी होगी। जैसे मेरी एकल ज़िन्दगी ले लो...मैं कपल पार्टीज़ में कम बुलाई जाती हूँ...क्योंकि मैं उन्हें असहज कर देती हूँ...मिसफ़िट हूँ...।"

मालविका ने अचानक हस्तक्षेप किया, "क्या हम सिन्दूरी को इस समय फ़ोन मिलाएँ?"

"उससे पूछ तो सकते हैं कि उसका अगला क़दम क्या होगा?"

"नहीं, दी, अभी नहीं...मैं उसको मैसेज करूँगी देर रात, आपसे बात कर लेगी।"

ये दोनों उस दिन देर तक संचिता के साथ बहसों में लगी रहीं, लेकिन उनकी समस्या का कोई हल नहीं सूझा। सिन्दूरी की वापसी एक पहेली बनकर रह गई थी। संचिता सामान्य होने लगी थी। यह तसल्ली की बात थी।

मालविका ने इस गम्भीर समय में अपनी समस्या बताना उचित नहीं समझा। अपनी बातें मन में लिये-लिये अपने घर लौट गई। उसके भीतर कुछ चल तो रहा था, लेकिन इतनी समस्याएँ आस-पास थीं कि वह अपनी समस्या भूल गई।

माया के सामने, मालविका के सामने इतनी ज़िन्दगियाँ बेतरतीब पसरी हुई, छितराई हुई थीं कि ये सब उसी में उलझकर रह गई थीं।

12

कुछ दिन ऐसे ही बीत गए। सब व्यस्त हो गए थे अपने-अपने काम में, जीवन में। शशांक कश्मीर चला गया था। आंटी अकेली थीं। कभी-कभी फ़ोन कर लेती थीं। वे भी मिलने को छटपटा रही थीं। माया भी शाम तक थकने लगी थी। जाना न हो सका। एक शाम उसका मन जाने कैसे हो रहा था? सोचा, शशांक को फ़ोन लगाए...क्या करे?...उसने व्हाट्सप चेक किया। वहाँ महन्त जी के कई वीडियो आए हुए थे। उन्हें खोलकर बेड पर लेट गई। पूजा उसका खाना टेबल पर रखकर घर निकल गई थी। अब समूचे घर में माया अकेली थी, उसे पहली बार एकल ज़िन्दगी खटक गई। उसे अपने आस-पास के लोगों की इन दिनों आदत जो हो गई थी। एकान्त इतना रूमानी भी नहीं, जितना वह सोचती थी। एकान्त का

सहचर कई बार बेहद ज़रूरी होता है। उसने मन को समझाया और सोचा, महन्त जी से चैट कर ले। कुछ तो टाइम पास होगा।

माया ने उनसे चुहल की।

"आपने इतनी कम उम्र में संन्यास क्यों लिया? मन पर नियंत्रण कैसे हो सका?"

माया तो तन के बारे में ही पूछना चाह रही थी, लेकिन स्त्रीसुलभ संकोच कहें या संन्यासी का लिहाज़, नहीं पूछा। शायद ऐसा पूछकर वह सीमा पार कर जाती। उसका खुला स्वभाव है, उसका काम भी यही है। वह किसी से कोई सवाल पूछने में नहीं हिचकिचाती है, लेकिन अब थोड़ा सँभल गई है। व्यक्ति देखकर बात करती है।

उधर से हाथ जोड़ लिया उन्होंने।

माया ने फिर सवाल भेजा।

"क्या आपको गृहस्थ आश्रम नहीं खींचता? कोई स्त्री नहीं खींचती? आपको प्रेम नहीं हुआ कभी...?"

उधर से फ़ोन बजा।

माया हड़बड़ा गई, बात करे, न करे? कहीं डाँट न दे। कहीं उसकी डील अधर में न लटक जाए। शशांक उसे ही ब्लेम करेगा कि तुम्हारी मूर्खता की वजह से अच्छी लोकेशन की ज़मीन हाथ से निकल गई।

माया ने डरते-डरते फ़ोन उठा लिया।

"जय सियाराम माया जी...मैं जवाब टाइप नहीं कर सकता। बात ही कर लेता हूँ आपसे...पूछो, क्या पूछना है? हर सवाल का जवाब दूँगा। बेहिचक पूछें।"

माया फ़ोन पर वे सब बातें करने से कतरा गई। जो सवाल लिखकर पूछा जा सकता है, वह फ़ोन पर नहीं। जो बातें लिखकर की जा सकती हैं, वे मुँह से नहीं निकलती हैं कई बार। वह अपनी झेंप मिटाने के लिए हँसने लगी।

"अरे, नमस्ते, वो आपने जो वीडियोज़ भेजे हैं, उनमें तो आप एकदम फ़िल्मी हीरो टाइप लग रहे! बैकग्राउंड में संगीत भी फ़िल्मी है। पहाड़ों पर उसी तरह आप अकेले चले जा रहे हैं...गंगा में अकेले खड़े आचमन कर रहे हैं...मुझे लगा, सांसारिकता आपको मोहती है।"

"मैं डिजिटल युग का सन्त हूँ। आपके दिमाग़ में वही पुरातन बाबाओं की छवियाँ होंगी...है न—कमंडल लिये हुए, भभूत लगाए...अर्द्धनग्न...अजीबोग़रीब वेशभूषा...?"

“मैं टेक फ्रेंडली हूँ। अपने वीडियोज़ ख़ुद एडिट करता हूँ। संगीत डालता हूँ, मिक्सिंग करता हूँ...मुझे ये पसन्द हैं...पूजा-पाठ, योग-ध्यान अपनी जगह, यह काम अपनी जगह। इसमें कोई बुराई तो नहीं।”

“जी नहीं, मैंने ऐसा कब कहा...बस, उत्सुकता हुई।”

“रही स्त्री की बात...तो हम संन्यासियों के लिए कंचन और कामिनी, दोनों निषिद्ध हैं। मगर जब महा तपस्वी विश्वामित्र कामिनी से नहीं बच पाए, तो भला मैं क्या बच पाऊँगा? मेरी तपस्या तो बाक़ी है अभी।

“सच कहूँ तो मैं किसी स्त्री से मन-ही-मन प्रेम तो कर सकता हूँ, गृहस्थ नहीं बन सकता।”

“इतनी कम उम्र में इतना बड़ा संकल्प...?” माया ने हैरानी जताई।

एक सवाल जो उसे नहीं पूछना चाहिए था, वह ज़ुबान से फिसल ही गया।

“आप दैहिक आवेगों को कैसे सँभालते हैं...?”

उधर से एकदम सहज-सरल उत्तर आया, “हम स्वनिर्भर होते हैं।”

इसके बाद वे चुप हो गए। फिर कुछ पल बाद बोले,

“मेरे पिता विरासत छोड़ गए हैं, जिसे मुझे सँभालना पड़ा। ख़ुद को बदलना पड़ता है। यही तो तपस्या है...वैसे, आपको क्यों उत्सुकता हुई...? कुछ लिखेंगी क्या...? मेरा नाम मत लिख देना...सन्त-समाज मेरा बहिष्कार कर देगा।”

“अरे नहीं, भरोसा रखिए...आप मुझसे खुलकर बात कर सकते हैं...आप मुझसे पाँच साल छोटे हैं, महन्त जी...मैं मैच्योर महिला हूँ, भरोसा रखिए।”

“यही तो अफ़सोस है, आप मुझसे पहले क्यों पैदा हुईं...? मैं आपके बाद क्यों पैदा हुआ...? हा-हा-हा-हा...!”

अब वे हँस रहे थे। उस हँसी से ठंडे जल के छींटे उसके चेहरे पर पड़ रहे थे। किसी-किसी का हँसना-रोना काल और स्थान से परे जाकर वास्तविक अहसास कराते हैं...।

माया ने बहाना बनाकर फ़ोन काट दिया। समझ नहीं आया, क्या जवाब दे? बातचीत किसी और दिशा में जाए, इसके पहले वह सतर्क हो गई।

यह युवा संन्यासी उसे इतना आकर्षित क्यों कर रहा है? वह जब से मिली है, उसकी तरफ़ खिंची क्यों चली जाती है? उम्र का फ़ासला होगा। वह तीस-पैंतीस से ज़्यादा का नहीं लगता था।

उसे तो साधु-सन्तों, भगवाधारियों से बहुत एलर्जी रही है। उसे बौद्ध

भिक्षु ज़्यादा पसन्द आते थे। उनसे मिलकर जो शान्ति मिलती है, वह किसी से नहीं।

माया को अपनी दस साल पुरानी एक शरारत याद आई। सिक्किम प्रवास के दौरान 'रूमटेक मॉनेस्ट्री' में अन्दर घूमते हुए उस युवा बौद्ध भिक्षु से मुलाक़ात हुई थी। वह हमउम्र लग रहा था। गंगटोक से पचीस किलोमीटर दूर स्थित एक ऊँची पहाड़ी पर कुछ दूर तक पैदल चढ़ाई करके वहाँ तक पहुँची थी। युवा भिक्षु को मॉनेस्ट्री प्रबन्धन ने माया को मॉनेस्ट्री घुमाने का जिम्मा दिया था। वह दौर था, जब जी मेल पर ऑनलाइन चैट भी सम्भव थी। माया ने उससे ई-मेल लिया था। उसे मोबाइल रखने की इजाज़त नहीं थी। वह भूटानी था और हिन्दी तुतलाकर बोलता था। वह फ़ेसबुक पर नहीं था, माया ने भी एक साल पहले ही वर्ष 2009 में फ़ेसबुक पर अपना खाता खोला था। तब वह वहाँ बहुत ज़्यादा सक्रिय नहीं थी। एक भय और संशय का माहौल था वहाँ। ज़्यादातर अजनबी लोग थे जो अजीबोग़रीब क़िस्म के मैसेज भेजते थे। तस्वीरों पर आकर भद्दे और फूहड़ कमेंट कर जाते थे। बहुत पारदर्शी नहीं थी तब फ़ेसबुक की दुनिया। उसे ब्लॉग की आदत थी लेकिन वह भी छूट गई थी। स्मृतियों में पूरी तरह ग़ुम होने से पहले ही आवाज़ आई, "तलो, तलो..." यानी चलो...चलो।

माया को उसकी हिन्दी सुनकर गुदगुदी होती। सुन्दर दिप-दिप चेहरा, कोई लड़की दीवानी हो जाए। वैसे भी ऐसे लड़के जो कड़े नियमों में पलते हैं, किसी वनफूल से कम नहीं लगते। 'अनटच्ड ब्यूटी' इसे ही कहते हैं। माया अपने उजड़े, बौराए हुए, उनींदे, शराब और सिगरेट से महकते दोस्तों से ऊब चुकी थी। ऐसे वक़्त में उसे हिन्दी सिनेमा का कोई मुक्त, उत्तेज़क दृश्य याद नहीं आता जहाँ लड़की किसी सुन्दर लड़के को देखकर देखती रह जाए। उसे उस फ़िलिपीनी फ़िल्म की याद आती रही, जिसमें एक चंचल लड़की एक सुन्दर, स्मार्ट लड़के को देखकर चौंधिया गई थी और सड़क पर गिरने का नाटक किया ताकि नायक उसे आगे बढ़कर सँभाल ले। उसकी सहेलियाँ बताती थीं कि उन्हें किसी लड़के से पहली नज़र में प्यार नहीं हुआ जबकि लड़कों को पहली नज़र में कोई लड़की भा जाए, तो उसका पीछा नहीं छोड़ते हैं। उसे हासिल करने के लिए जी-तोड़ मेहनत, उपाय करते हैं। लड़कियाँ उनके गुणों से, व्यवहार से, वैभव से प्रभावित होती हैं और आहिस्ता-आहिस्ता बढ़ना चाहती हैं...अपना समूचा आवेग समेटकर उन्हें सौंप सकें। माया को उसी दौर में थोड़ा-थोड़ा झुकाव नीरज की तरफ़ होने लगा था। अपने दिल से समझ सकती है। उसकी स्वीकृति से पहले ही नीरज को उससे

प्यार हो चुका था यानी माया के दिल में प्यार की घंटी बज चुकी थी। फिर भी इस भिक्षु के प्रति क्यों झुका जा रहा है दिल? क्यों दिल चाहता है कि उसके साथ ऐसे शिखर पर चढ़ाई करूँ जहाँ से उतरने का रास्ता न हो? वह माया को साथ लेकर सारी इमारत दिखाता रहा, दीवारों पर लिखी लिपियों के मायने समझाता रहा और माया उसके गुलाबी होंठों का कम्पन्न महसूस करती रहती। वह उसके साथ मॉनेस्ट्री से बाहर घूमना चाहती थी।

माया ने पूछा, "क्या हम बाहर घूम सकते हैं? कोई चीज़ है देखने लायक या जहाँ हम बैठ सकें थोड़ी देर?"

माया के चेहरे पर विनती के भाव थे। मन चाह रहा था, युवा भिक्षु 'हाँ' कह दे और बदले में सारा जहान ले ले। कुछ नहीं, बस, उसकी संगति चाहिए थी।

उसने अपना पीले रंग का उत्तरीय कसकर लपेटते हुए निर्विकार भाव से कहा, "यहाँ से थोड़ी दूर पर है, त्सोंगमो झील। इंडिया की कुछेक ऊँची झीलों में से एक।"

"चलें वहाँ...?"

"मुझे कैम्पस से बाहर जाने के लिए परमिशन लेनी होगी...बिलकुल पास में है।

"आप दिन में मत जाओ...रात को जाना। झील के पानी में आकाश और सितारों के इमेजेज़ दिखाई देते हैं—वेरी क्लियर...।"

"झील, आकाश और सितारों का आईना है क्या—आई मीन, मिरर...?"

माया उत्तेजित हो उठी थी।

वह इस दर्पण में झाँकने के लिए पूरा दिन मॉनेस्ट्री में गुज़ार सकती थी, लेकिन उसने रात में वहाँ साथ जाने से मना कर दिया। उस ऑफ़िशियल यात्रा में उसके साथ ऐसा कोई व्यक्ति नहीं था, जिसके साथ वह रात को झील के किनारे बैठना पसन्द करती।

माया अपने स्थानीय गाइड के साथ उस झील तक अकेली गई—दिन में ही, वहाँ बैठकर रात की कल्पना की और महसूस किया कि उसके बगल में वह युवा भिक्षु बैठा है जो उसे घूर रहा है और वह झील में आकाश और सितारे ढूँढ़ रही है।

मॉनेस्ट्री से चलते वक़्त उसने बताया कि वह यहाँ बौद्ध धर्म की शिक्षा लेने आया है और शिक्षा ख़त्म होते ही भूटान वापस चला जाएगा।

माया ने उससे एक वादा लेना चाहा था, "मेरे ई-मेल का जवाब देना।"

वह मुस्कुराया।

"क्या लड़कियों से दोस्ती करने में कोई दिक़्क़त है? मैं इतने मेल लिखूँगी कि हमारी दोस्ती हो जाएगी।"

वह झुँझला पड़ी थी।

एक यह भिक्षु है, 'चित्रलेखा' उपन्यास का योगी कुमारगिरि बन रहा है। एक वह भी भिक्षु था स्विट्ज़रलैंड वाला, जो एक घसियारी लड़की पर फ़िदा हुआ। भिक्षु पहाड़ी जंगल से गुज़र रहा था कि रास्ते में एक अनुपम सुन्दरी पशुओं के लिए चारा काटती दीख गई। वह अपने में मग्न थी। अपने चरवाहे प्रेमी की याद में इतनी खोई हुई थी कि उसने अपनी ओर बढ़ते भिक्षु को नहीं देखा। भिक्षु ने पास आकर जब उसे पकड़ा और प्रेम-निवेदन करने लगा, तो वह डर के मारे पहाड़ी से खाई में कूद गई। कूदते हुए उसने ईश्वर से उस भिक्षु को श्राप देने को कहा। कहते हैं, ईश्वर के दूत ने उस भिक्षु का चेहरा पहाड़ पर ऐसी जगह छाप दिया, जहाँ से पूरा शहर देख सके। इस तरह उसकी कलंक-कथा हमेशा के लिए दर्ज़ हो गई और वह हमेशा के लिए कलंकित हो गया। इंटरलॉकिन शहर के भीड़ भरे बाज़ार में जब उस लौरेंजो ट्रेन के ड्राइवर ने पहाड़ी दिखाते हुए कथा सुनाई थी—तब माया का रोम-रोम सिहर उठा था। ऊँची पहाड़ी पर घना जंगल है, लेकिन बीच में एक चेहरा नज़र आता है, पथरीला। उस पर घास भी नहीं उगती। वह किसी साधू के चेहरे जैसा दिखता है। उसी भिक्षु का चेहरा है, उस पहाड़ी पर।

क्या यह कथा सभी भिक्षुओं को पता होगी कि वे कामिनियों से दूरी बरतते हैं? माया यह कहानी सुनाकर उससे सवाल पूछना चाहती थी, लेकिन मौक़ा नहीं मिला। वह ज़्यादा बात करने से बच रहा था। उसे जल्दी पीछा छुड़ाने की छटपटाहट होने लगी थी।

ई-मेल वाले उसके सवाल पर पहली बार वह गृहस्थ, सांसारिक युवा की तरह हँसा। उसे लगा, झील के पानी में आकाश और सितारे दीख रहे हैं।

उसका अन्तिम वाक्य था, 'कोशिश करके देख लीजिए।'

आज तक यह जवाब उसके कानों में गूँजता है। वह सन्दिग्ध कोशिशें कभी करती नहीं। उसने भिक्षु के ई-मेल पर चैट करने की कोशिश की, यह जानते हुए कि वह कोशिशें विफल कर देगा। हार कर उसकी स्मृति को माया ने समाधि में भेजना उचित समझा।

स्मृतियों की गुफ़ा बहुत बड़ी होती है। जितने चाहे समा जाएँ।

"तो मैडम, साधुओं पर फ़िदा होने का आपका रिकॉर्ड पुराना है...इसे ठरकपन कहते हैं।"

माया का पूरा क़िस्सा सुनने के बाद शशांक उसकी खिंचाई के मूड में था।

"क्यों हमेशा पुरुषों का ही दिल वेश्याओं पर, रानियों पर, वन-कन्याओं पर, ऋषि-कुमारियों पर आता रहेगा? हम स्त्रियों के पास दिल नहीं होता? हमें पुरुष अच्छे नहीं लग सकते? हम आकर्षित नहीं हो सकतीं? हम पहल नहीं कर सकतीं? सदियों से, हम इतने ढीठ नहीं हुए कि च्वयन ऋषि की तरह सुकन्या माँग लें, अगस्त्य ऋषि की तरह लोपामुद्रा माँग लें...हमने पसन्दीदा पुरुषों से प्रेम तो किया, उनका वरण करने की पहल न कर सकें।"

"आज भी नहीं कर सकती...?"

"अपने राजकुमार बेटे का हाथ मेरे हाथ में दे दे, राजा...मैं एक ग़रीब किसान की बेटी तेरे बेटे पर फ़िदा हूँ।" माया ने नाटकीय अन्दाज़ में कहा।

"राजा ने अनारकली को चुनवा दिया...बड़ी ठसक से कहा था न, जब प्यार किया तो डरना क्या?

"क्या मिला...? न सलीम, न अपना मुल्क। शूर्पनखा गई तो थी प्रेम-निवेदन करने...क्या मिला? नाक कटवाकर आ गई! क्या गुनाह था उसका? राम और लक्ष्मण सुन्दर थे तो वो रीझ गई।

"ना बाबा ना...हमें नाक नहीं कटवाना...हमारे सामने शूर्पनखा का किरदार खड़ा करके एक उदाहरण देकर डरा दिया गया है।"

"तुम जैसी स्त्रियों से पुरुष डरते हैं, यार...इतनी बहस करोगी तो रोमांस का कबाड़ा हो जाएगा।"

"मुझ जैसी स्त्रियाँ...? क्या कहना चाहते हो...? अभी भी 18वीं, 19वीं शताब्दी की गूँगी गुड़ियाएँ चाहिए।"

"बोलिए...सुरीली बोलिए..." शशांक मज़ाक़ के मूड में था। वह माहौल को हल्का करना चाहता था। उसे लगा, ग़लत तार छेड़ दिया है।

माया शशांक को छोड़ने वाली न थी। उसी ने उसे बताया कि एक शाम इंडिया इंटरनेशनल सेंटर में वह बहुचर्चित साहित्यकार सुमन सिन्हा के साथ चाय पीने गई थी। तभी उन्होंने बताया कि उनका विवादास्पद उपन्यास 'नागपाश' पढ़ने के बाद एक बड़े आलोचक ने उन्हें फ़ोन किया और उपन्यास की सराहना करने के बाद कहा, "आपकी नायिका बहुत साहसी है, बढ़िया है, प्रखर है। हम उसे

पसन्द तो कर सकते हैं, लेकिन उससे विवाह नहीं कर सकते।"

माया यह बात भूली नहीं आज तक। वह समझने लगी है पुरुषों को, जिन्हें विवाह मैटीरियल लड़कियाँ पसन्द आती हैं, बौद्धिक बहसों में मंचों पर दहाड़ने वाली, सवाल उठाने वाली नहीं। ऐसी स्त्रियों के बारे में उनकी राय होती है, "ये घरफोड़ू हैं, अपना घर तोड़ती हैं, फिर दूसरों का तोड़ती हैं।"

"लेकिन मैं तो ऐसा नहीं सोचता, मायू।"

शशांक ने बुरा माना माया की बात का।

"यार मायू, तुम न, बहुत एजेज़रेट करती हो बातों को, मुद्दे को...इससे सम्बन्धों की मधुरता ख़त्म होती है। तुम्हारी भाषा में कहें—रसभंग।"

एक साथ तल्ख़ हुआ, फिर नरम पड़ा।

"छोड़ो...मैं तुम्हारे साथ अपनी दोस्ती स्त्री-पुरुष के झगड़े में खोना नहीं चाहता। हम दोनों क्या टिपिकल बहसें करते हैं...? हम दोस्त हैं, हम जेंडर क्यों ढोएँ...? ओके...टॉपिक चेंज करो...प्लीज़...!

"और सुनो, यह तुम साधु-सन्तों का चक्कर छोड़ो...ये सब कितने बड़े फ्रॉड होते हैं, मालूम है न...? हमें तो उनसे सौदा पटाना है। उनके अखाड़े की ज़मीन है, हमें मिल जाए।"

माया शशांक की बातें कहाँ सुन रही थी? उसके भीतर तो संन्यास को लेकर जिरह चल रही थी। उसे भी महन्त जी से बहुत सवाल पूछने थे।

क्या आंटी के बहाने होम स्टे खोलने का इरादा उसके वैरागी मन की कोई चाल है? यह सवाल ख़ुद से था, जिसका जवाब ढूँढ़ रही है। क्या वह सचमुच जीवन से, सम्बन्धों से, समाज से, नौकरी से मिलने वाली चुनौतियों से ऊब गई है? हर जगह ख़ुद को बेहतर, श्रेष्ठ साबित करने के दबाव में उसके जीवन का रसभंग हो रहा है या मनचीता साथी न मिलने की वजह से जीवन रेत की तरह झड़ रहा है? क्या वह अपने भीतरी आग्रहों से तबाह है? क्या एकल जीवन भयावह लगने लगा है? मुक्ति के तमाम अहसासों के बावजूद...क्या चाहती है वह?

सवालों से मन घबराने लगा था। पूजा भी पास में नहीं थी। समूची दुनिया अपने काम पर लगी थी।

कहीं वह कमज़ोर तो नहीं पड़ रही? ज़ोर से रोने का मन हुआ, लेकिन रुलाई कंठ में ही रोक ली।

मालविका ने ही कहा था कभी, "दी, जो दूसरों का हौसला होते हैं, उन्हें रोने, बिखरने-टूटने की आज्ञा नहीं होती।"

उसके बाद की पीढ़ी है मालविका...आगे की सोचती है। उसके भीतर जिस पुरानी-नई लड़की के बीच मूल्यों और नैतिकताओं का द्वन्द्व है, उससे ये नई लड़कियाँ ही उबारेंगी।

इस वक़्त कोई उससे पूछता, "कैसी हो, माया?"

माया जवाब देती, "पहले से आराम है।"

13

पूजा दो दिन से ग़ायब थी।

उसके बिना माया के लिए आराम हराम हो गया था। दो बार फ़ोन किया, उसके पति ने उठाया और कहा, "वो कहीं गई हुई है। मैं घर जाऊँगा तो बोलूँगा, आपको फ़ोन करे।"

लेकिन कोई फ़ोन नहीं आया। फिर अगले दिन माया ने फ़ोन किया। पूजा के पति ने पुराना जवाब दोहरा दिया। अब वह उसके पति को क्या बोले? जाने उसकी बात का क्या असर हो और घर जाकर कोई झंझट न करे? बातचीत से तो विनम्र लगता था, लेकिन अन्दर की बात क्या जाने? पूजा ने हमेशा तारीफ़ ही की।

जहाँ बहुत तारीफ़ होती है, वहाँ माया का दिमाग़ खटक जाता है। उसकी यह आदत पुरानी है। इस पर उसका एक पुराना सहकर्मी कहता था, "मर्दों के प्रति तेरे दिमाग़ में बहुत निगेटिविटी भरी हुई है। कभी पॉज़िटिव सोच ही नहीं सकती।"

क्या कहती उससे, बहस छिड़ जाती। कितना भी उदार पुरुष हो, बहस में स्त्री से पराजय सहन नहीं कर पाता है। उसके प्रति मन में हिंसा पाल ही लेता है और स्त्री के मान-मर्दन का अवसर ढूँढ़ता रहता है।

उसका मान-मर्दन करने की कोशिश अलग-अलग पुरुषों ने बार-बार की है और अब वह सचेत हो गई है। उनसे किस स्तर तक बहस करनी चाहिए, ध्यान रखती है। बहस के दौरान कई बार ऐसे पुरुष भाषाई नीचता की हद पार कर जाते हैं। स्त्रियों के प्रति पहली हिंसा का माध्यम उनकी भाषा है।

वैसे माया इस समय पॉज़िटिव ही सोच रही थी। पूजा का पति सच में अच्छा

होगा। अगर नहीं होता तो पूजा जैसी मुँहफट, बेबाक स्त्री अब तक उठा-पटक कर चुकी होती। वैसे इनसान को बदलते देर नहीं लगती है। दो दिन हो गए, पूजा का फ़ोन नहीं आया, तब माया का ग़ुस्सा सातवें आसमान पर पहुँच गया। पहले सोचा कि सोसाइटी के कैम्पस में जो दोपहरी बैठकी होती है कामवालियों की, वहाँ जाकर फट पड़े। पूजा इतना तो कर सकती थी कि किसी से ख़बर करवा दे। इन्हें कभी सलीका नहीं आएगा। उसके भीतर की सवर्ण स्त्री जाग उठी थी, जिसे अपने जानते उसने भीतर ही मार डाला था और वर्ग-भेद, जाति-भेद, धर्म-भेद से ऊपर उठी हुई एक उदार लड़की बन चुकी थी। इसके बावजूद जब ग़ुस्सा आता है तब भीतर सोई हुई सामन्ती स्त्री जाग उठती है। उसे चाहते हुए भी मार पाना असम्भव लगता है। जब तक समाज में श्रम को छोटा-बड़ा करके देखने का नज़रिया नहीं बदलेगा, तब तक उसकी जैसी स्त्रियों की सोच कहाँ बदलेगी? हालाँकि माया ने कितनी बार पूजा को इस कुंठा और हताशा से बाहर निकाला था। कई बार उसने अपना दुःख साझा किया था।

"दीदी, मैं कोई कामवाली थोड़े न थी? वो तो हमारे घर में कुछ कांड हो गया, व्यापार में घाटा हो गया, रिश्तेदारों ने धोखे से सब हथिया लिया तो हमें गाँव छोड़ना पड़ा। पायल के पापा को जगह बदलना ज़रूरी हो गया था। वहाँ रहते तो घुटकर मर जाते। वहाँ तो छोटा-मोटा काम नहीं कर सकते न! बिरादरी में नाक कट जाती। हम यादव लोग हैं। हम ये सब काम नहीं करते। यहाँ हम इज़्ज़त की दो रोटी कमाते हैं, खाते हैं, चैन से रहते हैं।"

माया उसे समझाती, "कोई काम छोटा-बड़ा नहीं होता, पूजा। काम तो काम है, जो रोटी दे, स्वाभिमान दे।"

"दीदी, हमारा काम इज़्ज़त तो नहीं देता, जो आपके काम से मिलती है...हमें तो रोज़ मैडमों-साहबों की डाँट सुननी पड़ती है।"

"देख पूजा, हमने इसके लिए पढ़ाई की, मेहनत की, परीक्षाएँ दीं, पास किए तब आज ये सब काम कर पा रहे हैं। सोच, अगर हमने ये सब न किया होता तो हम कहाँ होते आज? कहीं किसी गाँव में ब्याह दिये गए होते, किसी सामन्ती परिवार में घुट कर जीते, चूल्हा फूँक रहे होते...आठ-दस बच्चे पैदा...?

"और सुन...तुझे कभी डाँटा मैंने? कितने प्यार से, सम्मान से रखती हूँ! तू तो मैनेजर है मेरे घर की, मेड कहकर कभी परिचय नहीं करवाया तेरा।...हेल्पर, डोमेस्टिक वर्कर या मैनेजर...तू मेरी स्टेट मैनेजर है।"

माया ख़ूब हँसती इस बात पर।

"तेरे विधायक चाचा कुछ नहीं मदद करते तेरी?"

"अरे दीदी, सब मतलबी हैं। चुनाव आएगा न, तब देखना, हमारी याद आएगी। फ़ोन करेंगे पायल के पापा को, हमारी बेटी को भेज दो...काहे...बताऊँ आपको... महीने भर भोज-भात कौन कराएगा? पूजा है न, खटवा लो। घर-घर भेजो, वोट माँगेगी। खाना भी पकाएगी।...इस बार तो हम न जानेवाले, दीदी..."

"अगला चुनाव 2022 में है, अभी 2019 है, बहुत समय है रे...क्या जाने, इस बीच क्या हो?"

पूजा से बातचीत हमेशा दिलचस्प होती है। वह गप्पों और जानकारियों का ख़ज़ाना है। वह कभी शान्त या ख़ामोश बैठ ही नहीं सकती। हर वक़्त उसे बात करनी होती है। कोई चाहिए जिससे वह बातें कर सके। गप्पी इतनी कि कभी बाज़ार भेजो तो उसे ज़्यादा समय लगता। वह लिफ़्ट के नीचे से बात करना शुरू करती; रास्ते में जो मिलता, उसका सुख-दु:ख पूछती। किसी को ज़रूरत हो, तो माया को फ़ोन करके उसके साथ लग लेती। वह कुछ ज़्यादा ही सोशल थी और वोकल भी। माया को उलझन होती, मगर वह उसके एकान्त की सहचरी बन गई थी—उसके सुख-दु:ख की पहली गवाह, उसकी सबसे भरोसेमन्द साथी।

माया कहीं बाहर घूमने जाती तो उसके लिए कोई न कोई उपहार ज़रूर लाती। एक बार बड़ा मज़ेदार वाक़या हुआ जिस आज तक माया समझ नहीं पाई।

हुआ यूँ कि मुम्बई में धारावी में चमड़े के ख़ूब सस्ते-सस्ते पर्स मिल रहे थे। बहुत सुन्दर और डिज़ाइनर पर्स। माया ने अपने और दोस्तों के लिए ख़रीदे तो एक पूजा के लिए भी ले लिया। पूजा हमेशा छोटा-सा बटुआ लेकर चलती है और मोबाइल को अपने लेडीज़ बैंक में यानी छाती में, ब्रा के भीतर रख लेती है, जैसे माया की दादी वहाँ बीड़ी और माचिस के बंडल छुपाकर रखती थीं। जहाँ मौक़ा मिला, फूँक लिया। पूजा को भी यही आदत थी। कितनी बार मना किया, उसके नुकसान बताए, फिर माया के डर से घर में घुसती तो मोबाइल हाथ में ले लेती। माया को ख़याल आया कि इस बार उसे पर्स गिफ़्ट करना चाहिए।

उसे लगा, पूजा प्रसन्न हो जाएगी।

छोटा-सा सुन्दर किन्तु सस्ता पर्स उसके लिए लेकर आई थी। पूजा की प्रतिक्रिया देखने लायक थी।

"यह क्या?"

वह माया के ऊपर हँसती रही।

"अरे दीदी, हम कामवालियाँ मैडमों की तरह पर्स लेकर आएँगी क्या काम पर? आपने देखा है किसी को पर्स लेकर काम पर आते? हम तो छोट-छोटे पर्स मुट्ठी में दबाकर चली आती हैं। हमें कौन-सा मेकअप का सामान या डायरी, क़लम रखना होता है आपकी तरह!"

उसे आश्चर्य हुआ उसके इस मनोविज्ञान पर।

"कोई न लाए, तुम लेकर आया करो...अच्छा लगता है। इतने सुन्दर-सुन्दर ड्रेस पहनती हो, लिपस्टिक कभी तेरे होंठों से हटती नहीं। पर्स टाँगने में क्या दिक़्क़त...?"

"दीदी, सब कामवालियाँ चिढ़ाएँगी कि मैडम के साथ रहकर मैडम बन गई है...सब बैठ जाएँगी एक जगह और मेरा मज़ाक़ उड़ाएँगी। आप जानती नहीं इनको, पढ़ी-लिखी हैं नहीं, और बात करें क्या...यही सब।"

ओह, तो यह कुंठा है?

"ले जा...अब ले आई हूँ, तो वापस नहीं लूँगी। बेटी को दे देना।"

"हाँ, दीदी, उसी को दूँगी। बड़ी वाली बेटी ख़ुशबू तो कम्प्यूटर सीख रही है। कहती है, मम्मी, मेरी नौकरी हो जाएगी, तो तू यह काम छोड़ देना। घर बैठना। बहुत खट लिया आपने।"

पूजा के चेहरे पर गर्व की रेखाएँ उभरीं।

"काम छोड़ देगी...? क्या कह रही है पूजा...? मेरा क्या होगा रे? मैं अकेली कैसे...?"

"दीदी, अभी टाइम है इसमें...तब तक मैं हूँ न?"

पूजा के काम छोड़ने के ख़याल से ही माया काँप उठती है। जिस तरह उस पर उसकी निर्भरता है कि उसे ख़ुद से एक गिलास पानी लेकर पीना भारी लगता है। उसका उसके बिना क्या हाल होगा? कामवालियाँ तो बहुत मिलती हैं, भरोसा और नेह का नाता कम से जुड़ता है। यहाँ ऐसी कामवालियाँ भी हैं जो चुपचाप अपना काम करके निकल जाती हैं। उनके चेहरे पर इतना सन्नाटा रहता है कि कई बार दहशत होती है देखकर। पूजा सबसे अलग है। न चुप रहती है, न चुप रहने देती है। चेहरे पर हमेशा लाल गुलाब खिलाए रखती है। लाल लिपस्टिक के बिना उसकी सुबह नहीं होती होगी—चाहे उनींदी आए, लिपस्टिक हमेशा होंठों पर खिलती रहती है।

पूजा को ख़ुश करने के लिए कई बार माया ने सुनाया है, 'एक सफल स्त्री

के पीछे एक ट्रेंड मेड का हाथ होता है।' वह ख़ुश हो जाती है। कुछ लोग कितनी छोटी-छोटी बातों पर ख़ुश होना जानते हैं? ऐस लोग कितने ख़ुशनसीब हैं! उन्हें किसी बड़ी ख़ुशी का इन्तज़ार नहीं रहता।

पूजा के बारे में सोचते-सोचते उसका दिमाग़ भन्ना गया। दिमाग़ में पहले से ही इतनी उलझनें हैं, ऊपर से एक यह पूजा ग़ायब है।

तीसरे दिन पूजा नमूदार हुई। इससे पहले कि माया उस पर बरसती, उसके पीछे एक बला की ख़ूबसूरत लड़की माया के सामने हाथ जोड़कर खड़ी हो गई। उसके सौन्दर्य से एकबारगी उसकी आँखें चौंधिया गईं।

"यह कौन है, पूजा? किसे साथ लेकर घूम रही है?"

माया उससे पूछती, इससे पहले पूजा ने उस लड़की को साधिकार मोढ़ा देकर बिठा दिया। माया हक्की-बक्की, मुँह बाए दोनों को देखने लगी। पूजा माया का हाथ पकड़कर कमरे में ले गई। उस वक़्त वह घर पूजा का था और माया उसकी मातहत।

उसने जो बताया, उसे सुनकर पूजा के प्रति ग़ुस्सा तो ख़त्म हो गया, लेकिन एक और बोझ दिमाग़ पर हावी हो गया।

"मुझे लगता है, यहाँ औरतों के लिए पुनर्वास सेंटर खोलना पड़ेगा, पूजा! मैं इसका क्या करूँ...क्या मदद करूँ...?"

"दीदी, मैंने मरने से बचाया है इसे। हमारे पड़ोस में घर है इसका। पुल से जमुना जी में कूदने जा रही थी। हमें पता लगा तो हमने रोका। तब से इसकी निगरानी करती हूँ। अब अकेला नहीं छोड़ूँगी। कुछ कर बैठी तो?"

"इसकी कहानी सुन लो आप। आप मदद कर सकती हो...कर दो दीदी...। इसकी सुन्दरता ही इसका काल है, दीदी। कामवालियों की बेटियाँ इतनी सुन्दर नहीं होनी चाहिए!" पूजा की आँखें भरी हुई थीं। लगता था, रो पड़ेगी।

माया ने उसे दिलासा दिया।

जीवन कितने आश्चर्यों से भरा हुआ है? पूजा ने माया से कहा कि वह इसकी कहानी अपनी पत्रिका में छापे ताकि इसे न्याय मिल सके। मालविका से सलाह ली तो उसने सुझाव दिया, "हम फ़ेसबुक पर पेज बनाते हैं—जस्टिस फ़ॉर बाला। जाने इसे अब क्या जस्टिस चाहिए? इतना समय अपने कम्फ़र्ट ज़ोन में बिताकर विद्रोह का क्या फ़ायदा?"

एक नई कहानी माया के सामने खुल रही थी।

सड़क के एक तरफ़ ऊँचे-ऊँचे और आलीशान अपार्टमेंट्स थे, तो दूसरी तरफ़ बेतरतीब बसी हुई अवैध बस्तियाँ थीं। उन बस्तियों में न जाने कितनी पीढ़ियों का विलाप भरा शोर व्याप्त था। यह मामूली सुख-सुविधाओं के लिए बिलबिलाती हुई आत्माओं का आर्द्र शोर था।

सड़क पर बड़ी-बड़ी चमकदार और लक्ज़री गाड़ियाँ सरपट दौड़ती हुई अपार्टमेंट्स की तरफ़ जानेवाली सड़कों पर आ-जा रही थीं और दूसरी तरफ़ टैम्पू और ऑटो रिक्शा थे जो ज़्यादातर उन लोअर क्लास बस्तियों के रास्ते की ओर मुड़ रहे थे। शेयर्ड ऑटो का कानफोड़ू शोर, नोएडा-आनन्द विहार तक ले जानेवाले धुआँ छोड़ते ऑटो रिक्शा। सड़क की दोनों तरफ़ टूटे अरमानों और सपनों की दो मुख़्तलिफ़ दुनिया। इस दुनिया में घिसट-घिसटकर ज़िन्दगियाँ जीते लोग! ऐसे भी कुछ लोग थे जो आधे दिन सड़क के इस पार रहते और आधे दिन सड़क के उस पार रहते थे। वे लोग अपने घरों में कम रहते थे। इस दुर्गन्ध भरी अँधेरी दुनिया के लोग अपना सारा वक़्त सामने वाली लक-दक और पुरनूर दुनिया को सजाने-सँवारने और अपनी धुरी पर टिकाए रखने में ख़र्च करते थे और फ़क़त सुस्ताने की गरज़ से अपनी दुनिया में वापस लौटते थे। उनकी दुनिया ख़ुद उनके लिए ही एक सराय थी जहाँ अपनी रातें काटने के बाद वे फिर सामने की दुनिया में लौट जाते थे। आख़िर उनको उस बिखरी-बिगड़ी हुई दुनिया को फिर से करीने से सँवारना होता था।

बाला इन दोनों दुनियाओं के बीच तक़रीबन ख़ुद को घसीटती हुई चली जा रही है। सड़क पर भीड़ का कोलाहल है। हर तरफ़ गाड़ियाँ ही गाड़ियाँ गुज़र रही हैं, लेकिन वह उनसे बेख़बर है। उसकी अगल-बग़ल से नोएडा के मॉल में शाम की तफ़रीह या शॉपिंग के लिए कई कपल्स जा रहे हैं—कोई बाइक पर बैठा है तो कोई अपनी कार में। बाला से उन जोड़ों के हाथ में हाथ डाले या बाइक पर एक-दूसरे से टकराते हुए जिस्म देखे नहीं जाते। उनको एक-दूसरे से मुस्कुराते हुए बोलते-बतियाते हुए देखकर उसके मन एक एक गहरी टीस-सी उठती है। वह हिक़ारत से अपनी आँखें फेर लेती है। उन आँखों में उन दृश्यों को देखकर कोई क्रोध नहीं उभरता, बल्कि वितृष्णा, अपमान, तिरस्कार और आत्मदया की मिली-जुली भावनाएँ हैं। हमेशा की तरह बाला ने आज भी ढेर सारी शॉपिंग की है। उसका पसन्दीदा मॉल आजकल जी.आई.पी. है। उसे छोड़कर उसे सब दूसरे मॉल डाउन मार्केट लगते

हैं। जी.आई.पी. मॉल में घुसते ही वह ख़ुद को भूल जाती है। मॉल की गहमागहमी और चकाचौंध उसे अपनी गिरफ़्त में ले लेती हैं। वह कभी मेकअप कराती है और अपना लुक पूरा का पूरा बदल लेती है। कभी कपड़ों की शॉपिंग तो कभी ग़ैरज़रूरी एसेसरीज़ की। तक़रीबन रोज़ ही वह थैलों से लदी-फदी अपने फ़्लैट में घुसती है। उसके लिए जीवन का मतलब या मक़सद यही है इन दिनों।

अपने अजीबोग़रीब ख़यालों और व्यर्थताबोध में डूबी वह सड़क पर ख़ुद को लगभग घसीटती हुई चली जा रही है।

तभी पीछे से आती एक गाड़ी के हॉर्न उसे चौंका देता है।

"अरे मैडम, ऐसे बीच में न चला करो! लग-वग गई तो भुगतना तो हमने है!" कार वाला ग़ुस्से में चिल्लाता है।

बाला को जैसे किसी ने झिंझोड़कर नींद से जगाया हो। उसने नज़र घुमाकर देखा। वह वाक़ई सड़क के बीचोबीच थी। उसके आगे-पीछे गाड़ियों की लाइनें थीं और उनके कर्कश हॉर्न की बेधने वाली चीख़ें। वह चौंक गई। भारी-भारी थैलों का बोझ उठाए हुए वह सड़क के किनारे जा खड़ी हुई। खोड़ा कॉलोनी अब उससे कुछ मीटर और दूर हो गई थी। वैसे भी वहाँ नुक्कड़ पर सस्ती जलेबियाँ खाने वाले लोअर क्लास के लोग होते हैं, जो उसे लोलुप नज़रों से घूरते रहते और लिप्सा की लार टपकाने लगते थे। बाला ने खोड़ा कॉलोनी पर हिक़ारत भरी नज़र डाली और इन्दिरापुरम के लिए ऑटो पर सवार हो गई।

घर पहुँचते ही वह तसल्ली से एक गिलास पानी पिएगी। उसके बाद ही कोई दूसरा काम करेगी, लेकिन काम भी क्या करेगी? बाला को लगता है कि उसके पास अपनी ज़िन्दगी पर रोने, शॉपिंग करने और खाने-पीने के अलावा कोई और काम है ही नहीं। उसका गला प्यास से सूख रहा था। अपनी सोसाइटी की ऊँची इमारत को देखकर उसे तसल्ली हुई। जैसे ही वह ये इमारत देखती थी, बचपन से अपने माथे पर चस्पाँ खोड़ा कॉलोनी का अदृश्य टैग हटा हुआ महसूस करती थी। उसे खोड़ा कॉलोनी का टैग बहुत नापसन्द था। जब से वह बड़ी हुई थी, तब से उसने केवल अपने माथे से इस टैग को हटाना चाहा था। उस वक़्त उसे शिवदास कुमार पर बहुत सारा लाड़ उमड़ आया था। आख़िर शिवदास कुमार की ही वजह से तो वह खोड़ा कॉलोनी को बहुत पीछे छोड़ आने में कामयाब रही थी। लेकिन यह टैग हटाने की कितनी बड़ी क़ीमत चुकानी पड़ी उसे, यह सिर्फ़ वही जानती है। उन बातों को सोचकर ही उसके रोंगटे खड़े हो जाते थे। रग-रग

में एक दहशत-सी दौड़ जाती थी, गोया शिवदास कुमार की दौलत और वैभव ने उसे खोड़ा कॉलोनी के टैग से मुक्ति तो दिला दी, लेकिन उससे उसका वर्तमान और भविष्य छीन लिया था—पैसों के छल से, रुतबे के बल से और सुनहरे सपनों के फ़रेब से। फ़रेब भी कितनी दिलकश शय होती है?

आज उसके पास सपनों का संसार है। आज अगर वह रौशनी में आँखें खोलती है तो उन सपनों और दूधिया रौशनी का कारण उसका शिवदास कुमार ही तो है। आज भी अपने लिए कितनी ढेर सारी शॉपिंग करके आई थी! घर आते ही वह धम्म-से सोफ़े पर पसर गई। कीर्ति नगर से यह महँगा और लेदर का प्लस सोफ़ा शिवदास कुमार ने उसके लिए ही मँगाया था। शिवदास कुमार है ही ऐसा। उसकी छोटी से छोटी फ़रमाइश को सर-माथे पर लेने वाला। बस, कोई फ़रमाइश उसकी ज़ुबान से निकलने भर की देर थी कि शिवदास कुमार उसे चुटकियों में पूरा कर देता था। आज इन महँगे सामानों और फ़र्नीचरों के बीच वह ख़ुद भी किसी बेजान सामान की तरह दिखने लगी है।

पाँचवीं मंज़िल पर बने इस फ़्लैट में तीन तरफ़ से बालकनी है। सुबह-सुबह उठकर उगते हुए सूरज को निहारना उसे बहुत पसन्द था, मगर आजकल तो वह दस बजे से पहले जगती ही नहीं है। जब तक वह सोकर उठती है, तब तक सूरज आसमान में काफी ऊपर चढ़ चुका होता। तब उसे बरबस अम्मा की याद आती है। अम्मा की यादें उसके लिए कितनी कड़वी थीं!

"छी: अम्मा! छी...छी!!"

उसने ठंडे पानी का पूरा गिलास हलक़ में उतार लिया।

फिर वह उठी और थोड़ी देर पहले ही मॉल से जो चीज़ें ख़रीदकर लाई थी, उन्हें उलट-पलटकर देखने लगी। महँगी-महँगी आर्टिफ़िशियल ज्वेलरी, एंटिक झुमके... और मीना बाज़ार से ख़रीदे गए महँगे और नई डिज़ाइनों के सूट—और भी कितनी छोटी-मोटी चीज़ें! सब कुछ तो था उसके पास। घड़ी की सूई अपनी रफ़्तार से बढ़ रही है। धीरे-धीरे रात आएगी और अपने अकेलेपन और अँधेरेपन की गिरफ़्त में उसे भी ले लेगी। फिर नशे के आलम में वह पलों को टटोलती है...शायद ख़ुद को तलाश करने की कोशिश करती है। वह अपने-आपको भी नहीं मिलती। इसी चिढ़ में वह अपने घर में पड़ी महँगी चीज़ों को कई बार तोड़ देती है।

बाला भटकती है, अपने उन तीन कमरों वाले घर में। वह अकेली इधर-उधर भटकती रहती है, जैसे बेचैन रूहें भटका करती हैं। वह किसी पर छा जाना चाहती

है...या किसी को ख़ुद पर छाने देना चाहती है। वह किसी की देह की नर्म-गर्म लम्स खोजती है। और जब उसे वह स्पर्श और गन्ध हासिल नहीं होता तो देह के साथ-साथ मन में भी एक ऐंठन महसूस करती है। वह ख़ुद को समेटना-सहेजना चाहती है और जब इस क़वायद में नाकाम हो जाती है, तो बिस्तर से उतरकर वह बाथरूम में दाख़िल हो जाती है, कई-कई घंटे शॉवर के नीचे खड़ी रहती है। पानी की तेज़-ठंडी फुहार को देह की पोर-पोर में महसूस करना चाहती है। चाहती है कि मन का यह ताप कम हो जाए और देह के सूखे कंठ को पानी की एक घूँट मयस्सर हो, मगर यह अकुलाहट...यह तिश्नगी बढ़ती जाती है। ऐसा कई बार हुआ है कि बेहोशी की हालत में शिवदास कुमार उसे बाथरूम से निकालकर लाया है। सुबह जब वह ऑफ़िस जाता है तो उसके सिरहाने बेड-टी, ब्रेकफ़ास्ट और अपना क्रेडिट और डेबिट कार्ड रखकर जाता है।

वह एक ख़ुमारी में बड़बड़ाती है, "तुमने पहले क्यों नहीं बताया, शिवदास कुमार? यह छल क्यों किया? हम तो एक-दूसरे के लिए नहीं बने थे...!"

बदले में शिवदास कुमार कोई जवाब नहीं देता। उसके पास कहने के लिए बचा भी क्या था? बस, एक बच्चे की तरह उसे बेड पर लिटा देता...दो बार उसकी ललाट पर हथेली फिराता और फिर एक लिहाफ़ उसके उपर डाल देता। अक्सर वह अपनी निगाहें चुराता था। वह उसके उस चेहरे को नहीं देख पाती जहाँ रत्ती भर भी अफ़सोस नहीं बल्कि विजेता होने का एक पाखंड-भरा दर्प झलकता रहता था।

जिस रात से शिवदास कुमार की असलियत उस पर खुली, उस रात से बाला को उसकी शक्ल से भी घृणा हो गई है। ज़रूरत भर बातचीत करते हुए भी उसकी तरफ़ आँखें उठाकर देखना नहीं चाहती। अलबत्ता फ़ोन पर ज़रूर थोड़ा सहज होकर बात कर लेती है।

उसके भीतर बर्फ़ की मानिन्द कहीं एक ख़ामोशी जम गई है, जिसका जमना पहले से ही भीतर-भीतर जारी था और किसी को भी नहीं दिख रहा था। वह किसी से अपना दुःख बतलाना भी नहीं चाहती थी, जैसे अपने ही ऊपर निर्लिप्तता की केंचुल डाल ली थी उसने। शाम को आस-पड़ोस से आती हुई मामूली आवाज़ें भी उसे परेशान करतीं। उसे रात के क़रीब होने का ख़ौफ़ होने लगता था।

बाला को ऐसा लगता कि उसके मन में बहुत ही गहरी गुफ़ाएँ हैं, जिनके भीतर कई-कई और गुफ़ाएँ हैं। उसे अकेले ही उन अँधेरी गुफ़ाओं के भीतर भटकना है। उन्हीं गुफ़ाओं में से किसी एक के सुदूर रौशन सिरे पर अम्मा खड़ी दिखाई देती

है। अम्मा भरी जवानी में विधवा हो गई थी। उस वक़्त वे सभी खोड़ा कॉलोनी के एक दड़बेनुमा घर में रहते थे। अम्मा अनपढ़ लेकिन बहुत ख़ूबसूरत थी, लेकिन उससे भी ज़्यादा ख़ूबसूरती ऊपर वाले ने बाला को बख़्शी थी। अम्मा अक्सर कहा करती थी कि भगवान सब कुछ दे, मगर ग़रीब की लड़की को ख़ूबसूरती न दे। उसके तंग-से घर में उसके सारे सामान की ख़ूबसूरती एकदम-से उसके सामने कालिख में बदल जाती। वह धीरे-धीरे बचपन के उन्हीं दिनों में वापस चली जाती। छोटी-छोटी बातें अचानक याद आने लगतीं।

उसकी कामवाली अम्मा ने बड़ी जतन से पाई-पाई जोड़कर खोड़ा कॉलोनी में सौ गज़ का वह प्लॉट ख़रीदा था। तब किसी को इस बात का इलहाम तक नहीं था कि अगले कुछ सालों के बाद ही सड़क के उस तरफ़ अमीरों की एक पॉश कॉलोनी बन जाएगी। नतीजतन, सड़क के इस तरफ़ के प्लॉट पर भी प्रॉपर्टी डीलरों और ब्रोकरों की गिद्ध-दृष्टि पड़ जाएगी। बाला को वह मनहूस दिन अब भी याद है जब बिल्डरों ने उसके प्लॉट पर भी ज़बरन क़ब्ज़ा कर लिया था। ग़रीबी की मारी अम्मा बेचारी दूसरों के यहाँ झाड़ू-पोछा और चौका-बर्तन कर किसी तरह परिवार का बसर कर रही थी। उनके भाड़े के लठैतों से वह भला कैसे निबटती? वह बिल्डर के आगे ख़ूब रोई-गिड़गिड़ाई, मिन्नतें कीं, मगर उस पत्थरदिल बिल्डर का कलेजा रत्ती भर भी नहीं पसीजा।

जैसे-जैसे नोएडा और इन्दिरापुरम का एक्स्टेंशन हो रहा था, वैसे-वैसे खोड़ा गाँव में भी बिल्डर और प्रॉपर्टी डीलर कुकुरमुत्तों की तरह उग आए थे। वे लोग इलाक़े के छोटे-बड़े प्लॉटों पर क़ब्ज़ा जमा लेते थे और आख़िरकार उसके मालिकों को अपना प्लाट औने-पौने दामों पर बेचने के लिए मजबूर कर देते थे। लोकल पुलिस भी उन्हीं से मिली हुई थी और कोर्ट-कचहरी दौड़ने की उन ग़रीबों की हैसियत नहीं थी।

शिवदास कुमार अम्मा को उसी प्रॉपर्टी डीलर के ऑफ़िस में मिला था, जिसके यहाँ वह रोज़-रोज़ अपने प्लॉट को बचाने की गुहार लेकर जाया करती थी। शिवदास कुमार का पेशा भी प्रॉपर्टी डीलिंग का ही था और अपने इस धन्धे में उसने जायज़-नाजायज़ तरीक़े से अच्छी-ख़ासी दौलत कमाई थी। मासूम और भोला-भाला-सा क्लीनशेव चेहरा, थोड़ी पतली आवाज़, स्त्रैण चाल-ढाल और इतराती हुई भाव-भंगिमाओं वाले शिवदास कुमार ने उस आड़े वक़्त में न केवल उसकी अम्मा को सहारा दिया था बल्कि अपने गुर्गों को कहकर उस बिल्डर के

गुंडों को उसके प्लॉट से मार भगाया था। उसके बाद भी शिवदास कुमार अम्मा का हर तरह से ख़याल रखने लगा था।

अपनी बेटी के दिल से अनजान अम्मा ने एक दिन उस सुदर्शन-मुलायम पुरुष को अपनी बेटी का हाथ सौंपने का ऐलान कर दिया। तब बाला को खोड़ा गाँव के अपने पहले प्रेमी रौशनलाल की बेतरह याद आई थी। दोनों ने साथ-साथ ज़िन्दगी बसर करने का ख़्वाब देखा था, लेकिन ज़िन्दगी से रौशनलाल की रुख़सती के साथ ही उस ख़्वाब ने अँधेरे में डूबकर दम तोड़ दिया था। उसे तो नसीब ने यह भी मोहलत नहीं दी कि वह अम्मा को शिवदास कुमार के बारे में बतला भी सकती। रौशनलाल भी निरा कायर ही निकला मानो किसी ने उसकी ज़ुबान पर ताला जड़ दिया था। इन हालात में विरोध करती भी तो किसके सहारे करती? शिवदास कुमार की दौलत और चमक-दमक वाली ज़िन्दगी ने अम्मा की आँखों को ही नहीं दिल को भी चुँधिया दिया। वह शिवदास कुमार के अहसानों की मुरीद हो चुकी थी।

हताशा में बाला ने नींद की बीसियों गोलियाँ निगल ली थीं। अम्मा ने छाती पीट-पीटकर रौशनलाल की सात पुश्तों को कोसा। ऐसे नाजुक वक़्त में फिर शिवदास कुमार ही काम आया था। उसने जी-जान से बाला की तीमारदारी की, उसके इलाज में पानी की तरह पैसे बहाए और बाला को बिलकुल नॉर्मल स्थिति में घर वापस ले आया। उसने रात-दिन अस्पताल में गुज़ारे। अम्मा तो अपने काम पर चली जाती और शिवदास कुमार उसके पास बैठा रहता—बिना हारे-थके और रुके। बाला उसके अहसानों तले दब गई थी, मगर दिल में कमबख़्त रौशनलाल की जो जगह थी, वह शिवदास कुमार को कभी नहीं दे सकी। सुबक-सुबककर रोती तो शिवदास कुमार उसे ढाढ़स बँधाता था। उसके नरम-मुलायम स्पर्श से उसे एक अद्भुत राहत मिलती थी। इसके बावजूद उसके साथ शादी के ख़याल भर से उसका दिल काँप उठता था। एक अनजान आदमी से कोई शादी कैसे कर ले? शादी के हसीन सपने देखे रौशनलाल के साथ और ज़िन्दगी की डोर किसी दूसरे आदमी के हाथ में पकड़ा दे?

लेकिन अम्मा अपने फ़ैसले पर अटल थी और अटल रही।

बाला को अजनबी शिवदास कुमार के साथ खोड़ा गाँव से निकलकर सीधे पॉश इन्दिरापुरम के इस महँगे फ़्लैट में आना पड़ा। कुछ दिन मौज-मस्ती और शिवदास कुमार की ऐश्वर्य से भरी दुनिया में डूबी रही..., लेकिन जैसे-जैसे उसके सामने सच खुलता गया, वह पछाड़ें खाकर गिरती गई।

कुछ दिन तक शिवदास कुमार ने उसे छुआ तक नहीं। बाला को यही लगा कि शायद वह ग़म में है, इसलिए शिवदास कुमार को उससे हमदर्दी है। दूसरी तरफ़, बाला रौशनलाल को भूलकर नई ज़िन्दगी जीने के लिए ख़ुद को तैयार करने में लगी थी। आख़िर जो वैभव और सुविधाएँ शिवदास कुमार ने उसे दी थीं, वह सब देने की रौशनलाल सपने में भी नहीं सोच सकता था। लेकिन सिर्फ़ वैभव कब बाँध पाया है किसी स्त्री के मन को? उस रात शिवदास कुमार के पास ख़ुद चलकर गई थी वह। अपने भीतर के संकोच और लज्जा से जूझते हुए और एक औरत के पहल करने के तमाम सम्भावित ख़तरों को भाँपते हुए। क्या पता था, ज़िन्दगी इस शक्ल में भी उसके इम्तहान लेने से बाज़ नहीं आएगी।

शिवदास कुमार तो आधा-अधूरा चाँद था, लिहाज़ा उसकी चाँदनी भी आधी-अधूरी थी और उसकी रातें भी आधी-अधूरी...। इसी वजह से वह अपने घर-परिवार और रिश्तेदारों से दूर इस फ़्लैट में गुमनाम-सा रहता है। बाला को ताज्जुब भी हुआ कि अपने हाव-भाव से शिवदास कुमार तो थोड़ा भी सन्दिग्ध नहीं दिखता था। कितनी होशियारी से उसने ख़ुद को छुपाए रखा था? बहरहाल, हक़ीक़त यही थी, लेकिन यह सवाल बाला के ज़ेहन में रह-रहकर उमड़-घुमड़ रहा था कि आख़िर ऐसे इनसान को शादी करके एक निरीह स्त्री की ज़िन्दगी तबाह करने की क्या ज़रूरत थी? क्या अधिकार था उसे? उसने यह सवाल न जाने कितनी बार शिवदास कुमार से किया था और जवाब में शिवदास कुमार उसे अपना क्रेडिट-कार्ड थमाकर बाहर निकल जाता।

इन्हीं सवालों से टकराती वह सोफ़े पर बैठी रही। किससे पूछती शिवदास कुमार का सच? पता भी किसे होता, और पता भी होता तो उसे क्यों बतलाता?

उसने अपना मोबाइल देखा। एक ही नम्बर से दस मिस्ड कॉल थे। कॉलबैक किया तो शिवदास कुमार के जीजा जी की फूहड़ आवाज़ आई। भद्दी हँसी हँस रहे थे—शादी की बधाई के बहाने ओछा हँसी-मज़ाक़...।

“अरे मैडम, कभी हमारी ज़रूरत पड़े, तो कभी भी बेहिचक बुला लिया करिए... हम आख़िर किस दिन काम आएँगे आपके? शिवदास कुमार ने हमसे रिश्ता तोड़ लिया तो क्या? अब तो आप आ गई हैं, औरतें ही रिश्तेदरियाँ निभाती हैं।...हम किसी दिन आते हैं? सुना है, आप रसपान का भी ख़ूब शौक रखती हैं...बैठते हैं किसी शाम हम और आप।”

बाला ने दाँत किटकिटाते हुए ज़ुबान से खोड़ा गाँव टाइप गालियों की बारिश कर दी।

उधर से बेशर्म हँसी उभरी, "मुझे गलियाँ देने से अच्छा उस आदमी को दो, जो समाज के सामने सिर्फ़ अपनी मर्दानगी साबित करने के लिए तुम्हें ब्याह लाया है...उसके वश में कुछ नहीं। काम हमीं ने आना है, भाभी जी।"

बाला के मन में एक गहरी टीस-सी उठी मानो किसी ने उसके लब सिल दिये हों।

"आवाज़ दे लेना, जब जी करे। घर की बात है, घर ही में रहेगी। आप तो शिवदास कुमार को छोड़ने से रहीं, सोचो ज़रा...कितनी सुख-सुविधा से लाद रखा है आपको? चाहोगी तो भी छोड़ पाओगी ये सब? सोच लो...ठंडे दिमाग़ से... कोई जल्दी नहीं है।"

बाला ने फ़ोन काटकर बग़ल में हिक़ारत से फेंक दिया था।

काम?...क्या काम?...इतनी लाचार है या इतनी ज़रूरतमन्द कि कोई उस पर रहम दिखाए? रिश्ते-नाते हैं कि किसी मंडी में बैठी है?

बाला को याद आया, शिवदास कुमार कैसे अम्मा के सामने बिछा-बिछा-सा रहता था। घर भर के लिए महँगे-महँगे गिफ़्ट लाता था, लेकिन निशाना तो दरअसल बाला थी उसका। कैसी विडम्बना थी? अम्मा ने बाला से छुटकारा पाया और बाला ने खोड़ा गाँव से और शिवदास कुमार ने अपने कलंक से और ज़माने के तानों से। इस पूरे प्रकरण में सबकी अपनी-अपनी मुक्ति थी...अलग-अलग ही सही। अम्मा को छोड़कर सबके साथ मुक्ति अपनी-अपनी शर्तों पर आई थी, लेकिन बाला ने इतनी बड़ी क़ीमत के बारे में कहाँ सोचा था? बाला के लिए तो यह मुक्ति नहीं, क़ैद थी। ऐसी क़ैद, जिससे कोई रिहाई नहीं थी। रिहाई लेकर करेगी भी क्या...कहाँ जाएगी? दुनिया के सारे दरवाज़े तो उसके लिए बन्द हैं। इतनी भीड़ है दुनिया में, जहाँ शिवदास कुमार के जीजा जैसे लम्पट क़दम-क़दम पर दाना डाले बैठे हैं। तो क्या उनसे डरकर मुक्ति के बारे में न सोचे? उसके दिमाग़ की नसें चटखने लगीं। सोचते-सोचते मानो माथा फटकर टुकड़ा-टुकड़ा बिखर जाने वाला था।

बेचैनी में चहलक़दमियाँ करती हुई बाला बालकनी में जाकर खड़ी हो गई। सोचा, सोचने-विचारने की इस जद्दोजहद से बाहर निकल आए। बालकनी से आती ट्यूब की तेज़ रौशनी उसे चुभ रही थी। एक तरफ़ अख़बार के ढेर पड़े थे। तेज़ हवा में अख़बार के पन्ने फड़फड़ा रहे थे। उसने झुककर अख़बारों की तहें जमाने की कोशिश की। एक हिन्दी अख़बार के दूसरे पन्ने पर बड़ी-सी हेडिंग पर अनायास उसकी नज़र पड़ गई।

स्वास्थ्य मंत्री का बयान था—बॉक्स में छपा हुआ।

'पति की नपुंसकता के बारे में सही-सही उसकी पत्नी ही बता सकती है।'

उसने अख़बार उठा लिया और पूरी ख़बर पढ़ने लगी—

"फ़लाँ इलाक़े में पुरुषों में तेज़ी से बढ़ती नपुंसकता के बारे में या तो डॉक्टर बता सकता है या फिर उसकी पत्नी। यह बता पाना सरकार के लिए सम्भव नहीं है कि कौन-सा व्यक्ति नपुंसक है या सामान्य है। कोई पुरुष भला कभी बताएगा कि वह नपुंसक है...? इस समस्या से निपटने या इसको रोकने के लिए प्रदेश सरकार के पास कोई कार्य-योजना नहीं है। महिला स्वास्थ्य शिविरों के माध्यम से नि:सन्तान दम्पती का पता लगाया जाता है। फ़लाँ इलाक़े में इस परेशानी से जूझ रहे 126 व्यक्तियों को चिन्हित किया गया है..."

यह एक सनसनीख़ेज़ ख़बर थी। राज्य के स्वास्थ्य मंत्री का बयान होने के कारण अनेक महिला कार्यकर्ताओं और संगठनों ने इस वक़्तव्य की कड़ी निन्दा की थी।

"127वें आदमी को तो मैं ही पहचानती हूँ।"...बाला ने मन-ही-मन जैसे प्रलाप किया। लेकिन उस 127वें आदमी की पहचान ज़ाहिर होते ही बाला के जीवन का सारा वैभव ध्वस्त हो जाएगा। भीतर से अपने ही सवाल का जवाब सुनाई पड़ा। वह सर से पाँव तक दहल उठी।

ख़बर पढ़ने के बाद उसने पन्ने को अख़बारों के ढेर में दबा दिया।

ट्यूब की लाइट और तीखी लगने लगी थी और उसे चुभ रही थी। उसे अँधेरा चाहिए था जहाँ से रौशनी को देख सके। उसने लाइट ऑफ़ कर दी। बेसुध घुप्प अँधेरे में डूबे आकाश की तरफ़ देखा। वहाँ एक आधा चाँद देर से एक हरे-भरे दरख़्त की झुरमुटों के बीच टँगा था। यह बाला की ज़िन्दगी की रोज़ की तरह ही एक रात थी जिसे उसको ज़िन्दगी के इस क्रूर मज़ाक़ के सहारे बेहिश्त करना था। सुबह को अपने तय वक़्त पर ही आना था और वह सुबह तो उस रात की सुबह होती। बाला की ज़िन्दगी की सुबह को तो पता नहीं कब निकलना था? उसने अपनी एक आँख में खोड़ा गाँव भरा, दूसरी आँख में इन्दिरापुरम का यह खोखला ठाठ-बाट...। खोड़ा गाँव जो उसका अतीत था, उसके एक फ़ैसले से दोबारा उसका भविष्य हो सकता था। चयन करना उसका काम था। इस बर्फ़ के दरिया या अगिन-खोह में कोई एक...।

यह तीन अलग-अलग समयों में पसरी हुई एक ही ज़िन्दगी थी जो तीन अलग-अलग समयों के अन्तराल में पसरी हुई थी। इस यक्षप्रश्न का उत्तर ढूँढ़ने के लिए भी

समय की शरण में ही जाना पड़ता। समय के ज़ख़्म का मरहम भी समय ही होता है।

बाला ने अपनी सोच के सारे दरवाज़े बन्द कर दिये और भूत और भविष्य के दो ध्रुवों पर बर्फ़ की एक शाश्वत् चादर डाल दी।

उस दिन वह इन्हीं अनुत्तरित सवालों से जूझने के बजाय मौत की तरफ़ छलाँग लगाने जा रही थी।

पूरी कहानी सुनकर माया के भीतर दर्द की तेज़ लहर उठी।

"तुम क्या चाहती हो बाला, कैसे मदद करें तुम्हारी? मरना आसान है, जीना मुश्किल काम। जीकर दिखाओ तो जानें...।"

उसे आत्महत्या के बारे में सोचने वालों से भी डर लगता है और उन पर तेज़ ग़ुस्सा आता है। हालात का मुक़ाबला डटकर, अन्तिम साँस तक करना चाहिए। ज़िन्दगी को इतनी जल्दी गिव-अप उसे पसन्द नहीं है। इतनी तकलीफ़ें झेलने के बाद भी कभी उस पल भर भी मरने का ख़याल नहीं आया। कुछ मनोवैज्ञानिक कहते हैं, 'जीवन में सबको एक पल के लिए कभी-न-कभी आत्महत्या का ख़याल ज़रूर आता है।' लेकिन माया अपवाद थी। वह हालात से मुक़ाबला करने में यक़ीन करती थी।

"दीदी..."

बाला फूट-फूटकर रो पड़ी।

"जिस पर गुज़रती है, उसका दिल जानता है। कोई दूसरा नहीं समझ सकता। जब हर तरफ़ से रास्ता बन्द हो गया था तो हम क्या करते? कहाँ जाते...?"

दूर काम करती हुई पूजा चिल्लाई, "तू मुझे फ़ोन नहीं कर सकती थी? मुझे परचून वाला न बताता, तो तू तो पक्का गई थी उस दिन...कीचड़ में धँसकर रह जाती...मरती भी नहीं...जमुना जी में पानी है क्या...? जगह भी ढूँढ़ी तो कैसी...?"

माया ने बाला से पूछा, "वो आदमी तुम्हें सुख तो देता था न? आदर से रखता था? सिर्फ़ देह-सुख ही तो नहीं दिया न? मैं मानती हूँ, पति-पत्नी के रिश्ते में..."

"दीदी..."

बाला ने बीच में उसकी बात काट दी। वह रोना भूल गई। दुपट्टे से आँसू पोंछ डाले।

"मुझे उस आदमी से पूरी सहानुभूति है दीदी, लेकिन मैं सोने के पिंजरे में

नहीं रह सकती ज़्यादा दिन। मेरा दम घुटता है। मुझे ये महँगे कपड़े-लत्ते, सामान, क्रेडिट कार्ड नहीं चाहिए...मुझे मर्द चाहिए था...कैसा पति ढूँढ़ कर दिया मेरी अम्मा ने...? मैं सब छोड़ना चाहती हूँ...मुझे मुक्ति दिलाइए। मैं लौटकर नहीं जाऊँगी।"

"क्या करोगी फिर...? घरों में काम करोगी? कोई काम देगा तुम्हें? तुम समाज को समझती नहीं हो। तुम्हारी सुन्दरता ही तुम्हारे काम में बाधक होगी...देख लेना...।"

"मैं क्या करूँ दीदी, इसमें मेरी क्या ग़लती? मुझे काम दिला दो, दीदी।"

"पति कहाँ है तुम्हारा?"

"वो भागा हुआ है उस दिन के बाद से। मोबाइल भी बन्द किया हुआ है। मुझे मुक्ति चाहिए, दीदी! हम इतना तड़प-तड़पकर ज़िन्दगी नहीं गुज़ार सकते।"

वह गिड़गिड़ाने लगी थी। हिचकी बँधी हुई थी। उसका गोरा चेहरा लाल हो गया था। बाल रूखे-सूखे हो रहे थे। कपड़े भी बेतरतीब थे मानो ख़ुद से लापरवाह हो गई हो। ऐसी हालत तब होती है जब जीवन से कोई बेज़ार और नाउम्मीद हो जाता है। ऐसे वक़्त में उसके साथ पूजा थी, यह बड़ी बात थी।

माया चिन्तित मुद्रा में थोड़ी देर बैठी रही। पूजा घर के काम निबटाने में व्यस्त हो गई थी। बर्तन दो दिन से नहीं धुले थे। कई और चीज़ें भी गन्दी पड़ी थीं। कई जगह पर धूल जम गई थी। पूरी तन्मयता से वह काम में जुटी थी। वह बेफ़िक्र थी कि बाला को सही जगह पहुँचा दिया है। उसे अपनी नौकरी का भी डर नहीं था कि दो दिन बिना बताए ग़ायब रहने की सज़ा मिल सकती है। उसकी जगह दूसरी कामवाली रखी जा सकती है। पूजा के लिए फ़िलहाल नौकरी नहीं, बाला की ज़िन्दगी ज़रूरी थी।

पूजा की लापरवाही पर ग़ुस्से के बावजूद माया ने कुछ नहीं कहा। उसकी मानवीयता ने उसका दिल जीत लिया था। अब माया की बारी थी।

"कुछ करती हूँ...तुम यहीं रहो।"

बाला को आश्वस्त करते हुए उसने मालविका को फ़ोन लगाया।

14

दिल्ली में फ़रवरी उतर आई थी। उसकी रंगत हर जगह नज़र आने लगी थी—पेड़ों पर, घासों पर, पौधों पर, लोगों के चेहरों पर। सर्दी मौसम की सीढ़ियाँ

उतर रही थी। हवा में हल्की ठंडी खुनक थी। धूप नरम-गरम होती थी। देह से मोटे-मोटे स्वेटर उतर गए थे और लिहाफ़ समेटा जा चुका था। देह हल्की हो चुकी थी, ऊनी कपड़ों के उतर जाने से। सभी मॉल में विंटर सेल की धूम चल रही थी। मौसम वसन्त लाने की तैयारी में बेताब नज़र आ रहा था।

इस बार मार्च में होली भी जल्दी आ रही थी।

शशांक ने प्लान बनाया था कि इस बार की होली हम ऋषिकेश में मनाएँ। आंटी भी साथ चलेंगी। माया को शशांक ने कहा कि तुम चाहो तो मालविका, संचिता को भी साथ ले सकते हैं। सिन्दूरी के बिना संचिता के दिन किसी तरह कट रहे थे। सिन्दूरी को गए तीन-चार महीने हो गए थे। फ़ोन पर भी लगभग उन सबका उससे सम्पर्क समाप्त हो चुका था। किसी भूली-बिसरी कहानी की तरह उसकी यादें झिलमिलाती थीं। वक़्त को कुछ पता नहीं चलता। कई बार पल भी सदियों जितने लम्बे लगते हैं।

माया उस रोज़ सुबह-सुबह बैठी सोच ही रही थी कि सबको फ़ोन करूँ। पिछले कुछ दिनों से जैसे सबके बीच सन्नाटा-सा खिंचा हुआ था। शशांक की यात्राएँ बढ़ गई थीं। वह आंटी को लेकर ज़्यादा ही चिन्तित दिखाई देता था। होली बाहर मनाने का रोमांच उसे भी बहुत था। वह मालविका को फ़ोन लगाकर कहना चाहती थी कि सब के सब कितने व्यस्त हो गए हो, यार...? कहाँ तो इतना मिलते थे...अब तो आँखें तरस गई हैं...कान तरस गए हैं...आवाज़ सुनाई नहीं देती...।

मोबाइल उठाया तो माँ का फ़ोन आ रहा था। अक्सर पापा फ़ोन करते थे और माँ को फ़ोन पकड़ाते थे। माँ कैसे फ़ोन कर रही हैं...? जिनके माँ-बाप बूढ़े होते हैं, अकेले रहते हैं, उनके दिल ऐसे ही फ़ोन पर धड़का करते हैं।

माँ रो रही थीं, "तुम छह महीने से घर नहीं आई हो। भूल गई हो हम लोगों को...हम लोगों के कौन-से आःठ-दस बच्चे हैं? एक तुम्हीं तो हो, तुम भी नहीं पूछती हो...दूसरों के भरोसे कैसे हमारा जीवन कटेगा? अपना जीवन भी अजीब बना ली हो...अपने मन का करती हो।"

माँ, जितना सम्भव था, माया को सुनाती रहीं।

"आप लोग दिल्ली क्यों नहीं आ जाते...? मैं टिकट भेजती हूँ, आ जाइए...।"

माया चाहती थी कि वे दोनों उसके साथ रहें। उसके लिए भी आसानी होगी। बार-बार पटना आना-जाना और लम्बी छुट्टी सम्भव न थी। इकलौती सन्तान की अलग दिक़्क़तें होती हैं।

माँ को रोते देखकर पापा ने फ़ोन ले लिया था।

माया दिल्ली आने का आग्रह किए जा रही थी। अन्त में पापा ने कहा, "बेटा, बूढ़ा बरगद अपनी ज़मीन छोड़कर किसी और ज़मीन पर शिफ़्ट होता है क्या भला? अब क्या हम दोनों वहाँ आकर रहेंगे? हम यह भी जानते हैं कि न तुम यहाँ वापस आ सकोगी, न हम वहाँ बस सकेंगे। हमारे लोग यहीं हैं। तुम्हारा समाज वहाँ है। हम समझते हैं, बेटा...तुम माँ के कहे पर न जाओ। होली पर आ जाओ...दो दिन के लिए ही सही...याद है, कितने साल से यहाँ की होली नहीं देखी हो?"

होली पर...?

यह सुनते ही माया के दिमाग़ का फ़्यूज़ उड़ गया। उसका तो अलग प्लान बना हुआ था होली का...वही केन्द्र में थी। वह खिसक गई तो सब भरभराकर गिर जाएगा। सब उसको कोसेंगे। उसके साथ जानेवाले सारे भीतर से टूटे-फूटे लोग थे—जिन सबको थोड़ा सुकून चाहिए था...अजनबियों के बीच कुछ पल। महानगर की नक़ली होली देख-देखकर सब ऊब गए थे।

"देखती हूँ, पापा...टिकट भी महँगे हो गए होंगे...थोड़ा पहले कहते आप तो हम टिकट करा लिए होते...बताते हैं हम...छुट्टी भी देखना होगा...त्योहारों में कई स्टाफ़ छुट्टी पर चले जाते हैं...हम बताते हैं, पापा...माँ को फ़ोन दीजिए।"

माँ तो जैसे कुछ सुनने को तैयार ही न थीं।

"पापा तो अपने में बिज़ी रहते हैं। दस ठो इनका दोस्त-यार हैं। दिन-भर मजलिस जमाते हैं, चौक-चौराहे घूमते हैं। इनका मन लग जाता है, हम बहुत ख़ाली-ख़ाली महसूस करते हैं। हमको मोहल्ले की औरतें बोलती हैं, शाम को मन्दिर चला करिए, आरती के समय भीड़ होती है, वहाँ बैठकर गप्प करेंगे...लेकिन हमसे ये सब नहीं होता। तुम तो जानती हो कि हम बहुत पुजेरी नहीं हैं...पापा के डर से जितना सम्भव हो, पूजा-पाठ कर लेते हैं। हमसे ये रोज़ भजन-कीर्तन नहीं होगा। हम वक़्त कैसे काटें, बेटा...नाती-पोता होता है, तो हम औरतों का दिन कट जाता है...लेकिन कहाँ नसीब?"

माँ कराह रही थीं। माया शून्य में खो गई थी।

"बहुत व्यर्थ लगता है कई बार जीवन, मायू...लगता है, काम ख़त्म हो चुका... क्या काम ज़िन्दा रहने का?"

"माँ, वे कहाँ हैं, जो रिश्तेदारों के बच्चे थे...आप उन्हें साथ रखकर पढ़ा रही थीं न?"

"सब उड़ गए...पंख उगने पर चिरइया रुकती है क्या डाल पर? घर ख़ाली हो गया है।"

"माँ, आप भी क्यों नहीं अपनी उम्र की औरतों से दोस्ती करतीं? पापा से सीखिए।"

"इस उम्र में दोस्ती करने जाऊँ? लड़कियाँ नहीं हैं हम, बेटा। तिवारी जी की पत्नी गुज़र गईं, गुप्ताइन अमेरिका चली गईं—पोता को पालने के लिए। दुबे जी की पत्नी बिस्तर पकड़ चुकी हैं। शर्मा आंटी को जानती हो न, उनको भूलने की बीमारी हो गई है।

"पूरा मोहल्ले में सिर्फ़ बूढ़े-बुढ़िया बच गए हैं...सबके बच्चे बाहर निकल गए हैं। बच्चे किसी के नहीं आते। माँ-बाप कुछ दिन के लिए जाते हैं, जल्दी भाग आते हैं। सिन्हा जी की पत्नी बहुत अगरा (इतरा) रही थीं कि बाम्बे जा रहे बेटा के पास...महल ख़रीदा है...एक सप्ताह में रोते-गाते लौटे।"

"अच्छा! क्यों माँ...?"

"गेस्ट-रूम में ठहराएगा तो क्या होगा?" सिन्हा जी की पत्नी के मुँह से एक दिन निकल ही गया कि बेटा नया घर घुमा-घुमाकर दिखा रहा था। यह देखो, टैरेस गार्डन। यह देखो, बेबी का रूम। यह देखो, मास्टर बेडरूम। यह देखो, सर्वेंट रूम...।

"सिन्हा जी की पत्नी ने पूछा—"और हमारा रूम?"

"बालकनी से लगा हुआ कमरा दिखा कर बोला—'यह है न, गेस्ट-रूम।'

"सिन्हा जी तो मौन लगा गए, पत्नी से रहा नहीं गया, भड़क गईं—"जब गेस्ट आएगा, तब क्या हमको बाहर निकाल दोगे?"

बेटा बोला—"माँ, मुम्बई में लोग एडजस्ट करते हैं...यहाँ की लाइफ़ अलग है...सबके लिए कमरा नामुमकिन है।"

"सिन्हा जी की पत्नी तड़पकर रह गईं। बहू तो चुप रही, बेटा एक बार न बोला कि आपका रूम है। आप चिन्ता मत करो गेस्ट की। उन्हें तो कहीं भी रख लेंगे।

"जब बेटा के पास माँ-बाप के लिए रूम नहीं, तो क्यों जाएँ माँ-बाप?"

"हम तो कहते हैं, माय्, किसी माँ-बाप को तब तक नहीं जाना चाहिए जब तक बेटा हो बेटी, माँ-बाप को गेस्ट समझता हो...।"

माँ आज विस्फोट पर विस्फोट किए जा रही थीं।

"माँ, आप मुझे गिल्ट दे रही हैं...?"

"सुन लो...यह मोहल्ला एक दिन खँडहर हो जाएगा, जैसे गाँव वाला घर

ढहने लगा है...मेरे रूम की छत गिर गई है। गाँव से फ़ोन आया था...उसी कमरे में हम बहू बनकर आए थे। पूरी छत उसी पलंग पर गिरी, जो हमको हमारे बाबूजी ने दिया था दहेज़ में। याद है तुमको...वो ऊँचा पलंग?"

माँ बता रही थीं, पीछे से पापा की भुनभुनाहट सुनाई दे रही थी। उन्हें शायद माँ का गॉसिप करना पसन्द नहीं आ रहा था।

"क्यों सुना रही हो उसको? क्या मतलब है उसको...? वो मोहल्ले में कितने लोगों को पहचानती होगी? बिना मतलब बात करने का क्या...?"

"सुनी न...? सुन लो पापा को...इसी तरह करते हैं। हमको बोलने ही नहीं देते हैं। पहिले अइसे नहीं करते थे, जैसे-जैसे बुढ़ा रहे हैं, हमीं से चिढ़ने लगे हैं। बाक़ी दुनिया से तो जो ठहाका लगाएँगे कि पूछो मत।"

"क्या सुनें हम इनकी...? हर समय जली-कटी कौन सुने? हम बिज़ी रहते हैं तो इनको इससे भी प्रॉब्लम है...ख़ुद ख़ाली रहती हैं दिन-भर...हम क्या इनको अगोर कर बैठे रहें...?"

दोनों की तक़रार उसे सुनाई देने लगी थी। माँ चाहती थीं कि माया उन दोनों की सारी बातें सुन ले।

माया काँप उठी। क्या वही पापा हैं जो माँ के दीवाने हुआ करते थे? घर में सब 'लैला-मजनू की जोड़ी' कहते थे। पापा ने तो कभी नहीं बताया, लेकिन माँ कभी-कभी बताती थीं कि प्रेम-विवाह किया था। दोनों ने एक-दूसरे को पसन्द करके शादी की थी। दोनों को शादी से पहले शहर के एक रेस्टोरेंट में मिलवाया गया था। दोनों साथ पढ़ते थे, लेकिन कभी हिम्मत न हुई थी कि सीधे मिल बैठें। जब दोनों के अभिभावकों ने मिलवाया तो उनका प्रेम परवान चढ़ा। दोनों कॉलेज में थे—एक इतिहास विभाग में तो दूसरा मनोविज्ञान विभाग। शादी से पहले इनके प्रेम के क़िस्से कैम्पस में फैल गए थे। लम्बे-चौड़े क़द के पापा और दो चोटी वाली छरहरी माँ। लम्बे नाख़ूनों में हमेशा नेलपॉलिश लगाए रखती थीं। पापा के हिप्पी कट बाल थे, कन्धे तक झूलते हुए। फ़ैशनेबल जोड़ी मानी जाती थी। माया ने हमेशा इन्हें प्रेम से रहते देखा था। सामान्य नोक-झोंक के सिवा कुछ न देखा। माँ ने भी कभी उससे पापा के ख़िलाफ़ एक शब्द नहीं कहा। वह ख़ुश थी कि एक ख़ुशहाल जोड़ा साथ रहता है।

इस फ़ोन ने उसका सारा भ्रम तोड़ दिया। वह आकाश से गिरी। उसकी चोट सहलाने वाला कोई न था। आज सच में उसका मन कहीं दूर भाग जाने का कर

रहा था। अपने माता-पिता को इस तरह लड़ते हुए वह नहीं देख सकती थी। दोनों की जोड़ी उसके लिए आदर्श थी। अपने आदर्श का टूटना, ढहना उससे सहन न हो रहा था।

वह बुदबुदाई, "कोई तो होता जो मेरे दु:खों पर मरहम रखता।"

उसने बीच में ही फ़ोन काट दिया। और सुनने की ताक़त न बची थी। दुनिया के सम्बन्धों के मसले वह निपटा सकती थी क्योंकि उनमें पक्ष चुनना आसान था। यह तो अपने माँ-बाप का मामला है और इसमें वह पक्ष नहीं चुन सकती। दोनों के प्रति उसकी ज़िम्मेदारी बराबर की है। किसी को किसी के लिए नहीं छोड़ सकती। ऐसी दुविधा उसके सामने कभी खड़ी होगी, सोचा न था। किसी एक को न चुनना पड़े...हे ईश्वर, ऐसी नौबत मत आने देना। उसे अब शशांक का दर्द और ठीक से समझ में आने लगा था।

माया का मन हुआ, माँ को बाँहों में भरकर दुलराए। फिर पापा से लिपट जाए और पूछे, 'पापा, क्यों हुआ ऐसा?' बड़ी-बड़ी बातें सिखाने वाले उसके पापा आज इतनी बड़ी-बड़ी ग़लतियाँ कैसे कर सकते हैं? बेटी के हर ग़लत-सही फ़ैसले को स्वीकार करने वाले कभी उसे जज नहीं करते, उसके फ़ैसले पर साथ खड़े रहे—वे कैसे बदल गए?

मन हुआ, तुरन्त माँ को फ़ोन लगाए और स्पष्ट पूछे कि आप दोनों के बीच सम्बन्ध इतने कटु कैसे हो गए? कब से हुआ ऐसा...?

लेकिन उधर का माहौल देखते हुए हिम्मत न हुई। इसके बाद माया किसी काम की नहीं रही। अनमने ढंग से सारे काम करती रही। किसी को फ़ोन न किया। शायद किसी से बात करती तो रो पड़ती और वह सबके सामने रोना नहीं चाहती थी। उसकी उदासी चिर परिचित थी, लेकिन उसे आँसुओं से वह गीला नहीं करना चाहती थी। उसकी जाती हुई उदासी फिर लौट आई थी।

उस रात माया को स्वप्न में बार-बार गाँव का वह घर नज़र आता रहा। माँ का वह कमरा, जिसकी छत पलंग के ऊपर गिरी पड़ी थी। खिड़कियों पर जंगली झाड़-झंखाड़ उग आए थे। आँगन सूना था और कुआँ पत्तों और कचरे से ढक गया था।

वह सपने में है—वह छत पर चढ़ती है, टूटे हुए हिस्से में झाँकती है...लकड़ी के शहतीर पलंग पर गिरे पड़े थे। कमरे में जो ताख है, उस पर छोटी-सी तेल की शीशी और साबुन की सूखी टिकिया नज़र आ रही थी...बड़ा-सा सन्दूक़ दिखा

जिसमें रजाइयाँ डालती थीं माँ। और भी पता नहीं क्या-क्या? सन्दूक़ नहीं, वह माँ का समूचा संसार था। दादी ने यही उपहार में दिया था सब बहुओं को, ऐसा माँ बताती थीं...। बाक़ी कुछ दिखाई नहीं दे रहा है। वह कमरे में कूद जाना चाहती है...आगे बढ़ती है...पीछे से चचेरे भैया की आवाज़ उसे रोकती है—

'मायू बाबू...मर जाएगी, कूदना मत...।'

भाभी पीछे से आकर उससे लिपट गई हैं...वे सुबक रही हैं... ।

'बबुनी...सब चले गए, कोई लौटकर इसकी सुध नहीं लेता। हम इनको भी कहते हैं कि हम लोग मिलकर ठीक करवा देते हैं...हमको सब डाँट देता है, यहाँ रहना है कि पैसा ख़र्च करें। बोलो...कौन रहेगा? बच्चों की पढ़ाई के लिए न हम लोग शहर गए। बच्चा सब बाहर जा रहा है, हमीं लोगों के पास कौन-सा लौटेगा...? भूल जाओ वो घर-बार। चिन्ता यह करो कि एक दिन ये घर भी खँडहर हो जाएगा। प्रेत चीख़ेंगे यहाँ...समझी...प्रेत।'

वह रात भारी थी माया पर। सपने में प्रेत चीख़ते रहे। चमगादड़ों की फड़फड़ाहट सुनाई देती रही। कितनी तरह की आवाज़ें थीं। जब घर में कोई नहीं रहता तो आवाज़ें रहा करती हैं। वे आवाज़ें जो हम उन दीवारों के साथ बोल चुके होते हैं। इनसान निकल जाता है, आवाज़ें प्रेत बनकर चीख़ती हैं। दीवारों पर सिर पटकती हैं। इनसान घर से जितनी मोहब्बत नहीं करता, उससे ज़्यादा घर उससे करता है। तभी तो शताब्दियों से भग्न दीवारें खड़ी रहती हैं। उन्हें आवाज़ें थामे रहती हैं।

माया के पास सुबह पहला फ़ोन माँ का आया।

उसका माथा भारी था। पूजा की बनाई कड़क चाय ने ताज़गी दी। माँ का फ़ोन इस ताज़गी के विरुद्ध एक अनिवार्य कार्रवाई था। न उठाना गुनाह और उठा लेना थोड़ा और दर्द का सामान जुटा लेना। पहले ही कम थे क्या सामान? जब आत्मीय संसार फैलेगा तो दर्द के क़ाफ़िले होंगे। बचना नामुमकिन। यह तो माँ हैं उसकी जो कभी दर्द साझा नहीं करती थीं। बेटी के दर्द सुनती थीं और रास्ते सुझाती थीं। माया उन्हें अपने समय से बहुत आगे की स्त्री मानती थी, जिन्हें अपनी बेटी के लिव-इन रिश्ते से या ब्रेक-अप से, अफ़ेयर से कोई समस्या नहीं थी। वे बस इतना कहतीं, 'निभा लेना। मन हो तो विवाह कर लेना। वही करो, जिसमें ख़ुशी मिलती हो। रिश्ते ढोने मत लगना।'

माँ उसकी हिम्मत थीं और पापा उसका भरोसा।

आज जाने क्यों डगमगा रहा है सब कुछ?

माँ ने फ़ोन पर अफ़सोस ज़ाहिर किया। वे शर्मिन्दा थीं कि बेटी के सामने दोनों का झगड़ा हुआ।

"बेटा, हमने हमेशा कोशिश की कि तुम्हारे सामने हमारे झगड़े न हों। मुझे मालूम है कि डिस्टर्ब फ़ैमिली के बच्चों के मानस पर क्या असर होता है? वे विवाह के नाम से भागने लगते हैं। उनका सम्बन्धों से विश्वास उठ जाता है। अपने असफल विवाह का अभिशाप क्यों थोपें बच्चों पर?"

"माँ, आप होली पर यहाँ आ जाइए...पापा को वहीं रहने दीजिए...अकेले रहेंगे तब आपका महत्त्व पता चलेगा।"

माया होली में पटना जाने से बचना चाहती थी। किसी बहाने माँ को यहीं बुला लेना चाहती थी। मौक़ा मिला था, तो तीर निशाने पर छोड़ दिया।

"होली-दीवाली कैसे छोड़ दें घर? लोग घर लौटते हैं, तुम हमको अलग कर रही हो?"

माँ हँसने लगी थीं। माया को राहत मिली कि वे दुःख में भी हँस सकती हैं।

"एक बात बताइए माँ, क्या पापा हमेशा से ग़ुस्सैल थे इतने? आपने क्यों झेला? आप तो बहुत मज़बूत स्त्री थीं। नाना कितने ताक़तवर ज़मींदार थे? विद्रोह क्यों नहीं...?"

"अच्छा, अब बेटी कहेगी माँ से कि विद्रोह क्यों नहीं की? वाह बेटा, वाह, पापा सुन लेंगे न, तो तुम्हारा कल्याण कर देंगे। डर नहीं लग रहा तुमको...?"

"माँ, हम होते तो घर से भगा देते या भाग जाते। हमसे इतना तनाव नहीं झेला जाता। एक ही तो ज़िन्दगी मिली है, माँ। ग़ुलामी में क्यों गुज़ार दें?"

"छोटी-छोटी बातों पर घर नहीं छोड़े जाते मायू, तुम लोग नहीं समझोगे। रिश्ता एक समझौता है। अगर करो तो निभाओ। दोनों निभाते हैं—चाहे उनके बीच मधुरता ख़त्म हो। हम तो चारों तरफ़ यही हाल देख रहे हैं।"

"और तुम नाना की तो बात मत ही करो...बढ़िया लड़का ढूँढ़े, चालाकी से हमसे मिलवाए कि हम पसन्द करें, वो सफल हुए। अब हमने पसन्द से शादी की तो विद्रोह करके कहाँ जाते? अपना फ़ैसला सही साबित करने के लिए कुछ भी झेल सकते हैं...।"

"नाना ने आपको ख़ूब दहेज़ दिया था न...वो गायघाट वाली ज़मीन..."

"ज़मीन ससुर जी ने अपने नाम पर लिखवाई थी, कैश गया पापा के बैंक में। हमको का मिला? ठेंगा! गहना मिला, सब बैंक में पड़ा सड़ रहा है। तुम्हारे नाम

का है, ले जाना। हम जैसी औरतें विद्रोह करके कहाँ जातीं—न बाप घर, न भाई घर। न कोई अपना घर। तुमको तो पापा मकान ख़रीद कर दे दिये न? हमको नाना दिये रहते, तो हम भी ठसके-से रहते। क्या उपाय है...यहीं पड़े रहो।"

"आपको बेटा होता तब भी पापा मकान ख़रीदकर देते? सच बोलना, माँ..."

"देखो मायू, पापा मेरे साथ जो करें-कहें, हम उनके बारे में ग़लत बात नहीं बोलेंगे। इस मामले में हम दोनों शुरू से एकमत थे कि बेटी को बराबर का हक़ देंगे। पापा की एक बुआ परित्यक्ता थीं, दर-दर भटकीं। पापा के दिमाग़ में यह डर हमेशा रहा कि बेटी को नौकरी कराएँगे, तब विवाह करेंगे और उसको एक अपना घर देंगे ताकि कोई छोड़ दे या घर से निकाल दे, तो वह सड़क पर न आ जाए। उसके पास एक घर हो—आश्रय लेने के लिए...। गाँव की ज़मीन पट्टीदार सब हड़प भी लेगा तो पटना और दिल्ली का मकान तो तुम्हारा ही रहेगा।"

"अच्छा, एक बात बताइए...आप मेरे पास क्यों नहीं आ गईं? पापा को झटका देना ज़रूरी था।"

"तुम तो ख़ुद ही रिश्तों में स्थिर नहीं हो...एक विद्रोही माँ को कैसे झेलती...? सुनो, पापा बहुत बुरे नहीं हैं रे...बस, केयरलेस हैं...मेरी उपेक्षा करते हैं...मुझको बुरा लगता है। इसी से झगड़ा होता है।"

माँ की बात माया को चुभी, मगर ख़ुद को संयत करके उसने उनके तनाव की तह तक जाना चाहा।

"ये सब कब से हो रहा है, माँ? सच-सच बताइएगा।"

यह सवाल पूछते समय वह माँ नहीं, एक स्त्री थी। उसके लिए एक केस स्टडी।

"हम ज़्यादा कुछ नहीं बताएँगे...बस, समझ लो...दस-पन्द्रह साल से ज़्यादा करने लगे हैं..."

"ओह, समझी।"

इन वर्षों में तो माया बाहर ही रही थी। उसे उन दोनों के सम्बन्धों में क्या घटा, मालूम ही नहीं था।

थोड़ी देर दोनों के बीच चुप्पी छाई रही। माया ने अनुमान लगाया, उधर माँ रो रही होंगी। वह मन-ही-मन सुलगने लगी। उसने सोचा, मेरे पिता भी एक टिपिकल मर्द निकले।

"तुम पुरुषों को नहीं जानतीं, बेटा...पत्नी के लिए कुछ और, बेटी के सामने कुछ और...कई रूप होते हैं इनके...फ़ैमिली पोलिटिक्स में माहिर हैं पापा तेरे।"

माया कोई जवाब न दे सकी।

किसी तरह जी कड़ा करके पूछा, "आप क्या चाहती हैं, माँ? क्या करूँ मैं... मुझे बताइए...मेरी समझ में कुछ नहीं आ रहा। पापा से बात करने का कोई फ़ायदा नहीं...वो मुझे डाँट देंगे। मेरी भी एक लिमिट है न, माँ। आपसे तो इतनी बातें पूछ लीं, उनसे कुछ नहीं पूछ सकती...।"

उनसे बात करते हुए होली में घर जाने की माया की इच्छा मर चुकी थी। माँ को हर हाल में वहीं रहना था। जब कोई हालात से समझौता कर ले तो कौन बाहर निकाल सकता है? इनसे बेहतर आंटी हैं जो 65 साल की उम्र में विद्रोह करके निकल आईं। एक बार सोचा, आंटी के बारे में उन्हें बताए। तब शायद उनकी आँखें खुलें।

उनसे बात अभी समाप्त नहीं हुई थी कि शशांक का फ़ोन कॉल वेटिंग में आने लगा। वह बार-बार फ़ोन कर रहा था मानो कुछ इमरजेंसी हो गई हो।

माँ को बाद में फ़ोन करने की बात कह कर फ़ोन काटा और शशांक का फ़ोन उठाया। उसकी बातें सुनकर न उससे रोया जाए, न हँसा जाए। शशांक तो हँस रहा था, लेकिन अपनी खीझ छुपा नहीं पा रहा था। माया अजीब मनोदशा में थी।

ये स्त्रियाँ ऐसा क्यों करती हैं?

15

शशांक से बातचीत के बाद माया ने सुनन्दा सुमन सिंह का मैसेज पढ़ना शुरू किया। इतने लम्बे समय बाद फिर उसने लम्बे-चौड़े मैसेज किए थे। कभी फ़ोन नहीं करती। शायद बचती है, अपने को कमज़ोर दिखाने से। फ़ोन पर रो पड़ने से। उसने भी कभी फ़ोन करने की कोशिश नहीं की। उसे समझ में आ गया था कि सुनन्दा चैट करने में ज़्यादा सहज महसूस करती है, तभी खुलकर बातें करती हैं। फ़ोन पर संकोच होता होगा।

शशांक की बातों से दिमाग़ हिला हुआ था, ऊपर से सुनन्दा की बातें।

> *माया जी, लम्बे समय बाद आपकी याद आई। इस बीच बहुत कुछ बदल गया है। आपसे मिलने की इच्छा अब भी बची हुई है। आज मन हुआ, आपसे बात करूँ।*

मैंने इस बीच बहुत सोचा-विचारा। शायद आप भी सहमत हों, मेरी बातों से। दरअसल, पति-पत्नी के बीच झगड़े की असली वजह वह नहीं होती जो ऊपर से दिखाई देती है। असली वजह सिर्फ़ ये दो लोग जानते हैं, वो छुपाते हैं।

मैंने अपने कारणों की तलाश की...उन्हें ढूँढ़ निकाला। मैं अपना उपचार ख़ुद कर रही हूँ।

एक समय बाद ज़िन्दगी हम औरतों को बेहया बना देती है। वे अझेल हालत में भी जीना सीख जाती हैं।

अब हम साथ-साथ हैं, पास-पास नहीं।

ये सारा मैसेज पढ़कर माया को तेज़ गुस्सा आया।

"क्या वाहियात तर्क है?"

उसने गुस्से वाला इमोजी भेजा उसे। वो तुरन्त ऑनलाइन हाज़िर हो गई। मैसेंजर पर इतना सक्रिय कम लोगों को ही देखा है उसने। लोगों से बात करना भी एक तरह का उपचार ही है। शायद वो दोस्त ढूँढ़ती हो। माया जैसी और भी मित्र होंगे जिनसे वह अपना दु:ख साझा करती होंगी।

माया ने लिखा—रोज़-रोज़ मान-मर्दन हो, स्वाभिमान को चोट पहुँचे तो कैसे साथ रहा जा सकता है?

जवाब—हम औरतें मोटी खाल ओढ़ लेती हैं। यही हमारा सुरक्षा कवच है, स्वअर्जित कवच।

माया—मैं नहीं मानती...आप किसी दबाव में हैं। दौड़ा लीजिए ऐसे आदमी को...नौकरी करती हुई स्त्री की ऐसी सोच, मैं सोच भी नहीं सकती।

जवाब—माया जी, मैं ही अकेली नहीं हूँ ऐसी...नौकरी करने वाली मेरी कई साथिनें हैं। उनकी हालत मुझसे भी बुरी। सारा तनख़्वाह पति को सौंप देती हैं। कभी पूछती हैं—मेरा पास बुक कहाँ है तो इस पर घर में कलह हो जाता है। साहस नौकरी से आता होता, तो क्या बात होती? साहस अपने भीतर पैदा करना पड़ता है।

माया—आप कब साहस पैदा करेंगी, मैडम...?

जवाब—एक बार मेरी बेटी सेटल हो जाए कहीं। फिर भाग जाऊँगी कहीं, छुप जाऊँगी, जहाँ कोई न देख ले...।

इस सन्देश के साथ हँसता हुआ इमोजी था।

माया ने आगे लिखा—बहुत बदल चुकी ख़ुद को...आपसे मिल के, बातें करके मैं ख़ुद को जान गई, यह बदलाव काफ़ी नहीं है? हमें आपसे मिलना है, माफ़ी माँगने के लिए...।

माया—क्यों माफ़ी...क्या किया आपने...?

जवाब—इसलिए कि मैंने आपको बहुत परेशान किया...जल्दी मिलते हैं...।

और हाँ, मैं पहली बार ललित कला अकादमी में सोलो प्रदर्शनी करने जा रही हूँ...सिर्फ़ मेरी पेंटिंग्स। आपको आमंत्रण भेजूँगी...उसकी तारीख़ें मिल गई हैं। लम्बी वेटिंग लिस्ट है, लेकिन मिल गई। इन दिनों उसी की तैयारी में हूँ...।

यह मैसेज सुखदायी लगा। पहली बार एकल प्रदर्शनी की हिम्मत तो आई इस चितेरी में! लेकिन माया को यह लगा कि अब मिलकर अपनी समस्या बताने में उसकी रुचि कम हो गई है। वह ऐसे लोगों की फ़ितरत पहचानने लगी है, जो कहते हैं, 'मिलते हैं कभी।', वही ऐसा कहते हैं, जिनके भीतर मिलने की इच्छा तो होती है, मिलने की तीव्रता ख़त्म हो चुकी है। मिलने की ज़रूरतें ख़त्म हो चुकी होती हैं या वे मिलने के लिए इतना तरस चुके होते हैं कि प्यास बुझ जाती है। सुनन्दा के साथ भी यही हुआ होगा। कितनी बार मिलने की उसने इच्छा जताई, माया की अनिच्छा, व्यस्तताओं ने मिलने न दिया।

मिले न मिले, सुकून देने वाली ख़बर यह है कि उसके चित्रों की एकल प्रदर्शनी होगी। अब सुनन्दा का इनबॉक्स विलाप कम होगा। अपने चित्रों की दुनिया में इस क़दर डूब जाएगी कि उसे बाहर की कोई शय परेशान न करेगी। कलाएँ बहुत बड़ा आश्रय होती हैं, शेल्टर होती हैं—जैसे कोई नाकाम आशिक़ गिटार उठा ले, कोई बिछुड़ा प्रेमी बाँसुरी बजाने लगे, जैसे विरहिनी विरहा गाने लगे। कोई नर्तकी झूम कर पाताल तोड़ नृत्य करने लगे।

जो कलाविहीन हैं, वे कहाँ पनाह लेंगे? उसकी मम्मी और आंटी जैसी स्त्रियाँ, जो जीवन भर ख़ुद को पहचान ही नहीं पाईं कि उनमें क्या हुनर है, वे क्या कर सकती हैं? वे अपने दुःखों के लिए कन्धे तलाशती हैं...उन्हें रिश्तों में आश्रय मिलता है। मम्मी तो आसरा नहीं ढूँढ़ रहीं। क्या पता ढूँढ़ रही हों, लेकिन उनमें साहस नहीं है। आंटी ने तो बेटे का आसरा ढूँढ़ा, लेकिन वे भी छोड़कर पीछे हट गईं। यह बात जब से शशांक ने बताई तब से माया को वी.एस. नॉयपॉल का एक कथन याद आ रहा है। अपनी किताब में उन्होंने लिखा था भारत के लिए कि—*यह एक दुर्बोध देश है, यह मेरा घर नहीं है, मैं एक साथ इसके बहुत क़रीब और बहुत दूर हूँ।*

नॉयपॉल ने ठीक लिखा था। माया स्त्री-पुरुष सम्बन्धों के बारे में यही समझती है, यह एक दुर्बोध मसला है। वह एक साथ इसके क़रीब और दूर, दोनों है, ऐसे ही रहना चाहती है।

आंटी ने जो फ़ैसला किया, उसने माया की आस्था को हिला दिया। शशांक को कई फ़र्क़ नहीं पड़ा। वह हमेशा की तरह हँसता हुआ आंटी के क़िस्से सुनाता रहा, जैसे वह जानता था कि एक दिन यह होकर रहेगा। वह मज़ाक़ के मूड में था।

"आंटी ऐसा कैसे कर सकती हैं, यार? इतनी दूर तक चली गई थीं वो, पीछे कैसे लौट सकती हैं?"

"सुनो मायू, बेहतर हो, तुम उनसे पूछो। वो शायद तुमसे खुलकर कुछ कहें। स्त्रियाँ एक-दूसरे से खुलकर बातें करती हैं। मैं तो बेटा हूँ। शायद अपना गोपन शेयर न करें..."

आंटी वापस गाँव जा रही हैं। उन्होंने अपना फ़ैसला शशांक को सुनाकर वापसी का टिकट कटाने को कहा। होली पर ऋषिकेश जाने की योजना अधर में लटका दी। 'होम स्टे' की डील भी उसी वक़्त फ़ाइनल होनी थी। माया भी उसमें साझीदार बनने वाली थी।

शशांक से यह ख़बर सुनकर उसे चक्कर आ गया मानो अपने सपने के साथ-साथ उसके सपने पर भी आंटी ने पैर रख दिया हो।

शशांक हँस-हँसकर बता रहा था, "मम्मी कह रही हैं कि घर में कोई पूजा है। सारे रिश्तेदार आएँगे, बुआ सब आएँगी। ऐसे में उनका न रहना उचित नहीं होगा। सबसे बड़ी मालकिन हैं। उनके बिना कौन सँभालेगा सबको? मैंने तो मम्मी को चिढ़ाया, तो वापसी का टिकट लेकर दूँ, वापस आओगी? तो कह रही हैं, हम तुमको

कहेंगे तब टिकट कराना। अभी तो जाने दो...। देखो न, मम्मी की सारी क्रान्ति धरी रह गई। तुम स्त्रियाँ कितनी अनप्रिडिक्टेबल हो...? अपने स्टैंड पर टिकती नहीं हो। मम्मी की वजह से डैडी से मेरी बोल-चाल बन्द हो गई है। वे नाराज़ रहते हैं कि मेरे दम पर मम्मी उनसे विद्रोह कर बैठी हैं। मेरे सामने अजीब स्थिति है...अब जब मम्मी के लिए हम लोग कुछ फ़ाइनल कर रहे हैं, तो वे चल पड़ीं वापस।"

"हाँ, यार, वे कितनी बड़ी-बड़ी बातें करती थीं...कैसे कर सकती हैं ऐसा? मुझे उनसे बात करने दो। रुको, उन्हें रोकना ठीक नहीं। जाने दो अभी।"

माया ने आंटी को फ़ोन किया, तो वे झेंपी हुई हँसी हँस रही थीं।

"अरे बेटा, हम लौटेंगे। वो न, ननदों का फ़ोन आ गया था, अब अंकल की सज़ा हम उनकी बहनों को क्यों दें? घर की पूजा है, पुरखों के नाम पर करते हैं, उनके प्रति भी तो कई फ़र्ज़ हैं न...? इतने दिन हम करते आए हैं...आख़िरी वक़्त में क्यों छोड़ दें?"

वापसी के पक्ष में आंटी तमाम कारण गिना रही थीं।

"अंकल से बात होने लगी आपकी...?"

"कुछ हो जाए, उनसे हम बात नहीं करेंगे कभी।"

"लौटेंगी...पक्का? हम अपने प्रोजेक्ट पर काम करें...?"

"बिलकुल करो...लौटकर आऊँगी, बेटा...रहीम का दोहा सुनी हो...? रहिमन धागा प्रेम का मत तोड़ो चटकाय...। तुम बेटी, जैसी हो...क्या कहें? समझ लो...।"

शशांक को माया ने पूरी बातचीत बताई। उधर से गम्भीर स्वर में उसने आश्वस्त किया, "चाहे कुछ हो जाए, होली पर तो हम ऋषिकेश जाएँगे। मालविका से बात करो।"

"और मेरा और आंटी का सपना...?"

"वो तो पूरा होगा हर हाल में...पूरी तैयारी से चलना, चेकबुक ले चलना... सारी बात फ़ाइनल हो गई। तुम तो महन्त जी से धर्म-कर्म पर गप्पें करती रहीं, हमने डील फ़ाइनल कर ली। होम स्टे बनकर रहेगा। बी रेडी...पार्टनर।"

माया ने भी ठान लिया कि आंटी आएँ चाहे न आएँ, अपना सपना तो पूरा करके रहेगी। अपने लिए एक अन्तिम ठिकाना तो बनाना ही था। यह घर तो पापा ने दिया था, दूसरा ठिकाना अपनी कमाई से बनाएगी।

वह होली को लेकर दुविधा में थी कि पटना जाए या नहीं? पापा-मम्मी के बीच तनाव को देखते हुए उदास होली की सम्भावना उभर रही थी, लेकिन उसे ऐसे वक़्त में मम्मी के साथ होना चाहिए। वह बहुत दुविधा में पड़ गई। दफ़्तर में

लम्बी छुट्टी की सम्भावना कम थी क्योंकि दिल्ली में कई ऐसी गतिविधियाँ हो रही थीं कि उसमें टीम को झोंकना पड़ रहा था। बारी-बारी से सबकी ड्यूटी लगा रही थी। कभी ख़ुद भी चली जाती थी। दिल्ली के शाहीन बाग़ में नागरिक संशोधन क़ानून के ख़िलाफ़ मुस्लिम महिलाओं का आन्दोलन दिसम्बर से ही शुरू हो गया था जो धीरे-धीरे परवान चढ़ चुका था। आन्दोलन के समर्थन में सभी समुदायों के लोग जुटने लगे थे। सबका समर्थन प्राप्त हो रहा था। मंचों पर बूढ़ी, युवा, सभी आयुवर्ग की स्त्रियाँ दहाड़ रही थीं। सारी-सारी रात वहाँ धरना चलता। सरकार और आन्दोलनकर्ता आमने-सामने टकराव के मूड में थे। माया की जानकारी में महिलाओं ने इतना बड़ा आन्दोलन कभी नहीं किया था, जिसकी गूँज वैश्विक स्तर पर सुनाई दे रही थी। उसकी कवरेज ज़रूरी थी। मालविका ने उसे कहा था—"मायू दी, आपको उस ऐतिहासिक आन्दोलन का साक्षी होना चाहिए। यह आन्दोलन उन आलोचकों को जवाब है जो कहते थे, स्त्रियाँ कभी अपने दम पर कोई बड़ा आन्दोलन नहीं खड़ा कर सकतीं।"

मालविका इसके कवरेज में ही व्यस्त थी। माया देखना चाहती थी कि दिल्ली की हाड़-मांस कँपाती सर्द रातों में खुले आसमान के नीचे ठंडी ज़मीन पर दुपट्टों से अपना सिर ढके बैठी हज़ारों मुसलिम औरतों की अग्रिम पंक्ति में उस बयासी साल की बिलक़ीस बानो के चेहरे की दृढ़ता ने केन्द्र सरकार की नींदें उड़ा रखी थीं। अपना मुल्क छिन जाने के भय से बिलक़ीस बानो उठ खड़ी हुई थीं। वे इस आन्दोलन का अगुआ बनकर उभरी थीं। वे दबंग दादी के रूप में विख्यात हो गई थीं।

बिलक़ीस का बयान कस्तूरी ने उसे सुनाया था—

जब शाहीन बाग़ में सुप्रीम कोर्ट के द्वारा नियुक्त वार्ताकार बात करने के लिए वहाँ पहुँचे थे, तब उन्होंने कहा कि गृहमंत्री कहते हैं, हम एक इंच नहीं हटेंगे, तो मैं कहती हूँ—"हम एक बाल बराबर नहीं हटेंगे।"

माया वहाँ जाने के लिए तड़प उठी थी। उसे बिलक़ीस बानो से मिलना था। उन्हें कुछ देना चाहती थी। रिपोर्टर पूजा ने तरह-तरह की चीजें सुझाईं। अन्त में कुछ सोचते ही माया की आँखें चमक उठीं। पूजा को सामान लाने का काम सौंपा और शाम होते ही वहाँ जाने की तैयारी होने लगी।

उस रात शाहीन बाग़ वो पहली बार गई थी। वहाँ के आन्दोलन के बारे में रोज़ ख़बरें देख-सुन रही थी। वहाँ पहुँचकर उसने जो नज़ारा देखा, उसके भीतर कुछ बदलने लगा था। शाहीन बाग़ में रौनक़ थी, बाज़ार में चहल-पहल। तब

वहाँ सिर्फ खाने-पीने की छोटी-बड़ी दुकानें खुली हुई थीं। दिल्ली का ये हिस्सा उसने कभी न देखा था। कस्तूरी उसके साथ ही थी। उन्हें मालविका को ढूँढ़ना था। उन्हें कैब दूर छोड़कर पैदल ही प्रदर्शन स्थल तक जाना पड़ा। अपार भीड़ उमड़ रही थी। माया दूर से ही पहले भीड़ देखकर घबराई। कस्तूरी मज़े में थी...

"अरे मैम, अभी देखिएगा...आप चौंक जाएँगी वहाँ का नज़ारा देखकर। आपको वहाँ से आने का मन नहीं करेगा। कभी सारी रात रुकिए न यहाँ पर... फिर देखिएगा..."

कस्तूरी को अतिरिक्त उत्साह में देखकर माया को अच्छा लगा। उसने स्नेह से उसका हाथ थाम लिया और मुख्य स्थल की ओर बढ़ने लगी।

माया तब चकित रह गई जब देखा कि उन्हें देखकर अचानक भीड़ ने रास्ता दे दिया। उन्हें ही नहीं, जितनी भी स्त्रियाँ, लड़कियाँ उस तरफ़ जा रही थीं, उन्हें लोग जाने का रास्ता दे रहे थे। माया ने ऐसा सोचा तक न था।

अद्भुत नज़ारा था। स्त्रियाँ ही स्त्रियाँ। बच्चे गोद में लिये टेंट के अन्दर बैठी हुई स्त्रियाँ। मंच पर लगातार किसी-न-किसी का भाषण चल रहा था। लड़के खाने-पीने का सामान बाँट रहे थे। जगह-जगह प्रदर्शन हो रहे थे...बच्चे तक नारे लगा रहे थे। उनके हाथों में छोटी-छोटी तख़्तियाँ थीं जिन पर नारे लिखे हुए थे। कई संगठनों और समुदायों के लोग वहाँ सक्रिय थे। माया, कस्तूरी से छिटककर शामियाने के पास जाकर खड़ी हो गई। यहाँ भी स्त्रियों को देखकर पुरुष पीछे हट जाते थे। उन्हें अन्दर जाने का रास्ता देते थे। कड़ाके की ठंड के बावजूद यहाँ दूर-दूर तक स्त्रियाँ ही स्त्रियाँ थीं। आन्दोलन की कमान उनके ही हाथों में थी। पुरुष इन्तज़ाम में लगे हुए दिखे।

मंच पर सिर्फ स्त्रियाँ बैठी हुई थीं। एक के बाद एक स्त्री माइक के सामने आती और भाषण दे रही थी। इसमें अधेड़, बूढ़ी और युवा स्त्रियाँ भी थीं। मंच के सामने भीड़ में भी स्त्रियाँ ही बैठी थीं। कुछ की गोद में बच्चे थे। कुछ खा-पी भी रही थीं। ज़्यादातर काले कपड़े में थीं। वे सब बुर्क़ा पहने थीं, चेहरा सबका खुला हुआ था। सब मंच पर बैठी स्त्रियों को ध्यान से सुन रही थीं।

माया को माहौल रोचक लग रहा था। इतनी पर्दानशीं औरतों को मंच पर सुनना उसे अलग तरह का अनुभव दे रहा था। सबसे आगे कतार में काफ़ी बुजुर्ग तीन स्त्रियाँ बैठी थीं। उनमें से एक जैसे ही उठी, सारा शोर थम गया। सब उस बूढ़ी की बात ध्यान से सुनने लगे—

वह लगभग दहाड़ रही थीं...

"मैं तो अपने सात पुश्तों के नाम गिनवा सकती हूँ, मगर काग़ज़ नहीं दिखाऊँगी। हम यहीं पैदा हुए, हम यहीं मरेंगे। वो अपने सात पुश्तों का नाम बता दें तो जान जाऊँ..."

"यही बिलक़ीस बानो हैं, मैम..."

माया उछल पड़ी। कस्तूरी उसके पीछे खड़ी थी।

माया ने उसके कन्धे पर हाथ रखते हुए कहा—"हमें दो काम करने हैं। मालविका को ढूँढ़ना है, उसे फ़ोन करते हैं। दूसरा, मुझे बिलक़ीस बानो से मिलना है, उनके पास ले चलो...मंच पर नहीं, जब वे नीचे उतरेंगी तब...मैं उस महिला के गले लगना चाहती हूँ...यार...इसने जता दिया है कि क्रान्ति किसी भी उम्र में हो सकती है। मैं उन्हें कुछ देना चाहती हूँ...शायद उन्हें पसन्द आए..."

"क्या है मैम...?"

"सर्द रातों का इन्तज़ाम..." हँसी माया।

कस्तूरी को वहाँ कई वालंटियर जानने-पहचानने लगे थे। उसने मंच के पास खड़े एक कार्यकर्ता को बुलाकर कान में कुछ कहा।

तब तक बिलक़ीस बानो बोलकर मंच से उतर चुकी थीं। किसी दूसरी अधेड़ स्त्री ने माइक सँभाल लिया था।

मंच के ठीक पीछे ख़ाली जगह थी, हल्का अँधेरा-सा था। वह कार्यकर्ता बिलक़ीस बानो को हाथ पकड़कर मंच से नीचे लेकर आया। माया उनसे मिलते ही चिपट गई। दोनों जब अलग हुए तो एक बड़ा-सा पैकेट माया ने बानो को पकड़ाया।

बूढ़ी आँखों में उत्सुकता थी। सब लोग यहाँ खाने-पीने का सामान लेकर आ रहे थे। ये लड़की अख़बार में लपेटकर कुछ लाई है।

पैकेट को खोलकर देखा—बीड़ी के दस बंडल थे। कस्तूरी ने देखा, उस पर लिखा था—डाकू छाप बीड़ी। फ़ोटो में मूँछों वाले डाकू का ड्राइंग बना हुआ था। उसे देखते ही बिलक़ीस बानो खिलखिलाकर हँसी। कस्तूरी ने ज़ोर का ठहाका लगाया—"ग़ज़ब मैम...ग़ज़ब..."

बानो ने हड़बड़ाते हुए उसे अपने शॉल के अन्दर छुपा लिया।

माया ने अनुरोध भरे स्वर में बानो से पूछा "...आप नाराज़ तो नहीं हुईं? आप न पीती हों तो बाँट दीजिएगा...मुझे लगा, देर रात बैठना होगा, और यहाँ मिले न मिले..."

बानो ने माया के ठंडे हाथ बाहर निकाले, माया के गाल थपथपाए और शॉल ठीक करती हुई मंच पर चढ़ गईं।

मंच से दूर जाते हुए माया और कस्तूरी ने देखा, बानो अपने पास बैठी दो बूढ़ी स्त्रियों से कुछ फुसफुसा रही थीं। फिर तीनों की आँखें चमक उठी थीं। उनके होंठों पर मुस्कान रातरानी के फूलों की तरह खिल उठी थी।

माया ने गहरे सन्तोष का अनुभव किया। उसे अब मालविका की तलाश थी।

मालविका को फ़ोन लगाया, लेकिन शोर की वजह से वह रिंगटोन सुन नहीं पा रही थी। भीड़ में हर तरफ़ दोनों मिलकर उसे ढूँढ़ रही थीं। कभी-कभी उसके नाम की आवाज भी लगा देती। काफ़ी देर तक ढूँढ़ने पर भी मालविका का पता नहीं चल पा रहा था।

ढूँढ़ते हुए दोनों किताब के स्टॉल के पास पहुँचीं और वहाँ थककर बैठ गईं। जैसे-जैसे रात बढ़ रही थी, भीड़ भी बढ़ती जा रही थी। माया मालविका के न मिलने से निराश होने लगी थी। उसे मालविका से होली का प्लान पूछना था। और भी बातें थीं। वो लगातार अपने डिजिटल प्लेटफ़ॉर्म के लिए कवरेज में व्यस्त थी। रोज़ रात यहाँ से लाइव करती थी। उसे जैसे मन लायक काम मिल गया था।

कुछ दूरी पर युवा लड़के-लड़कियाँ बैठकर गाना गा रहे थे, डफली भी बजा रहे थे। हो न हो, मालविका वहाँ बैठी झूम रही हो! ऐसे समय में वह सारे काम भूलकर मगन हो जाती है। माया कस्तूरी को स्त्रियों से बात करके रिपोर्ट तैयार करने का निर्देश देकर मालविका को ढूँढ़ने निकली।

मालविका वहाँ भी नहीं थी। फिर कहाँ होगी...? जहाँ–जहाँ गीत-संगीत चल रहा था, वहाँ-वहाँ सबसे पहले ढूँढ़ना चाहती थी। उसका अनुमान सही निकला। वह उस जगह मिली, जहाँ हुआ झबरू बालों वालों एक लड़का गिटार बजा रहा था। उसके आसपास कई लोग जमा थे। मालविका ज़मीन पर पालथी मारकर मोबाइल से उसका वीडियो शूट कर रही थी।

गिटार पर फ़ैज़ की क्रान्तिकारी नज़्म बजा रहा था और वहाँ बैठी थी खड़ी जनता ताली बजा-बजाकर गा रही थी—*हम देखेंगे...लाज़िम है कि हम भी देखेंगे...।* माया उस धुन और गान पर मोहित हुई। इस नज़्म को तो हमेशा अपनी रगो में दौड़ता महसूस करती थी। कुछ देर तक आनन्द लेती रही, फिर भीड़ में जगह बनाती हुई मालविका के बगल में जाकर बैठी, हौले-से उसे छुआ...उसे चिहुँकाना नहीं चाहती थी, वीडियो ख़राब हो जाता।

मालविका को लगा, भीड़ में कोई उसे तंग कर रहा है। उसने माया के हाथ को झटक दिया। दूसरी बार मुक्का मारा। तीसरी बार पलटकर चिल्लाना चाहती थी कि माया को देखकर उछलते-उछलते रह गई। लड़के ने जब गिटार बजाना बन्द किया तो सबने तालियाँ बजाईं। तब जाकर मालविका का वीडियो शूट रुका और वो मालविका के साथ उठ खड़ी हुई। माया ने शरारती आँखों से गिटारवादक की तरफ़ देखकर पूछा। मालविका ने कहा—"अरे दी, ये वही है...मेट्रो वाला लड़का...बताया था न...? आज यहाँ मिला...इतने टाइम बाद...क्या बजाता है दी, समाँ बाँध देता है। रोज़ रात आता है। आन्दोलन के समर्थन में ख़ूब बजाता है। मजमा लगाता है। आई होप, आपको पसन्द आया होगा।"

"तुझे ठंड नहीं लग रही, मालू...? स्टोल बाँधो सिर पर।" माया ने उसका स्टोल गले से निकालकर माथे पर लपेटने की कोशिश की।

"अरे दी, आप बूढ़ी हो रही हो...हम जवान लोग हैं...देखो न...जोशीले लोगों को ठंड कहाँ लगती है भला...?"

मालविका चिढ़ा रही थी माया को।

"चल छोड़...चलो कहीं किसी कोने में बैठते हैं, बातें करेंगे...कुछ ज़रूरी बातें करनी हैं...आज की कवरेज हो गई न तुम्हारी...? चलो उधर..."

वहाँ से थोड़ी दूरी पर किसी ने कुछ लकड़ियाँ जला रखी थीं। कोई बैठा न था। लोग आते, हाथ सेंककर चले जाते।

माया उसे वहाँ लेकर बैठी।

मालविका ने मुस्कुराते हुए बम फोड़ा।

"दी, मैं शशांक की एक्स वाइफ़ से मिली।"

"अच्छा...कहाँ...? कैसे...?" हैरान होने की माया की बारी थी।

"अच्छा, पहले यह सुनो...सिन्दूरी तो मुम्बई चली गई। उसने आपको ई-मेल लिखा होगा। उसने मोबाइल नम्बर बदल लिया है। मैं आपको दे दूँगी उसका नम्बर। उसने ई-मेल किया था मुझे भी।"

अब यह दूसरी हैरानी...!

मालविका उसे अचरज से भरती जा रही थी।

"पहले शशांक एक्स के बारे में बताओ..." माया की उत्सुकता चरम पर थी।

"पहले आप सिन्दूरी का इमेल पढ़िए..."

मालू दी, मैं अब ऐसे शहर में आ गई हूँ जहाँ कोई मुझे मेरी सेक्सुअलिटी

को लेकर जज नहीं करता। मेरी प्राइवेसी में दख़ल नहीं देता, जहाँ मैं अपनी निजता के साथ ज़िन्दा रह सकती हूँ। मुझसे कोई नहीं पूछता कि मैं अकेली क्यों रहती हूँ? शादी क्यों नहीं कर लेती? बच्चे क्यों नहीं पैदा कर लेती? मैं जहाँ अपनी निजता के साथ जी सकूँ...वहाँ रहना चाहती हूँ। यहाँ की हवा में मुक्ति की गन्ध महसूस करती हूँ। हर तरह की मुक्ति...विचारों की भी। मैंने अपना शहर चुन लिया। जल्दी ही सब सेटल होगा, तब बुलाऊँगी आप सबको। संचिता को भी ई-मेल कर रही हूँ। मायू दी को भी बता दीजिएगा। मुझे मालूम है, वे भी चिन्तित होंगी।

उनसे कहिए—पहले से आराम है।

बाय, लव यू हरदम

—सदा आपकी,

सिन्दू

मुम्बई।

ई-मेल पढ़कर माया ने राहत की साँस ली। कलेजे पर कुछ भारीपन-सा था, वह हल्का हुआ।

"चलो, अच्छा हुआ। सबको उनकी मंज़िल मिले।"

"मंज़िल तो भ्रम है, दीदी। हम जैसे राहगीर तो बस रास्तों की तलाश में रहते हैं...सही रास्ता मिले तो जीवन थोड़ा सुगम हो।"

"बड़ी दार्शनिक हो गई है हमारी मालू। सुन। मालू। चल, आज रात घर चलते हैं...वहाँ बैठकर बातें करेंगे। इस बीच बहुत घटनाएँ तेज़ी से घटी हैं। यहाँ कैसे हो पाएगी बात?"

माया उसे लगभग खींचा और घर के लिए निकल पड़ी। फ़रवरी की उतरती हुई हल्की ठंड थी। अँधेरे-उजाले के बीच भीड़ में ये दोनों लौट ही रही थी कि वहाँ भगदड़ की स्थिति पैदा हो गई। लोग दौड़ने लगे थे। पुलिस का सायरन गूँजने लगा। वहाँ पुलिस पहुँच चुकी थी और प्रदर्शनकारियों को वहाँ से ज़बरन हटा रही थी। माइक पर किसी पुरुष की आवाज़ गूँज रही थी। वह अपील कर रहा था कि धरना ख़त्म करें क्योंकि कोरोना नामक वायरस तेज़ी-से कई राज्यों में फैल चुका है। यह महामारी है और कभी भी यहाँ सबको चपेट में ले सकती है। मालविका

और कस्तूरी उसके पीछे दौड़ रहे थे। तीनों एक चाय के ठीहे पर खड़ी हो गई थीं। माया ने शशांक को फ़ोन लगाया।

शशांक ने जो एक्सक्लूसिव ख़बर दी, उसने और सन्न कर दिया। न्यूज एजेंसी में काम करने और कई महत्त्वपूर्ण मंत्रालय कवर करने के कारण शशांक के पास ख़बरें रहती थीं।

उसने कहा, "घर पहुँचो, मैं डिटेल में बताऊँगा। आता हूँ...मिल लेता हूँ... कल को पता नहीं क्या हो?"

तीनों पैदल चलकर शाहीन बाग़ मेट्रो स्टेशन तक पहुँचे और वहाँ कैब बुलाई। बहुत मुश्किल से उस रात कैब मिली थी। हिम्मत टूटने लगी थी। पुलिस लगातार गश्त लगा रही थी और भीड़ चारों तरफ़ फैल रही थी। शशांक चाहकर भी उन्हें पिक करने नहीं आ सका था क्योंकि देर शाम जामिया के पास भयंकर ट्रैफ़िक जाम था। प्रदर्शकारी वहाँ तक फैले हुए थे। उन्होंने रास्ते में आते हुए देखा था। इस समय एजेंसी में ख़बरों का भी दबाव रहा होगा।

तीनों सारे रास्ते कोरोना की बातें करती रहीं, शशांक की एक्स की बात ही भूल गईं। वो तो घर पहुँचने के बाद उन्होंने होश सँभाला। जान में जान आई। देर रात होने की वजह से कस्तूरी भी माया के पास रुक गई थी।

माया ने वाइन का गिलास मालविका और कस्तूरी को पकड़ाते हुए कहा, "शशांक के आने से पहले उसकी एक्स का क़िस्सा सुना दो, मालू।"

उसे बहुत उत्सुकता हो रही थी जानने की। कैसी है? क्या करती है? कैसा जीवन है? उसके बारे में अब तक जो सुना, शशांक के मुँह से ही सुना था। मालविका तटस्थ राय दे सकती थी। उसने शशांक का पक्ष भी सुना था और अब उसकी 'एक्स' को भी जानती थी।

"मायू दी, जानती हो...?"

इतना कहते हुए मालविका ठठाकर हँस पड़ी। मालविका इसी तरह बिना हँसे कोई बात कर ही नहीं सकती। उसे हर बात में रोमांच आता है।

"अरे दी, शशांक की एक्स मेरी एच. आर. हेड बनकर आई है। गुड़गाँव में रहती है। पिछले दिनों मैं कुछ दिन गुड़गाँव वाले दफ़्तर के काम से वहाँ गेस्ट-हाउस में रुकी थी। दीदी, पूछो मत...हमने कितने फन किए। वह भी रुक जाती थी। हम दफ़्तर के कई लोग घर ही नहीं गए तीन दिनों तक। दिन-भर काम करते थे और शाम को महफ़िलें जमाते थे।"

"उसने तुम्हें बताया कि उसने शशांक को क्यों छोड़ा...? कोई पर्सनल बात हुई...?"

"अरे हाँ, दीदी, हुई तभी तो बता रही हूँ...वो मेरा संघर्ष जानती है। मैंने सब बताया और जब एक स्त्री खुलती है, तो सारी खुलती चली जाती है। फिर तो हम सबने शेयर किया अपना जीवन...अभी वो बहुत ख़ुश है। उसे मन लायक पति मिल गया है। वो कह रही थी—"मुझे पति चाहिए, कर्मयोगी नहीं जो रात-दिन काम के बहाने ग़ायब रहे। मुझे फ़ैमिली मैन चाहिए था, जो घर को समय दे, जिसे बच्चे पसन्द हों। शशांक बोहेमियन टाइप है। उसके मिज़ाज में अजीब क़िस्म की आवारगी है। वो बहुत केयरलेस है, कई बार इमोशनलेस भी हो जाता है।"

"लेकिन वो तो ख़ुद भी इतना काम करती है, तीन दिन घर छोड़कर कैसे रह सकी तुम लोगों के साथ...?"

"अरे, उसकी बेटी शाम को आ जाती थी पापा के साथ...मैं दोनों से मिली हूँ...ही इज़ वेरी नाइस गाई।

"बहुत कूल डूड है दीदी...तभी रेवती इतना काम कर पाती है।

"जानती हो दीदी, मुझे क्या समझा रही थी? ख़राब हुए रिश्ते को सेकेंड चांस मत दो, मगर विवाह को सेकेंड चांस देकर देखो। शर्त यह हो कि दोनों के लिए यह सेकेंड चांस हो। दोनों अपनी पिछली ग़लतियों से सीख कर सेकेंड चांस में बहुत समझदारी से आगे बढ़ते हैं। मेरा प्रयोग तो सफल रहा...आज़माकर देखो...।"

"शशांक के बारे में और क्या बोल रही थी...?"

"वो शशांक के प्रति बहुत कटु नहीं थी, दीदी...बस, उसका कभी सामना नहीं करना चाहती। उसमें एक क़िस्म की झेंप है...ऐसा मुझे लगा।

"और मायू दी, शशांक और आप मिलकर सेकेंड चांस क्यों नहीं लेते? दोनों पहली बार में विफल हुए हो, इस बार अच्छा चलेगा और..."

बात अधूरी छोड़कर मालू पूरा वाइन-गिलास गटक गई। कस्तूरी मन्द-मन्द मुस्कुरा रही थी। उसके लिए पहला मौक़ा था इस तरह अपनी सीनियर के साथ बैठकर वाइन सेशन करने का। माया ने उसे सहज किया। वह भी पहली बार अपने बॉस का इतना अलग और खुला रूप देख रही थी। पहले सोचा, उसकी ज़िन्दगी में झाँके, फिर लगा, कोई नया चेप्टर खुलेगा तो अब सँभाल नहीं पाएगी। पहले ही बहुत लोड ले चुकी है। उसने उसे नहीं छेड़ा। वह उनकी बातों का आनन्द लेती रही। ज़रूरी नहीं कि सबकी ज़िन्दगी में कोई कहानी हो, दुःख हो, असहजता हो।

दुखिया-सुखिया सब उसी संसार में रहते हैं।

मालविका की आँखों में कजरारे-कजरारे सवाल उछल रहे थे मानो माया से पूछ रही हो, 'क्या इरादा है?'

माया की आँखें निरुत्तर हो उठी थीं।

"अतीत का बोझ अब तक भारी है, मालू...।"

अचानक कस्तूरी उठ खड़ी हुई, "मैम...पी. एस. पी. ...बस..."

मानो उसने इस तरह हाथ उठाया कोई घोषणा कर रही हो।

दोनों चिल्लाए..."यह क्या होता है?"

"पास्ट इज पास्ट...। मूव ऑन, मैम..." मेरी तरह एल. डी. आर. में रहिए..."

"अब्बे, अब यह क्या होता है?"

"लॉंग डिस्टेंस रिलेशनशिप।"

"ओ गॉड...ये लड़की भी न..."

मालविका हँस-हँस के लोट-पोट होने लगी। माया ने पूछा, "क्या तुम इसी तरह बात करती हो?"

माया की हँसी भी नहीं रुक रही थी। शशांक देर कर रहा था। वह उसके आने के बारे में भी भूल गई थी। कस्तूरी पूरी तरह खुल चुकी थी। उसने जो शॉर्ट फॉम में बातें करनी शुरू कीं, दोनों हँस-हँस के पागल हुई जा रही थीं। माया के दफ़्तर की सबसे शान्त लड़की, हर समय ख़बरों की बातें करने वाली लड़की, कितनी मनलग्गू निकली?

"मायू दी, 'के' को भी अपने ग्रुप में शामिल कर लो..."

"के?"

"'के' बोले तो कस्तूरी..."

तीनों स्त्रियाँ इसी तरह की बातों पर हँसती रहीं। माहौल ख़ुशनुमा हो गया था।

16

वो कहते हैं न, बहुत हँसो तो पीछे खड़ा दुःख उसे सुन लेता है। माया को कई बार लगा है कि सुख की परछाईं है दुःख। बहुत हँसने या ख़ुश होने से हमेशा डर लगता रहा है। अपने घर में सुना था। चचेरे बड़े भैया कहावतों के

उस्ताद थे। जुमले भी ख़ूब उछालते थे। वे हँसी-ठिठोली में साथ देते हुए अन्त में यह कहकर गुब्बारा फोड़ देते थे कि इतना हँस रही हो न—देखना, जल्दी कुछ बुरा होने वाला है। बहुत हँसना, दु:ख को आमंत्रण देना है। माया इसीलिए धीरे-धीरे हँसना भूलने लगी थी। उसकी परछाइयों ने दामन जकड़ लिया था।

शशांक देर रात आया और उसने उसे दु:ख की घाटी में ढकेल दिया। जिस दर्द को दबाकर वह सहज होने की कोशिश में लगी थी; उसे फिर से उभार दिया।

आते ही उसका पहला धमाका था, "तुम गोवा जाना चाहोगी?"

माया को चुप देखकर उसने फिर ज़ोर दिया, "अभी हो आओ, फिर तो लम्बे समय तक न निकल पाओगी। जो हालात बन रहे हैं, उसमें कुछ भी कहना सम्भव नहीं। अभी गोवा कार्निवाल का आमंत्रण आया है, पर्यटन मंत्रालय की तरफ़ से। तुम जाना चाहो तो मैं इन्तज़ाम करा सकता हूँ।"

"मुझे जब जाना चाहिए था, तब नहीं गई। अब किसके लिए जाऊँ? उस शहर में क्या है? मेरा कौन है?"

माया की आह निकल गई। चेहरे का रंग तत्काल बदल गया। उसे अचानक थकान-सी लगने लगी। जैसे लम्बे संघर्ष के बाद कोई दाँव हार गई हो।

"डिलाइला की आत्मा वहीं है मायू, तुम्हें जाना चाहिए। तुम तभी सहज होकर जी पाओगी। मैंने जितना तुम्हें रीड किया है, मैं ज़ोर दे रहा हूँ, तुम्हें जाना चाहिए...।"

माहौल ग़मगीन हो चला था। माहौल को भाँपते हुए पीछे से कस्तूरी फिर चिल्लाई, "मैम, आप दोनों एन. एम. बी. ए. व्यवस्था अपना लो न।"

मालविका चिल्लाई, "अबे, अब यह क्या है?"

"नॉट मैरिड बट एवलेबल।"

पहली बार माया को उसकी बात पर हँसी नहीं आई। सब हँस रहे थे। उसके दिल पर आरी चल रही थी—क्या बताए कि मानचित्र में किसी शहर के लुप्त होने का ग़म क्या होता है? शहर कोई ज़मीन का टुकड़ा नहीं होते, वे व्यक्तियों से बनते हैं। अपनों से बनते हैं। उनकी स्मृतियों से झाँकता है शहर बारम्बार। उस वक़्त माया वहाँ से अनुपस्थित हो चुकी थी। वह डिलाइला के साथ थी—अलथीनो की सबसे ऊँची पहाड़ी पर, जहाँ नीचे घना जंगल है और दूर समन्दर चमकता है।

डिलाइला हाथ में बियर की दो ठंडी बोतलें हैं। एक माया को पकड़ाती है, दूसरी ख़ुद गटागट पीती जाती है। माया अचरज से उस दुबली-पतली साँवली-सलोनी काया को पूरी बोतल गटकते देख रही है।

पल भर में बोतल ख़ाली और उसने पहाड़ी से नीचे उसे पैरों के ठोकर से मारकर लुढ़का दिया। इतनी ज़ोर से ठोकर मारी कि आस-पास धूल उड़ने लगी।

"जब भी मैं उदास होएँगा, यहीं आएँगा और बियर पीकर बोतल को नीचे ठोकर मारकर गिराएँगा। ज़ोर-ज़ोर-से चिल्लाकर दुनिया को गाली देंगा... और चला जाएँगा।"

इतना बोलकर वह अंग्रेज़ी-कोंकणी मिक्स गालियाँ देने लगी थी। उसकी आँखों से आँसू बहे जा रहे थे। खुले घुँघराले बाल हवा में उड़ रहे थे। दोनों हाथों से उन्हें पीछे करती हुई वह लगभग चीख़-चीख़कर रो रही थी।

माया पहली बार उसके साथ इस जगह गई थी। वह उसे गोवा के हर उस जगह पर ले जाती थी, जहाँ से उसका ज़रा-सी भी नाता हो। सुख-दुःख, दोनों का। माया ने बियर की बोतल वहीं रख दी, डिलाइला को अपनी ओर खींचा...वह कटे वृक्ष की भाँति उसके ऊपर गिर पड़ी। माया ने लड़खड़ाते हुए उसे सँभाल लिया। डिलाइला को ये बाँहें सबसे अलग और भरोसेमन्द लगीं। थोड़ी देर चुपचाप आँखें मूँदकर भरोसे को और गहरा करना चाहती थी।

माया को उसकी हिन्दी गुदगुदा रही थी। उसकी हिन्दी ऐसी थी कि माया का मन उसे सुनते रहने का होता था।

"मैं यहीं पर अपना फ्रस्ट्रेशन रिलीज़ करता...यही है वो प्लेस...यहीं आएँगा... फिर आएँगा...फ़क यू लाइफ़..."

"चलो, घर चलें।"

अच्छे बच्चे की तरह उसने आँसू पोंछे, गाड़ी स्टार्ट की और घर रवाना। सारे रास्ते दोनों चुप रहे। पहाड़ी रास्ता घुमावदार था। वह कुशल ड्राइवर थी। उन दिनों उसे हर गाड़ी ड्राइव करते देखा, रास्ता कैसा भी हो! गाड़ी कोई हो, छोटी या विशालकाय। अपने नये प्रेमी श्रीकान्त नायर की फ़ॉरच्यूनर भी उसी आसानी से ड्राइव कर लेती थी उन पहाड़ी रास्तों पर।

पहाड़ी चोटी पर माया को साथ लेकर इसलिए गई कि उस दिन उसे अपने पति को नहीं, प्रेमी को गाली देना था। पति का क़िस्सा, रोना-धोना पुराना हो चुका था। प्रेमी के बेवफ़ाई का दौर शुरू हुआ था। इस बार माया सिर्फ़ तीन दिन के लिए आई थी। उसके पास बताने के लिए समय कम था। इसी दौरान उसने देखा था कि उसके घर में किरायेदार की तरह रहने वाले स्मार्ट व्यवसायी प्रेमी मलयाली प्रेमी की कितनी सेवा करती थी? माया से मिलवाते समय उसके साँवले चेहरे पर

गुलाबी रंगत देखी थी। फ़ोन पर तो बताया था, लेकिन आमना-सामना इस बार हुआ था। श्रीकान्त उस विशालकाय भवन के ग्राउंड फ़्लोर पर रहता था। पंजिम आया था अपने मोटर व्यवसाय के लिए और शहर के सबसे महँगे इलाक़े में घर मिला, डिलाइला का। किरायेदार बनकर आया था, उसके दिल का मेहमान बन बैठा था। यह वह दौर था जब डिलाइला का दिल टूट चुका था और पति विशाल उसका घर छोड़कर जा चुका था, किसी और स्त्री के साथ। अपने दो बच्चों के साथ उस घर में वह अकेली रह गई थी। दो-तीन छोटे-बड़े कुत्ते और तीन-चार बिल्लियाँ थीं, एक स्थायी सेविका थी जो बरसों से साथ रह रही थी। इतना बड़ा घर था, जिसमें कई लोग रह सकते थे।

उसकी ज़िन्दगी को बदलते हुए देखती चली आ रही थी। माया के लिए तकलीफ़देह बात रही। उसके देखते-देखते उसका जीवन तबाह हो गया था। जब पहली बार उस सेमिनार में मिली, तब उसका पति साथ में था। गाड़ी से लेने आया तो सबको साथ घर लेता आया। हालाँकि डिलाइला उन्हें घर लाते हुए थोड़ा हिचकिचा रही थी। माया ने भाँप लिया था। उसका पति घर आने के लिए बहुत ज़ोर दे रहा था।

दो दिवसीय सेमिनार में माया की दोस्ती सिर्फ़ डिलाइला से हुई थी। यह पहली नज़र का प्यार जैसा था। वह अपनी चमकती आँखों से उसे बाँध रही थी। हमेशा मुस्कुराती रहती। आवाज़ बहुत मधुर थी। सेमिनार के आख़िरी दिन रात को बीच पार्टी में उसने गाने सुनाए। एक गाना उसने माया को समर्पित किया था। हिन्दी गानों की दीवानी लड़की हिन्दी ठीक से बोल नहीं पाती थी, लेकिन गाने में कोई अशुद्धि नहीं होती थी।

उसके पति ने डिलाइला के संकोच को ताड़ लिया था। पता नहीं क्यों, आज तक माया को समझ नहीं आया कि वह क्यों अनजान महिला को घर लेकर गया और क्यों चाहता था कि माया और डिलाइला एक-दूसरे के क़रीब आएँ? विशाल ने आगे बढ़कर माया का सामान होटल से उठाया और अपने घर ले गया। डिलाइला भी भौंचक थी।

विशाल से ही माया ने कहा था, "मैं गोवा की रातें देखना चाहती हूँ, कन्दोलिम और बाग़ा बीच की...अंजुना और मुर्ज़िम की रातें भी..."

विशाल ने डिलाइला की तरफ़ देखते हुए कहा, "आप इस वक़्त गोवा की नाइट क्वीन के साथ हैं। ये हैं मिस डिलाइला, गोवा की नाइट क्वीन...इनके साथ रहिए...इनसे बेहतर यहाँ की रातों को कोई एक्सप्लोर नहीं करवा पाएगा।"

विशाल की हिन्दी बहुत स्पष्ट थी। लौह-खान का मालिक था। बिहारी-यू.पी. मज़दूरों से डील करते-करते पक्का हिन्दीवाला हो गया था।

उन्हें घर पहुँचाकर विशाल ग़ायब हो गया था। अगले दो दिनों, दो रातों तक उसका पता न चला।

माया ने अचरज से पूछा, "विशाल कहाँ हैं? वे आए नहीं?"

"आएँगा...हमें लंच का वादा किया है, हमारे साथ लंच के लिए जाएँगा।"

"लेकिन घर क्यों नहीं लौटे...?"

डिलाइला उसके सवाल पर चुप रही। वह शायद बताना नहीं चाहती थी।

धीरे-से बोली, "वो यहाँ नहीं रहता।"

"क्या...? अरे, फिर...कहाँ रहते हैं...समझी नहीं...?"

"लौंग स्टोरी, डियर...बाद में बताऊँगी...हम साथ नहीं रहते। हम पति-पत्नी हैं मगर वो किसी और के साथ रहता है...अपनी गर्लफ्रेंड के साथ..."

माया का माथा घूम गया।

"ओह...!"

वह देर तक सन्नाटे में डूबी रही। जब विशाल लंच के लिए दोनों को लेने आया, तो उसके साथ माया थोड़ी असहज थी। डिलाइला उसी तरह चहककर बात करती रही। उन दोनों को एक 'पंजाबी दरबार' रेस्तराँ में बिठाकर वह चला गया। शायद बिल भी उसने ही पे किया क्योंकि वे दोनों लंच करके बाहर निकल गई थीं। विशाल ने इनके साथ लंच नहीं किया। माया को बड़ा अजीब लगा। वे परिचय के शुरुआती दिन थे।

डिलाइला ने झेंपते हुए बताया, "उसकी गर्लफ्रेंड को पता चला तो उनका झगड़ा हो जाएँगा। इसीलिए वह चला गया..."

"लेकिन बीवी तो तुम हो, यार...।" माया ग़ुस्से से भड़क गई।

"बीवी मैं ही रहेंगा...वो तो किसी को नहीं बनने देंगा...विशाल कोर्ट में जाने वाला है...गर्लफ्रेंड प्रेशर डाल रही है...अभी तक इसीलिए दो ब्रेकअप हो चुका है...और होएँगा...मैं तलाक़ नहीं देंगा...उसने मेरे बच्चों को ब्रेड एन बटर के लिए, स्कूल फ़ीस के लिए तरसा रखा है...मैं आसानी से फ्री नहीं करेंगा..."

उस दिन वह पूरी तरह खुली थी माया के सामने, जबकि दोस्ती को ज़्यादा दिन नहीं हुए थे। वो माया को परख रही थी। माया के ग़ुस्से ने उसे भरोसा दिलाया कि वो संजीदा है और उसके दर्द को समझ रही है।

माया का ग़ुस्सा तो कम ही नहीं हो रहा था।

"तुमने उसका लंच क्यों स्वीकार किया...? मना क्यों नहीं किया...? मुझे नहीं मिलना ऐसे आदमी से...घटिया इनसान...नीच..."

विशाल ने अपनी गाड़ी और चाबी रेस्तराँ में छोड़ दी थी। डिलाइला और माया उसी से घर वापस लौटीं। रास्ते भर माया भड़कती रही। उसका मन कर रहा था कि विशाल अब मिल जाए तो गर्दन मरोड़ दे। कैसे इतनी सुन्दर, स्मार्ट पत्नी और दो प्यारे बच्चों को छोड़कर वह स्त्रियों के आखेट पर निकल गया है?

डिलाइला ने ड्राइव करते हुए हिन्दी गाना शुरू किया : *'अजीब दास्तां है ये... कहाँ शुरू कहाँ ख़तम...'*

माया ने चिढ़कर कहा, "तुम उसके साथ कैसे सहज रह लेती हो...जैसे कुछ हुआ ही न हो...क्यों?"

हालाँकि वह अभी तक उसकी बहुत क़रीबी दोस्त नहीं बन पाई थी। उन दोनों के बीच संकोच की एक दीवार ज़रूर थी, लेकिन माया उसे लाँघ गई थी। वह जितना भड़कती, डिलाइला उतना मुस्कुराती। दर्द को भीतर और गहरे दबाती जाती। उसे लगा, गोवा से उसकी वापसी अब बहुत सहज नहीं रह पाएगी। वह अपने पीछे एक दर्दनाक कहानी और पात्र छोड़ जाएगी। जाने फिर कब आना हो? दुबारा मिल भी पाएगी या नहीं?

माया बस एक बार विशाल से मिलना चाहती थी। उसे झिंझोड़कर कारण पूछना चाहती थी।

डिलाइला ने बताया, "वो अब तुमसे कभी नहीं मिलेंगा। तुम्हारे सामने नहीं आएँगा। उसे पता लग गया कि तुम सब जान चुकी हो।"

माया सब जानना चाहती थी। डिलाइला अपनी ज़िन्दगी की किताब बन्द किए बैठी थी। जितना कुरेद सकती थी, कुरेद पाई। वह अतीत की गलियों में जाने से बच रही थी। माया के पास समय कम था। वह उसका रहस्य लिये वापस लौट आई। एयरपोर्ट पर विदा होते समय उसे रोते देखकर माया का कलेजा काँप उठा था। उसे वह एक ऐसी योद्धा की तरह नज़र आई जो बिलकुल अकेली अपनी लड़ाई लड़ रही थी। माया साथ देना चाहती थी। मन-ही-मन तय किया, जल्दी लौटकर आएगी। उसे मदद की ज़रूरत थी। उसने दो दिन अपने घर में आसरा दिया, इतना समय दिया। दु:ख के पन्ने अपने-आप उधड़े। उसने कहीं-न-कहीं ख़ुद को उसके साथ जोड़ा ही था।

माया इसी लगाव की वजह से दोबारा जल्दी लौटकर आई, तब तक उसके जीवन में श्रीकान्त प्रेमी बनकर आ चुका था। उसने चहकते हुए मैसेज किया था, "मैं सिंगल नहीं रही। जल्दी आओ। श्रीकान्त तुमसे मिलने को बेचैन है। उसने मेरा बहुत साथ दिया है, मेरे बुरे वक़्त में साथ खड़ा रहा है। मैं अकेली नहीं हूँ इस लड़ाई में।"

श्रीकान्त के बारे में जान कर सुकून मिला था। हम स्त्रियों को दर्द भी पुरुष ही देते हैं, दवा भी वही। विशाल के दर्द की दवा बनकर श्रीकान्त आया था।

दूसरी यात्रा में माया ने लम्बा प्रवास किया था। पूरी फ़ुरसत लेकर आई थी। उसके लिए स्थानीय वकील भी ढूँढ़ लिया था। उसे लगा था कि डिलाइला श्रीकान्त के साथ बहुत सुखी होगी। अकेले लड़ते-लड़ते थक गई होगी। एक मज़बूत साथ मिला होगा तो ख़ुश होगी।

लेकिन यहाँ तो नज़ारा ही अलग था।

"मायू...कहाँ खो गईं? मैं चलता हूँ, देर हो गई। मैं तुम्हारे जाने का इन्तज़ाम करता हूँ। मार्च से ज़िन्दगी मुश्किल होने वाली है। अभी समय है, एक बार डिलाइला की क़ब्र से ही मिल आओ, शायद तुम सुकून से जी पाओगी।"

"शशांक...", माया ने उसका हाथ थामा। आवाज़ हलक़ में अटक गई।

माया के आँसू रुक ही नहीं रहे थे। जिस दु:ख को दबाए-दबाए जाने किस धुन में जिए जा रही थी, उसे कुरेद दिया। उसकी उदासी की कई वजहें थीं। उनमें से एक पर शशांक ने उँगली रख दी। वह डिलाइला की मदद करना चाहती थी, नहीं कर पाई। उसने अपनी लड़ाई ख़ुद लड़ना चाहा, इसलिए वह पीछे हट गई। हमेशा गिल्ट में रही कि उसकी बात न मानते हुए माया को उसके पक्ष में कड़ा ऐक्शन लेना चाहिए था। वह अपने प्रभाव का इस्तेमाल करते हुए विशाल को कई तरह से ध्वस्त करवा सकती थी। डिलाइला यह नहीं चाहती थी। वह बदला नहीं लेना चाहती थी।

वह जो तर्क देती, उससे माया सहमत नहीं होती।

माया ने ऊबकर कहा था, "श्रीकान्त से शादी कर लो।"

उसने कहा था, "मेरे बच्चों का बाप नहीं बदलेगा। बाप तो विशाल ही रहेगा। उसको जितना भटकना माँगता है, भटके। मैं नहीं छोड़ेंगा। उसने मुझे छोड़ा न...! वह मेरे से मुक्ति माँगता है, मैं नहीं देने का...।"

वह ठठा कर हँसती, मानो उसके हाथ में कोई ऐसी ताक़त थी जिसके सहारे विशाल को परास्त किए रह सकती थी।

डिलाइला ने स्वीकार किया था कि उसने विशाल के घर छोड़ने के बाद कई पुरुषों से प्रेम किया, लेकिन शादी के बारे में नहीं सोचा। उनमें से कुछ इसके साथ सेटल होना चाहते थे। वह प्रेम कर सकती थी, दूसरी शादी नहीं चाहती थी। उसे किसी भी हाल में विशाल को रिश्तों से मुक्त नहीं करना था। यह ज़िद उसके लिए घातक थी। वह टूट सकती थी, दाने-दाने को तरस सकती थी, झुकना नहीं चाहती थी। न विशाल को फिर से घर बसाने की मोहलत देना चाहती थी।

उसने कड़वा-सा मुँह बनाकर कहा था, "उसकी बेवफ़ाई की सज़ा यही है। वो सारी प्रॉपर्टी हड़पना चाहता है। मैं इतनी आसानी से अपने बच्चों का हक़ लेने न दूँगी। कोर्ट में लड़ेंगे केस...।"

दु:खद बात यह रही कि उसे पुरुषों से हमेशा बेवफ़ाई मिली। उसने टूटकर प्रेम किया, उनकी देखभाल की, परवाह की। बदले में उसे छल मिला। श्रीकान्त भी वैसा ही निकला।

उसने कहा था, "श्रीकान्त चाहे जैसा भी है, अब यह मेरा आख़िरी प्रेमी होगा। मुझमें और पुरुषों से प्रेम करने की हिम्मत नहीं बची है। मैं इतनी तन्हा हूँ कि कोई भी क़रीब आ जाता है। मैं उसकी निकटता को प्रेम करने लगती हूँ, उसे कुछ और चाहिए होता है। अब श्रीकान्त जैसा भी है, मैं उससे दूर नहीं जा सकती। जब मेरे साथ होता है, तब मेरे साथ ही होता है।"

यह सब सुनते हुए माया ने महसूस किया, देखा-भाँपा कि वह सचमुच श्रीकान्त के प्रेम में थी। उतनी ही गहरी, जितनी कभी विशाल के प्रेम में पड़ी होगी। सच्चा प्रेम आँखों में जुगनू की तरह भुकभुकाता है। होंठों और कानों के रंग बदल देता है। प्रेमी के प्रति आदर को फ़िक्र में बदल जाता है।

माया जब दूसरी बार उसके पास गई थी, तब उसने देखा था उसे—श्रीकान्त के आगे-पीछे डोलते हुए। उसकी सुबह की दवा से लेकर रात के ड्रिंक्स तक का इन्तज़ाम उसके लिए तत्परता से करती। उसकी कम्पनी में उसने एडमिन का काम सँभाल लिया था। आर्थिक चिन्ताएँ दूर हो गई थीं। माया से किसी भी तरह की सहायता लेने से उसने इनकार कर दिया था। बस, वह चाहती थी कि माया जल्दी-जल्दी उसके पास आया करे।

माया मुस्कुराकर रह जाती। इतना आसान न था, दिल्ली से गोवा तक का सफ़र, जल्दी-जल्दी। जब भी वह जाती, जितने दिन भी रहती, उसके साथ जीवन जीती। उसने जीना सिखाया, माया को खोला और गम्भीर-शान्त स्वभाव की माया

ने जो शरारतें कीं, वह कभी नहीं कर सकती थी। समन्दर किनारे बसे गाँवों में घूमते हुए कल्पना करती कि यहीं किसी गोंसाल्विस या फ़र्नांडिस को पटा कर बस जाए। उसने माया को फ़्ली मार्केट के मालिक बूढ़े फ़र्नांडिस से मिलवाया तो माया झेंपती हुई, हँसती-हँसती दूर भाग गई थी। उसने दूर से हाथ जोड़ लिये, "यार, बूढ़ों में मेरी कतई दिलचस्पी नहीं। मेरी एक अभिनेत्री दोस्त बूढ़ा धनपशु ढूँढ़ रही है, उसे मिलवा देंगे। मेरे वश का नहीं। प्रेम और शादी, दोनों में हमउम्र ही पसन्द है।"

"तब तो तुम कभी घर नहीं बसा पाओगी...उम्र निकल रही है तुम्हारी। कुछ दिन बाद बूढ़े ही बचेंगे।" डिलाइला ने चेताया।

वह क्या कहती कि कुछ लोगों के भाग्य में बसना नहीं लिखा होता। वे हमेशा किसी उजड़े दयार की तरह जीवन जीते हैं—बोहेमियन टाइप, जिसका कोई स्थायी पता नहीं होता।

वह गोवा जाने के पूर्व की शाम थी।

दुनिया किसी अनजाने ख़तरे की तरफ़ बढ़ रही थी। सारे उत्सव समेटे जा रहे थे। पता नहीं, अगले पल क्या हो? शशांक ख़बरों की दुनिया का आदमी, वह आगामी ख़तरे को भाँप सकता था। सरकारी महक़मे में खलबली मची थी। दुनिया के कई देशों से बुरी ख़बरें आ रही थीं। वह चाहता था कि माया की बेचैनी का इलाज जल्दी हो जाए। अभी नहीं हुआ, तो कभी नहीं हो पाएगा। दुनिया हर पल रूप बदल रही थी। उसका दिल रह-रहकर काँप उठता था। दहशत हवा में टहल रही थी। दुनिया कभी भी उसके जबड़े में समा सकती थी। अभी लोग उस ख़तरे को गम्भीरता से नहीं ले रहे थे क्योंकि वह देश तक पहुँची नहीं थी। जब तक हम पर गुज़रती नहीं है, हम सँभलते नहीं हैं। हमें होश तब आता है जब ख़ुद बेहोश न हो जाएँ। उसके पहले कितना भी सावधान करिए, लोग सुनते नहीं, यक़ीन नहीं करते। इसीलिए मुसीबतें भी आसानी से दबोच लेती हैं। शशांक चूँकि विदेशी न्यूज एजेंसी में था, उसके हाँगकाँग के एक मित्र ने गोपनीय जानकारी देकर उसको दहला दिया था। वहाँ देर रात सड़कों पर गाड़ियों की गश्त बढ़ा दी गई थी, लोग घरों में क़ैद हो रहे थे और देर रात शहर में कुछ छिड़काव-सा किया जाने लगा था। यह वह ख़बर थी, जो अपुष्ट थी, कोई आधिकारिक सोर्स नहीं था। एजेंसी में होने की वजह से वह ख़बर रिलीज़ नहीं कर सकता था, लेकिन वे सच बातें थीं कि चीन कोई सच्चाई छुपा रहा है। उसने वहाँ की जो हालत उसे बताई, उस पर

सोचते हुए शशांक को अहसास हो चला था कि आगे सब कुछ ठप्प हो सकता है। इसीलिए वह माया को गोवा भेजना चाहता था। उसके भीतर कई चीज़ें एक साथ चल रही थीं। वह चाहता था, माया जल्दी गोवा जाकर लौट आए। इसीलिए उसने आने-जाने, दोनों की टिकट उसे अरेंज करा कर दी।

उससे माया का दु:ख देखा भी नहीं जा रहा था। लम्बे समय से वह दु:ख में थी और अपना सुख-दु:ख छोड़कर हर स्त्री की मदद में जुट जाती थी। वह माया को चिन्तामुक्त और सहज देखना चाहता था।

माया को अच्छा लगा था जब शशांक ने कहा, "तुम्हें गोवा जाना चाहिए।"

किसी साथी में इसी तरह की उदारता वह देखना चाहती थी, जो रास्ते में फूल न बिछाए तो काँटे न बिछाए।

"और कोई निर्देश-आदेश?" माया ने व्यंग्य किया।

"यह निर्देश-आदेश नहीं, सलाह है, और मुझे लगता है कि तुम्हें वहाँ जाकर शान्ति मिलेगी। तुम लौटकर जब आओगी, तो बदली हुई माया होगी।"

माया गोवा जाने से पहले शशांक से बहुत बातें करना चाहती थी। समझ नहीं आ रहा था, कहाँ से शुरू करे? एक बार मन आया कि कहे, "तुम भी साथ चलो न!"

संकोच और संशय की वही दीवार खड़ी हो जाती है उसके और शशांक के बीच। वह इस रिश्ते को समझ नहीं पा रही थी या समझना नहीं चाहती थी। उसे शशांक ज़्यादा स्पष्ट लगता था : हर तरफ़ से खुला हुआ और मानो हर तरह से तैयार।

"क्या-क्या करूँगी मैं वहाँ...?" माया ने ऊपरी मन से पूछा। भीतर तो पूरा प्लॉट तैयार था। जो ठान चुकी है, उसे अंजाम देना है।

शशांक ने इस सवाल को गम्भीरता से लिया, "वही करना है, जो मन में है—डिलाइला से जुड़ी स्मृतियाँ ताज़ा करना, उसके दोस्तों, परिवार से मिलना और उसके फ़ेवरेट रेस्तराँ में जाकर नाचना। चर्च में जाकर उसके लिए प्रार्थना करना...।"

"बस, शशांक, मुझसे यही नहीं हो पाता। कॉलेज डेज़ में मैं बहुत आकर्षित थी चर्च के प्रति, गले में क्रॉस तक पहनती थी। माँ हमें मन्दिर ले जाती और मेरी दोस्त नसीमा दरगाह।"

"मुझे दरगाह बहुत पसन्द है, आज भी...।"

"कहीं भी जाओ, मक़सद एक ही है न...?

"जानते हो, आज माँ-पापा उन दिनों को याद नहीं करना चाहते। बचपन में मेरी जब तबीयत ख़राब रहती थी, तब किसी ने बताया कि नाव वाली दरगाह पर

ले जाकर झाड़-फूँक करा दो। वहाँ का जल छिड़कवा दो, सेहतमन्द हो जाएगा।

"माँ अक्सर मुझे वहाँ लेकर जाती थीं। वो नाव जैसी आकृति की मज़ार थी। चारों तरफ़ पानी भरा था, बीच में पीर की क़ब्र। आज माँ-पापा उन दिनों को याद नहीं करना चाहते। इतने कट्टर हिन्दू हो गए हैं कि पूछो मत। ऐसे तो हर मुद्दे पर लड़ेंगे आपस में, लेकिन जैसे ही धर्म-कर्म का मामला हो, दोनों के सुर एक हो जाते हैं, और यह चेंज मैं उनमें पिछले कुछ सालों से देख रही हूँ...या मैंने कभी उन्हें ठीक से समझा ही नहीं। कई बार लगता है, मैं इनकी ही सन्तान हूँ...कितनी मनभिन्नता है?"

"तुम पर कोई असर नहीं इनका..." शशांक ने उसे ढाढ़स दिया।

"शुक्र है कि माँ मेरे भीतर उस तरह नहीं आईं, जैसी बेटियों में घुसकर जगह बना लेती हैं माएँ। मैं बच गई।"

"तुममें सच में ब्राह्मणों वाले लक्षण नहीं—बस, महन्त जी को लेकर अनुराग है।" शशांक ठठाकर हँस पड़ा।

"बकवास मत करो..."

"उनकी धार्मिकता की वजह से नहीं...वो यार—चाहे बौद्ध लामा हो या वो अपने महन्त जी, सब नहीं—कुछेक।"

"उनके चेहरे पर अलग ही आभा होती है...अपीलिंग लगते हैं।"

"क्या...?"

शशांक की आँखें फैल गईं। माया ने देखा उन आँखों को...बहुत गहरी थीं, मगर थाह लेने देती थीं।

"अरे, सब नहीं...कहा न मैंने...यह महन्त कुछ अलग है, यार...कोई बात है। कुछ तो छुपा है इसके भीतर। शायद वो युवा लड़का जिसे जबरन पिता की गद्दी पर बिठा दिया गया और जिसने अपनी कमर पर बेल्ट बाँध ली। मुझे वह भीतर-भीतर कसमसाता-सा लगता है...अबकी मिलकर पूछ लूँगी।"

ख़ूब हँसा शशांक।

"यह पूछना बच गया था क्या...? वो क्या बताएगा कि मैं इसलिए जोगी बन गया कि मेरी प्रेमिका की शादी में मुझे ही वैदिक मंत्र पढ़ने पड़े—बारातियों के लिए गिटार बजाना पड़ा और बारातियों के स्वागत के लिए अपनी गोशाला के दो सौ लीटर दूध भेजने पड़े?"

शशांक के मज़ाक़ पर माया को भी हँसी छूट गई।

"ऐसा है, तुमको एक सुझाव और...यह आग है, उनसे दूर ही रहना बेहतर।

ज़्यादा क़रीब जाओगी तो तुम्हें 'हनीट्रैप' समझकर हमारा काम ख़राब कर देगा।"

"मज़ाक़ छोड़ो...चेहरे से मैं क्या लगती हूँ?"

"एक स्त्री...निर्बैर, जातिमुक्त...पूर्वग्रह मुक्त और...और...और..."

"और क्या?"

"जिसे लेडी रॉबिनहुड बनने का शौक़ है।"

"शशांक..." माया ने उसकी पीठ पर दो घूँसे जमाए। "मुझे टिपिकल स्त्री में बदल जाने का भय सताता है...मैंने अनेक स्त्रियों को बदलते देखा है। दो उदाहरण देती हूँ—पहली तो मेरी माँ हैं।

"माँ के ज़माने में लड़कियाँ प्रेम के लिए जान दे देती थीं। कितने प्रेमी जोड़ों ने कुएँ में कूद कर जान दी! घर से भागी लड़कियाँ...।

"मैं उनके क़िस्से सुनकर चकित रह जाती हूँ। उनके प्रति मन में बहुत आदर, प्रेम जगता है। आज वही माँ उसे ग़लत ठहराती हुई मुझे नैतिकता का पाठ पढ़ाती हैं—और मैं हूँ कि उनके विचारों से कभी तालमेल बिठा नहीं पाई।

"दूसरी तरफ़ एक डिलाइला थी...प्रेम की ख़ातिर हिन्दू बनी...लेकिन दिल से क्रिश्चियन ही रही। कुछ छोड़ना है, तो उसे दिल से छोड़ना होता है...आपका मन फँसा रहता है दोनों जगह। इसे छोड़ना नहीं, फँसना कहते हैं।"

"मनुष्य को धर्म की ज़रूरत क्यों होती है, हमें उन पर सोचना चाहिए। जिसे धर्म चाहिए, वो रखे। उसे क्यों चाहिए प्रेम के रास्ते में धर्म की उपस्थिति? और एक बात जो खटकी, डिलाइला भी टिपिकल स्त्री थी। उसने पति को तलाक़ नहीं दिया, उसकी वजह बताई। उसे उस लड़की के बारे में सोचना चाहिए था...उसका क्या क़सूर? अगर शादी होती तो नताशा डायस की ज़िन्दगी ख़राब न होती...? विशाल खांडेकर छुट्टा सांड जाने कितनी स्त्रियों के साथ खेल रहा होगा?"

"हमें सोचना चाहिए न?"

"तुम ओवर रिएक्ट कर रही हो, माया। ये बड़े मसले हैं। इन पर बाद में बहस कर लेंगे। अभी तुम इसे अलग तरह से देखो...डिलाइला की अपनी मजबूरियाँ रही होंगी...उसका ग़ुस्सा, उसके साथ छल हुआ...वह तन्हा थी, जिसके पास कोई संसाधन न था। और दु:ख, मुसीबत में सारे सिद्धान्त धरे रह जाते हैं। सम्बन्धों की लड़ाई, देशों की लड़ाई से अलग होती है, अलग धरातल पर लड़ी जाती है। जहाँ सर्वाइवल ज़रूरी होता, वहाँ नैतिकता का पाठ कौन पढ़ता है?"

शशांक उसे समझा रहा था।

माया चुप हो गई थी।

वह गोवा जा चुकी थी मानसिक रूप से।

यहाँ शशांक अकेला छूट गया था। कुछ समझ नहीं आ रहा था उसे। अपने भीतर ढेर सारे प्रतिक्रियाएँ समेटे माया जी रही थी। सबकी चिन्ता, उसकी चिन्ता। मालविका सेटल हो गई थी। संचिता और सिन्दूरी भी ठीक थीं। ज्योति के साथ वह रूपसी मेड उद्धार के लिए उसके सामने खड़ी थी। शशांक की माँ वापस जा चुकी थीं। अगर वे होतीं तो उनकी मुक्ति के भी प्रयास करने होते। इन सबकी मुक्ति ढूँढ़ती हुई माया ख़ुद कहाँ मुक्त हो पाई?

उसका मन फिर से बँधने लगा है। अपने जिस अर्जित किए गए एकान्त से उसे बहुत लगाव था, उसे किसी ने भंग कर दिया है। कोई हौले-हौले दुआ की तरह उसकी ज़िन्दगी को लगता जा रहा है।

"जल्दी लौटना...वहाँ आतंक मचाकर...वहाँ जाकर गोवा के मायाजाल में न फँस जाना, माये...हम जैसे दोस्तों का क्या होगा, जिन्हें तुम्हारी आदत पड़ चुकी है।"

शशांक की बात सुनकर माया के होंठों पर हँसी तैर गई।

"जी हुज़ूर...मेरी चिन्ता करने के लिए शुक्रिया...।"

शशांक जब उसके दर से उठा तो माया को पहली बार लगा, वह तन्हा हो गई है—एकदम अकेली...और उसे किसी का साथ चाहिए।

शशांक नहीं जानता था, माया के भीतर क्या चल रहा है? वह बस नेरुदा की कविता सुनाना चाहता था उस शाम, जो सुना न पाया—

मैं चाहता हूँ,
तुम्हारे साथ वह करना जो वसन्त करता है चेरी के पेड़ों के साथ।

माया ने मैजे़स्टिक होटल में चेक-इन करने के बाद श्रीकान्त को मैसेज किया कि गोवा आ चुकी हूँ, मिलना चाहती हूँ।

उसने सीधा घर आने को कहा।

उसका मैसेज बहुत मार्मिक था—

डिलाइला नहीं है तो क्या उसके घर से न मिलोगी? घर तो यही है न उसका। दोनों बच्चे बाहर चले गए हैं, लेकिन बाक़ी सब कुछ वैसा ही है। घर आओ।

माया के लिए बहुत कठिन घड़ी थी—उसके बिना उसके घर में जाना, जिस घर में उसने कितनी रातें, कितने दिन गुज़ारे हैं? जिस घर में दोनों ने बुढ़ापा साथ काटने के सपने देखे थे। दोनों एक बियर कैफ़े खोलने का प्लान करते थे। दोनों तन्हा थीं जो एक दूसरे के ख़ालीपन को भरती थीं। कैसा लगता होगा वह घर? किसी की मृत्यु के बाद कोई घर, कोई बिस्तर कैसा महसूस करता होगा? उसके कुत्ते-बिल्लियाँ कैसे रहते होंगे? उसकी अपनी गाड़ी और स्कूटी चुपचाप खड़ी होगी। उधर से गुज़रने वाली नमकीन हवा ठिठकती होगी जो डिलाइला को छूकर ही जंगल की तरफ़ जाती थी।

और श्रीकान्त? वह कैसे रह रहा है अब तक उस घर में? कौन करता होगा उसकी देखभाल? उसकी एक और प्रेमिका, जिसके लिए उसने डिलाइला को धोखा दिया था, एक साथ दो रिश्तों में कैसे रहा होगा? उसे याद है कि एक बार उसने फ़ोन पर पूछा था, "श्रीकान्त कैसा है? कहाँ है?"

उसने रुँधे गले से बताया था, "मेरे ही फ़्लैट में है, घर बन्द है, अभी रीटा के साथ है।"

"ओ डिलाइला...कैसे झेलती हो ये सब?"

"यह मेरा अन्तिम प्रेम है...सब ठीक होगा। चिन्ता मत करो। मैं उसे कैसे दोष दूँ? जब-जब उसे मेरा साथ चाहिए, मैं उसके साथ नहीं हूँ। मेरे बच्चे हैं, परिवार हैं...सबको देखना पड़ता है।"

"तुम उसका पक्ष देख रही हो...अपने बारे में सोचो।"

"उसने मुझे नौकरी दी है, मुझे साथ दिया है। जहाँ ज़रूरत हो, साथ खड़ा होकर लड़ता है, यह क्या कम है? लीव इट।"

वह ज़्यादा बात नहीं कर पाती थी। "मिस यू..." बोलकर फ़ोन रख देती थी।

मन-ही-मन श्रीकान्त के प्रति गुस्सा समेटे उससे मिलने जा रही थी। जाने मन में क्या आया, माया ने मैसेज किया—

मैं उसके घर आने से पहले उसकी क़ब्र पर जाना चाहती हूँ। क्या आप मुझे वहाँ तक ले चलोगे? मैं उसकी क़ब्र पर जी भरकर रो लेना चाहती हूँ...प्लीज़।

पंजिम की सबसे व्यस्त सड़क पर स्थित है वह चर्च, जिसके पीछे क़ब्रिस्तान है। माया श्रीकान्त से वहीं मिली थी। छोटे-छोटे बाल, हल्की दाढ़ी, मंझोले क़द

का श्रीकान्त आकर्षक लगता था, ख़ासकर उसकी बड़ी-बड़ी आँखें बहुत गहरे उतरती मालूम पड़ती थीं। वह हँसमुख था और सहृदय भी लगता था। एक साथ दो स्त्रियों से सम्बन्ध के पीछे उसकी क्या रणनीति थी, क्या मजबूरी थी, नहीं मालूम, लेकिन माया उससे पूछना ज़रूर चाहती थी। इस यात्रा में उसे सारा हिसाब-किताब चुकाना था। बहुत कुछ ठानकर आई थी, पूरी तैयारी के साथ। वह चर्च के बाहर बेंचनुमा कुर्सी पर बैठी उसका इन्तज़ार कर रही थी। चर्च के अन्दर ही पार्किंग है। वह काली रंग की बी.एम.डब्ल्यू. से उसके सामने ही उतरा था—हाफ़ पैंट पहने, काला चश्मा चेहरे पर। फ़रवरी में भी गोवा में कभी नरम, कभी गरम धूप होती है।

जाने क्यों, वह उसे देखकर ख़ुश होने लगी मानो उसने डिलाइला को देख लिया हो। उसे आते हुए देखकर लगा कि उसके साथ डिलाइला चली आ रही है। इसी तरह दोनों कभी साथ चलते थे। उसने दौड़ते हुए श्रीकान्त को अपनी बाँहों में भर लिया। पहली बार उससे इस तरह मिली। उसने भी वही गर्मजोशी दिखाई थी। माया सिसक रही थी और श्रीकान्त उसे सहेज रहा था। माया को उसकी आत्मीय गरमाई भा रही थी। डिलाइला को इसी आत्मीय गरमाई ने दीवाना बना लिया होगा। उसने काला चश्मा नहीं उतारा था। शायद नहीं चाहता होगा कि माया उसकी आँखों में कुछ खोजे। थोड़ी देर तक वे दोनों उसी तरह खड़े रहे। वह माया का हाथ पकड़कर क़ब्र तक ले गया। माया के पैर काँप रहे थे। चर्च के पीछे एक छोटा-सा गेट है। उसके अन्दर दाख़िल होते ही बड़ा-सा क़ब्रिस्तान दिखाई दे रहा था, जिसमें कुछ कच्ची-पक्की क़ब्रें थीं। श्रीकान्त वहाँ बौराया-सा डिलाइला की क़ब्र ढूँढ़ने लगा। माया भी क़ब्रों पर लिखी इबारतें पढ़ने की कोशिश कर रही थी। किसी क़ब्र पर तो उसका नाम लिखा होगा। कच्ची-पक्की क़ब्रों के बीच वे दोनों उसे ढूँढ़ रहे थे। कुछ क़ब्रों पर घास उगी थी। एक हाथ से वह आँसू पोंछती जाती, दूसरे से घास हटाती।

श्रीकान्त की आवाज़ आई, "वहाँ मत ढूँढ़िए। दूसरी तरफ़ चलते हैं।"

तब तक माया की नज़र एक क़ब्र पर पड़ चुकी थी जिस पर 'डिलाइला' लिखा था। वहाँ वह धम्म-से बैठ गई। वह यहाँ सो रही है आराम से। दुनिया भर की तकलीफ़ों से मुक्ति पाकर। 'चैन से सोई रहो मेरी दोस्त। यह दुनिया तुम्हारे लिए थी ही नहीं कभी।' वह दोनों हाथ उस कच्ची क़ब्र पर फेरते हुए माया सुबक पड़ी। पीछे से उसके कन्धे पर किसी ने हाथ रखा।

"यह कोई और डिलाइला है। हमारी डिलाइला उधर है।"

माया चिहुँककर उठी। रोना भूल गई। तो वह किसी और के क़ब्र पर रो पड़ी थी? श्रीकान्त उसका हाथ पकड़कर मुख्य अहाते के एक कोने में ले गया, जहाँ एक कच्ची क़ब्र पर छोटा-सा नेम प्लेट जैसा लगा था। उस पर नाम देखकर चौंक गई—'डिलाइला फ़र्नांडिस' और ब्राइकेट में एक नाम लिखा था—(जया बाँडेकर)।

नीचे जन्म और मृत्यु की तिथि, और कुछ नहीं। पहले तो वह जया नाम देखकर चौंकी। श्रीकान्त ने ताड़ लिया। माया के सवाल पूछने से पहले उसने कहा, "यह उसका हिन्दू नाम था। उसने हिन्दू से शादी की थी। उसे नाम बदलना पड़ा था। नहीं तो बाँडेकर फ़ैमिली उसे स्वीकारती नहीं।"

"लेकिन उसने कभी मेंशन नहीं किया..."

माया हैरान हो रही थी। डिलाइला ने कभी बताया क्यों नहीं कि उसका एक नाम और भी है? असली नाम न सही, नाम तो था।

"क़ब्र पर कुछ और नहीं लिखा जाएगा क्या, श्रीकान्त?"

"यह मेरे हाथ में नहीं है, माया जी। फ़ैमिली को करना पड़ता है। जितने दिन की बुकिंग होगी, उतने दिन क़ब्र यहाँ रहेगी, नहीं तो उधर देखिए...यही हालत होगी। उखाड़कर क़ब्र ख़ाली करेंगे और किसी और के नाम कर देंगे।"

दूर चर्च की पीली-मटमैली दीवारों के पास कई हड्डियाँ रखी थीं। उससे देखा न गया। मुँह फेरकर वह क़ब्र से उठकर बाहर भागी। वह पहले ही दूसरी क़ब्र पर इतना आँसू बहा चुकी थी कि उसकी क़ब्र पर रोया न गया। वहाँ पहुँचकर सिर्फ़ हैरानी थी और ग़ुस्सा था।

चर्च से बाहर निकलकर दौड़ती हुई मांडवी नदी के पास पहुँची और वहाँ एक बेंच पर बैठकर फूट-फूटकर रो पड़ी। श्रीकान्त बगल में आकर बैठ गया था। माया को उसने देर तक रोने दिया। एक शब्द नहीं बोला। वह चुप होकर उसकी तरफ़ घूमी, "मुझे उसके पति से मिलवा सकते हो?"

"क्या करोगी मिलकर? वो इनसान, जिसने जीते-जी उसे इतनी यातनाएँ दीं जिसकी वजह से उसकी जान गई। एक अच्छी-भली स्त्री नाचते-नाचते गिरकर मर गई। अन्तिम समय भी वह डांस ही कर रही थी।"

"मुझे किसी भी सूरत में मिलना है उससे...प्लीज़! इसके बाद मुझे इस शहर में कभी नहीं आना है।" माया गिड़गिड़ा पड़ी।

"कोशिश करता हूँ। किसी और के माध्यम से बुलाना पड़ेगा। मुझसे तो बहुत

नाराज़ रहता है। मुझसे मारपीट की नौबत आ गई थी एक बार।"

"क्या हुआ था?"

"एक बार वो घर पर आकर डिलाइला से मारपीट करने लगा था। प्रॉपर्टी के पेपर पर ज़बरन साइन करवाना चाहता था। डिलाइला ने मना कर दिया, तो उसको पीटने लगा था। वो मेरा नाम लेकर उसे गालियाँ दे रहा था। साथ में उसकी नई गर्लफ्रेंड भी थी, जो ये सारा तमाशा देख रही थी। मुझे डिलाइला ने बुलाया नहीं। नीचे मुझे चीख़ने-चिल्लाने की आवाज़ आई, तो मैं ऊपर गया। मुझे देखकर चिल्लाया—"तुम ही हो असली विलेन। तुम ही इसको भड़का रहे हो, इसे प्रोटेक्शन दे रहे हो, मेरी बीवी के साथ ऐयाशी कर रहे हो...।" मुझ पर झपटा, तो मैंने उसके दोनों हाथ उमेंठ दिये थे। वो तो उसकी गर्लफ्रेंड ने छुड़ाया और दोनों भाग निकले। मैंने पुलिस को भी फ़ोन कर दिया था।

"यह सच है कि मेरे कारण डिलाइला में साहस आ गया था भिड़ने का। गोवा क़ानून के अनुसार, आधी प्रॉपर्टी वैसे भी पति-पत्नी को आधी-आधी मिल जाती है, लेकिन विशाल इस घर से उसे निकालने के फ़िराक़ में था। यहाँ तक कि बिना डिलाइला को बताए घर बैंक के पास गिरवी रखकर बीस लाख लोन तक ले चुका था। वो तो मैंने चुकाकर घर बचा दिया।"

"ओह, इतना सब हुआ और मुझे कोई ख़बर ही नहीं?"

"आप दो-तीन बार ही तो आई हैं, कम दिनों के लिए...हम तो यहीं रहकर झेलते रहे सब।"

श्रीकान्त आज उसे सब कुछ बताने पर आमादा था। शायद उसके मन के भीतर कोई गिल्ट था या वह समझ रहा था कि माया उसे कहीं-न-कहीं ग़लत समझ रही है। वह अपना पक्ष उसके सामने खोल रहा था, साथ ही डिलाइला की ज़िन्दगी के कुछ रहस्य। जितनी कहानियाँ वह सुनाता, डिलाइला उसे उतनी रहस्यमयी लगती। कितने शेड्स थे उसकी ज़िन्दगी के?

माया दूर सड़क के उस पार एक पीली विशाल, पुर्तगीज़ शैली की प्राचीन इमारत की तरफ़ देख रही थी। उसे लगा, इमारत रंग बदल रही है। पीली से साँवली रंगत वाली स्त्री में बदल गई जो अपनी वेशभूषा से 16वीं शताब्दी की लगती है। वह हँस रही है, ज़ोर-ज़ोर से।

"डिलाइला, तुम...इतनी बड़ी...क्या हो गया है तुम्हें...?"

माया बदहवास-सी बेंच से उठकर उस तरफ़ जाने लगी कि तभी झटका खा

गई। श्रीकान्त ने उसे थाम लिया, नहीं तो सड़क पर गिर गई होती।

वह बेंच पर निढाल होकर लेट गई। श्रीकान्त ने हौले से कहा, "घर चलें...? वहाँ बैठकर बातें करेंगे। या कहीं कॉफ़ी पीते हैं...आप थकी हुई लग रही हैं...चलिए।"

माया यंत्रवत् उठी और पूछा, "जब उसे दफ़नाया जा रहा था तब विशाल कहाँ था? जब वो हॉस्पिटल में थी, तब कौन-कौन था वहाँ?"

"हॉस्पिटल में सिर्फ़ मैं और उसके दोनों बच्चे। अन्तिम साँस उसने मेरे हाथों में ली। बच्चों को हाथ मुझे पकड़ाते हुए कुछ बोला नहीं, होंठ काँपकर रह गए। मैंने सुन लिया, वो क्या कहना चाहती थी? मैंने उसे वादा किया और उसे पूरा करने में लगा हूँ।"

"विशाल?"

"वो तो आया भी नहीं वहाँ। मैंने इतना हार्टलेस इनसान नहीं देखा। क़ब्रिस्तान में आया था। यहाँ क़ानूनी औपचारिकता पूरी करनी होती है परिवार के सदस्य को। पेपर पर साइन करके दूर खड़ा हो गया। क़ब्र में एक मुट्ठी मिट्टी तक न डाली उसने।"

वे दोनों मांडवी नदी के किनारे चुपचाप चलते रहे। हर थोड़ी देर पर मौन पसर जाता था। रास्ते में कई टूरिस्ट मिले, जिनके चेहरे पर गोवा आने की ख़ुशी छलक रही थी। कुछ तो बौराए-से घूम रहे थे। वे दोनों उस भीड़ में किसी उदास ग्रह से आए जान पड़ते थे। कार्निवल के लिए सजा पंजिम भी हमारी उदासी दूर नहीं कर पा रहा था।

"जब मैं विशाल से मिलूँगी, तब आप पास-पास ही रहना..."

"ओके।"

वे दोनों थोड़ी देर मौन रहे मानो दोनों दो मिनट का शोक मना रहे थे।

श्रीकान्त सहज था और दु:ख से ऊबर चुका था। इसलिए उसे बात करने में दिक़्क़त नहीं हो रही थी। वह बात करने के मूड में था।

वह कुछ कहना चाहता था। माया के सहज होने का इन्तज़ार कर रहा था।

माया ने ही पूछा, "डिलाइला ने कभी ठीक से अपनी दु:खद कथा मुझे नहीं बताई। मैं उसकी ज़िन्दगी के बारे में कुछ नहीं जानती हूँ। उसके साथ क्या बीता, एक यात्री की तरह उसकी ज़िन्दगी में आई थी, कितना जानती? उसने कभी बताया भी नहीं। 'जया' नाम तो मेरे लिए नई बात है। उसने हिन्दू धर्म क्यों स्वीकार किया? नाम क्यों बदला? इतनी पागल थी उसके प्रेम में?"

"पागल ही थी। पहले विशाल पागल हुआ गोवा की सबसे दिलकश बार डांसर डिलाइला पर। उसे प्रेमजाल में फँसाया और शादी का प्रस्ताव रख दिया। इतने बड़े घर का लड़का एक बार डांसर पर फ़िदा हो जाए तो डांसर क्या करेगी? विशाल सुन्दर, स्मार्ट और पैसे वाला इनसान है। डिलाइला की कहानी बहुत अलग थी। वह अपने बड़े परिवार को अपने पैसों से पाल रही थी। बीमार माँ, बेरोज़गार बाप और दो छोटे भाई। विशाल से शादी इसी शर्त पर हुई थी कि वह अपने साथ घर में पूरा परिवार लेकर आएगी। विशाल को दहेज़ में डिलाइला का पूरा मायका मिला। वे हमेशा साथ रहे। शादी के बाद डिलाइला जया खांडेकर बन गई और घर-परिवार सँभाल लिया। विशाल उसी तरह नाइट-क्लबों में ऐयाशी करता रहा। डिलाइला की बदनामी उसका पीछा नहीं छोड़ती थी। वह फ्रस्टेट हो जाता था। उनके झगड़े बढ़ने लगे। विशाल शुरू से दिलफेंक इनसान रहा। उसके लिए एक स्त्री कम पड़ती थी।"

"ज़्यादातर पुरुषों के लिए एक स्त्री कम पड़ती है।" माया के मुँह से बेसाख़्ता निकला।

श्रीकान्त चुप हो गया।

वह रास्ता भारी गुज़रा उन दोनों पर। अगले दिन शाम को मांडवी नदी के किनारे, उसी बेंच पर मिलने का वादा लेकर वह अलग हुई।

कार्निवल में विशाल शामिल होने वाला था। मुलाक़ात सौ फ़ीसदी सम्भव थी। माया के लिए कार्निवल देखने का पहला मौक़ा था। इस मौसम में कभी आई नहीं कि देखती। वैसे कार्निवल तो एक बहाना थी उसके लिए। वह तो एक स्त्री की आत्मा से मिलने आई थी जो उसे पंजिम के हर उस जगह दिखाई पड़ रही थी, जहाँ-जहाँ उसके साथ घूमती रही है।

मांडवी नदी की सतह पर तैरते सफ़ेद, विशालकाय क्रूज़ पर उसकी छाया देखी, हाथ बढ़ाए तो ग़ायब। अलथीनो की उस ऊँची पहाड़ी पर गई। वहाँ उसी तरह बियर की एक बोतल गटागट पीकर डिलाइला को पुकारा। रात को अकेली टीटोज़ में जाकर बैठी। हर लड़की में वह नृत्य करती हुई दिखती थी। पंजिम से बाग़ा बीच की दूरी दोनों देर रात में तय करती थीं। वो ख़तरनाक ढंग से ड्राइव करती। ज़ोर-ज़ोर-से गाने बजाते हुए, गाते हुए उसने मस्ती का पाठ पढ़ाया था; तब दु:ख की छाया उसके चेहरे पर न होती। दु:ख बताते हुए भी उसकी आँखों के जुगनू चमकते रहते। इतनी चमकदार, पनियाई आँखें कम दिखती हैं।

उसके घर जाकर माया कुत्ते-बिल्लियों और उदास मेड से मिल आई। दरो-दीवार, पेड़-पौधे—सब ख़ामोश थे। खिड़की से सटे नारियल के पेड़ फलविहीन थे। बालकनी के मुँडेर पर कौवे ज़रूर काँव-काँव करते मिले। उन्हें प्रतीक्षा थी कि वहाँ कोई स्त्री बाहर आएगी, उन्हें रोटी के टुकड़े देगी, जिसे पशु-पक्षियों से इनसानों जितनी ही मोहब्बत थी।

माया अकेली फिर उसकी क़ब्र पर गई। उस दिन रोना नहीं आया। उसे लगा, डिलाइला को तमाम दु:खों से मुक्ति मिल गई है। वह मरी नहीं है, वह सो रही है। उसे लम्बी नींद आई है। उसे मत जगाओ कोई।

माया ने वहाँ बैठकर विलाप किया, जिसे सिर्फ़ वही सुन रही थी, चुपचाप। कहीं दूर उसकी आँखें चमक उठी होंगी। उसकी हिन्दी पर उसे गर्व होता था और अपनी हिन्दी पर ख़ूब हँसती थी। हँसते हुए उसकी साँवली रंगत और खिल उठती थी, इतनी खिली हुई रंगत कि कोई गोरी लड़की भी कह उठती—*मोहे श्याम रंग दई दे...।*

उसी साँवली स्त्री की क़ब्र पर बैठकर माया विलाप कर उठी थी—

बारम्बार उसका चेहरा अन्तिम बार देखती हूँ/यक़ीन करना चाहती हूँ कि/वह सो रही है, उसे पहली बार गहरी नींद आई है/सारी चिन्ताओं और छलनाओं से बेफ़िक्र/न कल की चिन्ता कि कहाँ से आएगी रात को परोसी जानेवाली मछली/और नींबू के साथ लहालोट होने वाली फ़ेनी।

किंगफ़िशर की ख़ुशबू और स्वाद में लिपटी/बोगनबेलिया रेस्तराँ की गायिका जो/जल्दी-जल्दी गाती है अपने हिस्से का गाना/उसे मत छेड़ो/वह सो रही है/बहुत मुश्किल से आई है उसे गहरी नींद/उसे बहुत थकाया है, बच्चों की ज़रूरतों ने/उनकी किताबों और ट्यूशन की चिन्ताओं ने/बेटी की एक्टिवा में भरे जानेवाले पेट्रोल ने/बेटे की फ़ैशन डिज़ाइनर बनने की ख़्वाहिशों ने/बहुत थकाया है उसे/रोज़ सीढ़ियों पर आकर बैठ जानेवाली बिल्लियों ने/अपने मालिकों से ठुकरा दिए जानेवाले बदसूरत कुत्तों ने/सब के हिस्से की दूध और बोटी-रोटी भी उसकी चिन्ता में शामिल है/रोज़ सुबह उसे सबका इन्तज़ाम करना है/वह उन्हें कलपते नहीं देख सकती/जैसे वह नहीं देख सकती, अपने बच्चों को पैसों के बिना अपनी चाहतों पर लगाम लगाते/आज वह इन सबसे बेख़बर/निद्रामग्न है/लोग उसे देख रहे हैं।

बहुत सुकून दिखता है उसके चेहरे पर
वह चिन्ता मुक्त है
सारी लड़ाइयाँ स्थगित हो चुकी हैं
सारी तलवारें अपने म्यान में वापस लौट चुकी हैं
बेख़ौफ़, डिलाइला गहरी नींद में हैं/उसे मत जगाओ!
धूर्त, मक्कारो, बड़ी मुश्किल से उसके अरमानों को नींद आई है...।

माया ने क़ब्र से एक मुट्ठी मिट्टी उठाकर रूमाल में रख लिया।

गोवा की वह रात माया पर भारी गुज़री थी। टीटोज़ क्लब से अकेली लौटती हुई वह अकेली नहीं थी। डिलाइला का साया साथ रहा। हर पल उसकी खिलखिलाहट सुनाई देती, तो कभी रुदन सुनाई पड़ता। बचपन के सुने सारे भुतहा क़िस्से याद आते और रोम-रोम सिहर उठता था। वह बदले की आग में तड़प रही थी। उसका पूरा शरीर जल रहा था। किसी समन्दर का पानी उस तापमान को कम नहीं कर सकता था। उसे हर हाल में एक बार विशाल से मिलना था; तभी उसे इस तापमान से मुक्ति मिलेगी।

कार्निवल शाम को शुरू होने वाला था। पूरा पंजिम और सज-धज गया था। दूर-दराज से पर्यटक आए थे जो दिन से ही सड़कों के किनारे आकर जम गए थे। खाने-पीने के स्टॉल जगह-जगह लगे थे। माया को श्रीकान्त ख़ास जगह लेकर गया जहाँ विशाल की मंडली का डेरा लगा था। उसकी कम्पनी से भी समुद्री जीव-जन्तुओं की एक झाँकी निकलने वाली थी। माया ने ज़माने के बाद विशाल को देखा। बहुत बदल गया था। जब पहली बार मिला था, तब कितना सुन्दर, हँसमुख और अपना-सा लगा था। आज जिसे वह देख रही थी, वह तो कोई और था। जीवन के असली विलेन के चेहरे ऐसे ही होते हैं। माया उसे पहचान भी न पाती, अगर श्रीकान्त उसे न बताते। उस तक पहुँचते हुए उसके क़दम भय से नहीं, ग़ुस्से से काँप रहे थे। विशाल की दी गई यातनाओं के एक-एक क़िस्से कान में गूँज रहे थे। इतना निर्मम कोई कैसे हो सकता है कि पत्नी की क़ब्र पर एक मुट्ठी मिट्टी भी न डाल सके? तमाशबीन की तरह खड़ा होकर उसे देखता रहे? यह याद आते ही ग़ुस्सा और तेज़। हर बढ़ते क़दम के साथ उसका पारा हाई होता चला जा रहा था। पता नहीं, वह माया को पहचाने या न पहचाने? कैसे परिचय दे? कहाँ से बात

शुरू करे? क्या कहे? अपना ग़ुस्सा कैसे, किस हक़ से ज़ाहिर करे? श्रीकान्त दूर से छुपकर देख रहे थे। आस-पास अच्छी-ख़ासी भीड़ जमा हो गई थी।

काश, शशांक यहाँ साथ होता! उसका ख़याल आते ही थोड़ा तापमान कम हुआ।

लेकिन माया अभी अपने ग़ुस्से को कम नहीं होने देना चाहती थी। उधर मुख्य सड़क पर झाँकियाँ निकलनी शुरू हो चुकी थीं। नर्तकों की टोलियाँ गुज़रने लगी थीं। कोंकणी और इंग्लिश गीत-संगीत गूँजने लगा था। रंग-बिरंगे मुखौटे पहने एक टोली गुज़री। टोली के आगे एक खुली गाड़ी पर मुखौटे पहने एक विशालकाय मूर्ति दिखाई दे रही थी। माया का ध्यान उधर देखने में नहीं था। वह तो उसकी तरफ़ पीठ करके विशाल की तरफ़ बढ़ रही थी; तभी विशाल कहीं जाने की जल्दी में दिखा। वह तेज़ी-से दौड़ती हुई उसके सामने जा खड़ी हुई।

उसने हैरानी से माया को देखा। उसके पीछे एक कम उम्र की लड़की खड़ी थी।

"अधेड़ और विधुर पुरुषों की पसन्द अक्सर कमउम्र की लड़कियाँ होती हैं जो उन्हें जवाँ बनाए रखती हैं।" हाँ, यही कहा था मज़ाक़-मज़ाक़ में एक अधेड़ मित्र ने उसे। अधेड़ पुरुषों को हमउम्र स्त्रियाँ पसन्द नहीं आतीं। भारतीय समाज में अधेड़ पुरुष कमउम्र लड़कियों को आसानी से पार्टनर बना लेते हैं और अधेड़, एकल स्त्रियाँ कमउम्र तो छोड़ो, हमउम्र साथी के लिए भी तरस जाती हैं। पीछे खड़ी उस लड़की को देखकर समझ आ गया कि आजकल विशाल की यह नई पार्टनर है। उसे 'शिकार' कहने का मन हुआ। क्षण भर में ही एक सवाल कौंधा और लुप्त हो गया। क्या इस लड़की को इस अधेड़ इनसान के काले, दारुण अतीत के बारे में पता होगा? एक स्त्री का हत्यारा, एक हँसते-खेलते परिवार को उजाड़ने वाला शिकारी क्या उसे बख़्श देगा? आखेटक है। फिर किसी और लड़की का आखेट कर लेगा। ये लड़कियाँ बिना अतीत जाने कैसे इनके जाल में फँस जाती हैं?

माया का ग़ुस्सा इतना बढ़ा कि वह दहाड़ उठी, "विशाल, मैं माया हूँ, डिलाइला की दोस्त। मुझे तुम्हें दो चीज़ें देनी हैं, एक तो ये..."

चटाक्-चटाक!

माया ने उसके दोनों गाल पर दनादन दो चाँटे जड़ दिये। इससे पहले कि वह सँभलता, लोग उसकी मदद के लिए दौड़ते, उसने रूमाल से क़ब्र की मिट्टी निकाली और उसके चेहरे पर फेंक दी।

"जा...मर जा, दरिन्दे...तुझे दो गज़ ज़मीन भी नसीब भी न हो...आज बद्ददुआ देकर जा रही हूँ...।"

माया तेज़ी-से मुख्य सड़क की तरफ़ दौड़ गई। श्रीकान्त भीड़ में गुम हो गया था। माया ने पलटकर नहीं देखा कि विशाल और उसकी मंडली की क्या हालत हुई? वे उसके पीछे दौड़े या नहीं...?

माया नर्तकों की टोली में घुसकर नाचती हुई दूर निकल गई थी। हर चीज़ से दूर—दुःख से...बेचैनी से...ताप से...बदले की आग से।

शशांक का फ़ोन लगातार आ रहा था।

नाचते-नाचते झल्लाकर पूछा, "क्या है...?"

"कैसी हो, मायू?"

"पहले से आराम है।" उस शोर में माया ने चिल्लाते हुए जवाब दिया।

वह यह भी कहना चाहती थी कि अभी भी बदलाग्नि में झुलस रही है। बदले की आग सबसे भयानक होती है। ये दोनों को जलाती है। बदला लेने वाले को भी और जिससे बदला लिया जाए, उसे भी। विशाल के गाल पर थप्पड़ मारने के बाद भी यह अग्नि बुझी नहीं थी, और भड़क उठी थी। उसने विशाल पर हमला करते हुए उसके बगल में खड़ी दो जोड़ी भयातुर आँखें देख ली थीं, जैसी बाज के पंजे में दबी हुई किसी शिकार की आँखें होती हैं। उन आँखों में मजबूरियों के, यातना के क़िस्से होते हैं। विशाल के अन्तःपुर को ध्वस्त करना होगा। इसके लिए उसे पंजिम में कुछ समय रुकना होगा और उन तमाम स्त्रियों से मिलना होगा, जिनके आगे इसने अपने वैभव का जाल फैला रखा है। उस जाल को तोड़कर हमेशा के लिए फेंकना होगा। माया जितना सोचती जाती, उसके भीतर विशाल के प्रति उतनी ही हिंसक भावनाएँ भड़कने लगतीं। उसने अपने भीतर उतनी ही हिंसा को भरते देख रही थी जितनी विशाल द्वारा छोड़ी गई उन स्त्रियों के प्रति करुणा। वह विशाल को स्त्रीविहीन कर देना चाहती थी। उसे डिलाइला की क़ब्र पर ले जाकर ख़ून के आँसू रोते देखना चाहती थी। उसके मुँह पर थूककर कहना चाहती थी—"तुम जैसे मर्दों की वजह से प्रतिभाशाली स्त्रियों का विवाह से भरोसा उठता जा रहा है।"

उसकी आवाज़ खनक रही थी।

"सुनो, डिलाइला कविता भी लिखती थी। तुम्हें मालूम है...मैंने उसका आख़िरी मैसेज तुम्हारे व्हाट्सएप से अपने यहाँ ट्रांसफर किया था, जब तुमने मुझे पढ़ने को

दिया था। मैंने उसका हिन्दी अनुवाद किया है...भेजा है तुम्हें, पढ़ो।"—फ़ोन पर शशांक की आवाज़ आई।

बिना कोई जवाब दिए माया ने फ़ोन काट दिया। भीड़ से कटकर उसे एकान्त में मैसेज पढ़ने का मन था। वह पैदल चलते-चलते बहुत दूर निकल आई थी। उसे पंजिम में पैदल चलना बहुत पसन्द था, जब साथ में डिलाइला हो तो क्या बात थी? उसे लगता, पैरों के नीचे घुँघरू बज रहे हों। डिलाइला उड़ती थी, माया दौड़ती थी। चलते-चलते माया ने ख़ुद को मांडवी के किनारे पाया, जहाँ से दरिया में क्रूज़ उतरते हैं। मोबाइल को हाथ में इस तरह पकड़ा था मानो कोई किताब थाम रखी हो। दिन का वक़्त था, दरिया भी ख़ामोश थी, क्रूज़ भी किनारे पर शान्त खड़े थे। शाम की तैयारियाँ चल रही थीं। इक्के-दुक्के उसके कर्मचारियों की आवाजाही लगी हुई थी। पता नहीं कितनी शामें उसने डिलाइला और उसके प्रेमियों के साथ इस क्रूज़ पर बिताई थीं? माया थोड़ी देर तक दरिया को, क्रूज़ को निहारती रही...उसकी आँखें भरती रहीं। उसे क्रूज़ की सबसे ऊँची मंज़िल पर एक छाया नाचती हुई दिखाई दे रही थी। उसकी परछाईं दरिया के सीने पर भी नाचती हुई गिर रही थी।

"डिलाइला...जब तक तुम हो...प्रेम है दुनिया में...यह शहर भूगोल में अमिट रहेगा। तुम्हारी परछाईं से कभी मुक्त नहीं होगा यह शहर।"

माया बुदबुदाई। उसकी आँखों से आँसू की बूँदें रिसती हुई उसके गालों पर लकीरें बनाती उसकी देह में ही गुम हुईं...और उसके पाँवों के नीचे मांडवी तट की रेत काँपी, जैसे रेत के नीचे...बहुत नीचे से बहती कोई नदी मांडवी में मिलने जा रही हो।

मन को थिर करके उसने मैसेज खोला। उसे पढ़ते ही फ़ोन सीने से लगा लिया। फ़ोन न हो, डिलाइला का आख़िरी ख़त हो, जिसमें वह प्रेम की वसीयत लिख गई थी उसके लिए। इतनी चोट खाने के बाद भी इस स्त्री का प्रेम से मोहभंग नहीं हुआ था।

एक यात्रा पर चलो
रास्ता ख़त्म हो जाए
किसी अन्धी खाई तक
वहाँ से लौटो मत/प्रतीक्षा करो
तुम्हारी तरह एक और यात्री वहाँ आएगा
तुम तब तक वहाँ बैठे रहना
तुम्हारा हाथ पकड़ कर

अपने साथ ले जाएगा
उस लक्ष्य तक
जहाँ पहुँचने का ख़्वाब देखती हो तुम
क्योंकि चुना हुआ साथ
चुनी हुई तन्हाई से बेहतर है मेरी दोस्त

—मूल : डिलाइला फ़र्नांडिस, अनुवाद : शशांक

माया के ज़ेहन में बिजली कौंधी—उसे कुछ सुनाई दिया...प्रेम से कभी मोहभंग नहीं हो सकता...सम्बन्धों से होता है। ऐसी मनोदशा में हम हवाओं में मौजूद आवाज़ों को सुन सकते हैं। ये आवाज़ें उन तमाम प्रेमियों की होती हैं जो हवा में छोड़ जाते हैं ताकि पृथ्वी पर बचा रहे प्रेम पर भरोसा।

शशांक का फ़ोन फिर आया था।

उसने हौले-से कान में लगाया...

"कब लौट रही हो, मायू?"

उसकी आवाज में जो कशिश थी, उसे खींच रही थी।

"डिलाइला की रूह को अभी पूरी तरह सुकून नहीं मिला है, शशांक।"

"कितने दिन और...क्या मैं आऊँ वहाँ? डिलाइला का हसबैंड मिला? क्या रहा...डिटेल बताओ...?"

"नहीं, तुम वहीं रहो...मैं छुट्टी बढ़ा रही हूँ। सम्भव हुआ तो यहीं से बैठकर काम कर लूँगी...मेरी टीम अच्छी है। कुछ दिन तो सँभाल ही लेगी।"

"तुम्हें जल्दी लौट आना चाहिए, माया...कोरोना के ख़तरे बढ़ गए हैं। कुछ पता नहीं, सरकार क्या फैसला ले? यहाँ हाई लेवल की मीटिंग शुरू हो चुकी है। इटली की ख़बरें तो सुनी होगी, विडियोज़ देखो...जहाँ तुम जाने के सपने देखती थी, वेनिस, वह शहर वीरान हो चुका है। अपने यहाँ भी केसेज़ बढ़ रहे हैं। जल्दी देश थम जाएगा...मैं एक्सक्लूसिव ख़बर दे रहा हूँ...लौट आओ..."

"डराओ मत...तुम जानते हो, मैं किसी से नहीं डरती हूँ...वायरस से भला क्या डरना...?"

"अरे यार, हल्के में मत लो...देश-दुनिया की ख़बरें तो पढ़ो...जहाँ तुम हो, वहाँ भी राज्य सरकार जल्दी फैसला लेगी। केन्द्र का निर्देश जाने वाला है...तुम्हें ये बात देश का एक बड़ा खोजी पत्रकार बता रहा है..."

शशांक ख़ूब ज़ोर-से ठहाका लगा रहा था। वह जानता था, माया का मन भरा और भारी होगा, उसे हल्का करने और दिल्ली वापस बुलाने का कोई ठोस रास्ता निकालना होगा।

उसे अफ़सोस हो रहा था कि साथ क्यों नहीं चला आया? क्यों उसे अकेले भेजा? इस वक़्त उसे उसके साथ की ज़रूरत थी। उसके मन में हल्के पछतावे की लहर उठी। माया ने भी तो उससे साथ नहीं माँगा था। एक बार कहती तो साथ चलने की कोशिश करता। क्या उसे बिना पूछे साथ जाना चाहिए था? क्या वह माया को समझकर भी नहीं समझ पाया है कि वह क्या चाहती है? क्या स्त्रियाँ समझा नहीं पातीं या समझाए बिना समझने की उम्मीद करती हैं?

माया के साथ रिश्ते को नाम मिले न मिले, उसका साथ किसी उम्मीद से कम नहीं कि जिन्दगी कभी भी, कहीं से शुरू की जा सकती है। वह माया की माया में ही उलझकर जी लेना चाहता है। कोई सवाल नहीं। बस, चल पड़ना हो, जिस राह वो चले।

उसने चिन्तित होकर माया से कहा—"मैं आ रहा हूँ वहाँ...साथ ही लौटेंगे। क्या पता कब फ्लाइट बन्द हो जाएँ? ठीक है...?"

"शशांक..." माया गम्भीर थी।

"आने से पहले मेरा एक काम कर दो...मैं तुम्हें डिटेल्स भेज रही हूँ।" शशांक की बात बीच में काटते हुए माया ने आग्रह किया।

उसने मैसेज में विशाल बांडेकर की डिटेल्स उसे भेज दी।

शशांक का फ़ोन रखते ही श्रीकान्त का फ़ोन घनघनाने लगा। माया ने सोचा था कि श्रीकान्त में तनिक भी शर्मिन्दगी होगी तो शायद फिर से सम्पर्क न करे। वह भी उसे फ़ोन करने के मूड में नहीं थी। यहाँ से उठकर सीधे डिलाइला के घर, उसके बच्चों के पास जाने का मन बना चुकी थी। उनके पास ही कुछ दिन रुकना था और बच्चों का सारा इन्तज़ाम तसल्ली से देखना चाहती थी। श्रीकान्त से बात कर ही रही थी कि उसके सामने प्रसाद कीर्तनी आकर खड़ा हो गया था।

श्रीकान्त फ़ोन पर कुछ कहा, उससे माया का चेहरा जलता-बुझता रहा। बात ख़त्म होते ही माया ने प्रसाद से बिना कुछ पूछे कहा—"मुझे डिलाइला के घर तक ले चलो। श्रीकान्त भी वहीं पहुँच रहा है।"

माया ने तनिक भी आश्चर्य नहीं जताया कि प्रसाद अचानक यहाँ कैसे पहुँच गया? शायद वो जानता हो कि कांड करने के बाद माया कहाँ जाकर ठहर सकती है।

प्रसाद उसे बताना चाहता था कि विशाल ने उसे फ़ोन करके माया की हरकतें बताईं और डिलाइला के दोस्तों को ख़ूब गालियाँ दी कि उनकी वजह से माया ने ऐसी हिम्मत की। उसका सरेआम अपमान किया। उसे छोड़ेगा नहीं। गोवा में विशाल को अपमानित करने वाला बच नहीं सकता।

माया ने उसे मौक़ा ही नहीं दिया। रास्ते भर वह विशाल की बरबादी के बारे में बात करती रही, मानो उसे तेज़ ज्वर चढ़ आया हो।

माया पहुँची तो वहाँ श्रीकान्त बाहर ही गाड़ी के पास खड़ा था। उसके हाथ में एक पैकेट था। उसने माया के हाथ में उसे देते हुए कहा—"इसे पढ़ना। आपकी दोस्त की डायरी है। बहुत कुछ लिखा है...तुम भी हो इसमें। उसे सिर्फ दो लोगों पर भरोसा था—मुझ पर और तुम पर। शायद तुम इसे पढ़कर मुझे माफ़ कर सको।"

माया ने काँपते हाथों से उसे लिया...मानो डिलाइला का हाथ थाम रही हो। कलंगूट बीच पर इसी तरह उसका हाथ थामकर दौड़ती थी डिलाइला। दौड़ती नहीं, उड़ती थी। पहली लड़की, जिसके पंख थे। अदृश्य पंखों वाली लड़कियाँ तो बहुत देखी, डिलाइला के पंख दिखाई देते थे। चलते हुए लहरों-सा शोर उठाती थी। डायरी लेकर सीने से लगा लिया।

"डायरी क्या पढ़ना...उसकी पूरी जिन्दगी मैं पढ़ चुकी हूँ...।" वह बुदबुदा रही थी।

प्रसाद चुपचाप खड़ा सब कुछ देख रहा था। माया से उसकी आँखें टकराईं। उन आँखों में श्रीकान्त के प्रति उम्मीद थी, भरोसा भी।

माया के आने की ख़बर ऊपरी मंज़िल पर पहुँच चुकी थी। माया ख़ुद सीढ़ियाँ चढ़ते हुए ऊपर जाकर दोनों बच्चों से मिलना चाहती थी, लेकिन श्रीकान्त ने रोक दिया।

"आप मत जाओ...बच्चों को आने दो...उनसे यहीं मिलो पहले...उनके साथ ऊपर जाना..."

माया एक झटके में समझ गई कि ऊपर डिलाइला के कमरे में जाकर वह बिखर सकती थी और बच्चे उसे सँभाल नहीं सकते थे।

डिलाइला का बेटा तरुण और बेटी जेनी नीचे भागते हुए आए थे। माया ने ग़ौर किया, जेनी उड़ती हुई आ रही थी। लम्बे अन्तराल के बाद देखा था। वह डिलाइला की मिनिएचर लग रही थी—वैसे ही घुंघराले काले बाल, वैसी ही चमकदार, पनियाई हुई आँखें। भारी शरीर, रंग डिलाइला से अलग, गोरी थी।

दोनों आते ही माया से लिपटे और फिर तुरन्त श्रीकान्त से लिपट गए। जिस गरमाई से, जिस आत्मीयता से वो श्रीकान्त से लिपटे थे, माया के भीतर जो कुछ भारी

था, वो हल्का हुआ। श्रीकान्त पिता की तरह उन्हें सँभाल रहा था। दुबला-पतला, छरहरा, बेतरतीब बाल, चेहरे पर ख़ौफ़ और शोक की परछाइयाँ तैर रही थीं तरुण के चेहरे पर। उसने श्रीकान्त से लिपटते ही गुहार लगाई—"पापा घर पर रहने के लिए आने वाले हैं। हम उन्हें यहाँ नहीं आने देना चाहते। सब कुछ तबाह हो जाएगा, अंकल...बचा लीजिए हमें।"

श्रीकान्त ने वहीं खड़े-खड़े रणनीति बनाई।

"माया, आप कुछ दिन यहाँ रुकना चाहती हैं न? आपको यहाँ रुकना भी चाहिए। बच्चों को भी अच्छा लगेगा और आपके यहाँ रुकने से विशाल यहाँ नहीं आएगा। डिलाइला नहीं चाहती थी कि विशाल की परछाईं भी इन पर पड़े। मैं यहाँ रहता नहीं हूँ। मुझे रहना भी नहीं चाहिए, नहीं तो मामला कुछ और हो जाएगा। प्लीज़...थिंक अबाउट स्टे हेयर।"

माया को याद आया, डिलाइला ने कैसे रोते हुए उसे बताया था कि विशाल ने उसके बच्चों को भी ब्रेड-बटर के लिए तरसाया था। कैसे वह उस वक़्त क्लबों में नाच-गाकर इनके लिए सारे इन्तज़ाम करती थी। विशाल का वश चलता तो बच्चों समेत इसे घर से निकाल देता।

माया ने होटल से अपना सामान मँगवा लिया था। डिलाइला के कमरे में ही वह सोती थी। उसका विशालकाय कमरा भाँय-भाँय काट खाने दौड़ता था। डिलाइला की आवाजें कमरे में गूँजती थीं—"माय्, इस रूम को ठीक करवाना पड़ेगा...हम तुम ओल्ड ऐज इसी रूम में बिताएँगा...मेरे पास जब इतना पैसा होएँगा न तो बनवाएँगा... देखो न...प्लास्टर झड़ रहे हैं...।"

माया ने दीवारों को देखा—प्लास्टर बुरी तरह उखड़ गए थे और वह कमरा लगभग बन्द कर दिया गया था। बच्चे अपने कमरे में ही सोते थे। कम ही इधर आते थे। उन्होंने डिलाइला के सामान को हाथ तक नहीं लगाया था। सिर्फ श्रीकान्त वहाँ आकर चीज़ें ढूँढ़ते थे। उन्हें वहीं डायरी मिली थी। बच्चों पर श्रीकान्त का गहरा असर था। दोनों उनकी देखरेख में थे। प्रसाद कीर्तनी ख़ुद वकील था। उसने दोनों की कस्टडी श्रीकान्त को दिला दी थी। बच्चों का सारा ख़र्च श्रीकान्त उठा रहा था और घर का एक हिस्सा किराये पर दे दिया गया था, जिसका किराया बच्चों को मिलने लगा था। बच्चे सेटल होने की राह पर थे। उनके भीतर से पापा का ख़ौफ़ ख़त्म हो चुका था।

माया चाहती थी, विशाल एक बार और सामने पड़ जाए। फिर देखे कि उसके

साथ क्या करती है माया? वह नहीं आया। क्या वह इतनी हिंसक हो चुकी है? भीतर हिंसा के तत्त्व सबके होते हैं। लोग झूठ कहते हैं कि सारी करुणा का कुंड स्त्रियों के भीतर होता है...जहाँ हिंसा फटक भी नहीं सकती। फिर वह इतनी हिंसक कैसे? वह महसूस करती है, उसके भीतर करुणा, दया का कुंड सूख गया है, जिसमें हिंसक चमगादड़ फड़फड़ाते रहते हैं।

वह कभी भी विशाल पर भयानक हमला बोल सकते हैं।

किस-किस पर टूटेगी माया?

ये सवाल उन ख़ाली दिनों में उसे घेरते हैं। मालविका को सताने वाले पति पर, आंटी के बूढ़े सामन्ती पति पर या बाला के नपुंसक पति पर जो भेद खुलते ही सुन्दर पत्नी को छोड़कर भाग खड़ा हुआ है या अपने पूर्व प्रेमी, लिवइन पार्टनर नीरज पर?

क्या नई थेरी-गाथा की तरफ़ वह बढ़ रही है? उन सबसे बेहतर तो पूजा रिपोर्टर है जिसने अपनी शर्तों पर जिन्दगी पाई है। सर्वे बताते हैं कि झुग्गियों में रहने वाली कामकाजी स्त्रियों के साथ घरेलू हिंसा ज़्यादा होती है। पूजा का जीवन हिंसामुक्त था। तभी वह इतना ख़ुश रहती थी और सबको ख़ुशी बाँटती फिरती थी। सबकी परवाह भी करती थी। पूजा के भीतर पुरुषों के प्रति रत्ती भर नफ़रत नहीं भरी थी। वो तो चकित होकर इनके क़िस्से सुनती थी और ख़ौफ़ज़दा हो जाती थी। माया ने अपने भीतर कितनी नफ़रतें जमा कर रखी हैं?

ओ गॉड...!

क्या सारी स्त्रियों का बदला वह विशाल से लेना चाहती है या शशांक से?

क्या वह अब तक अतीत की क़ैदी है?

उसे बाहर लाने वाले हाथ आगे बढ़ रहे हैं...

उन हाथों में चाँदनी छिटक रही है। उसे अपनी क़ैद से निकलना होगा। ज़िन्दगी को क़ैदखाना नहीं होना चाहिए, जहाँ सिर्फ़ क़ैदी ही नज़र आएँ। ज़िन्दगी को खुली जेल की तरह होना चाहिए, जहाँ दिन भर क़ैदी विचरण करें, शाम होते स्वत: उसकी क़ैद में सौंप दें ख़ुद को। क़ैद...फिर से...सोचते ही उसके जिस्म में झुरझुरी हुई। सीने को ज़ोर से दबाया...धड़कनें लहरों की तरह शोर कर रही थीं। सीने की भीतरी दीवारों पर चोट कर रही थीं।

सामने डायरी खुली पड़ी थी।

डिलाइला की डायरी का आख़िरी पन्ना फड़फड़ा रहा था—"और अन्त में

सबको माफ़ कर देना चाहिए। दिल पर बोझ लेकर मरना अच्छा नहीं। माफ़ी देने के बाद जो सुकून मिलता है...उससे बढ़कर कुछ नहीं।"

"मैं विशाल को माफ़ नहीं करती तो कभी इतना प्रेम नहीं करती। मेरा दामन प्रेम से ख़ाली नहीं रहा कभी। आगे बढ़ना माफ़ी के कारण ही सम्भव हो सका..."

ऐसा लगा...स्याह रातों के टुकड़े रौशनी की झालरों में बदल गए हैं और वह दमक उठी है। अतीत की परछाईं दामन से छिटककर लुप्त हो गई है। आँखों में चुभन कम हो गई है...एक बूँद सहसा ठिठकी...पलकों की कोर भीगकर रह गई।

सबसे कठिन जंग होती है ख़ुद से, जिसमें दोनों पक्ष इंसान ख़ुद होता है। ख़ुद ही जिरह करना, ख़ुद ही ख़ुद से भिड़ते हुए शहीद होना। मन से बड़ी युद्धभूमि कहाँ?

इससे पहले कि जंग में हार-जीत होती, शशांक का फ़ोन आ गया।

माया को उससे बात करके लगा, वह बहुत हताश है भीतर-भीतर कहीं, जैसे नाउम्मीदी ने घेर लिया हो। बातें ही आज अजीब कर रहा था।

शशांक का टोन बदला हुआ था—"समाज सेवा के चक्कर में इतनी उलझी रहोगी तो हमारा क्या होगा?"

"सोचो, शशांक...अगर बाला जैसी स्त्रियों के लिए मैं नहीं खड़ी होऊँगी तो तबाही की कितनी गाथाएँ लिखी जाएँगी। स्त्रियों के जीवन में दुःखों के कितने रूप-प्रकार हो सकते हैं, तुम कल्पना नहीं कर सकते। कितने कारागार हैं उसके लिए, जहाँ वे क़ैद हैं। मैं सबको तो बाहर नहीं ला सकती...हाँ, जो मुझ तक आएँगी, मैं उनके लिए किसी भी सत्ता से टकरा जाऊँगी...सोच लिया है।"

"जानती हो, माया...सबको अपने किए की सज़ा मिलती है, देर-सबेर, और सज़ा के रूप अलग-अलग होते हैं। हमने इस जीवन में कितना कुछ खोया और पाया है। ज़िन्दगी के अपने नियम हैं..."

"तुम बाहर निकलो..."

माया, शशांक की बातें चुपचाप सुनती रही। कोई स्याह साया मानो उसकी साँसों से बाहर निकला और सीने में जकड़न ख़त्म हुई। मानो किसी ने भीतर की गिरह खोल दी हो।

मुदित मन माया को महसूस हुआ कि अतीत के गिरफ़्त से सचमुच की अब छूटी है...अलग-अलग तमाम पुरुषों के प्रति आकर्षण और झुकाव के बावजूद अतीत से बँधकर जीती आई थी। अतीत छोड़ना भी चाहे तो उस क़ैद

में साँस लेने की आदत पड़ चुकी थी।

रिश्तों के बियाबाँ में बेमक़सद भटकती हुई वह थक चुकी थी।

हमेशा प्रफुल्लित, चहकती-महकती डिलाइला की दोस्त होते हुए भी गम्भीरता का आवरण ओढ़े एक उदास स्त्री उसके भीतर जाने कब आकार लेती रही...और अपने साथ उसने ये सब होने दिया।

नीरज में क्या ढूँढ़ती रही वह...?

वह अपने बनाए हुए अरण्य में जीती रही है।

माया को डिलाइला अपनी कविता में कोई सन्देश दे रही थी...इतने धोखे खाने के बाद भी उसका प्रेमियों से भरोसा उठा नहीं था। वह हर बार अपने लिए तन्हाई की कारा के बजाय कोई साथ चुन लेती थी।

यही तो उस कविता में कह रही है वह जिसे शशांक ने उसके पास अनुवाद करके भेजा है...संकेत है...

ठीक ही कहता रहा है शशांक...जब से सम्बन्धों में विश्वास का क्षरण हुआ है, मधुरता और टिकाऊपन चला गया है। विवाह तक पहुँचने से पहले ही प्रेम सम्बन्ध टूट रहे हैं। हम अपनी अपेक्षाओं का पहाड़ सम्बन्धों पर इतना लाद देते हैं कि दम फूल जाता है। अच्छे-ख़ासे मज़बूत सम्बन्ध भी घिसटने लगते हैं।

उसे याद है, शशांक ने एक बार ये भी कहा था—"मैं अपने दाम्पत्य को अच्छे-से सँभाल न सका था...जबकि सबसे अच्छी दोस्त हमें पत्नी और प्रेमिका के रूप में मिलती है। दोस्तों पर नियंत्रण एक अपराध है, माया..."

तब मन-ही-मन कहा माया ने...मैं भी कहाँ सँभाल पाई थी...?

माया इस सच को जान गई थी।

माया ने डिलाइला के उस अन्तिम, बेवफा प्रेमी श्रीकान्त को माफ़ कर दिया था।

माया के बच्चों के साथ रहने की ख़बर विशाल तक पहुँच गई थी और वह नहीं आया। माया हरेक अंजाम के लिए तैयार थी। उसने स्थानीय पुलिस से भी बात कर ली थी। प्रसाद इन्तज़ाम में लगा था कि किसी तरह विशाल मकान न बेच सके। डिलाइला के जीते-जी सम्भव न हो सका। अब बच्चों को डराकर मकान पर क़ब्ज़ा चाहता था, लेकिन माया और श्रीकान्त की दख़ल की वजह से उसकी मंशा पर पानी फिर गया था। वह बौखला उठा था। माया तक सारी बातें प्रसाद पहुँचा देता था। विशाल बौखलाकर प्रसाद को फ़ोन करता था। तरह-तरह की धमकियाँ भिजवाता।

शशांक रोज़ फ़ोन करके ख़बर लेता था। उसने माया का दिया हुआ काम पूरा करके उस रोज़ फ़ोन किया था। उस रोज़ वह चिन्तित था।

माया अपनी छुट्टियाँ बढ़वाती जा रही थी और उसे आने से रोक भी रही थी।

शशांक ने उसे फ़ोन पर दो ख़बरें दीं। एक बुरी, दूसरी सुखद।

बुरी ख़बर ये कि होली पर कहीं जाना सम्भव नहीं। इस बार होली बन्द घरों में होगी और केन्द्र सरकार ने लॉकडाउन की घोषणा कर दी है। देश ठप्प हो चुका है। यात्राएँ रोक दी गई हैं।

दूसरी ख़बर ये कि विशाल बांडेकर अवैध खनन का माफ़िया है जिस पर राज्य सरकार का शिकंजा कस चुका है। उसकी कम्पनी की रिपोर्ट पीएसी (लोक लेखा समिति) ने दे दी है। खनन पर रोक लगाई जा चुकी है। उसके सारे कर्मचारी काम छोड़कर जा चुके हैं। उसके जहाज़ बन्दरगाह पर खड़े हैं। उसका बस दीवाला निकलने वाला ही है।

शशांक ने बम फोड़ा था। वह बम फोड़कर माया की प्रतिक्रिया की प्रतीक्षा करने लगा।

कुदरत का कहर और कुदरत का न्याय दोनों एक साथ।

"तुम विशाल को बख़्श दो...उसे किए की भयानक सज़ा मिल चुकी है। उसके आसपास अब वे स्त्रियाँ भी नहीं मँडराएँगी जो सिर्फ़ उसका वैभव देखती थीं। वो इन दिनों बेहद अकेला है, उसके बच्चे भी उसके नहीं हैं। तुम अब मन को निर्मल करो..."

उसके मुँह से 'आह' और 'वाह' एक साथ निकली और खिड़की के बाहर से आ रही हवा में विलीन हो गई। यही खिड़की थी, जिसके बाहर नारियल के वृक्ष झूमते रहते हैं, देर रात बातें करते हुए डिलाइला इन्हें खोल देती थी ताकि नमकीन हवा अन्दर आ सके। नीचे समन्दर को छूकर हवा इस कमरे तक आती थी। अलथीनो पहाड़ी पर हवाएँ तेज़ चलती हैं। उनमें समन्दर का आवेग भरा रहता है। नारियल के पत्ते ज़ोर-ज़ोर-से हिल रहे थे। उनकी परछाईं खिड़की पर गिरती और ग़ायब हो जाती थी। अचानक ज़ोर-से झोंका आया...परछाइयाँ ग़ायब। पेड़ दूसरी तरफ़ झुक गया होगा। सामने आसमान साफ़ दिखाई दे रहा था।

उधर फ़ोन पर शशांक माया के जवाब का इन्तज़ार कर रहा था—माया चुप थी।

उसकी चुप्पी से शशांक चिन्तित हो उठा—"माया, होली और ऋषिकेश प्रोजेक्ट

फ़िलहाल सब ख़त्म...लेकिन किसी तरह मैं तुम्हें वहाँ से दिल्ली लाने का जतन करूँगा। मुझ पर भरोसा रखना...मैं तुम्हें खोना नहीं चाहता..."

माया ने आँखें मूँदकर लम्बी साँस भरी। चिन्ता की एक लकीर माथे पर उभरी और मिट गई।

उसकी आँखों में एक दृश्य झिलमिलाया...

अलथीनो पहाड़ी के नीचे मुख्य सड़क पर लोक नर्तकियों का कोई कारवाँ गुज़र रहा है, जिसमें नृत्य करती हुई, मदमस्त डिलाइला झूमते हुए, पुराना किन्तु अपना सबसे प्रिय एंग्लो-इंडियन गाना गा रही थी—सुरांगिनी, सुरांगिनी... सुरांगिनी कम्माल...।